昆虫备忘录

汪曾祺 著

只 为 优 质 阅 读

好
读

Goodreads

目录

昆虫备忘录	001
夏天的昆虫	007
花园——茱萸小集二	011
求雨	023
下大雨	028
北京人的遛鸟	030
听遛鸟人谈戏	034
录音压鸟	040
熬鹰·逮獾子	044
飞的	047
记梦	052
香港的鸟	055

蝴蝶：日记抄	058
猫	062
鱼	065
猴王的罗曼史	072
狼的母性	076
昙花、鹤和鬼火	079
瞎 鸟	092
灵通麻雀	097
天鹅之死	099
灌园日记	108
蜘蛛和苍蝇	111
露筋晓月	116
——故乡杂忆	

在台北闻急救车鸣笛声 ………… 120

有感 ………… 122

国子监 ………… 133

胡同文化 ………… 139

林肯的鼻子
——美国家书 ………… 144

下水道和孩子 ………… 148

踢毽子 ………… 152

天山行色 ………… 178

雁不栖树 ………… 181

果园杂记 ………… 185

野鸭子是候鸟吗？
——美国家书 ………… 189

羊上树和老虎闻鼻烟 …………

驴	194
春花秋叶，鸟啭鱼乐	199
读民歌札记	202
散文五题	218
仓老鼠和老鹰借粮	225
螺蛳姑娘	229
蛐蛐	233
老虎吃错人	241
牛飞	247
公冶长	250
斑鸠	252
卖蚯蚓的人	257
草木虫鱼鸟兽	265

昆虫备忘录

复 眼

我从小学三年级"自然"教科书上知道蜻蜓是复眼,就一直琢磨复眼是怎么回事。"复眼",想必是好多小眼睛合成一个大眼睛。那它怎么看呢?是每个小眼睛都看到一个小形象,合成一个大形象,还是每个小眼睛看到形象的一部分,合成一个完全形象?琢磨不出来。

凡是复眼的昆虫,视觉都很灵敏。麻苍蝇也是复眼,你走近蜻蜓和麻苍蝇，还有一段距离，它就发现了，噌——飞了。

我曾经想过：如果人长了一对复眼？

还是不要！那成什么样子！

蚂蚱

河北人把尖头绿蚂蚱叫"挂大扁儿"。西河大鼓里唱道："挂大扁儿甩子在那荞麦叶儿上"，这句唱词有很浓的季节感。为什么叫"挂大扁儿"呢？我怪喜欢"挂大扁儿"这个名字。

我们那里只是简单地叫它蚂蚱。一说蚂蚱，就知道是指尖头绿蚂蚱。蚂蚱头尖，徐文长曾觉得它的头可以蘸了墨写字画画，可谓异想天开。

尖头蚂蚱是国画家很喜欢画的。画草虫的很少没有画过蚂蚱。齐白石、王雪涛都画过。我小时候也画过不少张，只为它的形态很好掌握，很好画——画纺织娘，画蝈蝈，就比较费事。我大了以后，就几乎没有画过蚂蚱。前年给一个年轻的牙科医生画了一套册页，有一页里画了一只蚂蚱。

蚂蚱飞起来会咯咯作响，不知道它是怎么弄出这种声音的。蚂蚱有覆翅，覆翅里有膜翅。膜翅是淡淡的桃红色，很好看。

我们那里还有一种"土蚂蚱"，身体粗短，方头，色如泥土，翅上有黑斑。这种蚂蚱，捉住它，它就吐出一泡褐色的口水，很讨厌。

天津人所说的"蚂蚱"实是蝗虫。天津的"烙饼卷蚂蚱"，卷的是焙干了的蝗虫肚子。河北省人嘲笑农民谈吐不文雅，说是"蚂蚱打喷嚏——满嘴的庄稼气"，说的也是蝗虫。蚂蚱还会打喷嚏？这真是"糟改"庄稼人！

小蝗虫名蝻。有一年，我的家乡闹蝗虫，在这以前，大街上一街蝗蝻乱蹦，看着真是不祥。

花大姐

瓢虫款款地落下来了，折好它们的黑绸衬裙——膜翅，顺顺溜溜；收拢硬翅，严丝合缝。瓢虫是做得最精致的昆虫。

"做"的？谁做的？

上帝。

上帝？

上帝做了一些小玩意，给他的小外孙女儿玩。

上帝的外孙女儿？

哦，上帝说："给你！好看吗？"

"好看!"

上帝的外孙女儿?

对!

瓢虫是昆虫里面最漂亮的。

北京人叫瓢虫为"花大姐",好名字!

瓢虫,朱红的,瓷漆似的硬翅,上有黑色的小圆点。圆点是有定数的,不能瞎点。黑点,叫作"星"。有七星瓢虫、十四星瓢虫……星点不同,瓢虫就分为两大类。一类是吃蚜虫的,是益虫;一类是吃马铃薯的嫩叶的,是害虫。我说吃马铃薯嫩叶的瓢虫,你们就不能改改口味,也吃蚜虫吗?

独角牛

吃晚饭的时候,嗡——噗!飞来一只独角牛,摔在灯下。它摔得很重,摔晕了。轻轻一捏,就捏住了。

独角牛是硬甲壳虫,在甲虫里可能是最大的,从头到脚,约有二寸。甲壳铁黑色,很硬。头部尖端有一只犀牛一样的角。这家伙,是昆虫里的霸王。

独角牛的力气很大。北京隆福寺过去有独角牛卖,给它套上一辆泥制的小车,它就拉着走。

北京管这个大力士好像也叫作独角牛。学名叫什么，不知道。

磕头虫

我抓到一只磕头虫。北京也有磕头虫？我觉得很惊奇。我拿给我的孩子看，以为他们不认识。

"磕头虫。我们小时候玩过。"

哦。

磕头虫的脖子不知道怎么有那么大的劲，把它的肩背按在桌面上，它就吧嗒吧嗒地不停地磕头。把它仰面朝天放着，它运一会儿气，脖子一挺，就反弹得老高，空中转体，正面落地。

蝇 虎[①]

蝇虎，我们那里叫作蝇虎子，形状略似蜘蛛而长，短

[①]蛛形纲，跳蛛科。蝇虎不是昆虫，此处保留作者原文。——编者注

脚,灰黑色,有细毛,趴在砖墙上,不注意是看不出来的。蝇虎的动作很快,苍蝇落在它面前,还没有站稳,已经被它捕获,来不及嘤地叫上一声,就进了蝇虎子的口了。蝇虎的食量惊人,一只苍蝇,眨眼之间就吃得只剩一张空皮了。

苍蝇是很讨厌的东西,因此人对蝇虎有好感,不伤害它。

捉一只大金苍蝇喂蝇虎子,看着它吃下去,是很解气的。蝇虎子对送到它面前的苍蝇从来不拒绝。这蝇虎子不怕人。

狗 蝇

世界上最讨厌的东西是狗蝇。狗蝇钻在狗毛里叮狗,叮得狗又疼又痒,烦躁不堪,发疯似的乱蹦,乱转,乱骂人——叫。

夏天的昆虫

蝈 蝈

蝈蝈在我们那里叫作"叫蛐子"。因为它长得粗壮结实,样子也不大好看,还特别在前面加一个"侉"字,叫作"侉叫蛐子"。这东西就是会呱呱地叫。有时嫌它叫得太吵人了,在它的笼子上拍一下,它就大叫一声:"呱——"停止了。它什么都吃。据说吃了辣椒更爱叫,我就挑顶辣的辣椒喂它。早晨,掐了南瓜花(谎花)喂它,只是取其好看而已。这东西是咬人的。有时捏住笼子，它会从竹篾的洞里咬你的指头肚子一口！

别有一种秋叫蛐子，较晚出，体小，通身碧绿如玻璃料，叫声清脆。秋叫蛐子养在牛角做的圆盒中，顶面有一块玻璃。我能自己做这种牛角盒子，要紧的是弄出一块大小合适的圆玻璃。把玻璃放在水盒里，用剪子剪，则不碎裂。秋叫蛐子价钱比侉叫蛐子贵得多。养好了，可以越冬。

叫蛐子是可以吃的。得是三尾的，腹大多子。扔在枯树枝火中，一会儿就熟了。味极似虾。

蝉

蝉大别有三类。一种是"海溜"，最大，色黑，叫声洪亮。这是蝉里的"楚霸王"，生命力很强。我曾捉了一只，养在一个断了发条的旧座钟里，活了好多天。一种是"嘟溜"，体较小，绿色而有点银光，样子最好看，叫声也好听："嘟溜——嘟溜——嘟溜"。一种叫"叽溜"，最小，暗赭色，也是因其叫声而得名。

蝉喜欢栖息在柳树上。古人常画"高柳鸣蝉"，是有道理的。

北京的孩子捉蝉用粘竿——竹竿头上涂了粘胶。我们小时候则用蜘蛛网。选一根结实的长芦苇，一头撅成三角形，用线缚住，看见有大蜘蛛网就一绞，三角里络满了蜘蛛网，很黏。瞅准了一只蝉，轻轻一捂，蝉的翅膀就被粘住了。

佝偻丈人承蜩，不知道用的是什么工具。

蜻　蜓

家乡的蜻蜓有四种。

一种极大，头胸浓绿色，腹部有黑色的环纹，尾部两侧有革质的小圆片，叫作"绿豆钢"。这家伙厉害得很，飞时巨大的翅膀磨得嚓嚓地响。或捉之置室内，它会对着窗玻璃猛撞。

一种即常见的蜻蜓，有灰蓝色和绿色的。蜻蜓的眼睛很尖，但到黄昏后眼力就有点不济。它们栖息着不动，从后面轻轻伸手，一捏就能捏住。玩蜻蜓有一种恶作剧的玩法：掐一根狗尾巴草，把草茎插进蜻蜓的屁股，一撒手，蜻蜓就带着狗尾巴草的穗子飞了。

一种是红蜻蜓。不知道什么道理，说这是灶王爷的马。

另有一种纯黑的蜻蜓,身上、翅膀都是深黑色,我们叫它鬼蜻蜓,因为它有点鬼气。也叫"寡妇"。

刀　螂

刀螂即螳螂。螳螂是很好看的。螳螂的头可以四面转动。螳螂翅膀嫩绿,颜色和脉纹都很美。昆虫翅膀好看的,为螳螂,为纺织娘。

或问:你写这些昆虫什么意思?答曰:我只是希望现在的孩子也能玩玩这些昆虫,对自然发生兴趣。现在的孩子大都只在电子玩具包围中长大,未必是好事。

花　园
——苿荑小集二

在任何情形之下,那座小花园是我们家最亮的地方。虽然它的动人处不是,至少不仅在于这点。

每当家像一个概念一样浮现于我的记忆之上,它的颜色是深沉的。

祖父年轻时建造的几进,是灰青色与褐色的。我自小养育于这种安定与寂寞里。报春花开放在这种背景前是好的。它不致被晒得那么多粉，固然报春花在我们那儿很少见，也许没有，不像昆明。

曾祖留下的则几乎是黑色的，一种类似眼圈上的黑色（不要说它是青的），里面充满了影子。这些影子足以使供在神龛前的花消失。晚上点上灯，我们常觉那些布灰布漆的大柱子一直伸拔到无穷高处。神堂屋里总挂一只鸟笼，我相信即是现在也挂一只的。那只青裆子永远眯着眼假寐（我想它做个哲学家，似乎身子太小了）。只有巳时将尽，它唱一会儿，洗个澡，抖下一团小雾在伸展到廊内片刻的夕阳光影里。

一下雨，什么颜色都重郁起来，屋顶、墙壁上花纸的图案，甚至鸽子：铁青子，瓦灰，点子，霞白。宝石眼的好处这时才显出来。于是我们等斑鸠叫单声，在我们那座园里叫。等着一棵榆梅稍经一触，落下碎碎的瓣子，等着重新着色后的草。

我的脸上若有从童年带来的红色，它的来源是那座花园。

我的记忆有菖蒲的味道。然而我们的园里可没有菖蒲呵。它是哪儿来的，是那些草？这是一个无法解决的问题。但是我此刻把它们没有理由地纠在一起。

"巴根草，绿茵茵，唱个唱，把狗听。"每个小孩子都这么唱过吧。有时什么也不做，我躺着，用手指绕住它的根，用一种不露锋芒的力量拉，听顽强的根胡一处一处断了。这种声音只有拔草的人自己才听得见。当然我嘴里是含着一根草了。草根的甜味和它的似有若无的水红色是一种自然的巧合。

草被压倒了。有时我的头动一动，倒下的草又慢慢站起来。我静静地注视它，很久很久，看它的努力快要成功时，又把头枕上去，嘴里叫一声："嗯！"有时，不在意，怜惜它的苦心，就算了。这种性格呀！那些草有时会吓我一跳的，它们在我的耳根伸起腰来了，当我看天上的云。

我的鞋底是滑的，草磨得它发了光。

莫碰臭芝麻，沾惹一身，嗐，难闻死人。沾上身了，不要用手指去拈，用刷子刷。这种籽儿有带钩儿的毛，讨嫌死了。至今我不能忘记它：因为我急于要捉住那个"嘟溜（一种蝉，叫得最好听）"，我举着我的网，蹑手蹑脚，抄近路过去，循它的声音找着时，拍，得了。可是回去，我一身都是那种臭玩意。想想我捉过多少"嘟溜"！

我觉得虎耳草有一种腥味。

紫苏的叶子上的红色呵，暑假快过去了。

那棵大垂柳上常常有天牛，有时一个，两个的时候更多。它们总像有一桩事情要做，六只脚不停地运动，有时停下来，那动着的便是两根有节的触须了。我们以为天牛触须有一节它就有一岁。捉天牛用手，不是如何困难的工作，即使它在树枝上转来转去，你等一个合适地点动手，常把脖子弄累了，但是失望的时候很少。这小小生物完全如一个有教养惜身份的绅士，行动从容不迫，虽有翅膀可从不想到飞；即使飞，也飞不远。一捉住，它便吱吱扭扭地叫，表示不同意，然而行为依然是温文尔雅的。黑地白斑的天牛最多，也有极瑰丽颜色的。有一种还似乎带点玫瑰香味。天牛的玩法是用线扣在颈子上看它走。令人想起……不说也好。

蟋蟀已经变成大人的玩意了。但是大人的兴趣在斗，而我们对捉蟋蟀的兴趣恐怕要更大些。我看过一本秋虫谱，上面除了苏东坡米南宫，还有许多济颠和尚说的话，都神乎其神的，不大好懂。捉到一个蟋蟀，我不能看出它颈子上的细毛是瓦青还是朱砂，它的牙是米牙还是菜牙，但我仍然是那么欢喜。听，嚁嚁嚁嚁，哪里？这儿！是的，这儿了！用草掏，手扒，水灌，嚁，蹦出来了。顾不得螺螺藤拉了手，扑，追着扑。有时正在外面玩得很好，忽然想起我的蟋蟀还没喂呢，于是赶紧回家。我每吃一个梨，一段藕，吃石榴吃菱，都要分给它一点。正吃着晚饭，我的蟋蟀叫了。我会举着筷子听半天，听完了对父亲笑笑，得意极了。一捉蟋蟀，那就整个园子都得翻个身。我最怕翻出那种软软的鼻涕虫。可是堂弟有的是办法，撒一点盐，立刻它就化成一摊水了。

有的蝉不会叫，我们称之为哑巴。捉到哑巴比捉到"红娘"更坏。但哑巴也有一种玩法。用两个马齿苋的瓣子套起它的眼睛，那是刚刚合适的，仿佛马齿苋的瓣子天生就为了这种用处才长成那么个小口袋样子，一放手，哑巴就一直向上飞，决不偏斜转弯。

蜻蜓一个个选定地方息下，天就快晚了。有一种通身铁色的蜻蜓，翅膀较窄，称"鬼蜻蜓"。看它款款地飞在墙角花荫，不知什么道理，心里有一种说不出来的难过。

好些年看不到土蜂了。这种蠢头蠢脑的家伙，我觉得它也在花朵上把屁股撅来撅去的，有点不配，因此常常愚弄它。土蜂是在泥地上掘洞当作窠的。看它从洞里把个有绒毛的小脑袋钻出来（那神气像个东张西望的近视眼），嗡，飞出去了，我使用一点点湿泥把那个洞封好，在原来的旁边给它重掘一个，等着，一会儿，它拖着肚子回来了，找呀找，找到我掘的那个洞，钻进去，看看，不对，于是在四近大找一气。我会看着它那副急相笑个半天。或者，干脆看它进了洞，用一根树枝塞起来，看它从别处开了洞再出来。好容易，可重见天日了，它老先生于是坐在新大门旁边休息，吹吹风。神情中似乎是生了一点气，因为到这时已一声不响了。

祖母叫我们不要玩螳螂，说是它吃了土谷蛇的脑子，肚里会生一种铁线蛇，缠到马脚脚就断，什么东西一穿就过去了，穿到皮肉里怎么办？

它的眼睛如金甲虫，飞在花丛里五月的夜。

故乡的鸟呵。我每天醒在鸟声里。我从梦里就听到鸟叫，直到我醒来。我听得出几种极熟悉的叫声，那是每天都叫的，似乎每天都在那个固定的枝头。

有时一只鸟冒冒失失飞进那个花厅里，于是大家赶紧关门，关窗子，吆喝，拍手，用书扔，用竹竿打，甚至把自己帽子向空中摔去。可怜的东西这一来完全没了主意，只横冲直撞地乱飞，碰在玻璃上，弄得一身蜘蛛网，最后大概都是从两椽之间的空隙脱走。

园子里时时晒米粉，晒灶饭，晒碗儿糕。怕鸟来吃，都放一片红纸。为了这个警告，鸟儿照例就不来，我有时把红纸拿掉让它们大吃一阵，到觉得它们太不知足时，便大喝一声赶去。

我为一只鸟哭过一次。那是一只麻雀或是癞花。也不知从什么人处得来的，欢喜得了不得，把父亲不用的细篾笼子挑出一个最好的来给它住，配一个最好的雀碗，在插架上放了一个荸荠，安了两根风藤跳棍，整整忙了一半天。第二天起得格外早，把它挂在紫藤架下。正是花开的时候，我想是那全园最好的地方了。一切弄得妥妥当当后，独自还欣赏了好半天，我上学去了。一放学，急急回来，带着书便去看我的鸟。笼子掉在地上，碎了，雀碗里还有半碗水，"我的鸟，我的鸟呢！"父亲正在给碧桃花接枝，听见我的声音，忙走过来，把笼子拿起来看看，说："你挂得太低了，鸟在大伯的玳瑁猫肚子里了。"哇的一声，我哭了。父亲推着我的头回去，一面说："不害羞，这么大人了。"

有一年，园里忽然来了许多夜哇子。这是一种鹭鸶属的鸟，灰白色，据说它们头上那根毛能破天风。所以有那么一种名，大概是因为它们的叫声如此吧。故乡古话说这种鸟常带来幸运。我见它们叽叽喳喳做窠了，我去告诉祖母，祖母去看了看，没有说什么话。我想起它们来了，也有一天会像来了一样又去了的。我尽想，从来处来，到去处去，一路走，一路望着祖母的脸。

园里什么花开了，常常是我第一个发现。祖母的佛堂里那个铜瓶里的花常常是我换新。对于这个孝心的报酬是有需掐花供奉时总让我去，父亲一醒来，一股香气透进帐子，知道桂花开了，他常是坐起来，抽支烟，看着花，很深远地想着什么。冬天，下雪的冬天，一早上，家里谁也还没有起来，我常去园里摘一些冰心蜡梅的朵子，再掺着鲜红的天竺果，用花丝穿成几柄，清水养在白瓷碟子里放在妈（我的第一个继母）和二伯母妆台上，再去上学。我穿花时，服侍我的女用人小莲子，常拿着掸帚在旁边看，她头上也常戴着我的花。

我们那里有这么个风俗，谁拿着掐来的花在街上走，是可以抢的，表姐姐们每带了花回去，必是坐车。她们一来，都得上园里看看，有什么花开得正好，有时竟是特地为花来的。掐花的自然又是我。我乐于干这项差事。爬在海棠树上，梅树上，碧桃树上，丁香树上，听她们在下面说"这枝，哎，这枝这枝，再过来一点，弯过去的，喏，哎，对了，对了！"冒一点险，用一点力，总给办到。有时我也贡献一点意见，以为某枝已经盛开，不两天就全落在台布上了，某枝花虽不多，样子却好。有时我陪花跟她们一道回去，路上看见有人看过这些花一眼，心里非常高兴。碰到熟人同学，路上也会分一点给她们。

想起绣球花，必连带想起一双白缎子绣花的小拖鞋。这是一个小姑姑房中的东西。那时候我们在一处玩，从来只叫名字，不叫姑姑。只有时写字条时如此称呼，而且写到这两个字时心里颇有种近于滑稽的感觉。我轻轻揭开门帘，她自己若是不在，我便看到这两样东西了。太阳照进来，令人明白感觉到花在吸着水，仿佛自己真分享到吸水的快乐。我可以坐在她常坐的椅子上，随便找一本书看看，找一张纸写点什么，或有心无意地画一个枕头花样，把一切再恢复原来样子不留什么痕迹，又自去了。但她大都能发觉谁过来过了。那第二天碰到，必指着手说："还当我不知道呢。你在我绷子上戳了两针，我要拆下重来了！"那自然是吓人的话。那些绣球花，我差不多看见它们一点一点地开，在我看书做事时，它们会无声地落两片在花梨木桌上。绣球花可由人工着色。在瓶里加一点颜色，它们便会吸到花瓣里。除了大红的之外，别种颜色看上去都极自然。我们常骗人说是新得的异种。这只是一种游戏，姑姑房里常供的仍是白的。为什么我把花跟拖鞋画在一起呢？真不可解——姑姑已经嫁了，听说日子极不如意。绣球快开花了，昆明渐渐暖起来。

花园里旧有一间花房，由一个花匠管理。那个花匠仿佛姓夏。关于他的机灵促狭，和女人方面的恩怨，有些故事常为旧日佣仆谈起，但我只看到他常来要钱，样子十分狼狈，局局促促，躲避人的眼睛，尤其是说他的故事的人的。花匠离去后，花房也跟着改造园内房屋而拆掉了。那时我认识花名极少，只记得黄昏时，夹竹桃特别红，我忽然又害怕起来，急急走回去。

我爱逗弄含羞草。触遍所有叶子，看都合起来了，我自低头看我的书，偷眼瞧它一片片地开张了，再猝然又来一下。他们都说这是不好的，有什么不好呢。

荷花像是清明栽种。我们吃吃螺蛳，抹抹柳球，便可看佃户把马粪倒在几口大缸里盘上藕秧，再盖上河泥。我们在泥里找蚬子，小虾，觉得这些东西搬了这么一次家，是非常奇怪有趣的事。缸里泥晒干了，便加点水，一次又一次，有一天，紫红色的小嘴子冒出来了水面，夏天就来了。赞美第一朵花。荷叶上哗啦哗啦响了，母亲便把雨伞寻出来，小莲子会给我送去。

大雨忽然来了。一个青色的闪照在槐树上，我赶紧跑到柴草房里去。那是距我所在处最近的房屋。我爬上堆近屋顶的芦柴上，听水从高处流下来，响极了。轰——空心的老桑树倒了，葡萄架塌了，我的四近越来越黑了，雨点在我头上乱跳。忽然一转身，墙角两个碧绿的东西在发光！哦，那是我常看见的老猫。老猫又生了一群小猫了。原来它每次生养都在这里。我看它们攒着吃奶，听着雨，雨慢慢小了。

那棵龙爪槐是我一个人的。我熟悉它的一切好处，知道哪个枝子适合哪种姿势。云从树叶间过去。壁虎在葡萄上爬。杏子熟了。何首乌的藤爬上石笋了，石笋那么黑。

蜘蛛网上一只苍蝇。蜘蛛呢？花天牛半天吃了一片叶子，这叶子有点甜嘛，那么嫩。金雀花那儿好热闹，多少蜜蜂！啵——金鱼吐出一个泡，破了，下午我们去捞金鱼虫。香橼花蒂的黄色仿佛有点忧郁，别的花是飘下，香橼花是掉下的，花落在草叶上，草稍微低头又弹起。大伯母掐了枝珠兰戴上，回去了。大伯母的女儿，堂姐姐看金鱼，看见了自己。石榴花开，玉兰花开，祖母来了。"莫掐了，回去看看，瓶里是什么？""我下来了，下来扶您。"

槐树种在土山上，坐在树上可看见隔壁佛院。看不见房子，看到的是关着的那两扇门，关在门外的一片田园。门里是什么岁月呢？钟鼓整日敲，那么悠徐，那么单调，门开时，小尼姑来抱一捆草，打两桶水，随即又关上了。水咚咚地滴回井里。那边有人看我，我忙把书放在眼前。

家里宴客，晚上小方厅和花厅有人吃酒打牌（我记得有个人吹得极好的笛子）。灯光照到花上、树上，令人极欢喜也十分忧愁。点一个纱灯，从家里到园里，又从园里到家里，我一晚上总不知走了无数趟。有亲戚来去，多是我照路，说哪里高，哪里低，哪里上阶，哪里下坎。若是姑妈舅母，则多是扶着我肩膀走。人影人声都如在梦中。但这样的时候并不多。平日夜晚园子是锁上的。

小时候胆小害怕，黑魆魆的，树影风声，令人却步。

而且相信园里有个"白胡子老头子",一个土地花神,晚上会出来,在那个土山后面,花树下,冉冉地转圈子,见人也不避让。

有一年夏天,我已经像个大人了,天气郁闷,心上另外又有一点小事使我睡不着,半夜到园里去。一进门,我就停住了。我看见一个火星。咳嗽一声,招我前去,原来是我的父亲。他也正因为睡不着觉在园中徘徊。他让我抽一支烟(我刚会抽烟),我搬了一张藤椅坐下,我们一直没有说话。那一次,我感觉我跟父亲靠得近极了。

四月二日。月光清极。夜气大凉。似乎该再写一段作为收尾,但又似无须了。便这样吧,日后再说。逝者如斯。

求　雨

　　昆明栽秧时节通常是不缺雨的。雨季已经来了，三天两头地下着。停停，下下；下下，停停。空气是潮湿的，洗的衣服当天干不了。草长得很旺盛。各种菌子都出来了。青头菌、牛肝菌、鸡油菌……稻田里的泥土被雨水浸得透透的，每块田都显得很膏腴，很细腻。积蓄着的薄薄的水面上停留着云影。人们戴着斗笠，把新拔下的秧苗插进稀软的泥里……

但是偶尔也有那样的年月，雨季来晚了，缺水，栽不下秧。今年就是这样。因为通常不缺雨水，这里的农民都不预备龙骨水车。他们用一个戽斗，扯动着两边的绳子，从小河里把浑浊的泥浆一点一点地浇进育苗的秧田里。但是这一点点水，只能保住秧苗不枯死，不能靠它插秧。秧苗已经长得过长了，再不插就不行了。然而稻田里却是干干的。整得平平的田面，晒得结了一层薄壳，裂成一道一道细缝。多少人仰起头来看天，一天看多少次。然而天蓝得要命。天的颜色把人的眼睛都映蓝了。雨呀，你怎么还不下呀！雨呀，雨呀！

望儿也抬头望天。望儿看看爸爸和妈妈，他看见他们的眼睛是蓝的。望儿的眼睛也是蓝的。他低头看地，他看见稻田里的泥面上有一道一道螺蛳爬过的痕迹。望儿想了一个主意：求雨。望儿昨天看见邻村的孩子求雨，他就想过：我们也求雨。

他把村里的孩子都叫到一起，找出一套小锣小鼓，就出发了。

一共十几个孩子，大的十来岁，最小的一个才六岁。这是一个枯瘦、褴褛、有些污脏的，然而却是神圣的队伍。他们头上戴着柳条编成的帽圈，敲着不成节拍的、单调的小锣小鼓：咚咚当，咚咚当……他们走得很慢。走一段，敲锣的望儿把锣槌一举，他们就唱起来：

小小儿童哭哀哀，
撒下秧苗不得栽。
巴望老天下大雨，
乌风暴雨一起来。

调子是非常简单的，只是按照昆明话把字音拉长了念出来。他们的声音是凄苦的，虔诚的。这些孩子都没有读过书。他们有人模模糊糊地听说过有个玉皇大帝，还有个龙王，龙王是管下雨的。但是大部分孩子连玉皇大帝和龙王也不知道。他们只知道天，天是无常的。它有时对人很好，有时却是无情的，它的心很狠。他们要用他们的声音感动天，让它下雨。

（这地方求雨和别处不大一样，都是利用孩子求雨。所以望儿他们能找出一套小锣小鼓。大概大人们以为天也会疼惜孩子，会因孩子的哀求而心软。）

他们戴着柳条圈，敲着小锣小鼓，歌唱着，走在昆明的街上。

小小儿童哭哀哀,

撒下秧苗不得栽。

巴望老天下大雨,

乌风暴雨一起来。

过路的行人放慢了脚步,或者干脆停下来,看着这支幼小的、褴褛的队伍。他们的眼睛也是蓝的。

望儿的村子在白马庙的北边。他们从大西门一直走过华山西路、金碧路,又从城东的公路上走回来。

他们走得很累了。他们都还很小。就着泡辣子,吃了两碗苞谷饭,就都爬到床上睡了。一睡就睡着了。

半夜里,望儿叫一个炸雷惊醒了。接着,他听见屋瓦上噼噼啪啪的声音。过了一会儿,他才意识过来:下雨了!他大声喊起来:"爸!妈!下雨啦!"

他爸他妈都已经起来了,他们到外面去看雨去了。他们进屋来了。他们披着蓑衣,戴着斗笠。斗笠和蓑衣上滴着水。

"下雨了!"

"下雨了!"

妈妈把油灯点起来,一屋子都是灯光。灯光映在妈妈的眼睛里。妈妈的眼睛好黑,好亮。爸爸烧了一杆叶子烟,叶子烟的火光映在爸爸的脸上,也映在他的眼睛里。

第二天,插秧了!

全村的男女老少都出来了,到处都是人。

望儿相信,这雨是他们求下来的。

下大雨

雨真大。下得屋顶上起了烟。大雨点落在天井的积水里砸出一个一个丁字泡。我用两手捂着耳朵,又放开,听雨声:呜——哇,呜——哇。下大雨,我常这样听雨玩。

雨打得荷花缸里的荷叶东倒西歪。

在紫薇花上采蜜的大黑蜂钻进了它的家。它的家是在橡子上用嘴咬出来的圆洞,很深。大黑蜂是一个"人"

过的。

紫薇花湿透了,然而并不被雨打得七零八落。

麻雀躲在檐下,歪着小脑袋。

蜻蜓倒吊在树叶的背面。

哈,你还在呀!一只乌龟。这只乌龟是我养的。我在龟甲边上钻了一个洞,用麻绳系住了它,拴在柜橱脚上。有一天,不见了。它不知怎么跑出去了。原来它藏在老墙下面一块断砖的洞里。下大雨,它出来了。它昂起脑袋看雨,慢慢地爬到天井的水里。

北京人的遛鸟

　　遛鸟的人是北京人里头起得最早的一拨。每天一清早，当公共汽车和电车首班车出动时，北京的许多园林以及郊外的一些地方空旷、林木繁茂的去处，就已经有很多人在遛鸟了。他们手里提着鸟笼，笼外罩着布罩，慢慢地散步，随时轻轻地把鸟笼前后摇晃着，这就是"遛鸟"。他们有的是步行来的，更多的是骑自行车来的。他们带来的鸟有的是两笼——多的可至八笼。如果带七八笼，就非骑车来不可了。车把上、后座，前后左右都是鸟笼，都安排得十分妥当。看到它们平稳地驶过通向密林的小路，是很有趣的——骑在车上的主人自然是十分潇洒自得，神清气朗。

养鸟本是清朝八旗子弟和太监们的爱好，"提笼架鸟"在过去是对游手好闲、不事生产的人的一种贬词。后来，这种爱好才传到一些辛苦忙碌的人中间，使他们能得到一些休息和安慰。我们常常可以在一个修鞋的、卖老豆腐的、钉马掌的摊前的小树上看到一笼鸟。这是他的伙伴。不过养鸟的还是已上岁数的较多，大都是从五十岁到八十岁的人，大部分是退休的职工，在职的稍少。近年在青年工人中也渐有养鸟的了。

北京人养的鸟的种类很多。大致说起来，可以分为大鸟和小鸟两类。大鸟主要是画眉和百灵，小鸟主要是红子、黄鸟。

鸟为什么要"遛"？不遛不叫。鸟必须习惯于笼养，习惯于喧闹扰攘的环境。等到它习惯于与人相处时，它就会尽情鸣叫。这样的一段驯化，术语叫作"压"。一只生鸟，至少得"压"一年。

让鸟学叫，最直接的办法是听别的鸟叫，因此养鸟的人经常聚会在一起，把他们的鸟揭开罩，挂在相距不远的树上，此起彼歇地赛着叫，这叫作"会鸟儿"。养鸟人不但彼此很熟悉，而且对他们朋友的鸟的叫声也很熟悉。鸟应该向哪只鸟学叫，这得由鸟主人来决定。一只画眉或百灵，能叫出几种"玩意"，除了自己的叫声，能学山喜鹊、大喜鹊、伏天、苇咋子、麻雀打架、公鸡打架、猫叫、狗叫。

曾见一个养画眉的用一架录音机追逐一只布谷鸟，企图把它的叫声录下，好让他的画眉学。他追逐了五个早晨（北京布谷鸟是很少的），到底成功了。

鸟叫的音色是各色各样的。有的宽亮，有的窄高；有的鸟聪明，一学就会；有的笨，一辈子只能老实巴交地叫那么几声。有的鸟害羞，不肯轻易叫；有的鸟好胜，能不歇气地叫一个多小时！

养鸟主要是听叫，但也重相貌。大鸟主要要大，但也要大得匀称。画眉讲究"眉子"（眼外的白圈）清楚。百灵要大头，短喙。养鸟人对于鸟自有一套非常精细的美学标准，而这种标准是他们共同承认的。

因此，鸟的身份悬殊。一只生鸟（画眉或百灵）值二三元人民币，甚至还要少，而一只长相俊秀能唱十几种"曲调"的值一百五十元，相当于一个熟练工人一个月的工资。

养鸟是很辛苦的。除了遛，预备鸟食也很费事。鸟一般要吃拌了鸡蛋黄的棒子面或小米面，牛肉——把牛肉焙干,碾成细末。经常还要吃"活食"——蚱蜢、蟋蟀、玉米虫。

养鸟人所重视的,除了鸟本身,便是鸟笼。鸟笼分圆笼、方笼两种。一般的鸟笼值一二十元,有的雕镂精细,近于"鬼工",贵得令人咋舌——有人不养鸟,专以搜集名贵鸟笼为乐。鸟笼里大有高低贵贱之分的是鸟食罐。一副雍正青花的鸟食罐,已成稀世的珍宝。

除了笼养听叫的鸟,北京人还有一种养在"架"上的鸟。所谓架,是一截树杈。养这类鸟的乐趣是训练它"打弹",养鸟人把一个弹丸扔在空中,鸟会飞上去接住。有的一次飞起能接连接住两个。架养的鸟一般体大嘴硬,例如锡嘴和交喙雀。所以,北京过去有"提笼架鸟"之说。

听遛鸟人谈戏

近来我每天早晨绕着玉渊潭遛一圈。遛完了,常找一个地方坐下听人聊天。这可以增长知识,了解生活。还有些人不聊天。钓鱼的、练气功的,都不说话。游泳的闹闹嚷嚷,听不见他们嚷什么。读外语的学生,读日语的、英语的、俄语的,都不说话,专心致志把莎士比亚和屠格涅夫印进他们的大脑皮层里去。

比较爱聊天的是那些遛鸟的。他们聊的多是关于鸟的事，但常常联系到戏。遛鸟与听戏，性质上本相接近。他们之中不少是既爱养鸟，也爱听戏，或曾经也爱听戏的。遛鸟的起得早，遛鸟的地方常常也是演员喊嗓子的地方，故他们往往有当演员的朋友，知道不少梨园掌故。有的自己就能唱两口。有一个遛鸟的，大家都叫他"老包"，他其实不姓包，因为他把鸟笼一挂，自己就唱开了："包龙图打坐在开封府……"就这一句。唱完了，自己听着不好，摇摇头，接茬再唱："包龙图打坐……"

因为常听他们聊，我多少知道一点关于鸟的常识。知道画眉的眉子齐不齐，身材胖瘦，头大头小，是不是"原毛"，有"口"没有，能叫什么玩意：伏天、喜鹊——大喜鹊、山喜鹊、苇咋子、猫、家雀打架、鸡下蛋……知道画眉的行市，哪只鸟值多少"张"——"张"，是一张十元的钞票。他们的行话不说几十块钱，而说多少张。有一个七十八岁的老头，原先本是勤行，他的一只画眉，人称鸟王。有人问他出不出手，要多少钱，他说："二百。"遛鸟的都说："值！"

我有些奇怪了，忍不住问：

"一只鸟值多少钱，是不是公认的？你们都瞧得出来？"

几个人同时叫起来："那是！老头的值二百，那只生鸟值七块。梅兰芳唱戏卖两块四,戏校的学生现在卖三毛。老包,倒找我两块钱!那能错了?"

"全北京一共有多少画眉?能统计出来吗?"

"横是不少!"

"'文化大革命'那阵没有了吧?"

"那会儿谁还养鸟哇!不过,这玩意禁不了。就跟那京剧里的老戏似的,'四人帮'压着不让唱,压得住吗?一开了禁,您瞧,呼啦——全出来了。不管是谁,禁不了老戏,也就禁不了养鸟。我把话说在这儿:多会儿有画眉,多会儿他就得唱老戏!报上说京剧有什么危机,瞎掰的事!"

这位对画眉和京剧的前途都非常乐观。

一个六十多岁的退休银行职员说:"养画眉的历史大概和京剧的历史差不多长,有四大徽班那会儿就有画眉。"

他这个考证可不大对。画眉的历史可要比京剧长得多,宋徽宗就画过画眉。

"养鸟有什么好处呢?"我问。

"嗨,遛人!"七十八岁的老厨师说,"没有个鸟,有时早上一醒,觉着还困,就懒得起了;有个鸟,多困也得起!"

"这是个乐儿!"一个还不到五十岁的扁平脸、双眼皮很深、络腮胡子的工人——他穿着厂里的工作服,说。

"是个乐儿！钓鱼的、游泳的，都是个乐儿！"说话的是退休银行职员。

"一只画眉，不就是叫吗？怎么会有那么大的差别？"

一个戴白边眼镜的穿着没有领子的酱色衬衫的中等身材老头，他老给他的四只画眉洗澡——把鸟笼放在浅水里让画眉抖搂毛羽，说：

"叫跟叫不一样！跟唱戏一样，有的嗓子宽，有的窄，有的有膛音，有的干冲！不但要声音，还得要'样'，得有'做派'，有神气。您瞧我这只画眉，叫得多好！像谁？"

像谁？

"像马连良！"

像马连良？！我细瞧一下，还真有点像！它周身干净利索，挺拔精神，叫的时候略偏一点身子，还微微摇动脑袋。

"潇洒！"

我只得承认：潇洒！

不过我立刻不免替京剧演员感到一点悲哀，原来在这些人的心目中，对一个演员的品鉴，就跟对一只画眉一样。

"一只画眉，能叫多少年？"

勤行老师傅说："十来年没问题！"

老包说："也就是七八年。就跟唱京剧一样：李万春现在也只能看一招一式；高盛麟也不似当年了。"

他说起有一年听《四郎探母》，甪说四郎、公主，余太君是李多奎，那嗓子，冲！他慨叹说："那样的好角儿，现在没有了！现在的京剧没有人看——看的人少，那是啊，没有那么多好角儿了嘛！你再有杨小楼，再有梅兰芳，再有金少山，试试！照样满！两块四？四块八也有人看！——我就看！卖了画眉也看！"

他说出了京剧不景气的原因：老成凋谢，后继无人。这与一部分戏曲理论家的意见不谋而合。

戴白边眼镜的中等身材老头不以为然。

"不行！王师傅的鸟值二百（哦，原来老人姓王），可是你叫个外行来听听：听不出好来！就是梅兰芳、杨小楼再活回来，你叫那边那几个念洋话的学生来听听，他们也听不出好来。不懂！现而今这年轻人不懂的事太多。他们不懂京剧，那戏园子的座儿就能好了哇？"

好几个人附和："那是！那是！"

他们以为京剧的危机是不懂京剧的学生造成的。如果现在的学生都像老舍所写的赵子曰，或者都像老包，像这些懂京剧的遛鸟的人，京剧就得救了。这跟一些戏剧理论家的意见也很相似。

然而京剧的老观众，比如这些遛鸟的人，都已经老了，他们大部分已经退休。他们跟我闲聊中最常问的一句话是："退了没有？"那么，京剧的新观众在哪里呢？

哦，在那里：就是那些念屠格涅夫、念莎士比亚的学生。

也没准儿将来改造京剧的也是他们。

谁知道呢！

录音压鸟

听到一种鸟声："光棍好苦"。奇怪！这一带都是楼房，怎么会飞来一只"光棍好苦"呢？

鸟声使我想起南方的初夏、雨声、绿。"光棍好苦"也叫"割麦插禾""媳妇好苦"，这种鸟的学名是什么，我一直没有弄清楚，也许是"四声杜鹃"吧。接着又听见布谷鸟的声音①:"咕咕,咕咕。"嗯?我明白了:这是谁家把这两种鸟的鸣声录了音,在屋里放着玩呢——季节也不对,九十月不是"光棍好苦"和布谷叫的时候。听听鸟叫录音,也不错,不像摇滚乐那样吵人。不过他一天要放好多遍。一天下楼,又听见。我问邻居:

"这是谁家老放'光棍好苦'?"

"八层!养了一只画眉,'压'他那只鸟呢!"

过了几天,八层的录音又添了一段:母鸡下蛋。咯咯咯咯、咯咯咯咯、咯咯咯咯嗒……

又过了几天,又续了一段:喵——呜,喵——呜。小猫。

我于是肯定,邻居的话不错。

培训画眉学习鸣声,北京叫作"压"鸟。"压"亦写作"押"。

北京人养画眉,讲究有"口"。有的画眉能有十三或十四套口,即能学十三四种叫声。比较一般的是苇咋子(一种小水鸟)、山喜鹊(蓝灰色)、大喜鹊,还有"伏天"(蝉之一种),鸣声如"伏天伏天……"我一天和女儿在玉渊潭堤上散步,听见一只画眉学猫叫,学得真像,我女儿不禁笑

---

① 布谷亦称"四声杜鹃"。此处疑为作者笔误。——编者注

出声来："这不是自己吓唬自己吗？"听说有一只画眉能学"麻雀争风"：两只麻雀，本来挺好，叫得很亲热；来了个第三者，跟母麻雀调情，公麻雀生气了，和第三者打了起来；结果是第三者胜利了，公麻雀被打得落荒而逃，母麻雀和第三者要好了，在一处叫得很亲热。一只画眉学三只鸟叫，还叫出了情节，我真有点不相信。可是养鸟的行家都说这是真事。听行家们说，压鸟得让画眉听真鸟，学山喜鹊就让它听山喜鹊，学苇咋子就听真苇咋子；其次，就是向别的有"口"的画眉学。北京养画眉的每天集中在一起，谓之"会鸟"，目的之一就是让画眉互相学习。靠听录音，是压不出来的！玉渊潭有一年飞来了一只"光棍好苦"、一只布谷，有一位每天拿着录音机，追踪这两只鸟。我问养鸟的行家："他这是干什么？"——"想录下来，让画眉学——瞎掰！"

北京养画眉的大概有不少人想让画眉学会"光棍好苦"和布谷。不过成功的希望很少。我还没听到一只画眉有这一套"口"的。那位不辞辛苦跟踪录音的"主儿"也是不得已。"光棍好苦"和布谷北京极少来，来了，叫两天就飞走了。让画眉跟真的"光棍好苦"和布谷学，"没门儿"！

我们楼八层的小伙子（我无端地觉得这个养画眉的是个年轻人，一个生手）录的这四套"学习资料"，大概是跟别人转录来的。他看来急于求成，一天不知放多少遍录音。一天到晚，老听他的"光棍好苦""咕咕""咯咯咯咯嗒""喵呜"，不免有点叫人厌烦。好在，我有点幸灾乐祸地想，这套录音大概听不了几天了，他这只画眉是只"生鸟"，"压"不出来的。

我不反对画眉学别的鸟或别的什么东西的声音（有的画眉能学旧日北京推水的独轮小车吱吱扭扭的声音；有一阵北京抓社会治安，不少画眉学会了警车的尖厉的叫声，这种不上"谱"的叫声，谓之"脏口"，养画眉的会一把抓出来，把它摔死）。也许画眉天生就有学这些声音的习性。不过，我认为还是让画眉"自觉自愿"地学习，不要灌输，甚至强迫。我担心画眉忙着学这些声音，会把它自己本来的声音忘了。画眉本来的鸣声是很好听的。让画眉自由地唱它自己的歌吧！

熬鹰·逮獾子

北京人骂晚上老耗着不睡的人："你熬鹰哪！"北京过去有养活鹰的。养鹰为了抓兔子。养鹰，先得去掉它的野性。其法是：让鹰饿几天，不喂它食；然后用带筋的牛肉在油里炸了，外用细麻线缚紧；鹰饿极了，见到牛肉，一口就吞了；油炸过的牛肉哪儿能消化呀，外面还有一截细麻线哪；把麻线一拽，牛肉又拽出来了，还拽出了鹰肚里的黄油；这样吞几次，抻几次，把鹰肚里的黄油都拉干净了，鹰的野性就去了。鹰得熬。熬，就是不让它睡觉。把鹰架在胳臂上，鹰刚一迷糊，一闭眼，就把胳臂猛然一抬，鹰又醒了。熬鹰得两三个人轮流熬，一个人顶不住。干吗要熬？鹰想睡，不让睡，它就变得非常烦躁，这样它才肯逮兔子。吃得饱饱的，睡得好好的，浑身舒舒服服的，它懒得动弹。架鹰出猎，还得给鹰套上一顶小帽子，把眼遮住。到了郊外，一摘鹰帽，鹰眼前忽然一亮，全身怒气不打一处来，一翅腾空，看见兔子的影儿，眼疾爪利，一爪子就把兔子叼住了。

北京过去还有逮獾子的。逮獾子用狗。一般的狗不行，得找大饭庄养的肥狗。有那种人，专门偷大饭庄的狗，卖给逮獾子的主。狗，先得治治它，把它的尾巴给擀了。把狗捆在一条长板凳上，用擀面杖把尾巴使劲一擀，只听见咔吧咔吧咔吧……狗尾巴的骨节都折了。瞧这狗，屎、尿都下来了。疼啊！干吗要把尾巴擀了？狗尾巴老摇，到了草窝里，尾巴一摇，树枝草叶窸窣地响，獾子就跑了。尾巴擀了，就只能耷拉着了，不摇了。

你说人有多坏，怎么就想出了这些个整治动物的法子！

逮住獾子了，就到处去喝茶。有几个起哄架秧子，傍吃傍喝的帮闲食客"傍"着，提溜着獾子，往茶桌上一放。

旁人一瞧:"嗬,逮住獾子啦!"露脸!多会儿等九城的茶馆都坐遍了,脸露足了,獾子也臭了,才再想什么新鲜的玩法。

熬鹰、逮獾子,这都是八旗子弟、阔公子哥儿的"乐儿"。穷人家谁玩得起这个!不过这也是一种文化。

獾油治烧伤有奇效。现在不好淘换了。

飞 的

鸟粪层

常常想起些自己不大清楚的东西,温习一次第一次接触若干名词之后引起的朦胧的向往。这两天我想起鸟粪层。手边缺少可以翻检的书,也没有人可以告诉我一点关于鸟粪层的事。

书和可以叩问的人是我需要的吗?

猎斑鸠

那时我们都还很小。我们在荒野上徜徉。我们从来没有那么更精致的，更深透的秋的感觉。我们用使自己永远记得的轻飘的姿势跳过小溪，听着风溜过淡白色长长的草叶的声音过了一大片地。我们好像走到没有人来过的秘密地方，那个林子，真的，我们渴望投身到里面而消失了。而我们的眼睛同时闪过一道血红色，像听到一声出奇的高音的喊叫，我们同时驻足，身子缩后，头颈伸出一点。我们都没有见过一个猎人，猎人缠那么一道殷红的绑腿，在外面是太阳，里面影影绰绰的树林里。这个人周身收束得非常紧，瘦小，衣服也贴在身上，密闭双唇，两只眼睛凹在里面，颊部微陷，鹰钩鼻子。他头伸着，但并不十分用力，走过来，走过去。看他的腿胫，如果不提防扫他一棍子，他会随时跳起避过。上头，枝叶间，一只斑鸠，锈红色翅膀，瓦青色肚皮。猎人赶斑鸠。猎人过来，斑鸠过去，猎人过去，斑鸠过来。斑鸠也不叫唤，只听得调匀的坚持的扇动翅膀声音。我们守着这一幕哑斗的边上。这样来回三五次之后，渐渐斑鸠飞得不大响了，它有点慌乱，神态声音显得跟跄参差。在我们未及看他怎么扳动枪机时，震天一声，斑鸠不见了。猎人走过去拾了死鸟，拂去沾在毛上的一片枯叶。斑鸠的颈子挂了下来，一晃一晃。我们明明看见，这就是刚才飞着的那一只，锈红色翅膀，瓦青色肚皮，小小的头。猎人把斑鸠放在身旁布袋里。袋里已经有了一只灿烂的野鸡。他周身还是那样，看不出哪里松弛了一点，他重新装了一粒子弹，向北，走出这个林子。红色的绑腿到很远很远还可以看得见。秋天真是辽阔。

我们本来想到林子里拾橡栗子，看木耳，剥旧翠色的藓皮，采红叶，寻找伶仃的野菊，这猎人教我们的林子改了样子了，我们干什么好呢？

蝶

大雨暂歇。坟地的野艾丛中。

一只粉蝶飞。

矫　饰

我很早很早就作假了。

八岁的时候，我一个伯母死了。我第一次（第一次吗？不吧？是比较重大的一次）开始"为了别人"而做出种种样子。我承继给那位伯母，我是"孝子"。吓，我那个孝子可做得挺出色，像样。我那个缺少皱纹的脸上满是一种阴郁表情，这很容易被人误认为是哀伤。我守灵，在柩前烧纸，有客人来吊拜时跪在旁边芦席上，我的头低着，像是有重量压着抬不起来，而且，嗬，精彩之至，我的眼睛不避开烟焰，为的好熏得红红的。我捏丧棒，穿麻鞋，拖拖沓沓的毛边孝衣，一切全恰到好处。实在我也颇喜欢这些东西，我有一种快乐，一种得意，或者，简直一种骄傲。我表演得非常成功，甚至自己也感动了。只有在"亲视含殓"时我心里踌躇了，叫我看穿戴凤冠霞帔的死人最后一眼，然后封钉，这我实在不大愿意。但我终于很勇敢地看了。听长钉子在大木槌下一点一点地钉进去，亲戚长辈们都围在我身后，大家都严肃十分，很少有人接耳说话，那一会儿，或者我假装挤出一点感情来的。也模糊了，记不大清。到葬下去,孝子例须兜了土在柩上洒三匝,这是我最乐意干的。因为这是最后一场,戏剧即将结束(我差点全笑出来。说真的,这么扮演也是很累的事)。而且这洒土的制度是颇美的。我倒还是个爱美的人!

近几年来我一直忘不了那一次丧事。有时竟想跟我那些亲戚长辈说明白,得了吧。别又来装模作样。

记　梦

一

三只兔子住在兔圈里。他们说:"咱们写小说吧。"

两只兔子把一只兔子托起来扔起来,像体操技巧表演"扔人"那样扔起来,这只兔子向兔圈外面看了一眼,在空中翻了一个跟头,落地了。

他们轮流扔。三只兔子都向兔圈外面看了。

他们就写小说。

小说写成了，出版了。

二

在昆明，连日给人写字。

做了一个梦。写了一副对联，隶书的。一转脸，看见一个人，趴在地上，用毛笔把我写的字的乳白地方都填实了，把"蚕头""燕尾"都描得整整齐齐的，字变得很黑。

醒来告诉燕祥，燕祥说："此人是一个编辑。"

我们同行者之中，有几位是当编辑的。

三

梦中到了一个地方。这地方叫隹集麤，有一张木刻的旧地图上有这三个字。地图纸色发黄。当地人念成"符集集"。梦里想："隹"字怎么能读成"符"呢？且想：名从主人，随他们吧。

这地方有一条河，河上有一座灰色的桥。河水颇大。

醒来，想：怎么会做了这样一个梦呢？又想：这可以用在一篇小说里，作为一个古镇的地名。

把这个梦记在一张旧画上，寄予德熙。

四

马路对面卖西瓜的棚子里有一条狗，夜里常叫，叫起来没完，每一次时间很长，声音很难听，鬼哭狼嚎，不像狗叫。我夜里常被它叫醒。今天夜里，叫的次数特多，醒来后，很久睡不着。真难听。睡着了，净做怪梦。

梦见毕加索。毕加索画了很多画。起初画得很美，也好懂。后来画的，却像狗叫。

晨醒，想：恨不与此人同时，同地。

香港的鸟

早晨九点钟,在跑马地一带闲走。香港人起得晚,商店要到十一点才开门,这时街上人少,车也少,比较清静。看见一个人,大概五十来岁,手里托着一只鸟笼。这只鸟笼的底盘只有一本大三十二开的书那样大,两层,做得很精致。这种双层的鸟笼,我还是头一次见到。楼上楼下,各有一只绣眼。香港的绣眼似乎比内地的更为小巧。他走得比较慢,近乎是在散步——香港人走路都很快,总是匆匆忙忙,好像都在赶着去办一件什么事。在香港,看见这样一个遛鸟的闲人,我觉得很新鲜,至少他这会儿还是清闲的——也许过一个小时他就要忙碌起来了。他这也算是遛鸟了,虽然在林立的高楼之间,在狭窄的人行道上遛鸟,不免有点滑稽。而且这时候遛鸟,也太晚了一点。北京的遛鸟的这时候早遛完了,回家了。莫非香港的鸟也醒得晚?

在香港的街上遛鸟,大概只能用这样精致的双层小鸟笼。

像徐州人那样可不行——我忽然想起徐州人遛鸟。徐州人养百灵,笼极高大,高三四尺(笼里的"台"也比北京的高得多),无法手提,只能用一根打磨得极光滑的枣木杆子做扁担,把鸟笼担着。或两笼,或三笼、四笼。这样的遛鸟,只能在旧黄河岸,慢慢地走。如果在香港,担着这样高大的鸟笼,用这样的慢步遛鸟,是绝对不行的。

我告诉张辛欣,我看见一个香港遛鸟的人,她说:"你就注意这样的事情!"我也不禁自笑。

在隔海的大屿山,晨起,听见斑鸠叫。艾芜同志正在散步,驻足而听,说:"斑鸠。"意态悠远,似乎有所感触,又似乎没有。

宿大屿山,夜间听见蟋蟀叫。

临离香港，被一个记者拉住，问我对于香港的观感。匆促之间，不暇细谈，我只说："眼花缭乱，应接不暇。"并说我在香港听到了斑鸠和蟋蟀叫，觉得很亲切。她问我斑鸠是什么，我只好模仿斑鸠的叫声，她连连点头。也许她听不懂我的普通话，也许她真的对斑鸠不大熟悉。

香港鸟很少，天空几乎见不到一只飞着的鸟，鸦鸣鹊噪都听不见。但是酒席上几乎都有焗禾花雀和焗乳鸽。香港有那么多餐馆，每天要消耗多少禾花雀和乳鸽呀？这些禾花雀和乳鸽是哪里来的呢？对于某些香港人来说，鸟是可吃的，不是看的，听的。

城市发达了，鸟就会减少。北京太庙的灰鹤和宣武门城楼的雨燕现在都没有了。但是我希望有关领导在从事城市建设时，能注意多留住一些鸟。

蝴蝶：日记抄

听斯本德聊他怎么写出一首诗，随着他的迷人的声调，有时凝集，有时飘逸开去；他既已使我新鲜活动起来，我就不能老是栖息在这儿；而到"蝴蝶在波浪上面飘荡，把波浪当作田野，在那粉白色的景色中搜索着花朵。"

从他的字的解散，回头，对于自己陈义的抚摸，水到渠成的快感，从他的稍稍平缓的呼吸之中，我知道前头是一个停顿，他已经看到这一段的最后一句像看到一棵大树，他准备到树下休息，我就不等他按住话头，飞到另一片天地中去了。少陪了，去计划怎么继往开来吧，我知道你已经成竹在胸，很有把握，我要一个人玩一会儿去。我来不及听他嘱咐些什么，已经为故地的气息所陶融。

蝴蝶，蝴蝶在茼蒿花田上飞，茼蒿花灿烂的金色。茼蒿花的金色，风吹茼蒿花。风搂抱花，温柔地摸着花，狂泼地穿透到花里面，脸贴着它的脸，在花的发里埋它的头，沉醉地阖起它的太不疲倦的眼睛。茼蒿花，烁动，旺炽，丰满，恣酣，殢嫋。狂欢的潮水——密密层层，那么一大片的花，稠浓的泡沫，豪侈的肉感的海。茼蒿花的香味极其猛壮，又夹着药气，是迫人的。我们深深地饮喝那种气味，吞吐含漱，如鱼在水。而茼蒿花上是千千万万的白蝴蝶，到处都是蝴蝶，缤纷错乱，东西南北，上上下下，满头满脸——置身于茼蒿花蝴蝶之间，为金黄，香气，粉翅所淹没，"蜜饯"我们的年龄去！成熟的春天多么地迷人。

我想也想不起这块地方在我的故乡，在我读过的初级中学的那一边，从教室到那里是怎么走的呢？我常常因为一点触动，一点波漾而想起这块地，从来没有想出究竟在哪里，我相信永远想不出了。我们剪留下若干生活（的场景，或生活本身），而它的方位消失了。这是自然的还是可惋惜的？且不管它，我曾经在那些蝴蝶茼蒿花之间生存过，这将是没齿不忘的事。任何一次的酒，爱，音乐，也比不上那样的经验。

那个时候我们为什么要疯狂地捕捉那些蝴蝶？把蝴蝶夹死在书里（压扁了肚子）实在是不愉快的事情，现在想起来还有点恶心。为什么呢？我们并不太喜欢死蝴蝶的样子（不飞了）；上课时翻出一个来看看不过是因为究竟比我们的教科书和教员的脸总还好玩些，却也不是真有兴趣，至少这不足以鼓励我们去捕捉杀害。我们那么热心地干这个（一下子工夫可以三五十个，把一本书每一页都夹一个毫不费力），完全是发泄我们初生的爱。就是我们那些女同学，那些小姐，她们的身体、姿态、脚步、笑声给我们一种奇异的刺激，刺激我们做许多没有理由的事情。这么多的花蝴蝶，蓝天、白云、太阳、风，又挑拨我们。我们一身蓄聚蛮野的冲动，随时就会干点傻事出来。捕捉蝴蝶，这跟连衣服跳到水里去，爬到蓝楼房顶上，用力踢一只大狗，光声怪叫，奇异服装完全出于一源。不过花跟蝴蝶似乎最能疏导宣发，是一种最直接，最尽致，最完备周到的方式。我们简直可以把那些蝴蝶一把一把地纳到嘴里，嚼得稀烂，咕嘟一声咽下去的（并不需她们任何一个在旁边看见或知道)！都是些小疯子，那个时候我们大概是十三四，十四五岁。

　　这一下可飘得远了。斯本德刚才说什么来的？让我想想看。我重新把那篇《一首诗的创造》摊开，俯伏到上面去。稍微有点不顺帖，但不一会儿我就跟上他了。

猫

我不喜欢猫。

我的祖父有一只大黑猫。这只猫很老了,老得懒得动,整天在屋里趴着。

从这只老猫我知道猫的一些习性:

猫念经。猫不知道为什么整天"念经",整天呜噜呜噜不停。这呜噜呜噜的声音不知是从哪里发出来的,怎么发出来的。不是从喉咙里，像是从肚子里发出的。呜噜呜噜……真是奇怪。别的动物没有这样不停地念经的。

猫洗脸。我小时洗脸很马虎，我的继母说我是猫洗脸。猫为什么要"洗脸"呢？

猫盖屎。北京人把做了见不得人的事想遮掩而又遮不住，叫"猫盖屎"。猫怎么知道拉了屎要盖起来的？谁教给它的？——母猫，猫的妈？

我的大伯父养了十几只猫。比较名贵的是玳瑁猫——有白、黄、黑色的斑块。如是狮子猫，即更名贵。其他的猫也都有品，如"铁棒打三桃"——白猫黑尾，身有三块桃形的黑斑；"雪里拖枪"；黑猫、白猫、黄猫、狸猫……

我觉得不论叫什么名堂的猫，都不好看。

只有一次，在昆明，我看见过一只非常好看的小猫。

这家姓陈，是广东人。我有个同乡，姓朱，在轮船上结识了她们，母亲和女儿，攀谈起来。我这同乡爱和漂亮女人来往。她的女儿上小学了。女儿很喜我，爱跟我玩。母亲有一次在金碧路遇见我们，邀我们上她家喝咖啡。我们去了。这位母亲已经过了三十岁了，人很漂亮，身材高高的，腿很长。她看人眼睛眯眯的，有一种恍恍惚惚的成熟的美。她斜靠在长沙发的靠枕上，神态有点慵懒。在她脚边不远的地方，有一个绣墩，绣墩上一个墨绿色软缎圆垫上卧着一只小白猫。这猫真小,连头带尾只有五六寸,雪白的,白得像一团新雪。这猫也是懒懒的,不时睁开蓝眼睛顾盼一下,就又闭上了。屋里有一盆很大的素心兰,开得正好。好看的女人、小白猫、兰花的香味,这一切是一个梦境。

猫的最大的劣迹是交配时大张旗鼓地号叫。有的地方叫作"猫叫春",北京谓之"闹猫"。不知道是由于快感或痛感,郎猫女猫(这是北京人的说法,一般地方都叫公猫、母猫)一递一声,叫起来没完,其声凄厉,实在讨厌。鲁迅"仇猫",良有以也。有一老和尚为其叫声所扰,以致不能入定,乃作诗一首。诗曰:

春叫猫儿猫叫春,
看他越叫越来神。
老僧亦有猫儿意,
不敢人前叫一声。

鱼

臭水河和越塘原是连着的。不知从哪年起,螺蛳坝以下淤塞了,就隔断了。风和人一年一年把干土烂草往河槽里填,河槽变成很浅了。不过旧日的河槽依然可以看得出来。两旁的柳树还能标出原来河的宽度。这还是一条河,一条没有水的干河。

干河的北岸种了菜。南岸有几户人家。这几家都是做嫁妆的，主要是做嫁妆之中的各种盆桶，脚盆、马桶、榲子。这些盆桶是街上嫁妆店的订货，他们并不卖门市。这几家只是本钱不大，材料不多的作坊。这几家的大人、孩子，都是做盆桶的工人。他们整天在门外柳树下锯、刨。他们使用的刨子很特别。木匠使刨子是往前推，桶匠使刨子是往后拉。因为盆桶是圆的，这么使才方便。这种刨子叫作刮刨。盆桶成型后，要用砂纸打一遍，然后上漆。上漆之前，先要用猪血打一道底子。刷了猪血，得晾干。因此老远地就看见干河南岸，绿柳荫中排列着好些通红的盆盆桶桶，看起来很热闹，画出了这几家作坊的一种忙碌的兴旺气象。

桶匠有本钱，有手艺，在越塘一带，比起那些完全靠力气吃饭的挑夫、轿夫要富足一些。和杀猪的庞家就不能相比了。

从侉奶奶家旁边向南伸出的后街到往螺蛳坝方向，拐了一个直角。庞家就在这拐角处，门朝南，正对越塘。他家的地势很高，从街面到屋基，要上七八层台阶。房屋在这一片算是最高大的。房屋盖起的时间不久，砖瓦木料都还很新。檩粗板厚，瓦密砖齐。两边各有两间卧房，正中是一个很宽敞的穿堂。坐在穿堂里，可以清清楚楚看到越塘边和淤塞的旧河交接处的一条从南到北的土路，看到越塘的水和越塘对岸的一切，眼界很开阔。这前面的新房子是住人的。养猪的猪圈，烧水、杀猪的场屋都在后面。

庞家兄弟三个，各有分工。老大经营擘画，总管一切。老二专管各处收买生猪。他们家不买现成的肥猪，都是买半大猪回来自养。老二带一个伙计，一趟能赶二三十头猪回来。因为杀的猪多，他经常要外出。杀猪是老三的事——当然要有两个下手伙计。每天五更头，东方才现一点鱼肚白，这一带人家就听到猪尖声号叫，知道庞家杀猪了。猪杀得了，放了血，在杀猪盆里用开水烫透，吹气，刮毛。杀猪盆是一种特制的长圆形的木盆，盆帮很高。二百来斤的猪躺在里面，富富有余。杀几头猪，没有一定，按时令不同。少则两头，多则三头四头，到年下人家腌肉时就杀得更多了。因此庞家有四个极大的木盆，几个伙计同时动手洗刮。

这地方不兴叫屠户，也不叫杀猪的，大概嫌这种叫法不好听，大都叫"开肉案子的"。"开"肉案子，就是掌柜老板一流，显得身份高了。庞家肉案子生意很好，因为一条东大街上只有这一家肉案子。早起人进人出，剁刀响，铜钱响，票子响。不到晌午，几片猪就卖得差不多了。这里人一天吃的肉都是上午一次买齐，很少下午来割肉的。庞家肉案到午饭后，只留一两块后臀硬肋等待某些家临时来了客人的主顾，留一个人照顾着。一天的生意已经做完，店堂闲下来了。

店堂闲下来了。别的肉案子，闲着就闲着吧。庞家的人可真会想法子。他们在肉案子的对面，设了一道拦柜，卖茶叶。茶叶和猪肉是两码事，怎么能卖到一起去呢？——可是，又为什么一定不能卖到一起去呢？东大街没有一家茶叶店，要买茶叶就得走一趟北市口。有了这样一个卖茶叶的地方，省走好多路。卖茶叶，有一个人盯着就行了。有时叫一个小伙计来支应。有时老大或老三来看一会儿。有时，庞家的三妯娌之一，也来店堂里坐着，包包茶叶，收收钱。这半间店堂的茶叶店生意很好。

庞家三弟兄一个是一个。老大稳重，老二干练，老三是个文武全才。他们长得比别人高出一头。老三尤其肥白高大。他下午没事，常在越塘高空场上练石担子、石锁。他还会写字，写刘石庵体的行书。这里店铺都兴装着花槅子。槅子留出一方空白，可以贴字画。别家都是请人写画的。庞家肉案子是庞老三自己写的字。他大概很崇拜赵子龙。别人家槅心里写的是"春眠不觉晓，处处闻啼鸟""夫天地者万物之逆旅，光阴者百代之过客"之类，他写的都是《三国演义》里赞赵子龙的诗。

庞家这三个妯娌：一个赛似一个地漂亮，一个赛似一个地能干。她们都非常勤快。天不亮就起来，烧水，煮猪食，喂猪。白天就坐在穿堂里做针线。都是光梳头，净洗脸，穿得整整齐齐，头上戴着金簪子，手上戴着麻花银镯。人们走到庞家门前，就觉得眼前一亮。

到粥厂放粥，她们就一人拎一个樋子去打粥。

这不免会引起人们议论："戴着金簪子去打粥！佴奶奶打粥，你庞家也打粥?！"大家都知道，她们打了粥来是不吃的，喂猪！因此，越塘、螺蛳坝一带人对庞家虽很羡慕并不亲近。都觉得庞家的人太精了。庞家的人缘不算好。别人也知道，庞家人从心里看不起别人，尤其是这三个女的。

越塘边发生了从未见过的奇事。

这一年雨水特别大，臭水河的水平了岸，水都漫到后街街面上来了。地方上的居民铺户共同商议，决定挖开螺蛳坝，在淤塞的旧河槽挖一道沟，把臭水河的水引到越塘河里去。这道沟只两尺宽。臭水河的水位比越塘高得多。水在沟里流得像一支箭。

流着，流着，一个在岸边做桶的孩子忽然惊叫起来：

"鱼！"

一条长有尺半的大鲤鱼叭的一声蹦到岸上来了。接着，一条，一条，又一条，鲤鱼！鲤鱼！鲤鱼！

不知从哪里来的那么多的鲤鱼。它们戗着急水往上蹿，不断地蹦到岸上。桶店家的男人、女人，大人、小孩，都奔到沟边来捉鱼。有人搬了脚盆放在沟边，等鲤鱼往里跳。大家约定，每家的盆，放在自己家门口，鱼跳进谁家的盆算谁的。

他们正在商议，庞家的几个人搬了四个大杀猪盆，在水沟流入越塘入口处挨排放好了。人们小声嘟囔："真是手尖眼快啊！"但也没有办法。不是说谁家的盆放在谁家门口吗？庞家的盆是放在庞家的门口（当然他家门口到河槽还有一个距离），庞家杀猪盆又大，放的地方又好，鱼直往里跳。人们不满意，但是好在家家的盆里都不断跳进鱼来，人们不断地欢呼，狂叫，简直好像做着一个欢喜而又荒唐的梦，高兴压过了不平。

这两天，桶匠家家吃鱼，喝酒。这一辈子没有这样痛快地吃过鱼。一面开怀地嚼着鱼肉，一面还觉得天地间竟有这等怪事：鱼往盆里跳，实在不可思议。

两天后，臭水河的积水流泄得差不多了，螺蛳坝重新堵上，沟里没有水了，也没有鱼了，岸上到处是鱼鳞。

庞家桶里的鱼最多。但是庞家这两天没有吃鱼。他家吃的是鱼子、鱼脏。鱼呢？这妯娌三个都把来用盐揉了，肚皮里撑一根芦柴棍，一条一条挂在门口的檐下晾着，挂了一溜。

把鱼已经通通吃光了的桶匠走到庞家门前,一个对一个说:"真是鱼有眼睛,谁家兴旺,它就往谁家盆里跳啊!"

正在穿堂里做针线的妯娌三个都听见了。三嫂子抬头看了二嫂子一眼,二嫂子看了大嫂子一眼,大嫂子又向两个弟媳妇都看了一眼。她们低下头来继续做针线。她们的嘴角都挂着一种说不清的表情。是对自己的得意?是对别人的鄙夷?

猴王的罗曼史

在索溪峪，陪我游山的老万说：有一个姓吴的老人，通猴语，会唱猴歌。他一唱猴歌，能把山里的野猴子引下来。我们去找他。他住在一个山窝窝里，有几间房子，我们去的时候，他没在。那几间房子对面的平地上有一个很大的铁条笼子，笼子里外都是猴子。有三个青年工人正跟猴子玩，给它们吃葵花子。猴子一点不怕人，它们拉人的胳臂，爬上人的肩膀，三四只猴子一同挤在人的怀里……这三个青年工人和猴子拍了好多张照片。人很高兴，猴子也很高兴。

只有一只猴子，独自蹲在一边，神情很阴郁，像一个哲学家。

吴老人回来了。老万问他是不是会唱猴歌，他不置可否，只含糊地说："猴歌哇？……"他倒是蹲在铁笼前面和我们闲聊了半天。他说他五代都在山里抓猴子，对猴子是很熟悉的。

他说，猴有猴群。大猴群有一百多只，小的也有二三十只。猴群有王。猴王是打出来的。谁都打它不赢，它就是猴王。猴王一来，所有的猴子都让出一条路来，让猴王走。有大王，还有二王、三王——一把手、二把手、三把手。猴王老了，打不赢别的公猴，就退休。猴子是"群婚制"，名义上，猴群里的母猴子都是猴王的老婆——它的姬妾；但是猴王有一个大老婆——正宫娘娘，猴后。别的母猴子"乱搞男女关系"，只要不当着猴王的面，猴王也就睁一只眼闭一只眼。大老婆可不行！

老吴说，这个猴群的一只母猴子，原是猴王的大老婆，就是因为和别的公猴子乱搞，被猴王赶出去的。这个猴皇后跑到山里住了一年半，和另一个猴群的二王结了婚，生了一只小猴子。后来,这个猴群的大王死了,母猴回来看了看,就把那位二王引了来,当了这个猴群的大王——招婿上门。

我们向笼子里看了看,问:"是不是这一只是猴王?"老吴说:"是的。"猴王是一眼就看得出来的:它比别的猴子要魁梧壮实得多,毛也长,有光泽,颜色金黄。猴王的面相也有点特别。猴子一般都是尖下颏,它的下颏却是方的。双目炯炯,很威严,确实有点王者气象。

老吴说:"猴话"有五十几种——能发出五十几种不同的声音。这些声音表达不同的意思。当然,严格地讲,这不能叫作"话",因为还不能构成句子。但是五十几种意思,也够丰富的了。

老吴在跟我们谈话时,猴王四脚着地站在笼边听着,接连发出吭吭的声音。我问老吴:"它说什么?"老吴说:"它讲我们在讲它。"猴王又吭吭了两声,表示正是这个意思。

我问猴王管什么事。"两只猴子吵架,它要管咧。它一吼,吵架的猴子就不作声了。""猴王是不是要照顾家属的生活?"——"那不,各人自己生活。它儿子吃的东西,它也要抢!"

我们问猴子能活多久,老吴说跟人差不多。猴王有三十多岁了。那一只——就是像一个哲学家的，是只母猴子，已经六十多岁。因为老了，别的猴子欺负它，它抢不到吃的，所以很瘦，毛也脱了很多。

那三个青年工人走了。猴王、猴后并肩蹲在高处，吭吭地高叫。我问老吴："这是什么意思？"——"它讲：你们走啦？"青年工人走了一段路，猴王、猴后又吭吭了两声。老吴说："它说：慢慢走！"

老万和我有点不大相信。不料，我们走的时候，猴王、猴后同样并肩恭送。"吭吭吭吭"——"你们走啦？"——"吭吭……"——"慢慢走！"咦！

老吴名吴愈财，岁数并不大，五十多岁吧。他只有一只胳臂。那一只胳臂因为在山里打猎，猎枪走火伤了。

我们建议他把"猴语"录下音来，由他加以解释。他说管理处的小张已经录了一套。

狼的母性

香港大概没有狼。

中国很多地方有狼。

绍兴有狼。鲁迅写的祥林嫂的孩子阿毛就是被狼吃了的。

昆明有狼。我在昆明郊区看到一些人家的砖墙上用石炭画了一个一个的白圈,问人:"这是干什么?"答曰:"是防狼的。"狼性多疑,它怕中了圈套。

张家口有狼。口外长途车站有一个站名就叫狼窝沟。在张家口想买一件狼皮褥子毫不费事,也很便宜。狼皮褥子可以隔潮,垫了狼皮褥子不易得风湿。我在张家口的沙岭子下放劳动了三年,有一只狼老来偷果园里的葡萄,而且专偷"白香蕉"。白香蕉是葡萄的名种,果粒色白,而有香蕉味道。后来叫一个农业工人用步枪打死了。剖开肚子,一肚子都是白香蕉!

呼和浩特有狼。

大青山狼多。狼多昼伏夜出。有一个在山里打过游击的朋友告诉我:"那几年,狼下山,我下山;狼回山,我回山。"有一个游击队员在半山睡着了,一只狼爬到他身上,他惊醒了,两手掐住狼脖子不放,竟把狼掐死了。后来熟人见他都开玩笑:"武松打虎,××掐狼。"

游击队在山里行军,发现三只小狼埋在沙坑里,只露出三个小脑袋。一个小战士很奇怪,问人:"这是怎么回事?"一个有经验的老战士告诉他:"小狼出痘子,母狼就把它们用沙土埋起来,过几天再刨出来。"小战士把三只小狼刨出来,背走了。这一下惹了麻烦:游击队到哪里,母狼跟到哪里。蹲在不远的地方哀叫,一叫一黑夜。又不能开枪打,怕暴露目标。叫了几夜,后来小战士听了老战士的劝，把小狼放了，晚上宿营，才能睡个安生觉。

呼伦贝尔有狼。

海拉尔，离市区不远的山里有一窝狼，两只老狼，三只狼崽子。有一个农民知道了，趁老狼不在的时候把狼崽子掏了。畜产公司收购，大狼一只三十块钱，小狼十五。三只小狼能卖四十五块钱。老狼回来了，就找掏狼崽子的人。找到海拉尔桥头，没办法了。原来这个农民很有经验，知道老狼会循着他身上的气味跟踪的——狼鼻子非常尖，他到了海拉尔桥就下了河，从河里走了。河水把他的气味冲走了。线索断了。这两只老狼就连夜祸害桥边的村子，咬死了几个孩子。狼急疯了，要报复。后来是动用了解放军，围剿了一夜，才把老狼打死了。

昙花、鹤和鬼火

邻居夏老人送给李小龙一盆昙花。昙花在这一带是很少见的。夏老人很会养花,什么花都有。李小龙很小就听说过"昙花一现"。夏老人指给他看。"这就是昙花。"李小龙欢欢喜喜地把花抱回来了。他的心欢喜得咚咚地跳。

李小龙给它浇水,松土。白天搬到屋外。晚上搬进屋里,放在床前的高茶几上。早上睁开眼第一件事便是看看他的昙花。放学回来，连书包都不放，先去看看昙花。

昙花长得很好，长出了好几片新叶，嫩绿嫩绿的。

李小龙盼着昙花开。

昙花茁了骨朵儿了！

李小龙上课不安心，他总是怕昙花在他不在家的时候开了。他听说昙花开无定时，说开就开了。

晚上，他睡得很晚，守着昙花。他听说昙花常常是夜晚开。

昙花就要开了。

昙花还没有开。

一天夜里，李小龙在梦里闻到一股醉人的香味。他忽然惊醒了：昙花开了！

李小龙一骨碌坐了起来，划根火柴，点亮了煤油灯：昙花真的开了！

李小龙好像在做梦。

昙花真美呀！雪白雪白的，白得像玉，像天上的云。花心淡黄，淡得像没有颜色，淡得真雅。它像一个睡醒的美人，正在舒展着她的肢体，一面呼出醉人的香气。啊呀，真香呀！香死了！

李小龙两手托着下巴，目不转睛地看着昙花。看了很久，很久。

他困了。他想就这样看它一夜,但是他困了。吹熄了灯,他睡了。一睡就睡着了。

睡着之后,他做了一个梦,梦见昙花开了。

于是李小龙有了两盆昙花。一盆在他的床前,一盆在他的梦里。

李小龙已经是中学生了。过了一个暑假,上初二了。

学校在东门里,原是一个道士观,叫赞化宫。李小龙的家在北门外东街。从李小龙家到中学可以走两条路。一条进北门走城里,一条走城外。李小龙上学的时候都是走城外,因为近得多。放学有时走城外,有时走城里。走城里是为了看热闹或是买纸笔,买糖果零吃。

从李小龙家的巷子出来,是越塘。越塘边经常停着一些粪船。那是乡下人上城来买粪的。李小龙小时候刚学会折纸手工时,常折的便是"粪船"。其实这只纸船是空的,装什么都可以。小孩子因为常常看见这样的船装粪,就名之曰粪船了。

沿越塘的坡岸走上来,右边有几家种菜的。左边便是菜地。李小龙看见种菜的种青菜,种萝卜。看他们浇粪,浇水。种菜的用一个长把的水舀子舀满了水,手臂一挥舞,水就像扇面一样均匀地洒开了。青菜一天一个样,一天一天长高了，全都直直地立着，都很精神，很水灵。萝卜原来像菜，后来露出红红的"背儿"，就像萝卜了。他看见扁豆开花，扁豆结角了。看见芝麻。芝麻可不好看，直不老挺，四方四棱的秆子，结了好些带小毛刺的蒴果。蒴果里就是芝麻粒了。"你就是芝麻呀！"李小龙过去没看见过芝麻。他觉得芝麻能榨油，给人吃，这非常神奇。

过了菜地，有一条不很宽的石头路。铺路的石头不整齐，大大小小，而且都是光滑的，圆乎乎的，不好走。人不好走，牛更不好走。李小龙常常看见一头牛的一只前腿或后腿的蹄子在圆石头上"嚯——嗒"一声滑了一下——然而他没有看见牛滑得摔倒过。牛好像特别爱在这条路上拉屎。路上随时可以看见几堆牛屎。

石头路两侧各有两座牌坊，都是青石的。大小、模样都差不多。李小龙知道，这是贞节牌坊。谁也不知道这是谁家的，是为哪一个守节的寡妇立的。那么，这不是白立了吗？牌坊上有很多麻雀做窝。麻雀一天到晚叽叽喳喳地叫，好像是牌坊自己叽叽喳喳叫着似的。牌坊当然不会叫，石头是没有声音的。

石头路的东边是农田，两边是一片很大的苇荡子。苇荡子的尽头是一片雾蒙蒙的杂树林子。林子后面是善因寺。沿石头路往善因寺有一条小路，很少人走。李小龙有一次一个人走了一截,觉得怪瘆得慌。

春天,苇荡子里有很多蝌蚪,忙忙碌碌地甩着小尾巴。很快,就变成了小蛤蟆。小蛤蟆每天早上横过石头路乱蹦。你们干吗乱蹦,不好老实待着吗?小蛤蟆很快就成了大蛤蟆,咕呱乱叫!

走完石头路,是傅公桥。从东门绕过来的护城河往北,从北城绕过来的护城河往东,在河里汇合,流入澄子河。傅公桥正跨在汇流的浦上。这是一座洋松木桥。两根桥梁,上面横铺着立着的洋松木的扁方子,用巨大的铁螺丝固定在桥梁上。洋松扁方并不密接,每两方之间留着和扁方宽度相等的空隙。从桥上过,可以看见水从下面流。有时一团青草,一片破芦席片顺水漂过来,也看得见它们从桥下悠悠地漂过去。

李小龙从初一读到初二了,来来回回从桥上过,他已经过了多少次了?

为什么叫作傅公桥?傅公是谁?谁也不知道。

过了傅公桥,是一条很宽很平的大路,当地人把它叫作"马路"。走在这样很宽很平的大路上,是很痛快,很舒服的。

马路东,是一大片农田。这是"学田"。这片田因为可以直接以护城河引水灌溉,所以庄稼长得特别地好,每年的收成都是别处的田地比不了的。

　　李小龙看见过割稻子,看见过种麦子。春天,他爱下了马路,从麦子地里走,一直走到东门口。麦子还没有"起身"的时候,是不怕踩的,越踩越旺。麦子一天一天长高了。他掰下几粒青麦子,搓去外皮,放进嘴里嚼。他一辈子记得青麦子的清香甘美的味道。他看见过割麦子,看见过插秧。插秧是个大喜的日子,好比是娶媳妇,聘闺女。插秧的人总是精精神神的,脾气也特别温和。又忙碌,又从容,凡事有条有理。他们的眼睛里流动着对于粮食和土地的脉脉的深情。一天又一天,哈,稻子长得齐李小龙的腰了。不论是麦子,是稻子,挨着马路的地边的一排长得特别好。总有几丛长得又高又壮,比周围的稻麦高出好些。李小龙想,这大概是由于过路的行人曾经对着它撒过尿。小风吹着丰盛的庄稼的绿叶,沙沙地响,像一首遥远的、温柔的歌。李小龙在歌里欢快地走着⋯⋯

　　李小龙有时候挨着庄稼地走,有时挨着河沿走。河对岸是一带黑黑的城墙,城墙垛子一个、一个、一个,整齐地排列着。城墙外面,有一溜墓地,长了好些狗尾巴草、扎蓬、苍耳和风播下来的旅生的芦秫。草丛里一定有很多蝈蝈,蝈蝈把它们的吵闹声音都送到河这边来了。下面,是护城河。随着上游水闸的启闭,河水有时大,有时小;

有时急，有时慢。水急的时候，挨着岸边的水会倒流回去，李小龙觉得很奇怪。过路的大人告诉他：这叫"回溜"。水是从运河里流下来的，是浑水，颜色黄黄的。黑黑的城墙，碧绿的田地，白白的马路，黄黄的河水。

去年冬天，有一天，下大雪，李小龙一大早上学去，他发现河水是红颜色的！很红很红，红得像玫瑰花。李小龙想：也许是雪把河变红了。雪那样厚，雪把什么都盖成一片白，于是衬得河水是红的了。也许是河水自己这一天发红了。他琢磨不透。但是他千真万确看见了一条红水河。雪地上还没有人走过，李小龙独自一人，踏着积雪，他的脚踩得积雪咯吱咯吱地响。雪白雪白的原野上流着一条玫瑰红色的河，那样单纯，那样鲜明而奇特，这种景色，李小龙从来没有看见过，以后也没有看见过。

有一天早晨，李小龙看到一只鹤。秋天了，庄稼都收割了，扁豆和芝麻都拔了秧，树叶落了，芦苇都黄了，芦花雪白，人的眼界空阔了。空气非常凉爽。天空淡蓝淡蓝的，淡得像水。李小龙一抬头，看见天上飞着一只东西。鹤！他立刻知道，这是一只鹤。李小龙没有见过真的鹤，他只在画里见过，他自己还画过。不过，这的的确确是一只鹤。真奇怪，怎么会有一只鹤呢？这一带从来没有人家养过一只鹤，更不用说是野鹤了。然而这真是一只鹤呀！

鹤沿着北边城墙的上空往东飞去。飞得很高，很慢，雪白的身子，雪白的翅膀，两只长腿伸在后面。李小龙看得很清楚，清楚极了！李小龙看得呆了。鹤是那样美，又教人觉得很凄凉。

鹤慢慢地飞着，飞过傅公桥的上空，渐渐地飞远了。

李小龙痴立在桥上。

李小龙多少年还忘不了那天的印象，忘不了那种难遇的凄凉的美，那只神秘的孤鹤。

李小龙后来长大了，到了很多地方，看到过很多鹤。

不，这都不是李小龙的那只鹤。

世界上的诗人们，你们能找到李小龙的鹤吗？

李小龙放学回家晚了。教图画手工的张先生给了他一个任务，让他刻一副竹子的对联。对联不大，只有三尺高。选一段好毛竹，一剖为二，刳去竹节，用砂纸和竹节草打磨光滑了，这就是一副对子。联文是很平常的：

惜花春起早
爱月夜眠迟

字是请善因寺的和尚石桥写的，写的是石鼓。因为李小龙上初一的时候就在家跟父亲学刻图章,已经刻了一年,张先生知道他懂得一点篆书的笔意,才把这副对子交给他刻。刻起来并不费事,把字的笔画的边廓刻深,再用刀把边线之间的竹皮铲平,见到"二青"就行了。不过竹皮很滑,竹面又是圆的,需要手劲。张先生怕他带来带去,把竹皮上墨书的字蹭模糊了,教他就在自己的画室里刻。张先生的画室在一座小楼上。小楼在学校东北角,是赞化宫的遗物,原来大概是供吕洞宾的,很旧了。楼的三面都是紫竹——紫竹在城里别处极少见,学生习惯就把这座楼叫成"紫竹楼"。李小龙每天下课后,上楼来刻一个字,刻完回家。已经刻了一个多星期了。这天就剩下"眠迟"两个字了,心想一气刻完得了,明天好填上石绿挂起来看看,就贪刻了一会儿。偏偏石鼓文体的"迟"字笔画又多,时间不知不觉就过去了。刻完了"迟"的"走之",揉揉眼睛,一看:呀,天都黑了!而且听到隐隐的雷声——要下雨了!赶紧走。他背起书包直奔东门。出了东门,听到东门外铁板桥下轰鸣震耳的水声,他有点犹豫了。

东门外是刑场(后来李小龙到过很多地方,发现别处的刑场都在西门外。按中国的传统观念,西方主杀,不知道这里的刑场为什么在东门外)。对着东门不远,有一片空地,空地上现在还有一些浅浅的圆坑,据说当初杀人就是让犯人跪在坑里，由背后向第三个颈椎的接缝处切一刀。现在不兴杀头了，枪毙犯人——当地叫作"铳人"，还是在这里。李小龙的同学有时上着课，听到街上犯人拉长音的凄惨的号声，就知道要铳人了。他们下了课赶去看，有时能看到尸首，有时看到地下一摊血。东门桥是全县唯一的一座铁板桥。桥下有闸。桥南桥北水位落差很大，河水倾跌下来，声音很吓人。当地人把这座桥叫作掉魂桥，说是临刑的犯人到了桥上，听到水声，魂就掉了。

李小龙犹豫了一下，还是走上铁板桥了。他的脚步踏得桥上的铁板当当地响。

天骤然黑下来了，雨云密集，天阴得很严。下了桥，他就掉在黑暗里了。什么也看不见，只能看到一条灰白的痕迹，是马路；黑乎乎的一片，是稻田。好在这条路他走得很熟，闭着眼也能走到，不会掉到河里去，走吧！他听见河水哗哗地响，流得比平常好像更急。听见稻子的新秀的穗子摆动着，稻粒摩擦着发出细碎的声音。一个什么东西窜过马路！——大概是一只獾子。什么东西落进河水了——"扑通"！他的脚清楚地感觉到脚下的路。一个圆形的浅坑，这是一个牛蹄印子，干了。"谁在这里扔下一块西瓜皮！差点摔了我一跤！"天上不时扯一个闪，青色的闪、金色的闪、紫色的闪。闪电照亮一块黑云，黑云翻滚着，绞扭着,像一个暴怒的人正在憋着一腔怒火。闪电照亮一棵小柳树,张牙舞爪,像一个妖怪。

李小龙走着,在黑暗里走着,一个人。他走得很快,比平常要快得多,真是"大步流星",踏踏踏踏地走着。他听见自己的两只裤脚擦得刹刹地响。

一半沉着,一半害怕。

不太害怕。

刚下掉魂桥,走过刑场旁边时,头皮紧了一下,有点怕,以后就好了。

他甚至觉得有点豪迈。

快要到了。前面就是傅公桥。"行百里者半九十",今天上国文课时他刚听高先生讲过这句古文。

上了傅公桥,李小龙的脚步放慢了。

这是什么?

他从来没有看见过。

一道一道碧绿的光,在苇荡上。

李小龙知道,这是鬼火。他听说过。

绿光飞来飞去。它们飞舞着,一道道碧绿的抛物线。绿光飞得很慢,好像在呦呦地哭泣。忽然又飞快了,聚在一起;又散开了,好像又笑了,笑得那样轻。绿光纵横交错,织成一面疏网;忽然又飞向高处,落下来,像一道放慢了的喷泉。绿光在集会，在交谈。你们谈什么？……

李小龙真想多停一会儿，这些绿光多美呀！

但是李小龙没有停下来，说实在的，他还是有点紧张的。

但是他也没有跑。他知道他要是一跑，鬼火就会追上来。他在小学上自然课时就听老师讲过，"鬼火"不过是空气里的磷，在大雨将临的时候，磷就活跃起来。见到鬼火，要沉着，不能跑，一跑，把气流带动了，鬼火就会跟着你追。你跑得越快，它追得越紧。虽然明知道这是磷，是一种物质，不是什么"鬼火"，不过一群绿光追着你，还是怕人的。

李小龙用平常的速度轻轻地走着。

到了贞节牌坊跟前倒真的吓了他一跳！一条黑影，迎面向他走来。是个人！这人碰到李小龙，大概也有点紧张，跟小龙擦身而过，头也不回，匆匆地走了。这个人，那么黑的天，他跑到马上要下大雨的田野里去干什么？

到了几户种菜人家的跟前，李小龙的心才真的落了下来。种菜人家的窗缝里漏出了灯光。

李小龙一口气跑到家里。刚进门，"哗——"大雨就下来了。

李小龙搬了一张小板凳，在灯光照不到的廊檐下，对着大雨倾注的空庭，一个人呆呆地想了半天。他要想想今天的印象。

　　李小龙想：我还是走回来了。我走在半道上没有想退回去。如果退回去，我就输了，输给黑暗，又输给了我自己。

　　李小龙回想着鬼火，他觉得鬼火很美。

　　李小龙看见过鬼火了，他又长大了一岁。

瞎　鸟

经常到玉渊潭遛鸟——遛画眉的,有这几位:

老秦、老葛。他们固定的地点在东堤根底下。堤下有几棵杨树,可以挂鸟。有几个树墩子,可以坐坐。一边是苗圃,空气好。一边是一片杂草,开着浅蓝色的、金黄色的野花。他们选中这地方,是因为可以在草丛里捉到喂鸟的活食——蛐蛐、油葫芦。老葛说:"鸟到了我们手里,就算它有造化！"老葛来得早，走得也早，他还不到退休年龄，赶八点钟还得回去上班。老秦已经"退"了，可以晚一点走。他有个孙子，他来遛鸟，孙子说："爷爷，你去遛鸟，给我逮俩玩意。"老秦每天都要捉一两个挂大扁、唧嘹。实在没有，至少也得逮一个"老道"——一种黄蝴蝶。他把这些玩意放在一个旧窗纱做的小笼里。老秦、老葛都是只带一只画眉来。

堤面上的一位，每天蹬了自备的小三轮车来。他这三轮真是招眼：坐垫、靠背都是玫瑰红平绒的，车上的零件锃亮。他每天带四只鸟来，挂在柳树上。他自己就坐在车上架着二郎腿，抽烟，看报，看人——看穿了游泳衣的女学生。他的鸟叫得不怎么样，可是鸟笼真讲究，一色是紫漆的，洋金大抓钩。鸟食罐都是成套的，绣墩式的、鱼缸式的、腰鼓式的；粉彩是粉彩，斗彩是斗彩，釉红彩是釉红彩，叭狗、金鱼、公鸡。

南岸是鸟友们会鸟的地方。湖边有几十棵大洋槐树，树下一片小空场，空场上石桌石凳。几十笼画眉挂在一起，叫成一片。鸟友们都认识，挂了鸟，就互相聊天。其中最活跃的有两位。一个叫小庞，其实也不小了，不过人长得少相。一个叫陈大吹，因为爱吹。小庞一逗他，他就打开了话匣子。陈大吹是个"鸟油子"。他养的鸟很多。每天用自行车载了八只来，轮流换。他不但对玉渊潭的画眉一只一只了如指掌，哪只有多少"口"，哪只的眉子齐不齐，体肥还是体瘦，头大还是头小，哪一只从谁手里买的，花了多少钱，一清二楚，就是别处有什么出了名的鸟，天坛城根的，月坛公园的，龙潭湖的，他也能说出子午卯酉。大家爱跟他近乎，还因为他每天带了装水的壶来。一个三磅①热水瓶那样大的浅黄色的硬塑料瓶，有个很严实的盖子，盖子上有一个弯头的管子，攥着壶，手一仄歪，就能给水罐里加上水，极其方便。他提溜着这个壶，看谁笼里水罐里水浅了，就给加一点。他还有个脾气，爱和别人换鸟。养鸟的有这个规矩，你看上我的鸟，我看上你的了，咱俩就可以换。有的愿意贴一点钱，一张（十元）、两张、三张。说好了，马上就掏。随即开笼换鸟。一言为定，永不反悔。

　　老王，七十多岁了，原来是勤行——厨子，他养了一只画眉。他不大懂鸟，不知怎么误打误撞地叫他买到了这只鸟。这只画眉，官称"鸟王"，不但口全——能叫"十三套"，而且非常响亮，一摘开笼罩，往树上一挂，一张嘴，叫起来没完。他每天先到东岸堤根下挂一挂，然后转到南岸。他把鸟往槐树杈上一挂，几十笼画眉渐渐都停下来了，

---

① 英美制质量或重量单位。1磅合0.4536千克。——编者注

就听它一个"人"一套一套地叫。真是"一鸟入林，众鸟压声"。老王是个穷养鸟的，他的这个鸟笼实在不怎么样，抓钩发黑，笼罩是一条旧裤子改的，蓝不蓝白不白，而且泡泡囊囊的，和笼子不合体。他后来又托陈大吹买了一只生鸟，和鸟王挂在一起，希望能把这只生鸟"压"① 出来。

还有个每天来遛鸟的，叫"大裤裆"。他夏天总穿一条齐膝的大裤衩，裤裆特大。"大裤裆"独来独往，很少跟人过话。他骑车来，带四笼画眉。他爱让画眉洗澡，东堤根下有一条小沟，通向玉渊潭里湖，是为了苗圃浇水掘开的。水很浅，但很清。他把笼子放在沟底，画眉就抖开翅膀洗一阵。然后挂在杨树杈上过风，挨老王的鸟不远。他提出要用一只画眉和老王的生鸟换，老王随口说了句："换就换！""大裤裆"开了笼门就把两只鸟换了。

老王提了两只鸟笼遛了几天，他有点纳闷：怎么"大裤裆"的这只鸟一声也不叫唤呀？他提到南岸槐树林里让大家看看。会鸟的鸟友们围过来左端详右端详：嗯？这是怎么回事？陈大吹过来看了一会儿，隔着笼子，用手在画眉面前挥了几下，画眉一点反应也没有。陈大吹说："你这鸟是个瞎子！"老王一跺脚。"哎哟，我上了他的当了！"

---

① 让生鸟向善叫的鸟学习鸣叫，叫"压"。——作者注

陈大吹问:"你是跟谁换的?"——"大裤裆!"——"你怎么跟他换了?"——"他说'咱俩换换',我随便说了句:'换就换!'"鸟友们都很气愤。有人说:"跟他换回来!"但是,没这个规矩。

"大裤裆"骑车过南岸,陈大吹截住了他。"你可缺了大德了!你怎么拿一只瞎鸟跟老王换?人家一个孤老头子,养活两只鸟,不容易!你这不是坑人吗?""大裤裆"振振有词:"你管得着吗?这只鸟在我手里的时候不瞎!"这是死无对证的事。你说它本来就瞎,你看见了吗?"大裤裆"登上车,疾驶而去。众鸟友议论一阵,也就散开了。

鸟友们还是每天会鸟,陈大吹还是神吹,老秦、老葛在草丛抓活食,堤面上蹬玫瑰红三轮车的主儿还是抽烟,看报,看穿了游泳衣的女学生。

老王每天提了一只鸟王、一只瞎鸟,沿湖堤遛一圈。

这以后,很少看见"大裤裆"到玉渊潭来了。

灵通麻雀

闵兆华家有过一只很怪的麻雀。

这只麻雀跌在地上,折了一条腿(大概是小孩子拿弹弓打的),兆华的爱人捡了起来,给它上了一点消炎粉,用纱布裹巴裹巴,麻雀好了。好了,它就不走了。

兆华有一顶旧棉帽子,挂在墙上,就成了它的窝。棉帽子里朝外,晚上,它钻进去,兆华的爱人把帽子翻了过来，它就在帽里睡一夜。天亮了，棉帽子往外一翻，它就忒楞楞要出来了。

兆华家不给它预备鸟食。人吃什么它吃什么。吃饭的时候，它落在兆华爱人的肩上，兆华爱人随时喂它一口。

它生了病——发烧，给它吃了一点四环素之类的药，也就好了。它每天就出去玩，但只要兆华爱人在窗口喊一声："鸟——"，它砰的一声就飞回来。

兆华爱人绣花。有时因事走开，麻雀就看着桌上的绣活，谁也不许动。你动一下，它就鸹你！

兆华领回了工资，放在大衣口袋里，麻雀会把钞票一张一张地叼出来，送到兆华爱人——它的女主人的面前！

我知道这只麻雀的时候，它已经活了四年多，毛色变得很深，发黑了。

有一位鸟类学专家曾特地到兆华家去看过这只麻雀。他认为有两点不可解：

一、麻雀的寿命一般是两年，这只麻雀怎么能活了四年多呢？

二、鸟类一般是没有思维的。这只麻雀能看绣活，叼钞票，这算什么呢？能够说是思维吗？

天地间有许多事情需要做新的探索。

天鹅之死

"阿姨,都白天了,怎么还有月亮呀?

"阿姨,月亮是白色的,跟云的颜色一样。

"阿姨,天真蓝呀。

"蓝色的天,白色的月亮,月亮里有蓝色的云,真好看呀!"

"真好看!"

"阿姨，树叶都落光了。树是紫色的。树干是紫色的。树枝也是紫色的。树上的风也是紫色的。真好看！"

"真好看！"

"阿姨，你好看！"

"我从前好看。"

"不！你现在也好看。你的眼睛好看。你的脖子，你的肩，你的腰，你的手，都好看。你的腿好看。你的腿多长呀。阿姨，我们爱你！"

"小朋友，我也爱你们！"

"阿姨，你的腿这两天疼了吗？"

"没有。要上坡了，小朋友，小心！"

"哦！看见玉渊潭了！"

"玉渊潭的水真清呀！"

"阿姨，那是什么？雪白雪白的，像花一样地发亮，一，二，三，四。"

白蕤从心里发出一声惊呼：

"是天鹅！"

"是天鹅？"

"冬泳的叔叔，那是天鹅吗？"

"是的，小朋友。"

"它们是怎么来的？"

"它们自己飞来的。"

"它们从哪儿飞来?"

"从很远很远的北方。"

"是吗?——欢迎你,白天鹅!"

"欢迎你到我们这儿来做客!"

天鹅在天上飞翔,

去寻找温暖的地方。

飞过了大兴安岭,

雪压的落叶松的密林里,闪动着鄂温克族狩猎队篝火的红光。

白蕤去看乌兰诺娃,去看天鹅。

大提琴的柔风托起了乌兰诺娃的双臂,钢琴的露珠从她的指尖流出。

她的柔弱的双臂伏下了。

又轻轻地挣扎着,抬起了脖颈。

钢琴流尽了最后的露滴,再也没有声音了。

天鹅死了。

白蕤像是在一个梦里。

她的眼睛里都是泪水。

她的眼泪流进了她的梦。

天鹅在天上飞翔,

去寻找温暖的地方。

飞过了呼伦贝尔草原,

草原一片白茫茫。

圈儿河依恋着家乡,

它流去又回头。

在雪白的草原上,

画出了一个又一个铁青色的圆圈。

　　白藜考进了芭蕾舞校。经过刻苦的训练,她的全身都变成了音乐。

　　她跳《天鹅之死》。

　　大提琴和钢琴的旋律吹动着她的肢体,她的手指和足尖都在想象。

天鹅在天上飞翔,

去寻找温暖的地方。

　　某某去看了芭蕾。

　　他用猥亵的声音说:

　　"这他妈的小妞儿!那胸脯,那小腰,那么好看的大腿！……"

他满嘴喷着酒气。

他做了一个淫荡的梦。

天鹅在天上飞翔，

去寻找温暖的地方。

"文化大革命"。中国的森林起了火了。

白蕊被打成了现行反革命。因为她说：

"《天鹅之死》就是美！乌兰诺娃就是美！"

天鹅在天上飞翔。

某某成了"宣传队员"。他每天晚上都想出一种折磨演员的花样。

他叫她们背着床板在大街上跑步。

他叫她们做折损骨骼的苦工。

他命令白蕊跳《天鹅之死》。

"你不是说《天鹅之死》就是美吗？你给我跳，跳一夜！"

录音机放出了音乐。音乐使她忘记了眼前的一切。她快乐。

她跳《天鹅之死》。

她看看某某,发现他的下牙突出在上牙之外。北京人管这种长相叫"地包天"。

她跳《天鹅之死》。

她羞耻。

她跳《天鹅之死》。

她愤怒。

她跳《天鹅之死》。

她摔倒了。

她跳《天鹅之死》。

天鹅在天上飞翔,

去寻找温暖的地方。

飞过太阳岛,

飞过松花江。

飞过华北平原,

越冬的麦粒在松软的泥土里睡得正香。

经过长途飞行,天鹅的体重减轻了,但是翅膀上增添了力量。

天鹅在天上飞翔,

在天上飞翔,

玉渊潭在月光下发亮。

"这儿真好呀！这儿的水不冻，这儿暖和，咱们就在这儿过冬，好吗？"

四只天鹅翩然落在玉渊潭上。

白蕤转业了。她当了保育员。她还是那样美，只是因为左腿曾经骨折，每到阴天下雨，就隐隐发痛。

自从玉渊潭来了天鹅，她隔两三天就带着孩子们去看一次。

孩子们对天鹅说：

"天鹅天鹅你真美！"

"天鹅天鹅我爱你！"

"天鹅天鹅真好看，"

"我们和你来做伴！"

甲、乙两青年，带了一支猎枪，偷偷走近玉渊潭。

天已经黑了。

一声枪响，一只天鹅毙命。其余的三只，惊恐万状，一夜哀鸣。

被打死的天鹅的伴侣第二天一天不鸣不食。

傍晚七点钟时还看见它。

半夜里,它飞走了。

白蕤看着报纸,她的眼前浮现出一张"地包天"的脸。

"阿姨,咱们去看天鹅。"

"今天不去了,今天风大,要感冒的。"

"不嘛!去!"

天鹅还在吗?

在!

在那儿,在靠近南岸的水面上。

"天鹅天鹅你害怕吗?"

"天鹅天鹅你别怕!"

湖岸上有好多人来看天鹅。

他们在议论。

"这个家伙,这么好看的东西,你打它干什么?"

"想吃天鹅肉。"

"想吃天鹅肉。"

"都是这场'文化大革命'闹的!把一些人变坏了,变得心狠了!不知爱惜美好的东西了!"

有人说,那一只也活不成。天鹅是非常恩爱的。死了一只,那一只就寻找一片结实的冰面,从高高的空中摔下来，把自己的胸脯在坚冰上撞碎。

孩子们听着大人的议论，他们好像是懂了，又像是没有懂。他们对着湖面呼喊：

"天鹅天鹅你在哪儿？"

"天鹅天鹅你快回来！"

孩子们的眼睛里有泪。

他们的眼睛发光，像钻石。

他们的眼泪飞到天上，变成了天上的星。

灌园日记

朱砂梅与百合

朱砂梅一半开在树上,一半开在瓶里。第一个原因是花的性格,其次才由于人性。这种花每一朵至少有三个星期可见生命,自然谢落之后是不计算在内的,只要一点点水,不把香,红,动,静,总之,它的蕊盛开了,决不肯死,而且它把所有力量倾注于盛开,能多久就多久。

有一种百合花呢,插下来时是一朵蕾儿,裹得那么紧，含着羞，于自己的美；随便搁在哪儿吧，也许出于怜惜，也许出于疏忽的偶然，你，在鬓边，过两天，你已经忘了这回事，但你的眼睛终会忽然在镜里为惊异注满光和黑——它开了，开得那么好！

荔　枝

荔枝有鲜红的壳，招呼飞鸣的鸟，而鸟以为那一串串红只宜远处看看，颜色是吃不得的。它不知道那层壳是多么薄，它简直忘了它的嘴是尖的唉，于是果实转因此而自喜。孤宁和密合都是本能。而神又于万物身内分配得那么势均力敌，只要哪一方稍弱些，能够看到的便只一面：荔枝壳转黑了，它自己酿成一种隽永的酒味。来，再不来就晚了。

一枝荔枝剥了壳，放在画着收获的盘子里。一直，一直放着。

蝴　蝶

我有两位朋友，各有嗜好，一位毕生搜集各色蝴蝶，另一位则搜集蝴蝶的卷须。每年春天,他们旅行一次。一位自西向东,一位自东向西,某天,他们同时在我的画室里休息。春天真好,我的花在我的园里做我的画室的城。但他们在我这里完全是一个旅客,怎么来,还是怎么走,不带去什么。

蒲公英和蜜蜂

蒲公英的纤絮扬起,它飞,混合忧愁与快乐,一首歌,一个沉默。从自然领得我所需,我应有的,以我所有的给愿意接受的,于是我把自己又归还自然,于是没有不瞑目的死。

一夜醒来,我的园子成了荒冷的邱地。太多的太阳,太多的月亮,园墙显得一步一步向外移去,我呆了,只不住抚摸异常光滑的锄柄,我长久地想着,实在并未想着什么,直到一只蜜蜂嘤然唤我如回忆,我醒了。

我起来,(虽然我一直木立)虽然那么费力,我再看看我的井,我重新找到我的,和花的,饮和渴。

蜘蛛和苍蝇

什么声音？我听到一缕极细的声音，嘤嘤的，细，可是紧，持续，从一个极深地方抽出来，一个不可知的地方。可是我马上找到它的来源，楼梯顶头窗户底下，一个墙犄角，一个蜘蛛正在吃一个苍蝇！

这房子不知哪里来的那么多蜘蛛！来看房子的时候，房子空着，四堵白壁，一无所有，而到处是许多蜘蛛蛋。

他们一边走来走去察看，水井，厨房，厕所，门上的锁，窗上缺不缺玻璃……我一个人在现在我住的这一间里看着那些蜘蛛蛋。嘻噫！简直不计其数，圆圆的。像一粒绿豆，灰黑色，有细碎斑点，饱满而结实，不过用手捻捻一定有点软。看得我胃里不大舒服，颈子底下发硬起来。正在谈租价，谈合同事，我没有说什么话。这些蛋一个一个里面全有一个蜘蛛，不知道在里头是什么样子？有没有眼睛，有没有脚？我觉得它们都迷迷糊糊有一点醒了似的。啧！啧！——到搬进来的时候都打扫干净了，不晓得他们如何处理那些蛋的。可是，屋子里现在还有不少蜘蛛。

蜘蛛小，一粒小麦大。苍蝇是个大苍蝇，一个金苍蝇。它完全捉住了它，已经在吃着了。它啄它的背，啄它的红颜色的头，好像从里头吸出什么东西来。苍蝇还活着，挣扎，叫。可是它的两只后脚，一只左中脚都无可救药地胶死了。翅膀也粘住了，两只翅尖搭在一起。左前脚绊在一根蛛丝上，还完好。前脚则时而绊住，时而又脱开。右中脚虽然是自由的，但几乎毫无用处，一点着不上劲。能够活动的只有那只右前脚，似乎它全身的力量都聚集在这只脚上了。它尽它的最后的生命动弹，振得蜘蛛网全部都摇颤起来，然而这是盲目的乱动，情形越来越坏。它一直叫，一直叫，我简直不相信一只苍蝇里头有那么多的声音，无穷尽的声音，而且一直那么强，那么尖锐。——忽然塞住了，声音死了。——不，还有，不过一变而为微弱了，更细了，而且平静极了，一点都不那么紧张得要命了。蜘蛛专心地吃，而高高地跷起它一只细长的后脚，拼命地颤抖，抖得快极了，不可形容地快，一根高音的弦似的。它为什么那么抖着呢？快乐？达到生命的狂欢的顶点了？过分强烈的感情必须从这只腿上发泄出去，否则它也许会晕厥，会死？它饱了罢，它要休息，喘一口气？它放开了苍蝇？急急地爬到一边，停了下来。它的脚，它的身体，它的嘴，都静止不动。隔了三秒钟，又换一个地方，爬得更远，又是全身不动。它干吗？回味，消化？它简直像睡着了。说不定它大概真睡着了。苍蝇还在哼哼，在动换，可是它毫无兴趣，一点都不关心的样子……

睡了吗？嗐，不行，哪有这么舒服的事情！我用嘴吹起了一阵大风，直对它身上。它立刻醒了，用六只长脚把自己包了起来。——蜘蛛死了都是自己这么包起来的。它刚一解开，再吹，它跑了。一停，又是那么包了起来。其中有一次，包得不大严密，一只脚挂在外头。——怎么样，来两滴雨罢！这不是很容易的事，我用一个茶杯滴了好多次才恰恰地滴在它身上。夥！这一下严重了，慌了，赶紧跑，向网边上跑。再来一滴！——这一滴好极了，正着。

它一直逃出它的网,在墙角里躲起来了。

看看这一位怎么样了,来。用一根火柴把它解脱出来,唉,已经差不多了。给它清理清理翅膀腿脚,它都不省人事了,就会毫无意义乱动!它一身纠纠缠缠的,弄得简直不成样子了。完了,这样的自由对它没有多大意思。——还给你!我把苍蝇往它面前一掼,也许做得不大粗柔,蜘蛛略略迟疑了一下,觉得情形不妙,回过身来就跑。你跑!那非还你不可!它跑到那里,我赶在它前头把半死的苍蝇往它面前一搁。它不加思索,掉头便走。这是只什么苍蝇呢?做了半世蜘蛛,从没有遇过这么奇怪的事情!这超乎它的经验,它得看看,它不马上就走了,站住,对着它高高地举起两只前脚,甚至有一次敢用一只脚去碰了一下。岂有此理!今天这个苍蝇要吃了你呢,当面地扑到你头上来了。一直弄得这个霸王走投无路,它变得非常激动起来,慌忙急迫,失去了理智,失去了机警和镇定,失去了尊严,我稍微感到有点满意,当然!我可没有当真地为光荣的胜利所陶醉了。

得了,我并不想做一个新的上帝,而且蹲在这儿半天,也累了,用一只纸烟罐子把蜘蛛和苍蝇都捉起来扣在里面,我要抽一根烟了。一根烟抽完,蜘蛛又是一个蜘蛛,苍蝇又是一只苍蝇了:揭开来一看,蜘蛛在吃苍蝇,甚至没有为揭开罐子的声音和由阴暗到明朗骤然的变化所惊动。而且,嘻,它在罐子里都拉了几根丝,结了个略具规模的网了!苍蝇,大概是完了事。在一阵重重的疲倦淹没了所有的苦痛之后,它觉得右前脚有点麻木起来,它一点都不知道它的漂亮的头是扭歪了的,嘴已经对着了它的肩膀。最后还有一点感觉,它的头上背上的发热的伤口来了一丝凉意,舒舒服服地浸遍它的全身,好了,一缕英魂袅袅地升了上去,阿门。

我打开了今天的报纸。

露筋晓月
——故乡杂忆

"秦邮八景"中我最不感兴趣的是"露筋晓月"。我认为这是对我的故乡的侮辱。

有姑嫂二人赶路,天黑了,只得在草丛中过夜。这一带蚊子极多,叮人很疼。小姑子实在受不了。附近有座小庙,小姑子到庙里投宿。嫂子坚决不去,遂被蚊虫咬死,身上的肉都被吃净,露出筋来。时人悯其贞节,为她立了祠,祠曰露筋祠。这地方从此也叫作露筋。

这是哪个全无心肝的卫道之士编造出来的一个残酷惨厉的故事!这比"饿死事小,失节事大"还要灭绝人性。

这故事起源颇早,米芾就写过《露筋祠碑》。

然而早就有人怀疑过。欧阳修就说这不合情理:蚊子怎么多,也总能拍打拍打,何至被咬死?再说蚊子只是吸人的血,怎么会把肉也吃掉了露出筋来呢?

我坐小轮船从高邮往扬州,中途轮机发生故障,只能在露筋抛锚修理。

高邮湖上的蓝天渐渐变成橙黄,又渐渐变成深紫,暝色四合,令人感动。我回到舱里,吃了两个夹了五香牛肉的烧饼,喝了一杯茶,把行李里带来的珠罗纱蚊帐挂好,躺了下来。不大会儿,就睡着了。

听到一阵嘤嘤的声音,睁眼一看:一个蚊子,有小麻雀大,正把它的长嘴从珠罗纱的窟窿里伸进来,快要叮到我的赤裸的胳臂,不过它太大了,身子进不来。我一把攥住它的长嘴,抽了一根棉线,把它的长嘴拴住,棉线的一头压在枕头下。蚊子进不来又飞不走,就在帐外拍扇翅膀。这就好像两把扇子往里吹风。我想:这不赖,我可以凉凉快快地睡一夜。

一个声音,很细,但是很尖:

"哥们!"

这是蚊子说话哪——"哥们"?

"哥们,你为什么把我拴住?"

"你是世界上最可恨的东西!你们为什么要生出来?"

"我们是上帝创造的。"

"你们为什么要吸人的血?"

"这是上帝的意旨。"

"为什么咬得人又疼又痒?"

"不这样人怎么能记住他们生下来就是有罪的?"

"咬就咬吧,为什么要嗡嗡叫?"

"不叫,怎么能证明我们的存在?"

"你们真该通通消灭!"

"你消灭不了!"

"我现在就要把你消灭了!"

我伸开两手,隔着蚊帐使劲一拍。不料一欠身,线头从枕头下面脱出,蚊子带着一截棉线飞走了。最可气的是它还回头跟我打了个招呼:"拜拜!你消灭不了我们,我们是国家一级保护动物!"

一声汽笛,我醒了。

晓月朦胧,露华滋润,荷香细细,流水潺潺。

轮机已经修好了。又一声长长的汽笛，小轮船继续完成未尽的航程。

　　我靠着船栏杆，想起王士禛的《再过露筋祠》诗："……门外野风开白莲。"

在台北闻急救车鸣笛声有感

我喜欢一个人坐坐。参加两岸三边华文小说研讨会,由于疲劳和其他原因,昨天晚上流了鼻血,今天对向往已久的阳明山竟未能随行览胜,坐在宾馆里喝茶休息。忽然听到马路上连续起伏的尖厉的鸣笛声音。这给我很大刺激。但是我的情绪很快就好转了,我断定:这是急救车的鸣笛。

这种尖厉的、起伏不停的鸣笛声,据我所知,有三类,一是急救车，一是救火车，一是抓人的警车。

我在"文革"期间，随时可听到警车的鸣笛声，听得人心惊肉跳，毛骨悚然。这种杀气腾腾的声音，不但人听熟了，连鸟都听熟了。

北京的画眉很多会模仿这样尖厉的声音，画眉讲究有"口"，有的画眉能模仿好多种声音，如山喜鹊、大喜鹊、苇咋子、猫叫、麻雀争风，甚至推运水的木轮小车吱吱扭扭的声音。但是不能瞎叫。瞎叫谓之"脏口"。凡画眉学了"脏口"，养鸟的就会抓出来立刻摔死。学警车，就是"脏口"，养画眉的听到这种"脏口"，会毫不犹豫地从笼里把它抓出来，只叭嚓一声摔在地下。

画眉何辜？这只是表现了养鸟人对这种声音的厌恶。

世界上许多事物，外表相似，而内涵不同。急救车、救火车、抓人的警车，鸣笛声极相似，但是在对人的感情上引起强烈的差异。

差异何在？在对人的态度。简单地说，是合乎不合乎人道主义。急救车、救火车，表现了对人的关切；而警车，不管怎么说，都表现了对人的压制。

这种对鸣笛声的感情，我想台湾、大陆是一致的。台湾、大陆的民众的心理是相通的。

全世界的普通人的心理是相通的。

因此，世界是有希望的。

国子监

为了写国子监,我到国子监去逛了一趟,不得要领。从首都图书馆抱了几十本书回来,看了几天,看得眼花气闷,而所得不多。后来,我去找了一个"老"朋友聊了两个晚上,倒像是明白了不少事情。我这朋友世代在国子监当差,"侍候"过翁同龢、陆润庠、王垿等祭酒,给新科状元打过"状元及第"的旗,国子监生人,今年七十三岁,姓董。

国子监，就是从前的大学。

这个地方原先是什么样子，没法知道了（也许是一片荒郊）。立为国子监，是在元代迁都大都以后，至元二十四年（1287年），距今约已七百年。

元代的遗迹，已经难于查考。给这段时间做证的，有两棵老树：一棵槐树，一棵柏树。一在彝伦堂前，一在大成殿阶下。据说，这都是元朝的第一任国立大学校长——国子监祭酒许衡手植的。柏树至今仍颇顽健，老干横枝，婆娑弄碧，看样子还能再活个几百年。那棵槐树，约有北方常用二号洗衣绿盆粗细，稀稀疏疏地披着几根细瘦的枝条，干枯僵直，全无一点生气，已经老得不成样子了，很难断定它是否还活着。传说它老早就已经死过一次，死了几十年，有一年不知道怎么又活了。这是乾隆年间的事，这年正赶上是慈宁太后的六十"万寿"，嚄，这是大喜事！于是皇上、大臣赋诗作记，还给老槐树画了像，全都刻在石头上，着实热闹了一通。这些石碑，至今犹在。

国子监是学校，除了一些大树和石碑之外，主要的是一些作为大学校舍的建筑。这些建筑的规模大概是明朝的永乐所创建的（大体依据洪武帝在南京所创立的国子监，而规模似不如原来之大），清朝又改建或修改过。其中修建最多的，是那位站在大清帝国极盛的峰顶，喜武功亦好文事的乾隆。

一进国子监的大门——集贤门，是一个黄色琉璃牌楼。牌楼之里是一座十分庞大华丽的建筑。这就是辟雍。这是国子监最中心、最突出的一个建筑。这就是乾隆所创建的。辟雍者，天子之学也。天子之学，到底该是个什么样子，从汉朝以来就众说纷纭，谁也闹不清楚。照现在看起来，是在平地上开出一个正圆的池子，当中留出一块四方的陆地，上面盖起一座十分宏大的四方的大殿，重檐，有两层廊柱，盖黄色琉璃瓦，安一个巨大的镏金顶子，梁柱檐饰，皆朱漆描金，透刻敷彩，看起来像一顶大花轿子似的。辟雍殿四面开门，可以洞启。池上围以白石栏杆，四面有石桥通达。这样的格局是有许多讲究的，这里不必说它。辟雍，是乾隆以前的皇帝就想到要建筑的，但都因为没有水而作罢了（据说天子之学必得有水）。到了乾隆，气魄果然要大些，认为"北京为天下都会，教化所先也，大典缺如，非所以崇儒重道，古与稽而今与居也"（《御制国学新建辟雍圜水工成碑记》）。没有水，那有什么关系！下令打了四口井，从井里把水汲上来，从暗道里注入，通过四个龙头（螭首），喷到白石砌就的水池里，于是石池中涵空照镜，泛着激滟的波光了。二、八月里，祀孔释奠之后，乾隆来了。前面钟楼里撞钟,鼓楼里擂鼓,殿前四个大香炉里烧着檀香,他走入讲台,坐上宝座,讲《大学》或《孝经》一章,叫王公大臣和国子监的学生跪在石池的桥边听着。

这个盛典,叫作"临雍"。

这"临雍"的盛典,道光、嘉庆年间,似乎还举行过,到了光绪,据我那朋友老董说,就根本没有这档子事了。大殿里一年难得打扫两回,月牙河(老董管辟雍殿四边的池子叫作四个"月牙河")里整年是干的,只有在夏天大雨之后,各处的雨水一齐奔到这里面来。这水是死水,那光景是不难想象的。

然而辟雍殿确实是个美丽的、独特的建筑。北京有名的建筑,除了天安门、天坛祈年殿那个蓝色的圆顶、九梁十八柱的故宫角楼,应该数到这顶四方的大花轿。

辟雍之后,正面一间大厅,是彝伦堂,是校长——祭酒和教务长——司业办公的地方。此外有"四厅六堂",敬一亭,东厢西厢。四厅是教职员办公室。六堂本来应该是教室,但清朝另于国子监斜对门盖了一些房子作为学生住宿进修之所,叫作"南学"(北方戏文动辄说"一到南学去攻书",指的即是这个地方),六堂作为考场时似更多些。学生的月考、季考在此举行,每科的乡会试也要先在这里考一天,然后才能到贡院下场。

六堂之中原来排列着一套世界上最重的书，这书一页有三四尺宽、七八尺长、一尺许厚，重不知几千斤。这是一套石刻的十三经，是一个老书生蒋衡一手写出来的。据老董说，这是他默出来的！他把这套书献给皇帝，皇帝接受了，刻在国子监中，作为重要的装点。这皇帝，就是高宗纯皇帝乾隆陛下。

国子监碑刻甚多，数量最多的，便是蒋衡所写的经。著名的，旧称有赵松雪临写的"黄庭""乐毅""兰亭定武本"；颜鲁公"争座位"，这几块碑不晓得现在还在不在，我这回未暇查考。不过我觉得最有意思、最值得一看的是明太祖训示太学生的一通敕谕：

恁学生每听着：先前那宗讷做祭酒呵，学规好生严肃，秀才每循规蹈矩，都肯向学，所以教出来的个个中用，朝廷好生得人。后来他善终了，以礼送他回乡安葬，沿路上著有司官祭他。

近年著那老秀才每做祭酒呵，他每都怀着异心，不肯教诲，把宗讷的学规都改坏了，所以生徒全不务学，用著他呵，好生坏事。

如今著那年纪小的秀才官人每来署学事，他定的学规，恁每当依著行。敢有抗拒不服，撒泼皮，违犯学规的，若祭酒来奏著恁呵，都不饶！全家发向烟瘴地面去，或充军，或充吏，或做首领官。

今后学规严紧，若有无籍之徒，敢有似前贴没头帖子，诽谤师长的，许诸人出首，或绑缚将来，赏大银两个。若先前贴了票子，有知道的，或出首，或绑缚将来呵，也一般赏他大银两个。将那犯人凌迟了，枭令在监前，全家抄没，人口发往烟瘴地面。钦此！

这里面有一个血淋淋的故事：明太祖为了要"人才"，对于办学校非常热心。他的办学的政策只有一个字：严。他所委任的第一任国子监祭酒宗讷，就秉承他的意旨，订出许多规条。待学生非常地残酷，学生曾有饿死吊死的。学生受不了这样的迫害和饥饿，曾经闹过两次学潮。第二次学潮起事的是学生赵麟，出了一张壁报（没头帖子）。太祖闻之，龙颜大怒，把赵麟杀了，并在国子监立一长竿，把他的脑袋挂在上面示众（照明太祖的语言，是"枭令"）。隔了十年，他还忘不了这件事，有一天又召集全体教职员和学生训话。碑上所刻，就是训话的原文。

这些本来是发生在南京国子监的事，怎么北京的国子监也有这么一块碑呢？想必是永乐皇帝觉得他老大人的这通话训得十分精彩，应该垂之久远，所以特地在北京又刻了一个复本。是的，这值得一看。他的这篇白话训词比历朝皇帝的"崇儒重道"之类的话都要真实得多，有力得多。

这块碑在国子监仪门外侧右首，很容易找到。碑分上下两截，下截是对工役膳夫的规矩，那更不得了："打五十竹篦"！"处斩"！"割了脚筋"……

历代皇帝虽然都似乎颇为重视国子监，不断地订立了许多学规，但不知道为什么，国子监出的人才并不是那样地多。

《戴斗夜谈》一书中说，北京人已把国子监打入"十可笑"之列：

京师相传有十可笑：光禄寺茶汤，太医院药方，神乐观祈禳，武库司刀枪，营缮司作场，养济院衣粮，教坊司婆娘，都察院宪纲，国子监学堂，翰林院文章。

国子监的课业历来似颇为稀松。学生主要的功课是读书、写字、作文。国子监学生——监生的肄业、待遇情况各时期都有变革。到清朝末年，据老董说，是每隔六日作一次文、每一年转堂（升级）一次，六年毕业，学生每月领助学金（膏火）八两。学生毕业之后，大部分发作为县级干部，或为县长（知县）、副县长（县丞），或为教育科长（训导)。另外还有一种特殊的用途,是调到中央去写字(清朝有一个时期光禄寺的面袋都是国子监学生的仿纸做的)。从明朝起就有调国子监善书学生去抄录《实录》的例。明朝的一部大丛书《永乐大典》,清朝的一部更大的丛书《四库全书》的底稿,那里面的端正严谨(也毫无个性)的馆阁体楷书,有些就是出自国子监高才生的手笔。这种工作,叫作"在誊桌上行走"。

国子监监生的身份不十分为人所看重。从明景泰帝开生员纳粟纳马入监之例以后,国子监的门槛就低了。尔后捐监之风大开,监生就更不值钱了。

国子监是个清高的学府,国子监祭酒是个清贵的官员——京官中,四品而掌印的,只有这么一个。做祭酒的,生活实在颇为清闲,每月只逢六逢一上班,去了之后,当差的在门口喝一声短道,沏上一碗盖碗茶,他到彝伦堂上坐了一阵,给学生出出题目,看看卷子;初一、十五带着学生上大成殿磕头,此外简直没有什么事情。清朝时他们还有两桩特殊任务:一是每年十月初一,率领属官到午门去领来年的皇历;一是遇到日食、月食,穿了素服到礼部和太常寺去"救护",但领皇历一年只一次,日食、月食,更是难得碰到的事。戴璐《藤阴杂记》说此官"清简恬静",这几个字是下得很恰当的。

但是，一般做官的似乎都对这个差事不大发生兴趣。朝廷似乎也知道这种心理，所以，除了特殊例外，祭酒不上三年就会迁调。这是为什么？因为这个差事没有油水。

查清朝的旧例，祭酒每月的俸银是一百零五两，一年一千二百六十两；外加办公费每月三两，一年三十六两，加在一起，实在不算多。国子监一没人打官司告状，二没有盐税河工可以承揽，没有什么外快。但是毕竟能够养住上上下下的堂官皂役的，赖有相当稳定的银子，这就是每年捐监的手续费。

据朋友老董说，纳监的监生除了要向吏部交一笔钱，领取一张"护照"外，还需向国子监交钱领"监照"——就是大学毕业证书。照例一张监照，交银一两七钱。国子监旧例，积银二百八十两，算一个"字"，按"千字文"数，有一个字算一个字，平均每年约收入五百字上下。我算了算，每年国子监收入的监照银约有十四万两，即每年有八十二三万不经过入学和考试只花钱向国家买证书而取得大学毕业资格——监生的人。原来这是一种比乌鸦还要多的东西！这十四万两银子照国家的规定是不上缴的，由国子监官吏皂役按份摊分，祭酒每一字分十两，那么一年约可收入五千两银子，比他的正薪要多得多。其余司业以下各有差。据老董说，连他一个"字"也分五钱八分，一年也从这一项上收入二百八九十两银子!

老董说,国子监还有许多定例。比如,像他,是典籍厅的刷印匠,管给学生"做卷"——印制作文用的红格本子,这事包给了他,每月例领十三两银子。他父亲在时还会这宗手艺,到他时则根本没有学过,只是到大栅栏口买一刀毛边纸,拿到琉璃厂找铺子去印,成本共花三两,剩下十两,是他的。所以,老董说,那年头,手里的钱花不清——烩鸭条才一吊四百钱一卖!至于那几位"堂皂",就更不得了了!单是每科给应考的举子包"枪手"(这事值得专写一文),就是一笔大财。那时候,当差的都兴喝黄酒,街头巷尾都是黄酒馆,跟茶馆似的,就是专为当差的预备着的。所以,像国子监的差事也都是世袭。这是一宗产业,可以卖,也可以顶出去!

老董的记性极好,我的复述倘无错误,这实在是一宗未见载录的珍贵史料。我所以不惮其烦地缕写出来,用意是在告诉比我更年轻的人,封建时代的经济、财政、人事制度,是一个多么古怪的东西!

国子监,现在已经作为首都图书馆的馆址了。首都图书馆的老底子是头发胡同的北京市图书馆,即原先的通俗图书馆——由于鲁迅先生的倡议而成立,鲁迅先生曾经襄赞其事,并捐赠过书籍的图书馆;前曾移到天坛,因为天坛地点逼仄，又挪到这里了。首都图书馆藏书除原头发胡同的和新中国成立后新买的以外，主要为原来孔德学校和法文图书馆的藏书。就中最具特色，在国内收藏较富的，是鼓词俗曲。

胡同文化

北京城像一块大豆腐,四方四正。城里有大街,有胡同。大街、胡同都是正南正北,正东正西。北京人的方位意识极强。过去拉洋车的,逢转弯处都高叫一声"东去!""西去!"以防碰着行人。老两口睡觉,老太太嫌老头子挤着她了,说:"你往南边去一点。"这是外地少有的。街道如是斜的,就特别标明是斜街,如烟袋斜街、杨梅竹斜街。大街、胡同，把北京切成一个又一个方块。这种方正不但影响了北京人的生活，也影响了北京人的思想。

胡同原是蒙古语，据说原意是水井，未知确否。胡同的取名，有各种来源。有的是计数的，如东单三条、东四十条。有的原是皇家储存物件的地方，如皮库胡同、惜薪司胡同（存放柴炭的地方），有的是这条胡同里曾住过一个有名的人物，如无量大人胡同、石老娘（老娘是接生婆）胡同。大雅宝胡同原名大哑巴胡同，大概胡同里曾住过一个哑巴。王皮胡同是因为有一个姓王的皮匠。王广福胡同原名王寡妇胡同。有的是某种行业集中的地方。手帕胡同大概是卖手帕的。羊肉胡同当初想必是卖羊肉的。有的胡同是像其形状的。高义伯胡同原名狗尾巴胡同。小羊宜宾胡同原名羊尾巴胡同。大概是因为这两条胡同的样子有点像羊尾巴、狗尾巴。有些胡同则不知道何所取义，如大绿纱帽胡同。

胡同有的很宽阔，如东总布胡同、铁狮子胡同。这些胡同两边大都是"宅门"，到现在房屋都还挺整齐。有些胡同很小，如耳朵眼胡同。北京到底有多少胡同？北京人说：有名的胡同三千六，没名的胡同数不清。通常提起"胡同"，多指的是小胡同。

胡同是贯通大街的网络。它距离闹市很近，打个酱油、约二斤鸡蛋什么的，很方便，但又似很远。这里没有车水马龙，总是安安静静的。偶尔有剃头挑子的"唤头"（像一个大镊子，用铁棒从当中擦过，便发出噌的一声）、磨剪子磨刀的"惊闺"（十几个铁片穿成一串，摇动作声）、算命的盲人（现在早没有了）吹的短笛的声音。这些声音不但不显得喧闹，倒显得胡同里更加安静了。

胡同和四合院是一体。胡同两边是若干四合院连接起来的。胡同、四合院，是北京市民的居住方式，也是北京市民的文化形态。我们通常说北京的市民文化，就是指的胡同文化。胡同文化是北京文化的重要组成部分，即便不是最主要的部分。

胡同文化是一种封闭的文化。住在胡同里的居民大都安土重迁，不大愿意搬家。有在一个胡同里一住住几十年的，甚至有住了几辈子的。胡同里的房屋大都很旧了。"地根儿"房子就不太好，旧房檩、断砖墙。下雨天常是外面大下，屋里小下。一到下大雨，总可以听到房塌的声音，那是胡同里的房子。但是他们舍不得"挪窝儿"——"破家值万贯"。

四合院是一个盒子。北京人理想的住家是"独门独院"。北京人也很讲究"处街坊"。"远亲不如近邻"。"街坊里道"的，谁家有点事，婚丧嫁娶，都得"随"一点"份子"，道个喜或道个恼,不这样就不合"礼数"。但是平常日子,过往不多,除了有的街坊是棋友,"杀"一盘;有的是酒友,到"大酒缸"(过去山西人开的酒铺,都没有桌子,在酒缸上放一块规成圆形的厚板以代酒桌)喝两"个"(大酒缸二两一杯,叫作"一个");或是鸟友,不约而同,各晃着鸟笼,到天坛城根、玉渊潭去"会鸟"(会鸟是把鸟笼挂在一处,既可让鸟互相学叫,也互相比赛),此外,"各人自扫门前雪,休管他人瓦上霜"。

北京人易于满足,他们对生活的物质要求不高。有窝头,就知足了。大腌萝卜,就不错。小酱萝卜,那还有什么说的。臭豆腐滴几滴香油,可以待姑奶奶。虾米皮熬白菜,嘿!我认识一个在国子监当过差,伺候过陆润庠、王垿等祭酒的老人,他说:"哪儿也比不了北京。北京的熬白菜也比别处好吃——五味神在北京。"五味神是什么神?我至今考查不出来。但是北京人的大白菜文化却是可以理解的。北京人每个人一辈子吃的大白菜摞起来大概有北海白塔那么高。

北京人爱瞧热闹,但是不爱管闲事,他们总是置身事外,冷眼旁观。北京是民主运动的策源地,"民国"以来,常有学生运动。北京人管学生运动叫作"闹学生"。学生示威游行,叫作"过学生"。与他们无关。

北京胡同文化的精义是"忍"。安分守己，逆来顺受。老舍《茶馆》里的王利发说，"我当了一辈子的顺民"，是大部分北京市民的心态。

我的小说《八月骄阳》里写到"文化大革命"，有这样一段对话：

"还有个章法没有？我可是当了一辈子安善良民，从来奉公守法。这会儿，全乱了。我这眼前就跟'下黄土'似的，简直的，分不清东西南北了。"

"您多余操这份儿心。粮店还卖不卖棒子面？"

"卖！"

"还是的。有棒子面就行……"

我们楼里有个小伙子，为一点事，打了开电梯的小姑娘一个嘴巴。我们都很生气，怎么可以打一个女孩子呢！我跟两个上了岁数的老北京（他们是"搬迁户"，原来是住在胡同里的）说，大家应该主持正义，让小伙子当众向小姑娘认错，这二位同声说："叫他认错？门儿也没有！忍着吧！——'穷忍着，富耐着，睡不着眯着'！""睡不着眯着"这话实在太精彩了！睡不着，别烦躁，别起急，眯着，北京人，真有你的！

北京的胡同在衰败、没落。除了少数"宅门"还在那里挺着，大部分民居的房屋都已经很残破，有的地基柱甚至已经下沉，只有多半截还露在地面上。有些四合院门外还保存已失原形的拴马桩、上马石，记录着失去的荣华。有打不上水来的井眼、磨圆了棱角的石头棋盘，供人凭吊。西风残照，衰草离披，满目荒凉，毫无生气。

看看这些胡同的照片，不禁使人产生怀旧情绪，甚至有些伤感。但是这是无可奈何的事，在商品经济大潮的席卷之下，胡同和胡同文化总有一天会消失的。也许像西安的虾蟆陵、南京的乌衣巷，还会保留一两个名目，使人怅望低回。

再见吧，胡同。

林肯的鼻子
——美国家书

我们到伊里诺明州斯泼凌菲尔德市参观林肯故居。林肯居住过的房子正在修复。街道和几家邻居的住宅倒都已经修好了。街道上铺的是木板。几家邻居的房子也是木结构,样子差不多。一位穿了林肯时代服装(白洋布印黑色小碎花的膨起的长裙,同样颜色短袄,戴无指手套,手上还套一个线结的钱袋)的中年女士给我们做介绍。她的声音有点尖厉,话说得比较快,说得很多,滔滔不绝。也许林肯时代的妇女就是这样说话的。她说了一些与林肯无关的话,老是说她们姊妹的事。有一个林肯旧邻的后代也出来做了介绍。他也穿了林肯时代的服装,本色毛布的长过膝盖的外套,皮靴也是牛皮本色的,不上油。领口系了一条绿色的丝带。此人的话也很多,一边说,一边老是向右侧扬起脑袋,有点兴奋,又像有点愤世嫉俗。他说了一气,最后说:"我是学过心理学的,我一看你的眼睛,就知道你说的是不是真话!——日安!"用一句北京话来说:这是哪儿跟哪儿呀?此人道罢日安,翩然而去,由印花布女士继续介绍。她最后说:"林肯是伟大的政治家,但在生活上是个无赖。"我真有点怀疑我的耳朵。

第二天上午,参观林肯墓,墓的地点很好,很空旷,墓前是一片草坪,更前是很多高大的树。

这天步兵114旅特地给国际写作计划的作家们表演了升旗仪式。两个穿了当年的蓝色薄呢制服的队长模样的军人在旗杆前等着。其中一个挎了红缎子的值星带,佩指挥刀。在军鼓和小号声中走来一队士兵,也都穿蓝呢子制服。所谓一队,其实只有七个人。前面两个,一个打着美国国旗,一个打着州旗。当中三个背着长枪。最后两个,一个打鼓,一个吹号。走得很有节拍,但是轻轻松松的。立定之后,向左转,架好长枪。喊口令的就是那个吹小号的,他的军帽后边露着雪白的头发,大概岁数不小了。口令声音很轻,并不大声怒喝——中国军队大声喊口令,大概是受了日本或德国的影响。口令是要练的。我在昆明时,每天清晨听见第五军校的学生练口令,那么多人一同怒吼,真是惊天动地。一声"升旗"后,老兵自己吹了号,号音有点像中国的"三环号"。那两个队长举手敬礼,国旗和州旗升上去。一会儿工夫,仪式就完了,士兵列队走去,小号吹起来,吹的是"哈里鲁亚"。打鼓的这回不是打的鼓面,只是用两根鼓棒敲着鼓边。这个升旗仪式既不威武雄壮,也并不怎么庄严肃穆。说是形同儿戏,那倒也不是。只能说这是美国式的仪式,比较随便。

林肯墓是一座白花岗石的方塔形的建筑,墓前有林肯的立像。两侧各有一组内战英雄的群像。一组在举旗挺进;一组有扬蹄的战马。墓基前数步,石座上还有一个很大的林肯的铜铸的头像。

我觉林肯墓是好看的,清清爽爽,干干净净。一位法国作家说他到过南京,看过中山陵,说林肯墓和中山陵不能相比——中山陵有气魄。我说:"不同的风格。"——"对,完全不同的风格!"他不知道林肯墓是"墓",中山陵是"陵"呀。

我们到墓里看了一圈。这里葬着林肯，林肯的夫人，还有他的三个儿子。正中还有一个林肯坐在椅子里的铜像。他的三个儿子都有一个铜像，但较小。林肯的儿子极像林肯。纪念林肯，同时纪念他的家属，这也是一种美国式的思想——这里倒没有林肯的"亲密战友"的任何名字和形象。

走出墓道，看到好些人去摸林肯的鼻子——头像的鼻子。有带着孩子的，把孩子举起来，孩子就高高兴兴地去摸。林肯的头像外面原来是镀了一层黑颜色的，他的鼻子被摸得多了，露出里面的黄铜，锃亮锃亮的。为什么要去摸林肯的鼻子？我想原来只是因为林肯的鼻子很突出，后来就成了一种迷信，说是摸了会有好运气。好几位作家握着林肯的鼻子照了相。他们叫我也照一张，我笑了笑，摇摇头。

归途中路过诗人艾德加·李·马斯特的故居。马斯特对林肯的一些观点是不同意的。我问接待我们的一位女士：马斯特究竟不同意林肯的哪些观点。她说她也不清楚，只知道他们关系不好。我说："你们不管他们观点有什么分歧，都一样地纪念，是不是？"她说："只要是对人类文化有过贡献的，我们都纪念，不管他们的关系好不好。"我说："这大概就是美国的民主。"她说："你说得很好。"我说：

"我不赞成大家去摸林肯的鼻子。"她说:"我也不赞成!"

途次又经桑德堡故居。对桑德堡,中国的读者比较熟悉,他的短诗《雾》是传诵很广的。桑德堡写过长诗《林肯——在战争年代》。他是赞成林肯观点的。

回到住处,我想:摸林肯的鼻子,到底要得要不得?最后的结论是:这还是要得的。谁的鼻子都可以摸,林肯的鼻子也可以摸。没有一个人的鼻子是神圣的。林肯有一句名言:"All men are created equal."。(所有的人生来都是平等的。)我还想到,自由、平等、博爱,是不可分割的概念。自由,是以平等为前提的。在中国,现在,很需要倡导这种"Created equal"的精神。

让我们平等地摸别人的鼻子,也让别人摸。

下水道和孩子

修下水道了。最初,孩子们不知道是怎么一回事,只看见一辆一辆的大汽车开过来,卸下一车一车的石子,鸡蛋大的石子,杏核大的石子,还有沙,温柔的,干净的沙。堆起来,堆起来,堆成一座一座山,把原来的一个空场子变得完全不认得了。(他们曾经在这里踢毽子,放风筝,在草窝里找那么尖头的绿蚱蜢——飞起来露出桃红色的翅膜,格格格地响,北京人叫作"挂大扁"……)原来挺立在场子中间的一棵小枣树只露出了一个头,像是掉到地底下去了。最后,来了一个一个巨大的,大得简直可以当作房子住的水泥筒子。这些水泥筒子有多重啊,它们是那么滚圆的,可是放在地下一动都不动。孩子最初只是怯生生地,远远地看着。他们只好走一条新的,弯弯曲曲的小路进出了,不能从场子里的任何方向横穿过去了。没有几天,他们就习惯了。他们觉得这样很好。他们有时要故意到沙堆的边上去踩一脚,在滚落下来的石子上站一站。后来,从有一天起,他们就跑到这些山上去玩起来。这倒不只是因为在这些山旁边只有一个老是披着一件黄布面子的羊皮大衣的人在那里看着,并且总是很温和地微笑着看着他们,问他姓什么,住在哪一个门里,而是因为他们对这些石子和沙都熟悉了。他们知道这是可以上去玩的,这一点不会有什么妨碍。哦,他们站得多高呀,许多东西看起来都是另外一个样子了。他们看见了许多肩膀和头顶,看见头顶上那些旋。他们看见马拉着车子的时候脖子上的鬃毛怎样一耸一耸地动。他们看见王国俊家的房顶上的瓦楞里嵌着一个皮球。(王国俊跟他爸爸搬到新北京去了,前天他们在东安市场还看见过的哩。)他们隔着墙看见他们的妈妈往绳子上晒衣服,看见妈妈的手,看见……终于,有一天,他们跑到这些大圆筒里来玩了。他们在里面穿来穿去，发现、寻找着各种不同的路径。这是桥孔啊，涵洞啊，隧道啊，是地道战啊……他们有时伸出一个黑黑的脑袋来，喊叫一声，又隐没了。他们从薄暗中爬出来，爬到圆筒的顶上来奔跳。最初，他们从一个圆筒上跳到一个圆筒上，要等两只脚一齐站稳，然后再往另一个上面跳，现在，他们连续地跳着，他们的脚和身体已经习惯了这样的弧形的坡面，习惯了这样的运动的节拍，他们在上面飞一般地跳跃着……

（多给孩子们写一点神奇的，惊险的故事吧。）

他们跑着，跳着，他们的心开张着。他们也常常跑到那条已经掘得很深的大沟旁边，挨着木栏，看那些奇奇怪怪的木架子，看在黑洞洞的沟底活动着的工人，看他们穿着长过膝盖的胶皮靴子从里面爬上来，看他们吃东西，吃得那样一大口一大口的，吃得那样香。夜晚，他们看见沟边点起一盏一盏斜角形的红灯。他们知道，这些灯要一直在那里亮着，一直到很深很深的夜里，发着红红的光。他们会很久很久都记得这些灯……

孩子们跑着，跳着，在圆筒上面，在圆筒里面。忽然，有一个孩子在心里惊呼起来："我已经顶到筒子顶了，我没有踮脚！"啊，不知不觉地，这些孩子都长高了！真快呀，孩子!而,这些大圆筒子也一个一个地安到深深的沟里去了,孩子们还来得及看到它们的浅灰色的脊背,整整齐齐地,长长地连成了一串,工人叔叔正往沟里填土。

现在,场子里又空了,又是一个新的场子,还是那棵小枣树,挺立着,摇动着枝条。

不久,沟填平了,又是平平的,宽广的,特别平,特别宽的路。但是,孩子们确定地知道,这下面,是下水道。

踢毽子

我们小时候踢毽子,毽子都是自己做的。选两个小钱(制钱),大小厚薄相等,轻重合适,叠在一起,用布缝实,这便是毽子托。在毽托一面,缝一截鹅毛管,在鹅毛管中插入鸡毛,便是一只毽子。鹅毛管不易得,把鸡毛直接缝在毽托上,把鸡毛根部用线缠缚结实,使之向上直挺,较之插于鹅毛管中者踢起来尤为得劲。鸡毛须是公鸡毛,用母鸡毛做毽子的，必遭人笑话，只有刚学踢毽子的小毛孩子才这么干。鸡毛只能用大尾巴之前那一部分，以够三寸为合格。鸡毛要"活"的，即从活公鸡的身上拔下来的，这样的鸡毛，用手抹煞几下，往墙上一贴，可以粘住不掉。死鸡毛粘不住。后来我明白，大概活鸡毛经抹煞会产生静电。活鸡毛做的毽子毛茎柔软而有弹性，踢起来飘逸潇洒。死鸡毛做的毽子踢起来就发死发僵。鸡毛里讲究要"金绒帚子白绒哨子"，即从五彩大公鸡身上拔下来的，毛的末端乌黑闪金光，下面的绒毛雪白。次一等的是芦花鸡毛。赭石的、土黄的，就更差了。我们那里养公鸡的人家很多，入了冬，快腌风鸡了，这时正是公鸡肥壮，羽毛丰满的时候，孩子们早就"贼"上谁家的鸡了，有时是明着跟人家要，有时乘没人看见，摁住一只大公鸡，噌噌拔了两把毛就跑。大多数孩子的书包里都有一两只足以自豪的毽子。踢毽子是乐事，做毽子也是乐事。一只"金绒帚子白绒哨子"，放在桌上看看，也是挺美的。

我们那里毽子的踢法很复杂，花样很多。有小五套，中五套，大五套。小五套是"扬、拐、尖、托、笃"，是用右脚的不同部位踢的。中五套是"偷、跳、舞、环、踩"，也是用右脚踢，但以左脚做不同的姿势配合。大五套则是同时运用两脚踢，分"对、岔、绕、掼、挝"。小五套技术比较简单，运动量较小，一般是女生踢的。中五套较难，大五套则难度很大，运动量也很大。要准确地描述这些踢法是不可能的。这些踢法的名称也是外地人所无法理解的，连用通用的汉字写出来都困难，如"舞"读如"吴"，"掼"读kuàn，"笃"和"挞"都读入声。这些名称当初不知是怎么确立的。我走过一些地方，都没有见到毽子有这样多的踢法。也许在我没有到过的地方，毽子还有更多的踢法。我希望能举办一次全国毽子表演，看看中国的毽子到底有多少种踢法。

踢毽子总是要比赛的。可以单个地赛。可以比赛单项，如"扬"踢多少下，到踢不住为止；对手照踢，以踢多少下定胜负。也可以成套比赛，从"扬、拐、尖、托、笃""偷、跳、舞、环、踩"踢到"对、岔、绕、掼、挞"。也可以分组赛。组员由主将临时挑选，踢时一对一，由弱至强，最弱的先踢，最后主将出马，累计总数定胜负。

踢毽子也有名将，有英雄。我有个堂弟曾在县立中学踢毽子比赛中得过冠军。此人从小爱玩，不好好读书，常因国文不及格被一个姓高的老师打手心，后来忽然发愤用功，现在是全国有名的心脏外科专家。他比我小一岁，也已经是抱了孙子的人了，现在大概不会再踢毽子了。我们县有一个姓谢的，能在井栏上转着圈子踢毽子。这可是非常危险的事，重心稍一不稳，就会扑通一声掉进井里！

毽子还有一种大集体的踢法，叫作"嗨（读第一声）卯"。一个人"喂卯"——把毽子扔给嗨卯的，另一个人接到，把毽子使劲向前踢去，叫作"嗨"。嗨得极高，极远。嗨卯只能"扬"——用右脚里侧踢，别种踢法踢不到这样高，这样远。下面有一大群人，见毽子飞来，就一齐纵起身来抢这只毽子。谁抢着了，就有资格等着接递原嗨卯的去嗨。毽子如被喂卯的抢到，则他就可上去充当嗨卯的，嗨卯的就下来喂卯。一场嗨卯，全班同学出动，喊叫喝彩，热闹非常。课间十分钟，一会儿就过去了。

踢毽子是冬天的游戏。刘侗《帝京景物略》云"杨柳死，踢毽子"，大概全国皆然。

踢毽子是孩子的事，偶尔见到近二十边上的人还踢，少。北京则有老人踢毽子。有一年，下大雪，大清早，我去逛天坛，在天坛门洞里见到几位老人踢毽子。他们之中最年轻的也有六十多了。他们轮流传递着踢，一个传给一个，那个接过来，踢一两下，传给另一个。"脚法"大都是"扬"，间或也来一下"跳"。我在旁边也看了五分钟，毽子始终没有落到地下。他们大概是"毽友"，经常，也许是每天在一起踢。老人都腿脚利落，身板挺直，面色红润，双眼有光。大雪天，这几位老人是一幅画，一首诗。

天山行色

行色匆匆

——常语

南山塔松

所谓南山者,是一片塔松林。

乌鲁木齐附近,可游之处有二,一为南山,一为天池。凡到乌鲁木齐者,无不往。

南山是天山的边缘,还不是腹地。南山是牧区。汽车渐入南山境,已经看到牧区景象。两旁的山起伏连绵,山势皆平缓,望之浑然,遍山长着茸茸的细草。去年雪不大,草很短。老远地就看到山间错错落落,一丛一丛的塔松,黑黑的。

汽车路尽,舍车从山涧两边的石径向上走,进入松林深处。

塔松极干净,叶片片片如新拭,无一枯枝,颜色蓝绿。空气也极干净。我们藉草倚树吃西瓜,起身时衣裤上都沾了松脂。

新疆雨量很少,空气很干燥,南山雨稍多,本地人说:"一块帽子大的云也能下一阵雨。"然而也不过只是帽子大的云的那么一点雨耳,南山也还是干燥的。然而一棵一棵塔松密密地长起来了,就靠了去年的雪和那么一点雨。塔松林中草很丰盛,花很多,树下可以捡到蘑菇。蘑菇大如掌,洁白细嫩。

塔松带来了湿润,带来了一片雨意。

树是雨。

南山之胜处为杨树沟、菊花台,皆未往。

天池雪水

一位维吾尔族的青年油画家(他看来很有才气)告诉我:天池是不能画的,太蓝,太绿,画出来像是假的。

天池在博格达雪山下。博格达山终年用它的晶莹洁白吸引着乌鲁木齐人的眼睛。博格达是乌鲁木齐的标志,乌鲁木齐的许多轻工业产品都用博格达山做商标。

汽车出乌鲁木齐,驰过荒凉苍茫的戈壁滩,驰向天池。我恍惚觉得不是身在新疆,而是在南方的什么地方。庄稼长得非常壮大茁实,油绿油绿的,看了教人身心舒畅。路旁的房屋也都干净整齐。行人的气色也很好,全都显出欣慰而满足。黄发垂髫,并怡然自得。有一个地方,一片极大的坪场,长了一片极大的榆树林。榆树皆数百年物,有些得两三个人才抱得过来。树皆健旺,无衰老态。树下悠然地走着牛犊。新疆山风化层厚,少露石骨。有一处,悬崖壁立,石骨尽露,石质坚硬而有光泽,黑如精铁,石缝间长出大树，树荫下覆，纤藤细草，蒙翳披纷，石壁下是一条湍急而清亮的河水……这不像是新疆，好像是四川的峨眉山。

到小天池（谁编出来的，说这是王母娘娘洗脚的地方，真是煞风景！）少憩，在崖下池边站了一会儿，赶快就上来了：水边凉气逼人。

到了天池，嚯！那位维吾尔族画家说得真是不错。有人脱口说了一句："春水碧于蓝。"

天池的水，碧蓝碧蓝的。上面，稍远处，是雪白的雪山。对面的山上密密匝匝地布满了塔松——塔松即云杉。长得非常整齐，一排一排地，一棵一棵挨着，依山而上，显得是人工布置的。池水极平静，塔松、雪山和天上的云影倒映在池水当中，一丝不爽。我觉得这不像在中国，好像是在瑞士的风景明信片上见过的景色。

或说天池是火山口。中国的好些天池都是火山口，自春至夏，博格达山积雪融化，流注其中，终年盈满，水深不可测。天池雪水流下山，流域颇广。凡雪水流经处，皆草木华滋，人畜两旺。

作《天池雪水歌》：

明月照天山，

雪峰淡淡蓝。

春暖雪化水流渐,

流入深谷为天池。

天池水如孔雀绿,

水中森森万松覆。

有时倒映雪山影,

雪山倒影明如玉。

天池雪水下山来,

欢笑高歌不复回。

下山水如蓝玛瑙,

卷沫喷花斗奇巧。

雪水流处长榆树,

风吹白杨绿火炬。

雪水流处有人家,

白白红红大丽花。

雪水流处小麦熟,

新面打馕烤羊肉。

雪水流经山北麓,

长宜子孙聚国族。

天池雪水深几许?

储量恰当一年雨。

我从燕山向天山,
曾度苍茫戈壁滩。
万里西来终不悔,
待饮天池一杯水。

天　山

天山大气磅礴,大刀阔斧。

一个国画家到新疆来画天山,可以说是毫无办法。所有一切皴法,大小斧劈、披麻、解索、牛毛、豆瓣,统统用不上。天山风化层很厚,石骨深藏在砂砾泥土之中,表面平平浑浑,不见棱角。一个大山头,只有阴阳明暗几个面,没有任何琐碎的笔触。

天山无奇峰,无陡壁悬崖,无流泉瀑布,无亭台楼阁,而且没有一棵树——树都在"山里"。画国画者以树为山之目,天山无树,就是一大片一大片紫褐色的光秃秃的裸露的干山,国画家没了辙了!

自乌鲁木齐至伊犁,无处不见天山。天山绵延不绝,无尽无休,其长不知几千里也。

天山是雄伟的。

早发乌苏望天山

苍苍浮紫气,

天山真雄伟。

陵谷分阴阳,

不假皴擦美。

初阳照积雪,

色如胭脂水。

往霍尔果斯途中望天山

天山在天上,

没在白云间。

色与云相似,

微露数峰巅。

只从蓝襞褶,

遥知这是山。

伊犁闻鸠

到伊犁,行装甫卸,正洗着脸,听见斑鸠叫:

"鹁鸪鸪——咕,

"鹁鸪鸪——咕……"

这引动了我的一点乡情。

我有很多年没有听见斑鸠叫了。

我的家乡是有很多斑鸠的。我家的荒废的后园的一棵树上，住着一对斑鸠。"天将雨，鸠唤妇"，到了浓阴将雨的天气，就听见斑鸠叫，叫得很急切：

"鹁鸪鸪，鹁鸪鸪，鹁鸪鸪……"

斑鸠在叫他的媳妇哩。

到了积雨将晴，又听见斑鸠叫，叫得很懒散：

"鹁鸪鸪——咕！

"鹁鸪鸪——咕！"

单声叫雨，双声叫晴。这是双声，是斑鸠的媳妇回来啦。"——咕"，这是媳妇在应答。

是不是这样呢？我一直没有踏着挂着雨珠的青草去循声观察过。然而凭着鸠声的单双以占阴晴，似乎很灵验。我小时常常在将雨或将晴的天气里，谛听着鸣鸠，心里又快乐又忧愁，凄凄凉凉的，凄凉得那么甜美。

我的童年的鸠声啊。

昆明似乎应该有斑鸠，然而我没有听鸠的印象。

上海没有斑鸠。

我在北京住了多年，没有听过斑鸠叫。

张家口没有斑鸠。

我在伊犁,在祖国的西北边疆,听见斑鸠叫了。

"鹁鸪鸪——咕,

"鹁鸪鸪——咕……"

伊犁的鸠声似乎比我的故乡的要低沉一些,苍老一些。

有鸠声处,必多雨,且多大树。鸣鸠多藏于深树间。伊犁多雨。伊犁在全新疆是少有的雨多的地方。伊犁的树很多。我所住的伊犁宾馆,原是苏联领事馆,大树很多,青皮杨多合抱者。

伊犁很美。

洪亮吉《伊犁记事诗》云:

鹁鸪啼处却东风,
宛与江南气候同。

注意到伊犁的鸠声的,不是我一个人。

伊犁河

人间无水不朝东,伊犁河水向西流。

河水颜色灰白，流势不甚急，不紧不慢，汤汤洄洄，似若有所依恋。河下游，流入苏联境。

在河边小作盘桓。使我惊喜的是河边长满我所熟悉的水乡的植物。芦苇。蒲草。蒲草甚高，高过人头。洪亮吉《天山客话》记云："惠远城关帝庙后，颇有池台之胜，池中积蒲盈顷，游鱼百尾，蛙声间之。"伊犁河岸之生长蒲草，是古已有之的事了。蒲苇旁边，摇动着一串一串殷红的水蓼花，俨然江南秋色。

蹲在伊犁河边捡小石子，起身时发觉腿上脚上有几个地方奇痒，伊犁有蚊子！乌鲁木齐没有蚊子，新疆很多地方没有蚊子，伊犁有蚊子，因为伊犁水多。水多是好事，咬两下也值得。自来新疆，我才更深切地体会到水对于人的生活的重要性。

几乎每个人看到戈壁滩，都要发出这样的感慨：这么大的地，要是有水，能长多少粮食啊！

伊犁河北岸为惠远城。这是"总统伊犁一带"的伊犁将军的驻地，也是获罪的"废员"充军的地方。充军到伊犁，具体地说，就是到惠远。伊犁是个大地名。

惠远有新老两座城。老城建于乾隆二十七年，后为伊犁河水冲溃，废。光绪八年，于旧城西北郊十五里处建新城。

我们到新城看了看。城是土城——新疆的城都是土城，黄土版筑而成，颇简陋，想见是草草营建的。光绪年间，清廷的国力已经很不行了。将军府遗址尚在，房屋已经翻盖过，但大体规模还看得出来。照例是个大衙门的派头，大堂、二堂、花厅，还有个供将军下棋饮酒的亭子。两侧各有一溜耳房，这便是"废员"们办事的地方。将军府下设六个处，"废员"们都须分发在各处效力。现在的房屋有些地方还保留当初的材料。木料都不甚粗大。有的地方还看得到当初的彩画遗迹，都很粗率。

新城没有多少看头，使人感慨兴亡，早生华发的是老城。

旧城的规模是不小的。城墙高一丈四，城周九里。这里有将军府，有兵营，有"废员"们的寓处，街巷市里，房屋栉比。也还有茶坊酒肆，有"却买鲜鱼饲花鸭""铜盘炙得花猪好"的南北名厨。也有可供登临眺望，诗酒流连的去处。"城南有望河楼，面伊江，为一方之胜"，城西有半亩宫，城北一片高大的松林。到了重阳，归家亭子的菊花开得正好，不妨开宴。惠远是个"废员""谪宦""迁客"的城市。"自巡抚以下至簿尉，亦无官不具，又可知伊犁迁客之多矣"。从上引洪亮吉的诗文，可以看到这些迁客下放到这里，倒是颇不寂寞的。

伊犁河那年发的那场大水,是很不小的。大水把整个城全扫掉了。惠远城的城基是很高的,但是城西大部分已经塌陷,变成和伊犁河岸一般平的草滩了。草滩上的草很好,碧绿的,有牛羊在随意啃啮。城西北的城基犹在,人们常常可以在废墟中捡到陶瓷碎片,辨认花纹字迹。

城的东半部的遗址还在。城里的市街都已犁为耕地,种了庄稼。东北城墙,犹余半壁。城墙虽是土筑的,但很结实,厚约三尺。稍远,右侧,有一土墩,是鼓楼残迹,那应该是城的中心。林则徐就住在附近。

据记载:鼓楼前方第二巷,又名宽巷,是林的住处。我不禁向那个地方多看了几眼。林公则徐,您就是住在那里的呀?

伊犁一带关于林则徐的传说很多。有的不一定可靠。比如现在还在使用的惠远渠,又名皇渠,传说是林所修筑,有人就认为这不可信:林则徐在伊犁只有两年,这样一条大渠,按当时的条件,两年是修不起来的。但是林则徐之致力新疆水利,是不能否定的(林则徐分发在粮饷处,工作很清闲,每月只需到职一次,本不管水利)。林有诗云:"要荒天遣作箕子,此语足壮羁臣羁。"看来他虽在迁谪之中,还是壮怀激烈,毫不颓唐的。他还是想有所作为,为百姓做一点好事,并不像许多废员,成天只是"种树养花,读书静坐"（洪亮吉语）。林则徐离开伊犁时有诗云："格登山色伊江水，回首依依勒马看。"他对伊犁是有感情的。

惠远城东的一个村边，有四棵大青枫树。传说是林则徐手植的。这大概也是附会。林则徐为什么会跑到这样一个村边来种四棵树呢？不过，人们愿意相信，就让他们相信吧。

这样一个人，是值得大家怀念的。

据洪亮吉《客话》云：废员例当佩长刀，穿普通士兵的制服——短后衣。林则徐在伊犁日，亦当如此。

伊犁河南岸是察布查尔。这是一个锡伯自治县。锡伯人善射，乾隆年间，为了戍边，把他们由东北的呼伦贝尔迁调来此。来的时候，戍卒一千人，连同家属和愿意一同跟上来的亲友，共五千人，路上走了一年多。——原定三年，提前赶到了。朝廷发下的差旅银子是一总包给领队人的，提前到，领队可以白得若干。一路上，这支队伍生下了三百个孩子！

这是一支多么壮观的，富于浪漫主义色彩，充满人情气味的队伍啊。五千人，一个民族，男男女女，锅碗瓢盆，全部家当，骑着马，骑着骆驼，乘着马车、牛车，浩浩荡荡，迤迤逦逦，告别东北的大草原，朝着西北大戈壁，出发了。落日，朝雾，启明星，北斗星。搭帐篷，饮牲口，宿营。火光，炊烟，砖茶，奶子。歌声，谈笑声。哪一个帐篷或车篷里传出一声啼哭，"呱——"又一个孩子出生了，一个小锡伯人，一个未来的武士。

一年多。

三百个孩子。

锡伯人是骄傲的。他们在这里驻防二百多年，没有后退过一步。没有一个人跑过边界，也没有一个人逃回东北，他们在这片土地扎下了深根。

锡伯族到现在还是善射的民族。他们的选手还时常在各地举行的射箭比赛中夺标。

锡伯人是很聪明的，他们一般都会说几种语言，除了锡伯语，还会说维语、哈萨克语、汉语。他们不少人还能认古满文。在故宫翻译、整理满文老档的，有几个是从察布查尔调去的。

英雄的民族！

雨晴，自伊犁往尼勒克车中望乌孙山
一痕界破地天间，
浅绛依稀暗暗蓝。
夹道白杨无尽绿，
殷红数点女郎衫。

尼勒克

　　站在尼勒克街上,好像一步可登乌孙山。乌孙故国在伊犁河上游特克斯流域,尼勒克或当是其辖境。细君公主、解忧公主远嫁乌孙,不知有没有到过这里。汉代女外交家冯嫽夫人是个活跃人物,她的锦车可能是从这里走过的。

　　尼勒克地方很小,但是境内现有十三个民族。新疆的十三个民族,这里全有。喀什河从城外流过,水清如碧玉,流甚急。

山形依旧乌孙国,
公主琵琶尚有声。
至今团聚十三族,
不尽长河绕故城。

唐巴拉牧场

在乌鲁木齐,在伊犁,接待我们的同志,都劝我们到唐巴拉牧场去看看，说是唐巴拉很美。

唐巴拉果然很美。但是美在哪里，又说不出。勉强要说，只好说：这儿的草真好！

喀什河经过唐巴拉，流着一河碧玉。唐巴拉多雨。由尼勒克往唐巴拉，汽车一天到不了，在卡提布拉克种蜂场住了一夜。那一夜就下了一夜大雨。有河，雨水足，所以草好。这是一个绿色的王国，所有的山头都是碧绿的。绿山上，这里那里，有小牛在慢悠悠地吃草。唐巴拉是高山牧场，牲口都散放在山上，尽它自己漫山瞎跑，放牧人不用管它，只要隔两三天骑着马去看看，不像内蒙古，牲口放在平坦的草原上。真绿，空气真新鲜，真安静——一点声音都没有。

我们来晚了。早一个多月来，这里到处是花。种蜂场设在这里，就是因为这里花多。这里的花很多是药材，党参、贝母……蜜蜂场出的蜂蜜能治气管炎。

有的山是杉山。山很高，满山满山长了密匝匝的云杉。云杉极高大。这里的云杉据说已经砍伐了三分之二，现在看起来还很多。招待我们的一个哈萨克牧民告诉我们：林业局有规定，四百年以上的，可以砍；四百年以下的，不许砍。云杉长得很慢。他用手指比了比碗口粗细："一百年，才这个样子！"

到牧场，总要喝喝马奶子，吃吃手抓羊肉。

马奶子微酸，有点像格瓦斯，我在内蒙古喝过，不难喝，但也不觉得怎么好喝。哈萨克人可是非常爱喝。他们一到夏天，就高兴了：可以喝"白的"了。大概他们冬天只能喝砖茶，是黑的。马奶子要夏天才有，要等母马下了驹子，冬天没有。一个才会走路的男娃子，老是哭闹。给他糖，给他苹果，都不要，摔了。他妈给他倒了半碗马奶子，他巴呷巴呷地喝起来，安静了。

招待我们的哈萨克牧人的孩子把一群羊赶下山了。我们看到两个男人把羊一只一只周身揣过，特别用力地揣它的屁股蛋子。我们明白，这是揣羊的肥瘦（羊们一定不明白，主人这样揣它们是干什么），揣了一只，拍它一下，放掉了；又重捉过一只来，反复地揣。看得出，他们为我们选了一只最肥的羊羔。

哈萨克吃羊肉和内蒙古不同，内蒙古是各人攥了一大块肉，自己用刀子割了吃。哈萨克是：一个大瓷盘子，下面衬着煮烂的面条，上面覆盖着羊肉，主人用刀把肉割成碎块，大家连肉带面抓起来，送进嘴里。

好吃吗？

好吃！

吃肉之前，由一个孩子提了一壶水，注水遍请客人洗手,这风俗近似阿拉伯、土耳其。

"唐巴拉"是什么意思呢?哈萨克主人说:"听老人说,这是蒙古话。从前山下有一片大树林子,蒙古人每年来收购牲畜,在树上烙了好些印子(印子本是烙牲口的),作为做买卖的标志。唐巴拉是印子的意思。"他说:"也说不准。"

赛里木湖·果子沟

乌鲁木齐人交口称道赛里木湖、果子沟。他们说赛里木湖水很蓝;果子沟要是春天去,满山都是野苹果花。我们从乌鲁木齐往伊犁,一路上就期待着看看这两个地方。

车出芦草沟,迎面的天色沉了下来,前面已经在下雨。到赛里木湖,雨下得正大。

赛里木湖的水不是蓝的呀。我们看到的湖水是铁灰色的。风雨交加,湖里浪很大。灰黑色的巨浪,一浪接着一浪,扑面涌来,撞碎在岸边,溅起白沫。这不像是湖,像是海。荒凉的,没有人迹的,冷酷的海。没有船,没有飞鸟。赛里木湖使人觉得很神秘,甚至恐怖。赛里木湖是超人性的。它没有人的气息。

湖边很冷,不可久留。

林则徐一八四二年（距今整一百四十年）十一月五日，曾过赛里木湖。林则徐日记云："土人云：海中有神物如青羊，不可见，见则雨雹。其水亦不可饮，饮则手足疲软，谅是雪水性寒故耳。"林则徐是了解赛里木湖的性格的。

到伊犁，和伊犁的同志谈起我们见到的赛里木湖，他们都有些惊讶，说："真还很少有人在大风雨中过赛里木湖。"

赛里木湖正南，即果子沟。车到果子沟，雨停了。我们来得不是时候，没有看到满山密雪一样的林檎的繁花，但是果子沟给我留下一个非常美的印象。

吉普车在山顶的公路上慢行着，公路一侧的下面是重重复复的山头和深浅不一的山谷。山和谷都是绿的，但绿得不一样。浅黄的、浅绿的、深绿的。每一个山头和山谷多是一种绿法。大抵越是低处，颜色越浅；越往上，越深。新雨初晴，日色斜照，细草丰茸，光泽柔和，在深深浅浅的绿山绿谷中，星星点点地散牧着白羊、黄犊、枣红的马，十分悠闲安静。迎面陡峭的高山上，密密地矗立着高大的云杉。一缕一缕白云从黑色的云杉间飞出。这是一个仙境。我到过很多地方，从来没有觉得什么地方是仙境。到了这儿，我蓦然想起这两个字。我觉得这里该出现一个小小的仙女，穿着雪白的纱衣，披散着头发，手里拿一根细长的牧羊杖，赤着脚，唱着歌，歌声悠远，回绕在山谷之间……

从伊犁返回乌鲁木齐，重过果子沟。果子沟不是来时那样了。草、树、山，都有点发干，没有了那点灵气。我不复觉得这是一个仙境了。旅游，也要碰运气。我们在大风雨中过赛里木，雨后看果子沟，皆可遇而不可求。

汽车转过一个山头，一车的人都叫了起来："哈！"赛里木湖，真蓝！好像赛里木湖故意设置了一个山头，挡住人的视线。绕过这个山头，它就像从天上掉下来的似的，突然出现了。

真蓝！下车待了一会儿，我心里一直惊呼着：真蓝！

我见过不少蓝色的水。"春水碧于蓝"的西湖，"比似春莼碧不殊"的嘉陵江，还有最近看过的博格达雪山下的天池，都不似赛里木湖这样的蓝。蓝得奇怪，蓝得不近情理。蓝得就像绘画颜料里的普鲁士蓝，而且是没有化开的。湖面无风，水纹细如鱼鳞。天容云影，倒映其中，发宝石光。湖色略有深浅，然而一望皆蓝。

上了车，车沿湖岸走了二十分钟，我心里一直重复着这一句：真蓝。远看，像一湖纯蓝墨水。

赛里木湖究竟美不美？我简直说不上来。我只是觉得：真蓝。我顾不上有别的感觉，只有一个感觉——蓝。

为什么会这样蓝?有人说是因为水太深。据说赛里木湖水深至九十公尺①。赛里木湖海拔二千零七十三米,水深九十公尺,真是不可思议。

"赛里木"是突厥语,意思是祝福、平安。突厥的旅人到了这里,都要对着湖水,说一声:

"赛里木!"

为什么要说一声"赛里木"!是出于欣喜,还是出于敬畏?

赛里木湖是神秘的。

苏公塔

苏公塔在吐鲁番。吐鲁番地远,外省人很少到过,故不为人所知。苏公塔,塔也,但不是平常的塔。苏公塔是伊斯兰教的塔,不是佛塔。

据说,像苏公塔这样的结构的塔,中国共有两座,另一座在南京。

塔不分层。看不到石基木料。塔心是一砖砌的中心支柱。支柱周围有盘道,逐级盘旋而上,直至塔顶。外壳是

---

① 公制长度单位,米的旧称。——编者注

一个巨大的圆柱,下丰上锐,拱顶。这个大圆柱是砖砌的,用结实的方砖砌出凹凸不同的中亚风格的几何图案,没有任何增饰。砖是青砖,外面涂了一层黄土,呈浅土黄色。这种黄土,本地所产,取之不尽。土质细腻,无杂质,富黏性。吐鲁番不下雨,塔上涂刷的土浆没有被冲刷的痕迹。二百余年,完好如新。塔高约相当于十层楼,朴素而不简陋,精巧而不烦琐。这样一个浅土黄色的,滚圆的巨柱,拔地而起,直向天空,安静肃穆,准确地表达了穆斯林的虔诚和信念。

塔旁为一礼拜寺,颇宏伟,大厅可容千人,但外表极朴素,土筑、平顶。这座礼拜寺的构思是费过斟酌的。不敢高,不与塔争势;不欲过卑,因为这是做礼拜的场所。整个建筑全由平行线和垂直线构成,无弧线,无波纹起伏,亦呈浅土黄色。

圆柱形的苏公塔和方正的礼拜寺造成极为鲜明的对比,而又非常协调。苏公塔追求的是单纯。

令人钦佩的是造塔的匠师把蓝天也设计了进去。单纯的,对比着而又协调着的浅土黄色的建筑,后面是吐鲁番盆地特有的明净无滓湛蓝湛蓝的天宇,真是太美了。没有蓝天,衬不出这种浅土黄色是多么美。一个有头脑的、聪明的匠师!

苏公塔亦称额敏塔。造塔的由来有两种说法。塔的进口处有一块碑，一半是汉字，一半是维文。汉字的说塔是额敏造的。额敏和硕，因助清高宗平定准噶尔有功，受封为郡王。碑文有感念清朝皇帝的意思，碑首冠以"大清乾隆"，自称"皇帝旧仆"。维文的则说这是额敏的长子苏来满造，为了向安拉祈福。不知道为什么会有这样两种不同的说法。由来不同，塔名亦异。

大戈壁·火焰山·葡萄沟

从乌鲁木齐到吐鲁番，要经过一片很大的戈壁滩。这是典型的大戈壁，寸草不生。没有任何生物。我经过别处的戈壁，总还有点芨芨草、梭梭、红柳，偶尔有一两棵曼陀罗开着白花，有几只像黑漆涂出来的乌鸦。这里什么都没有。没有飞鸟的影子，没有虫声，连苔藓的痕迹都没有。就是一片大平地，平极了。地面都是砾石。都差不多大，好像是筛选过的。有黑的、有白的。铺得很均匀。远看像铺了一地炉灰炸子。一望无际。真是荒凉。太古洪荒。真像是到了一个什么别的星球上。

我们的汽车以每小时八十公里的速度在平坦的柏油路

上奔驰，我觉得汽车像一只快艇飞驶在海上。

戈壁上时常见到幻影。远看一片湖泊，清清楚楚。走近了，什么也没有。幻影曾经欺骗了很多干渴的旅人。幻影不难碰到，我们一路见到多次。

人怎么能通过这样的地方呢？他们为什么要通过这样的地方？他们要去干什么？

不能不想起张骞，想起班超，想起玄奘法师。这都是了不起的人……

快到吐鲁番了，已经看到坎儿井。坎儿井像一溜一溜巨大的蚁垤。下面，是暗渠，流着从天山引下来的雪水。这些大蚁垤是挖渠掏出的砾石堆。现在有了水泥管道，有些坎儿井已经废弃了，有些还在用着。总有一天，它们都会成为古迹的。但是不管到什么时候，看到这些巨大的蚁垤，想到人能够从这样的大戈壁下面，把水引了过来，还是会起历史的庄严感和悲壮感的。

到了吐鲁番，看到房屋、市街、树木，加上天气特殊的干热，人昏昏的，有点像做梦。有点不相信我们是从那样荒凉的戈壁滩上走过来的。

吐鲁番是一个著名的绿洲。绿洲是什么意思呢？我从小就在诗歌里知道绿洲，以为只是有水草树木的地方。而且既名为洲，想必很小。不对。绿洲很大。绿洲是人所居住的地方。绿洲意味着人的生活，人的勤劳，人的生老病死，喜怒哀乐，人的文明。

一出吐鲁番，南面便是火焰山。

又是戈壁。下面是苍茫的戈壁，前面是通红的火焰山。靠近火焰山时，发现戈壁上长了一丛丛翠绿翠绿的梭梭。这样一个无雨的、酷热的戈壁上怎么会长出梭梭来呢？而且是那样地绿！不知它是本来就是这样绿，还是通红的山把它衬得更绿了。大概在干旱的戈壁上，凡能发绿的植物，都罄其全生命，拼命地绿。这一丛一丛的翠绿，是一声一声胜利的呼喊。

火焰山，前人记载，都说它颜色赤红如火。不止此也。整个山像一场正在延烧的大火。凡火之颜色、形态无不具。有些地方如火方炽，火苗高蹿，颜色正红。有些地方已经烧成白热，火头旋拧如波涛。有一处火头得了风，火借风势，呼啸而起，横扯成了一条很长的火带，颜色微黄。有几处，下面的小火为上面的大火所逼，带着烟末气流，倒溢而出。有几个小山叉，褶缝间黑黑的，分明是残火将熄的烟炱……

火焰山真是一个奇观。

火焰山大概是风造成的，山的石质本是红的，表面风化，成为细细的红沙。风于是在这些疏松的沙土上雕镂搜剔，刻出了一场热热烘烘，刮刮杂杂的大火。风是个大手笔。

火焰山下极热，盛夏地表温度至七十多摄氏度。

火焰山下，大戈壁上，有一条山沟，长十余里，沟中有一条从天山流下来的河，河两岸，除了石榴、无花果、棉花、一般的庄稼，种的都是葡萄，是为葡萄沟。

葡萄沟里到处是晾葡萄干的荫房。——葡萄干是晾出来的，不是晒出来的。四方的土房子，四面都用土墼砌出透空的花墙。无核白葡萄就一长串一长串地挂在里面，尽吐鲁番特有的干燥的热风，把它吹上四十天，就成了葡萄干，运到北京、上海、外国。

吐鲁番的葡萄全国第一，各样品种无不极甜，而且皮很薄，入口即化。吐鲁番人吃葡萄都不吐皮，因为无皮可吐。——不但不吐皮，连核也一同吃下，他们认为葡萄核是好东西。北京绕口令曰："吃葡萄不吐葡萄皮儿。"未免少见多怪。

雁不栖树

苏东坡《卜算子》：

缺月挂疏桐，漏断人初静。谁见幽人独往来？缥缈孤鸿影。

惊起却回头，有恨无人省。拣尽寒枝不肯栖，寂寞沙洲冷。

苕溪渔隐曰:"'拣尽寒枝不肯栖'之句,或云:鸿雁未尝栖宿树枝,惟在田野苇丛间,此亦语病也。"雁不落在树上,只在田野苇丛间,这是常识,苏东坡会不知道吗?他是知道的。他的诗《高邮陈直躬处士画雁》一开头说:"野雁见人时,未起意先改。君从何处看?得此无人态。"虽未说出雁在何处,但给人的感觉是在沙滩上。下面就说得很清楚了:"北风振枯苇,微雪落璀璀。惨澹云水昏,晶荧沙砾碎。"然而苏东坡怎么会搞出这样语病来呢?

这首词的副题作"黄州定慧院寓居作"。"缺月挂疏桐,漏断人初静",是庭院中的即景。这只孤雁怎会在缺月疏桐之间飞来飞去呢?或者说:雁想落在疏桐的寒枝上,但又觉得不是地方,想回到沙洲,沙洲又寂寞而冷,于是很彷徨。不过这样解词未免穿凿。一首看来没有问题,很好懂的词竟成了谜语,这是我初读此词时所未想到的。

《能改斋漫录》卷十六:"东坡先生谪居黄州,作《卜算子》云云,其属意盖为王氏女子也,读者不能解。"这里似乎还有个浪漫故事。是怎么回事,猜不出。《漫录》又云:"张右史文潜继贬黄州,访潘邠老,尝得其详,题诗以志之",读张文潜的题诗,更觉得莫名其妙。

雁为什么不能栖在树上？因为雁的脚趾是不能弯曲的，抓不住树枝。雁、鹅、鸭都是这样。不能"赶着鸭子上架"，因为鸭脚在架上待不住。鸟类的脚趾有一些是不能弯曲的。画眉可以待在"栖棍"上，百灵就不能，只能在砂底上跳来跳去，"哨"的时候也只能立在"台"上。

果园杂记

涂　白

一个孩子问我：干吗把树涂白了？

我从前也非常反对把树涂白了，以为很难看。

后来我到果园干了两年活，知道这是为了保护树木过冬。

把牛油、石灰在一个大铁锅里熬得稠稠的，这就是涂白剂。我们拿了棕刷，担了一桶一桶的涂白剂，给果树涂白。要涂得很仔细，特别是树皮有伤损的地方、坑坑洼洼的地方，要涂到，而且要涂得厚厚的，免得来年存留雨水，窝藏虫蚁。

涂白都是在冬日的晴天。男的、女的，穿了各种颜色的棉衣，在脱尽了树叶的果林里劳动着。大家的心情都很开朗，很高兴。

涂白是果园一年最后的农活了。涂完白，我们就很少到果园里来了。这以后，雪就落下来了。果园一冬天埋在雪里。从此，我就不反对涂白了。

粉　蝶

我曾经做梦一样在一片盛开的茼蒿花上看见成千上万的粉蝶——在我童年的时候。那么多的粉蝶，在深绿的蒿叶和金黄的花瓣上乱纷纷地飞着，看得我想叫，想把这些粉蝶放在嘴里嚼，我醉了。

后来我知道这是一场灾难。

我知道粉蝶是菜青虫变的。

菜青虫吃我们的圆白菜。那么多的菜青虫！而且它们的胃口那么好，食量那么大。它们贪婪地、迫不及待地、不停地吃，吃得菜地里沙沙地响。一上午的工夫，一地的圆白菜就叫它们咬得全是窟窿。

我们用DDT[1]喷它们，使劲地喷它们。DDT的激流猛烈地射在菜青虫身上，它们滚了几滚，僵直了，噗的一声掉在了地上，我们的心里痛快极了。我们是很残忍的，充满了杀机。

但是粉蝶还是挺好看的。在散步的时候，草丛里飞着两个粉蝶，我现在还时常要停下来看它们半天。我也不反对国画家用它们来点缀画面。

波尔多液

喷了一夏天的波尔多液，我的所有的衬衫都变成浅蓝色的了。

硫酸铜、石灰，加一定比例的水，这就是波尔多液。波尔多液是很好看的，呈天蓝色。过去有一种浅蓝的阴丹士林布，就是那种颜色。这是一个果园的看家的农药，一年不知道要喷多少次。不喷波尔多液，就不成其为果园。波尔多液防病，能保证水果的丰收。果农都知道，喷波尔

---

[1] 滴滴涕的英语缩写。成分是双对氯苯基三氯乙烷，是一种杀虫剂。因对人体健康和生态环境有不利影响，我国已停止生产和使用。——编者注

多液虽然费钱,却是划得来的。

这是个细致的活。把喷头绑在竹竿上,把药水压上去,喷在梨树叶子上、苹果树叶子上、葡萄叶子上。要喷得很均匀,不多,也不少。喷多了,药水的水珠糊成一片,挂不住,流了;喷少了,不管用。树叶的正面、反面都要喷到。这活不重,但是干完了,眼睛、脖颈,都是酸的。

我是个喷波尔多液的能手。大家叫我总结经验。我说:一、我干不了重活,这活我能胜任;二、我觉得这活有诗意。

为什么叫它"波尔多液"呢?——中国的老果农说这个外国名字已经说得很顺口了。这有个故事。

波尔多是法国的一个小城,出马铃薯。有一年,法国的马铃薯都得了晚疫病——晚疫病很厉害,得了病的薯地像火烧过一样,只有波尔多的马铃薯却安然无恙。大伙儿琢磨,这是什么道理呢?原来波尔多城外有一个铜矿,有一条小河从矿里流出来,河床是石灰石的。这水蓝蓝的,是不能吃的,农民用它来浇地。莫非就是这条河,使波尔多的马铃薯不得疫病?于是世界上就有了波尔多液。

中国的老农现在说这个法国名字也说得很顺口了。

去年,有一个朋友到法国去,我问他到过什么地方,他很得意地说:波尔多!

我也到过波尔多,在中国。

野鸭子是候鸟吗?
——美国家书

爱荷华河里常年有不少野鸭子,游来游去,自在得很。听在这个城市里住了二十多年的老住户说,这些野鸭子原来也是候鸟,冬天要飞走的(爱荷华气候跟北京差不多,冬天也颇冷,下大雪),近二三年,它们不走了,因为吃得太好了。你拿面包扔在它们的身上,它们都不屑一顾。到冬天,爱荷华大学的学生用棉花给它们在大树下絮了窝,它们就很舒服地躲在里面。它们不但是"寓公",简直像要永久定居了。动物的生活习性也是可以改变的。这些野鸭都长得极肥大,看起来和家鸭差不多。

在美国,汽车轧死一只野鸭子是要罚钱的。高速公路上有一只野鸭子,汽车就得停下来,等它不慌不忙地横穿过去。

诗人保罗·安格尔的家(他家的门上钉了一块铜牌,下面一行是安格尔的姓,上面一行是两个隶书的中国字"安寓",这一定是夫人聂华苓的主意)在一个小山坡上,下面即是公路。由公路到安寓也就是二百米。他家后面有一小块略为倾斜的空地。每天都有一些浣熊来拜访。给这些浣熊投放面包,成了安格尔的日课。安格尔七十九岁生日,我写了一首打油诗送给他,中有句云:

心闲如静水,
无事亦匆匆。
弯腰拾山果,
投食食浣熊。

聂华苓说:"他就是这样,一天为这样的事忙忙叨叨。"浣熊有点像小熊猫,尾巴有节,但较短,颜色则有点像大熊猫，黑白相间，胖乎乎的，样子很滑稽。它们用前爪捧着面包片，忙忙地嚼啮，有时停下来，向屋里看两眼。我们和它们只隔了一扇安了玻璃的门，真是近在咫尺。除了浣熊，还有鹿。有时三只，四只，多的时候会有七只。安格尔喂它们玉米粒，它们的"餐厅"地势较浣熊的略高，玉米粒均匀地撒在草地上。一般情况下，它们大都在下午光临。隔着窗户，可以静静地看它们半天。它们吃玉米粒，安格尔和我喝"波尔本"，彼此相安无事。离开汽车不断奔驰的公路只有两百米的地方有浣熊，有鹿，这在中国是不可想象的事。乌热尔图[①]曾和安格尔开玩笑，说："我要是有一支枪，就可以打下一只鹿。"安格尔说："你拿枪打它，我就拿枪打你！"

美国的动物不知道怕人。我在爱荷华大学校园里看见一只野兔悠闲地穿过花圃，旁若无人。它不时还要停下来，四边看看。它是在看风景，不是看有没有"敌情"。

在斯泼凌菲尔德的林肯故居前草地看见一只松鼠走过。我在中国看到的松鼠总是窜来窜去，惊惊慌慌，随时做逃走的准备，像这样在平地上"走"着的松鼠，还是头一次见到。

[①] 乌热尔图，我国鄂温克族小说家。——作者注

白宫前面草坪上有很多松鼠,有人用面包喂它们,松鼠即于人的手掌中就食,自来自去,对人了无猜疑。

在保护动物这一点上,我觉得美国人比咱们文明。他们是绝对不会用枪打死白天鹅的。

羊上树和老虎闻鼻烟

这都是华北俗话。

有一个相声小段,题目叫《羊上树》:

甲:哐那令哐令令哐(口作弹三弦声)。

  (唱)

   太阳出来亮堂堂,

出了东庄奔西庄，

　　抬头看见羊上树，

　　低头……

乙：你等等！"抬头看见羊上树"，

　　这羊怎么上的树呀？

甲：你问这羊怎么上的树？

乙：对！

甲：喹那个令喹令令喹。

　　抬头看见羊上树……

乙：羊怎么上的树？

甲：羊吃什么？

乙：草。"羊吃百样草，看你找不找。"

甲：吃树叶不？

乙：吃！杨树叶，榆树叶，都吃。

甲：对了！羊爱吃树叶，它就上了树咧！

乙：它怎么上的树？

甲：羊上树，

　　树上羊，

　　喹那令喹令令喹……

乙：羊怎么上的树！

甲：你问的是羊怎么上的树呀？

乙：对，怎么上的树！

甲：羊上树，

树上羊，

哐那个令哐令令哐……

乙：羊怎么上的树？

甲：哐那个令哐令令哐，

羊上树，

树上羊……

"羊上树"，意思是不可能的事。北京人听说不可能实现的，没影儿的事，就说："这是羊上树的事！"

为什么不说马上树，牛上树，骆驼上树？这些动物也都是不能上树的。大概是因为人觉得羊似乎是应该能上树的。

羊能上山。我在张家口跟羊倌一块放过羊，羊特爱登上又陡又险的山，听羊倌说，只要是能落住雨点的石头，羊都能上去。

羊特别能维持身体的平衡。杂技团能训练羊走钢丝。

然而羊是不能上树的。没有人见过羊上树。

相声接着往下说：

甲：羊上树，

　　树上羊，

　　哐那个令哐令令哐……

乙：羊怎么上的树？

甲：你这人怎么认死理儿呢？

乙：羊怎么上的树！

甲：哐那令哐令令哐……

乙：羊怎么上的树？

甲：它是我给它抱上去的。

问题原来如此简单。只要有人抱，羊也是可以上树的。

"老虎闻鼻烟"意思和"羊上树"差不多，不过语气更坚决。北方人听到什么根本不可能发生的事，就说："老虎闻鼻烟——没有那八宗事！"当初创造这句歇后语的人的想象力实在是惊人。一只老虎，坐着，在前掌里倒一撮鼻烟，往鼻孔里揉？这可能吗？

不过也不是绝对地不可能。我曾在电视里看过一只猩猩爱抽雪茄。猩猩能抽雪茄，老虎就许会闻鼻烟。

老虎闻鼻烟，有这种可能？它上哪儿弄去呀？自己买去？——老虎走到卖鼻烟的铺子里，攥着一把钞票，往柜台上一扔，指指货架上搁鼻烟的瓷坛子……

操那个心！老虎闻鼻烟，不用自己掏钱买。

…………

会有人给它送去。

驴

驴浅浅的青灰色（我要称那种颜色为"驴色"！），背脊一抹黑，渐细成一条线，拖到尾根，眼皮鼻子白粉粉的。非常地像个驴，一点都不非驴非马。一个多么可笑而淘气的畜生！仿佛它娘生它一个就不再生似的，一副自以为是的独儿子脾气。

一下套，它吃一口豆子，挨了顾老板一铜勺把子（顾老板正舀豆花做干子），偏着脑袋，一溜烟奔过了那条巷子，跳过大阴沟，来了，奔过来，还没有站定，就势儿即往地上一摔，翻身。这块地教它的驴皮磨得又光又滑了。（若是这里需一地名，可就本地风光名之为"驴打滚"。）翻，翻不过；翻，再来一个，好嘛，喔唷喔唷，这一下，过瘾！我家老王说，驴子不睡觉，站一站就行了；挨了半天磨，累得王八蛋似的，也只需翻一个身即浑身通泰。我相信他。因此，看它翻不过，为之着急，好像我的腰眼里也酸溜溜的了。幸而它每次都一定翻得过的。滚完了，饮水，吃草，丁零当郎摇它的耳朵，忒尔噜噜打喷嚏。——这东西把两个招风耳那么摆来摆去的干什么呢？世界上有没有一个蜜蜂曾经冒冒失失撞到一个驴耳朵里去过？小时候我老这么想，现在也还对此极有兴趣。唔，唔，唔！它把个软软的鼻子皱两皱（多不雅观！），忽然惊天动地呜哇呜哇大叫起来，问老王它干什么叫，老王说"闻到驴奶奶气味了，好不要脸的东西！"说时神情好像有看不起它。我于是不好意思看看它自身挂下来的玩意。晋人多奇怪嗜癖，好驴鸣其一也，有以善作驴鸣得大名者，甚至到新死的朋友坟上去，"鸣"，真是非常地玄了！驴它稳稳重重的时候不是没有，但发神经病时候很多，常常本来规规矩矩、潇潇洒洒地散着步，忽然中了邪似的，脖子一缩，伸开四蹄飞奔，跑过来又跑过去；跑过去，又跑过来。看它跑，最好是俯卧在地上，眼光与地平线齐，驴在蓝天白云草紫芦花之间飞，美极了。跑也听你跑去，没有人管你，佟奶奶细着眼睛看得很有趣呢，可你别去嚼人家种在那儿的豆子，那你就有罪受的！大和二和六丁六甲似的追过来（你跑！个杂——种！），一把捞住绳头子，拴到那棵踞满了毛毛虫的瘦骨伶仃的榆树上去了。顾家也是，为什么把绳子弄得那么长呢？散着，它要一脚一脚的，它会一圈一圈地绕着树转（生成牵磨的命！），转到后来，摸不着来路了，于是把个驴子头吊了起来，上下不得，干瞪两眼，两眼翻白，斜睃着自己尾毛拂动。牛虻虻，麻苍蝇都来了。这就只有两条后腿还可以活动活动，方不致因为老站着而酥麻。腿膝里是两个黑疤疤就极其显眼地露了出来。老王说这是驴子的夜眼。驴子夜里能做事，瞎眼驴子一样骑，全靠这两个膏药心似的东西。然而他又说驴子生小毛病不吃药，用个小槌子在那里敲两下；重病也只需戳一勾被针，放出点紫血就行了。这就不对了：既是眼睛，则不能敲，不能戳。然而这到底是个什么东西？很想去摸摸这个甲虫壳似的黑疤，用指头弹弹必会叭叭地响的。还是先把它解下来吧，它腿上肉一牵一牵地跳，筋都涨起来了。——这畜生真不知好歹！狗咬吕洞宾，驴要踢我。我不知搭救了它多少次了。

而且家里一吃粽子，我即把箬叶跟小莲一齐来送给它吃，驴特别爱这东西。小莲告诉我，须仔细捡去裹粽子的麻丝，说吃下去要缠住肚肠子。我不信（当然不通，难道会吃到肠子外头去吗？），小莲说："骗你干什么！大和说的，不信你去问。"我才不问，捡去就是了！小莲一片一片地送在它的嘴里，看它吃。小莲喜欢这驴，她日后将忘不了这驴。小莲你嫁给大和得了，嫁过去整天用箬叶喂驴！我心里想，不敢说出来，我怕小莲哭。我看小莲，小莲一条辫子，越来越长了。我说：

"小莲，我给它吃。"

小莲把盛箬叶的柳条畚箕给我。我想驴一定更愿意我喂。一片一片的，着急死了，我一次就是五六片，塞得它满嘴都是。而远远地叫过来了：

"那是我家的驴，踢了你我不管！"

"哎哟哎哟，什么宝贝驴！快来看看，只有一只耳朵了！"

这是老王说的。老王总是帮着我。老王来了，老王来挑水，我们一齐看过去，老王，我，小莲，为老王的话逗笑了的侉奶奶——

那边大喜鹊巢的老柳树上呢，大和跟二和。

大和二和每天下午到这里来。老王一见他们总要说：

"怎么着，又来放驴了？"

这是调笑他们的话。只有放牛放羊叫"放"的，驴不能叫"放"。然而该怎么说呢？"看驴"，怕也没有这么说的。老王另有个说法，"陪驴"，这其实最对。他们实在是跟在驴后面也一溜烟跑出来玩玩而已。驴子比他们哥儿俩都懂事些，倒像顾大娘把儿子交给驴，驴子带头，领着他们到荒野里来一样。这时候他们累了半夜，一早上的爸爸要睡一会儿，他们在家一定闹得不得安生！

春花秋叶,鸟啭鱼乐

静鸟投林宿,
闲鱼出水游。
尘飞不到处,
容我小淹留。

"曲径通幽处,禅房花木深",寺庙都有花木,而且树龄甚老，品种名贵。八大处也是这样。大悲寺有一棵银杏，已经活了八百年，树干须几个人合抱。银杏是远古时期孑遗植物，被称为"活化石"。它生长缓慢，而寿命很长，能活一千年。大悲寺的这棵银杏再活几百年问题不大。大悲寺有一丛"黄皮刚竹"，是稀有竹种。一般竹子到冬天就会脱叶，"黄皮刚竹"经冬不凋，大雪之后，枝叶更加鲜绿。

香界寺大雄宝殿前有娑罗树两株。娑罗树中国很少，老百姓说月亮里的影子就是娑罗树影。在弄楼一侧有一棵玉兰。玉兰在北方不算稀罕，颐和园有很多棵，但八大处只此一棵，故足珍贵。这棵玉兰据说是明代所植，高与楼齐，开花时瓣如玉片，蕊似黄鹅，一树光明，灿烂耀眼。灵光寺花木最盛，有一棵很高的紫薇。紫薇一名"不耐痒树"，也叫"痒痒树"。这种树很怪，它有"感觉"，用指甲挠它的树干，树的全身，枝、叶、花就会微微颤动。八大处牡丹、芍药很多，几乎处处皆有。

到了秋天，可看红叶。红叶不是枫树，是黄栌。黄栌到秋天，树叶就会转为红色。北京人看红叶是秋游盛事，可以说是倾城出动。原来看红叶是在香山，近年西山大力种植黄栌，西山遂为看红叶的第二去处。陈毅元帅有诗云："西山红叶好，霜重色愈浓。"住八大处山庄者，可以去印证印证。红叶深浅层叠，如火如荼，作为摄影的背景，照北京人的话说:"没治了!"

鸟鸣山更幽。西山鸟多。"烟雨鹃声"是西山十二景之一。杜鹃在北京不大容易见到。杜鹃的鸣声不同的人听起来不一样。有人说是"割麦插禾",有人听起来是"不如归去",有人说它叫的是"光棍好苦"!雨窗静坐,不妨分辨分辨,它究竟叫的是啥。

读民歌札记

奇特的想象

汉代的民歌里,有一首,很特别:

枯鱼过河泣,何时悔复及?
作书与鲂鲔,相教慎出入。

枯鱼,怎么能写信呢?两千多年来,凡读过这首民歌的人，都觉得很惊奇[①]。这样奇特的想象，在书面文学里没有，在口头文学里也少见。似乎这是中国文学里的一个绝无仅有的孤例。

并不是这样。

偶读民歌选集，发现这样一首广西民歌：

石榴开花朵朵红，蝴蝶寄信给蜜蜂；
蜘蛛结网拦了路，水泡阳桥路不通。

枯鱼作书，蝴蝶寄信，真是无独有偶。

两首民歌的感情不一样。前一首很沉痛。这是一个落难人的沉重的叹息，是从苦痛的津液中分泌出来的奇想。短短二十个字，概括了世途的险恶。后一首的调子是轻松的、明快的。红的石榴花、蝴蝶、蜜蜂、蜘蛛，这是一幅很热闹的图画，让人想到明媚的春光——哦，初夏的风光。这是一首情歌。他和她——蝴蝶和蜜蜂有约，受了意外的阻碍，然而这点阻碍是暂时的，不足为虑的，是没有真正的危险性的。这首民歌的内在的感情是快乐的、光明的，不是痛苦、绝望的。这两首民歌是不同时代的作品，不同

[①] 黄节《汉魏乐府风笺》引陈胤倩曰："作书甚新。"——作者注

生活的反映。但是其设想之奇特，则无二致。

沈德潜在《古诗源》里选了《枯鱼》，下了一个评语，道是："汉人每有此种奇想[①]。"其实应该说：民歌每有此种奇想，不独汉人。

汉代民歌里的动物题材

现存的汉代乐府诗里有几首动物题材的诗。它所反映的生活、思想，它的表现方法，在它以前没有，在它以后也少见。这是汉乐府里的一个独特的组成部分，是文学史上一个很值得注意的现象。除了《枯鱼过河泣》，有《雉子班》《乌生》《蜨蝶行》。另，本辞不传，晋乐所奏的《艳歌何尝行》也可以算在里面。我们有理由相信，这是当时所流行的一种题材，散失不传的当会更多。

雉子班

"雉子，

班如此！

[①] 闻一多先生《乐府诗笺》也说"汉人常有此奇想"。——作者注

之于雉梁。

无以吾翁孺,

雉子!"

知得雉子高蜚止。

黄鹄蜚,

之以千里王可思。

雄来蜚从雌,

视子趋一雉。

"雉子!"

车大驾马滕,

被王送行所中。

尧羊蜚从王孙行。

一向都认为这首诗"言字讹谬,声辞杂书",最为难读。余冠英先生的《乐府诗选》把它加了引号和标点,分清了哪些是剧中人的"对话",哪些是第三者(作者)的叙述,这样,这首难读的诗几乎可以读通了。这是一个伟大的发现。我们说是"伟大的发现",是因为用了这种方法,可以帮助我们把原来一些不很明白或者很不明白的古诗弄明白(古代的人如果学会用我们今天的标点符号,会使我们省很多事,用不着闭着眼睛捉迷藏)。余先生以为这首诗写的是一个野鸡家庭的生离死别的悲剧,也是卓越的创见。

但是这是一个什么样的悲剧,剧中人共有几人?悲剧的情节是怎样的?在这些方面,我们理解和余先生有些不同。

按余先生《乐府诗选》的注解,他似乎以为是一只小野鸡(雉子)被贵人捉获了,关在一辆马车里。老野鸡(性别不详)追随着马车,一面嘱咐小野鸡一些话。

按照这样的设想,有些辞句解释不通。

"之于雉梁"。"雉梁"可以有不同解释,但总是指的某个地方。"之于"是去到的意思。"之于雉梁"是去到某个地方。小野鸡已经被捉了,怎么还能叫它去到某个地方呢?

"知得雉子高蜚止"。这一句本来不难懂,是说知道雉子高飞远走了。余先生断句为"知得雉子,高蜚止",说是知道雉子被人所得,老雉高飞而来,不无勉强。

尤其是,按余先生的设想,"雄来蜚从雌"这一句便没有着落。这是一句很关键性的话。这里明明说的是"雄来飞从雌",不是"雉来飞从雉子"呀。

因此,我觉得有必要在余先生的生动的想象的基础上向前再迈一步。

问题:

一、这里一共有几个人物——几只野鸡？我以为一共有三只：雄野鸡、雌野鸡、小野鸡。

二、被捉获的是谁？——是雌野鸡，不是小野鸡。

对几个词义的猜测：

"班"，旧说同"斑"。"班如此"就是这样地好看。在如此紧张的生离死别的关头，还要来称赞自己的孩子毛羽斑斓，无是情理。"班"疑当即"乘马班如""班师回朝"的"班"，即回去。贾谊《吊屈原赋》："股纷纷其离此邮兮"，朱熹《集注》云："股音班……股，反也"，"班"即"股"。

"翁孺"，余先生以为是老人与小孩，泛指人类。"孺"本训小，但可引申为小夫人，乃至夫人。古代的"孺子"往往指的是小老婆，清俞正燮《癸巳类稿·释小补楚语笄内则总角义》辨之甚详①。我以为"翁孺"是夫妇，与北朝

---

① 俞正燮此文甚长，征引繁浩，其略云："小妻曰妾，曰嫱，曰姬，曰侧室，曰篷室，曰次室，曰偏房，曰如夫人，曰如君，曰姨娘，曰姬娘，曰旁妻，曰庶妻，曰次妻，曰下妻，曰少妻，曰细君，曰姑娘，曰孺子……《汉书·艺文志·中山王孺子妾歌》注云：'孺子，王妾之有名号者。'……秦策亦云：某夕某孺子纳某士。《汉书·王子侯表》：'东城侯遗为孺子所杀。'则王公至士民妾，通名孺子。"值得注意的是同前条引《左传·哀公三年》："季桓子卒，南孺子生子，谓贵妾。注云：桓子妻者，非是。"这一条误注倒使我们得到一个启发，"孺子"也可以当妻子讲的——否则就不致产生这样的错注。——作者注

的《捉搦歌》"愿得两个成翁姁"的"翁姁"是一样的意思。"吾翁孺"即"我们老公母俩"。"无以吾翁孺",以,依也,意思是你不要靠我们老公母俩了。"吾"字不必假借为"俉",解为"迎也"。

"黄鹄蜚,之以千里王可思",我怀疑是衍文。

上述词意的猜测,如果不十分牵强,我们就可以对这首剧诗的情节有不同于余先生的设想:

野鸡的一家三口:雄野鸡、雌野鸡、小野鸡,一同出来游玩。忽然来了一个王孙公子,捉获了雌野鸡。小野鸡吓坏了,抹头一翅子就往回飞。难为了雄野鸡。它舍不下老的,又搁不下小的。它看见小野鸡飞回去了,就扬声嘱咐:"雉崽呀,往回飞,就这样飞回去,一直飞到野鸡居住的山梁,别管我们老公母俩!雉崽!"知道小野鸡已经高高飞走了,雄野鸡又飞来追随着雌野鸡。它还忍不住再回头看看,好了,看见小野鸡跟上另一只野鸡,有了照应了,它放了心了。但这也是最后的一眼了,它惨痛地又叫了一声:"雉崽!——"车又大,马又飞跑,(雌雉)被送往王孙的行在所了。雄雉翱翔着追随着王孙的车子,飞,飞……

乌生

乌生八九子,

端坐秦氏桂树间。——唶我！
秦氏家有游遨荡子，
工用睢阳强、苏合弹。
左手持强弹两丸，
出入乌东西。——唶我！
一丸即发中乌身，
乌死魂魄飞扬上天：
"阿母生乌子时，
乃在南山岩石间。——唶我！
人民安知乌子处？
蹊径窈窕安从通？"
"白鹿乃在上林西苑中，
射工尚复得白鹿脯。——唶我！
黄鹄摩天极高飞，
后宫尚复得烹煮之。
鲤鱼乃在洛水深渊中，
钓钩尚得鲤鱼口。——唶我！
人民生各各有寿命，
死生何须复道前后？"

这是中弹身亡的小乌鸦的魂魄和它的母亲的在天之灵

的对话。这首诗的特别处是接连用了五个"嗟我"。闻一多先生以为"嗟我"应该连读,旧读"我"属下,大谬。这样一来,就把一首因为后人断句的错误而变得很奇怪别扭的诗又变得十分明白晓畅,还了它的本来面目,厥功至伟。闻先生以为"嗟"是大声,"我"是语尾助词。我觉得,干脆,这是一个词,是一个状声词,这就是乌鸦的叫声。通篇充满了乌鸦的喊叫,增加诗的凄怆悲凉。

蜨蝶行

蜨蝶之遨游东园,

奈何卒逢三月养子燕!

接我首蒨间。

持之我入紫深宫中,

行缠之傅榑护间。

雀来燕,

燕子见衔哺来,

摇头鼓翼何轩奴轩。

剔除了几个"之"字,这首诗的意思是明白的:一只快快活活的蝴蝶,被哺雏的燕子叼去当作小燕子的一口食了。

这几首动物题材的乐府诗有以下几个共同的特点:

一、它们是一种独特题材的诗，不是通常所说的（散体和诗体的）"动物故事"。"动物故事"，或名寓言，意在教训，是以物为喻，说明某种道理。它是哲学的、道德的。"动物故事"的作者对于其所借喻的动物的态度大都是超然的、旁观的，有时是嘲谑的。这些乐府诗是抒情的、写实的。作者对于所描写的动物寄予很深的同情。他们对于这些弱小的动物感同身受。实际上，这些不幸的动物，就是作者自己。

二、这些诗大都用动物自己的口吻，用第一人称的语气讲话。《蜨蝶行》开头虽有客观的描叙，但是自"接我苜蓿间"之后，仍是蜨蝶眼中所见的情景，仍是第一人称。这些诗的主要部分是动物的独白或对话。它们又都有一个简单然而生动的情节。这是一些小小的戏剧。而且，全是悲剧。这些悲剧都是突然发生的。蜨蝶在苜蓿园里遨游，乌鸦在桂树上端坐，原来都是很暇豫安适，自乐其生的，可是突然间横祸飞来，弄得妻离子散、家破人亡。《枯鱼过河泣》《雉子班》虽未写遇祸前的景况，想象起来，亦当如是。朱柜堂曰"祸机之伏，从未有不于安乐得之"，对于这些诗来说，是贴切的。

三、为什么汉代会产生这样一些动物题材的民歌？写物是为了写人。动物的悲剧是人民的悲剧的曲折的反映。

对这些猝然发生的惨祸的陈述,是企图安居乐业的人民遭到不可抗拒的暴力的摧残因而发出的控诉。动物的痛苦即人的痛苦。这一类诗多用第一人称,不是偶然的。这些痛苦是由谁造成的?谁是这些惨剧的对立面?《枯鱼》未明指。《蜨蝶行》写得很隐晦。《雉子班》和《乌生》就老实不客气地点出了是"王孙"和"游遨荡子",是享有特权的贵族王侯。这些动物诗,实际上写的是特权阶层对小民的虐害。我们知道,汉代的权豪贵戚是非常地横暴恣睢、无所不为的。权豪作恶,成为汉代政治上的一个大问题。这些诗,是当时的社会生活的很深刻的反映。

这些写动物诗,应当联系当时的社会生活来看,应当与一些写人的诗参照着看,比如《平陵东》(这是一首写五陵年少绑架平民的诗,因与本题无关,说从略)。

民歌中的哲理

民歌,在本质上是抒情的。

民歌当中有没有哲理诗?

湖南古丈有一首描写插秧的民歌:

赤脚双双来插田,低头看见水中天。

行行插得齐齐整,退步原来是向前。

首先,这是民歌吗?论格律,这是很工整的绝句。论意思,"退步原来是向前",是所谓"见道之言"。这很像是晚唐和宋代的受了禅宗哲学影响的诗人搞出来的东西。然而细读全诗,这的确是劳动人民的作品。没有亲身参加过插秧劳动的人,是不可能有这样真切的体会的。这不是像白居易《观刈麦》那样只是以旁观者的身份在那里发一通感想。

或者,这是某个既参加劳动,也熟悉民歌的诗人所制作的拟民歌?刘禹锡、黄遵宪的某些诗和民歌放在一起,是几乎可以乱真的。但是我们还没有听说过古丈曾出过像刘禹锡、黄遵宪这样的诗人。

是从别的地方把拟作的民歌传进来的?古丈是个偏僻的地方,过去交通很不方便,这种可能性也不大。

看来,我们只能相信,这是民歌,这是出在古丈地方的民歌。

或者说,这是民歌,但无所谓哲理。"退步原来是向前",是纪实,插秧都是倒退着走的,值不得大惊小怪!不能这样讲吧。多少人插过秧,可谁想到过进与退之间的辩证关系？唱出这样的民歌的农民，确实是从实践中悟出一番道理。清代的湖南，出过几个农民出身的唯物主义的哲学家。莫非，湖南的农民特别长于思辨？吁，非所知矣。

何况前面还有一句"低头看见水中天"呢。抬头看天，是常情；低头看天，就有点哲学意味。有这一句，就证明"退步原来是向前"不是孤立的，突如其来的。从总体看，这首民歌弥漫着一种内在的哲理性。——同时又是生机活泼的、生动形象的，不像宋代某些"以理为诗"的作品那样平板枯燥。

民歌，在本质上是抒情的，但不排斥哲理。

民歌中有没有哲理诗，是一个值得探讨下去的题目。

《老鼠歌》与《硕鼠》

藏族民歌里有一首《老鼠歌》：

从星星还没有落下的早晨，
耕作到太阳落土的晚上；
用疲劳翻开这一锄锄的泥土，
见太阳升起又落下山岗。

收的谷子粒粒是血汗,

耗子在黑夜里把它往洞里搬;

这种冤枉有谁知道谁可怜,

唉,累死累活只剩下自己的辛酸。

我们的皇帝他不管,他不管,

我们的朋友只有月亮和太阳;

耗子呀,可恨的耗子呀,

什么时候你才能死光!

(泽仁沛楚、登主·沛楚追等唱,周良沛搜集,载《民间文学》1965年6月号)

读了这首民歌,立刻让人想到《诗经》里的《硕鼠》。现代研究《诗经》的人,都认为《硕鼠》是劳动者对于统治阶级加在他们头上的不堪忍受的沉重的剥削所发出的怨恨,诸家都无异词。这首《老鼠歌》可以作为一个有力的旁证。如果看了周良沛同志的附注,《诗经》的解释者对于他们的解释就更有信心了:

"这支歌是清末的一个藏族农民劳动时的即兴之作。他以耗子的形象来影射统治者对人民的剥削。这支歌流行很广,后遭禁唱。一九三三年人民因唱这支歌,曾遭到反动统治者的大批屠杀。"

不同的时代，不同的地区，不同的民族，却用同样的形象，同样影射的方法来咒骂压在他们头上的剥削者，这是很有意思的事。其实也不奇怪，人同此心而已。他们遭受的痛苦是一样的。夺去他们的劳动果实的，有统治者，也有像田鼠一样的兽类。他们用老鼠来比喻统治者，正是"能近取譬"。硕鼠，即田鼠，偷盗粮食是很凶的。我在沽源，曾随农民去挖过田鼠洞。挖到一个田鼠洞，可以找到上斗的粮食。而且储藏得很好：豆子是豆子，麦子是麦子，高粱是高粱。分门别类，毫不混杂！这是一个典型的不劳而食者的粮仓。而且，田鼠多得很哪！

《硕鼠》是魏风。周代的魏进入了什么社会形态，我无所知。周良沛同志所搜集的藏族民歌，好像是云南西部的。那个地区的社会形态，我也不了解。"附注"中说这是一个"农民"的即兴之作，是自由农民呢？还是农奴呢？"统治者"是封建地主呢？还是农奴主呢？这些都无从判断。根据直觉的印象，这两首民歌都像是农奴制时代的产物。大批地屠杀唱歌人，这种事只有农奴主才干得出来。而《硕鼠》的"逝（誓）将去女（汝），适彼乐土"很容易让人想到农奴的逃亡。——封建农民是没有这种思想的。有人说"适彼乐土"只是空虚渺茫的幻想，其实这是十分现实的打算。这首诗分三节，三节的最后都说"誓将去汝"，这是带有积极的行动意味的。而且感情是强烈的。"誓将"乃决绝之词，并无保留，也不软弱。在农奴制社会里，逃亡，是当时仅能做到的反抗。我们不能用今天工人阶级的觉悟去苛求几千年前的农奴。这一点，我和一些《硕鼠》的解释者的看法，有些不同。

散文五题

鹤

他看见一只鹤。

他去上学去。他起得很早。空气很清凉。静悄悄的,没有一个人。忽然,他看见一只鹤。

他从来没有看见过鹤。这一带没有鹤。他只在画里看见过。然而这是一只鹤。他看见了,谁也没有看见过的东西。他呆了。

鹤在天上飞着,在护城河的上面,很高。飞得很慢。雪白的。两只长腿伸在后面。他感受到一种从来没有经验过的美,又神秘,又凄凉。

他觉得很凄凉。

鹤慢慢地飞,飞远了。

他从梦幻中醒了过来。这是一只鹤!世界上从来没有人看见过这样的一只鹤。

他后来走过很多地方,看见过很多鹤,在动物园里。然而这些都不是他看见过的那样的鹤。

他失去了他的鹤,失去了神秘和凄凉。

昙　花

邻居送给他一片昙花的叶子,他把它种在花盆里,给它浇水、施肥。昙花长大了,长出了一片又一片新叶。白天,他把昙花放到阳台上,晚上端进屋里,放在床前的桌上。他老是梦见昙花开花了。

有一天他在梦里闻到一股醉人的香味。他睁开眼睛:昙花真的开了!

他坐起来,望着昙花,望着昙花白玉一样的花瓣,浅黄浅黄的花蕊，闻着醉人的香味。

他困了，又睡着了。

他又梦见昙花开花了。

他有了两盆昙花，一盆真的，一盆梦里的。

鸟和猎鸟的人

我在草地上航行，在光滑的青草上轻快地奔跑，肺里吸满了空气。

忽然，我看见什么东西通红的在树林里闪动。

是一个猎人，打着红布的裹腿。

他一步一步，不慌不忙地在树林里走着。

飞起了一只斑鸠，飞不多远，落在一棵树上。

猎人折回来，走向斑鸠落下的那棵树。

斑鸠又飞起来，飞回原来的那棵树。

猎人又折回来。他在追逐着这只斑鸠，不慌不忙，一步一步，非常地冷静，他的红裹腿像一声凄厉的喊叫。

斑鸠为什么不飞出去，飞出这片树林？为什么不改变方向，老是这样来回地飞？

斑鸠沉不住气了。它知道逃不掉了。它飞得急迫了，不稳了，有点歪歪斜斜的了。

我看见斑鸠的惊慌失措的大眼睛。

砰的一声，斑鸠掉在地上了。

我简直没有看见猎人开枪。

斑鸠连挣扎都没有挣扎一下，死了。没有一滴血，羽毛还是整整齐齐的，看不出子弹是从哪里打进去的。它的身体一定还是热的。

猎人拾起斑鸠，装在袋里，走了。

鬼 火

我在学校里做值日，晚了。我本想从城里绕路回去，犹豫了一下，决定还是走城外。天阴得很严，快要下大雨。

出了东门，没走多远，天就黑了下来，什么也看不见了。

路是一条每天走熟了的很宽的直路。我知道左边是河，右边是麦地。再往前，河水转弯处，是一片荒坟。我走得很快。我听见自己的脚步声和裤脚擦出来的沙沙的声音。

我看见了鬼火。

这是鬼火。

鬼火飞着，不快也不慢，画出一道一道碧绿的弧线，纵横交错，织成一幅网。这样多的鬼火。鬼火飞着，它们好像在聚会，在交谈。它们轻声地唱着一支歌，又快乐，又凄凉。

我加快了脚步。我感觉到路上干硬了的牛蹄的脚迹。

看见灯光了。

我到了。我推开自己家的门，走进去，大雨就哗哗地下开了。

迷　路

我终于不得不承认，我是迷了路了。

我在江西进贤土改，分配在王家梁。我到工作队队部去汇报工作，走十多里山路，我是和几个人一起从这条路进村的。这次是我一个人去。我记着：由王家梁往东，到了有几棵长得齐齐的梓树的地方，转弯向南。我走到那几棵梓树跟前，特别停下来，四面看看，记认了周围的环境。

回来时太阳已经落山。我快步走着，青苍苍的暮色越来越浓。我看见那几棵梓树了,好了,没有多远了。但当我折向左面,走了一截,我发现这不是我来时的路。是我记错了,应该向右?我向右又走了一截,也不对。这时要退回到队部所在的村子,已经来不及了。我向左,又向右;向右,又向左,乱走了半天,还是找不到来路。天已经完全黑了下来。我爬上一个小山,四面都没有路。除了天边有一点余光,已经是什么都看不见了。

我打算就在这小山上住一夜。我找了一棵不很高的树,爬了上去。——这一带山上有虎,王家梁有一个农民就叫老虎抓去了一块头皮,至今头顶上还留着一个虎爪的印子。

江西的冬天还是颇冷的。而且夜出的小野兽在树下不断地簌簌地奔跑。我觉得这不是事,就跳下树来,高声地呼喊:

"喂——有人吗?"

我听见自己的声音传得很远。

没有回音。

"喂——有人吗?"

我听见狗叫。

我下了山,朝着狗叫的方向笔直地走去,也不管是小山,是水田,是田埂,是荆棘,是树丛。

我走到一个村子里。这村子我认得,是王家梁的北村。有几个民兵正在守夜。

我不知道我是怎样走过来的。

我一辈子没有这样勇敢,这样镇定,这样自信,这样有决断,判断得这样准确过。

仓老鼠和老鹰借粮

"仓老鼠和老鸹去借粮——守着的没有,飞着的有。"
　　　　　　　　　　　　——《红楼梦》

天长啦,夜短啦,耗子大爷起晚啦!
耗子大爷干吗哪?耗子大爷穿套裤哪。
来了一个喜鹊,来跟仓老鼠借粮。

喜鹊和在门口玩耍的小老鼠说：

"小胖墩，回去告诉老胖墩：'有粮借两担，转过年来就归还。'"

小老鼠回去跟仓老鼠说："有人借粮。"

"什么人？"

"花喜鹊，尾巴长，娶了媳妇忘了娘。"

"哦！喜鹊。他说什么？"

"小胖墩，回去告诉老胖墩：'有粮借两担，转过年来就归还。'"

"借给他两担！"

天长啦，夜短啦，耗子大爷起晚啦。

耗子大爷干吗哪？耗子大爷梳胡子哪。

来了个乌鸦，来跟仓老鼠借粮。

乌鸦和在门口玩耍的小老鼠说：

"小尖嘴，回去告诉老尖嘴：'有粮借两担，转过年来就归还。'"

小老鼠回去跟仓老鼠说："有人借粮。"

"什么人？"

"从南来个黑大汉，腰里别着两把扇。走一走，扇一扇，'阿弥陀佛好热的天！'"

"这是什么时候，扇扇？！"

"是乌鸦。"

"他说什么?"

"小尖嘴,回去告诉老尖嘴:'有粮借两担,转过年来就归还。'"

"借给他两担!"

天长啦,夜短啦,耗子大爷起晚啦!

耗子大爷干吗哪?耗子大爷咕嘟咕嘟抽水烟哪。

来了个老鹰,来跟仓老鼠借粮。

老鹰和在门口玩耍的小老鼠说:

"小猫菜,回去告诉老猫菜:'有粮借两担,转过年来不定归还不归还!'"

小老鼠回去跟仓老鼠说:"有人借粮。"

"什么人?"

"钩鼻子,黄眼珠,看人斜着眼,说话尖声尖气。"

"是老鹰!——他说什么?"

"他说:'小猫菜回去告诉老猫菜——'"

"什么'小猫菜''老猫菜'!"

"——'有粮借两担'——"

"转过年来?"

"——'不定归还不归还!'"

"不借给他!——转来!"

"……"

"就说我没在家!"

小老鼠出去对老鹰说:

"我爸说:他没在家!"

仓老鼠一想:这事完不了,老鹰还会来的。我得想个办法。有了!我跟他哭穷,我去跟他借粮去。

仓老鼠找到了老鹰,说:

"鹰大爷,鹰大爷!天长啦,夜短啦,盆光啦,瓮浅啦。有粮借两担,转过年来两担还四担!"

老鹰一想,气不打一处来,这可真是:"仓老鼠跟老鹰借粮,守着的没有,飞着的倒有!"——"好,我借给你,你来!你来!"

仓老鼠往前走了两步。

老鹰一嘴就把仓老鼠叼住,一翅飞到树上,两口就把仓老鼠吞进了肚里。

老鹰问:"你还跟我借粮不?"

仓老鼠在鹰肚子里连忙回答:"不借了!不借了!不借了!"

螺蛳姑娘

有种田人,家境贫寒。上无父母,终鲜兄弟。薄田一丘,茅屋数椽。孤身一人,艰难度日。日出而作,春耕夏锄。日落回家,自任炊煮。身为男子,不善烧饭。冷灶湿柴,烟熏火燎。往往弄得满脸乌黑,如同灶王。有时怠惰,不愿举火,便以剩饭锅巴,用冷水泡泡,摘取野葱一把,辣椒五颗,稍蘸盐水,大口吞食。顷刻之间,便已果腹。

虽然饭食粗粝,但是田野之中,不乏柔软和风,温暖阳光,风吹日晒,体魄健壮,精神充溢,如同牛犊马驹。竹床棉被,倒头便睡。无忧无虑,自得其乐。

忽一日,作田既毕,临溪洗脚,见溪底石上,有一螺蛳,螺体硕大,异于常螺,壳有五色,晶莹可爱,怦然心动,如有所遇。便即携归,养于水缸之中。临睡之时,敲石取火,燃点松明,时往照视。心中欢喜,如得宝贝。

次日天明,青年男子,仍往田间作务。日之夕矣,牛羊下来。余霞散绮,落日熔金。此种田人,心念螺蛳,急忙回家。到家之后,俯视水缸:螺蛳犹在,五色晶莹。方拟生火煮饭,揭开锅盖,则见饭菜都已端整。米饭半锅,青菜一碗。此种田人,腹中饥饿,不暇细问,取箸便吃。热饭热菜,甘美异常。食毕之后,心生疑念:此等饭菜,何人所做?或是邻居媪婶,怜我孤苦,代为炊煮,便往称谢。邻居皆曰:"我们不曾为你煮饭,何用谢为!"此种田人,疑惑不解。

又次日,青年男子,仍往作田。归家之后,又见饭菜端整。油煎豆腐,细嫩焦黄;酱姜一碟,香辣开胃。

又又次日,此种田人,日暮归来,启锁开门,即闻香气。揭锅觑视:米饭之外,兼有腊肉一碗,烧酒一壶。此种田人,饮酒吃肉,陶然醉饱。

心念：果是何人，为我做饭？以何缘由，作此善举？

复后一日，此种田人，提早收工，村中炊烟未起，即已抵达家门。轻手蹑足，于门缝外，向内窥视。见一姑娘，从螺壳中，冉冉而出。肤色微黑，眉目如画。草屋之中，顿生光辉。行动婀娜，柔若无骨。取水濯手，便欲做饭。此种田人，破门而入，三步两步，抢过螺壳；扑向姑娘，长跪不起。螺蛳姑娘，挣逃不脱，含羞弄带，允与成婚。种田人惧姑娘复入螺壳，乃将螺壳藏过。严封密裹，不令人知。

一年之后，螺蛳姑娘，产生一子，眉目酷肖母亲，聪慧异常。一家和美，幸福温馨，如同蜜罐。

唯此男人，初得温饱，不免骄惰。对待螺蛳姑娘，无复曩时敬重，稍生侮慢之心。有时入门放锄，大声喝唤："打水洗脚！"凡百家务，垂手不管。唯知戏弄孩儿，打火吸烟。衣来伸手，饭来张口，俨然是一大爷。螺蛳姑娘，性情温淑，并不介意。

一日，此种田人，忽然想起，昔年螺壳，今尚在否？探身取视，晶莹如昔。遂以逗弄婴儿，以箸击壳而歌：

"丁丁丁，你妈是个螺蛳精！

橐橐橐，这是你妈的螺蛳壳！"

彼时螺蛳姑娘，方在炝锅炒菜，闻此歌声，怫然不悦，抢步入房，夺过螺壳，纵身跳入。倏忽之间，已无踪影。此种田人，悔恨无极。抱儿出门，四面呼喊。山风忽忽，流水潺潺，茫茫大野，迄无应声。

此种田人，既失娇妻，无心作务，田园荒芜，日渐穷困。神情呆滞，面色苍黑。人失所爱，易于速老。

蛐　蛐

宣德年间，宫里兴起了斗蛐蛐。蛐蛐都是从民间征来的。这玩意陕西本不出。有那么一位华阴县令，想拍拍上官的马屁，进了一只。试斗了一次，不错，贡到宫里。打这儿起，传下旨意，责令华阴县年年往宫里送。县令把这项差事交给里正。里正哪里去弄到蛐蛐？只有花钱买。地方上有一些不务正业的混混，弄到好蛐蛐，养在金丝笼里，价钱抬得很高。有的里正，和衙役勾结在一起，借了这个名目，挨家挨户，按人口摊派。上面要一只蛐蛐，常常害得几户人家倾家荡产。蛐蛐难找，里正难当。

有个叫成名的，是个童生，多年也没有考上秀才。为人很迂，不会讲话。衙役瞧他老实，就把他报充了里正。成名托人情，送蒲包，磕头，作揖，不得脱身。县里接送往来官员，办酒席，敛程仪，要民夫，要马草，都朝里正说话。不到一年的工夫，成名的几亩薄产都赔进去了。一出暑伏，按每年惯例，该征蛐蛐了。成名不敢挨户摊派，自己又实在变卖不出这笔钱。每天烦闷忧愁，唉声叹气，跟老伴说："我想死的心都有。"老伴说："死，管用吗？买不起，自己捉！说不定能把这项差事应付过去。"成名说："是个办法。"于是提了竹筒，拿着蛐蛐罩，破墙根底下，烂砖头堆里，草丛里，石头缝里，到处翻，找。清早出门，半夜回家。鞋磨破了，胳膝盖磨穿了，手上、脸上，叫葛针拉出好些血道道，无济于事。即使捕得三两只，又小又弱，不够分量，不上品。县令限期追比，交不上蛐蛐，二十板子。十多天下来，成名挨了百十板，两条腿脓血淋漓，没有一块好肉了。走都不能走，哪能再捉蛐蛐呢？躺在床上，翻来覆去：除了自尽，别无他法。

迷迷糊糊做了一个梦。梦见一座庙，庙后小山下怪石乱卧,荆棘丛生,有一只"青麻头"伏着。旁边有一只癞蛤蟆,将蹦未蹦。醒来想想:这是什么地方?猛然省悟:这不是村东头的大佛阁吗?他小时候逃学,曾到那一带玩过。这梦有准吗?那里真会有一只好蛐蛐?管他的!去碰碰运气。于是挣扎起来,拄着拐杖,往村东去。到了大佛阁后,一带都是古坟,顺着古坟走,蹲着伏着一块一块怪石,就跟梦里所见的一样。是这儿?——像!于是在蒿莱草莽之间,轻手轻脚,侧耳细听,凝神细看,听力目力都用尽了,然而听不到蛐蛐叫,看不见蛐蛐影子。忽然,蹦出一只癞蛤蟆。成名一愣,赶紧追!癞蛤蟆钻进了草丛。顺着方向,拨开草丛:一只蛐蛐在荆棘根旁伏着。快扑!蛐蛐跳进了石穴。用尖草撩它,不出来;用随身带着的竹筒里的水灌,这才出来。好模样!蛐蛐蹦,成名追。罩住了!细看看:个头大,尾巴长,青脖子,金翅膀。大叫一声:"这可好了!"一阵欢喜,腿上棒伤也似轻松了一些。提着蛐蛐笼,快步回家。举家庆贺,老伴破例给成名打了二两酒。家里有蛐蛐罐,垫上点过了箩的细土,把宝贝养在里面。蛐蛐爱吃什么?栗子、菱角、螃蟹肉。买!净等着到了期限,好见官交差。这可好了:不会再挨板子,剩下的房产田地也能保住了。蛐蛐在罐里叫哩,嚁嚁嚁嚁……

成名有个儿子，小名叫黑子，九岁了，非常淘气。上树掏鸟窝蛋，下河捉水蛇，飞砖打恶狗，爱捅马蜂窝。性子倔，爱打架。比他大几岁的孩子也都怕他，因为他打起架来拼命，拳打脚踢带牙咬。三天两头，有街坊邻居来告"妈妈状"。成名夫妻，就这么一个儿子，只能老给街坊们赔不是，不忍心重棒打他。成名得了这只救命蛐蛐，再三告诫黑子："不许揭开蛐蛐罐，不许看，千万千万！"

不说还好，说了，黑子还非看看不可。他瞅着父亲不在家，偷偷揭开蛐蛐罐。腾！——蛐蛐蹦出罐外，黑子伸手一扑，用力过猛，蛐蛐大腿折了，肚子破了——死了。黑子知道闯了大祸，哭着告诉妈妈。妈妈一听，脸色煞白："你个孽障！你甭想活了！你爹回来，看他怎么跟你算账！"黑子哭着走了。成名回来，老伴把事情一说，成名掉在冰窟窿里了。半天，说："他在哪儿？"找。到处找遍了，没有。做妈的忽然心里一震：莫非是跳了井了？扶着井栏一看，有个孩子。请街坊帮忙，把黑子捞上来，已经死了。这时候顾不上生气，只觉得悲痛。夫妻二人，傻了一样。傻坐着，你看看我，我看看你，找不到一句话。这天他们家烟筒没冒烟，哪里还有心思吃饭呢。天黑了，把儿子抱起来，准备用一张草席卷卷埋了。摸摸胸口，还有点温和；探探鼻子，还有气。先放到床上再说吧。半夜里，黑子醒过来了，睁开了眼。夫妻二人稍得安慰。只是眼神发呆。睁眼片刻，又合上眼，昏昏沉沉地睡了。

蛐蛐死了，儿子这样。成名瞪着眼睛到天亮。

天亮了，忽然听到门外蛐蛐叫，成名跳起来，远远一看，是一只蛐蛐。心里高兴，捉它！蛐蛐叫了一声：嚯，跳走了，跳得很快。追。用手掌一捂，好像什么也没有，空的。手才举起，又分明在，跳得老远。急忙追，折过墙角，不见了。四面看看，蛐蛐伏在墙上。细一看，个头不大，黑红黑红的。成名看它小，瞧不上眼。墙上的小蛐蛐，忽然落在他的袖口上。看看：小虽小，形状特别，像一只土狗子，梅花翅，方脑袋，好像不赖。将就吧。右手轻轻捏住蛐蛐，放在左手掌里，两手相合，带回家里。心想拿它交差，又怕县令看不中，心里没底，就想试着斗一斗，看看行不行。村里有个小伙子，是个玩家，走狗斗鸡，提笼架鸟，样样在行。他养着一只蛐蛐，自名"蟹壳青"，每天找一些少年子弟斗，百战百胜。他把这只"蟹壳青"居为奇货，索价很高，也没人买得起。有人传出来，说成名得了一只蛐蛐，这小伙子就到成家拜访，要看看蛐蛐。一看，捂着嘴笑了：这也叫蛐蛐！于是打开自己的蛐蛐罐，把蛐蛐赶进"过笼"里，放进斗盆。成名一看，这只蛐蛐大得像一只油葫芦，就含糊了，不敢把自己的拿出来。小伙子存心看个笑话，再三说："玩玩嘛，咱又不赌输赢。"成名一想，反正养这么只孬玩意也没啥用，逗个乐！于是把黑蛐蛐也放进斗盆。小蛐蛐趴着不动，蔫哩吧唧，小伙子又大笑。使猪鬃撩拨它的须须，还是不动。小伙子又大笑。撩它，再撩它！黑蛐蛐忽然暴怒，后腿一挺，直蹿过来。俩蛐蛐这就斗开了，冲、撞、腾、击，噼里啪啦直响。忽见小蛐蛐跳起来，伸开须须，翘起尾巴，张开大牙，一下子钳住大蛐蛐的脖子。大蛐蛐脖子破了，直流水。小伙子赶紧把自己的蛐蛐装进过笼，说："这小家伙真玩命呀！"小蛐蛐摆动着须须，"嚯，嚯"，扬扬得意。成名也没想到。他和小伙子正在端详这只黑红黑红的小蛐蛐，他们家的一只大公鸡斜着眼睛过来，上去就是一嘴。成名大叫了一声："啊呀！"幸好，公鸡没啄着，蛐蛐蹦出了一尺多远。公鸡一啄不中，撒腿紧追。眨眼之间，蛐蛐已经在鸡爪子底下了。成名急得不知怎么好，只是跺脚，再一看，公鸡伸长了脖子乱甩。嗯？走近了一看，只见蛐蛐叮在鸡冠上，死死咬住不放。公鸡羽毛扎撒，双脚挣蹦。成名惊喜，把蛐蛐捏起来，放进笼里。

第二天，上堂交差。县太爷一看：这么个小东西，大怒："这，你不是糊弄我吗！"成名细说这只蛐蛐怎么怎么好。县令不信，叫衙役弄几只蛐蛐来试试。果然，都不是对手。又叫抱一只公鸡来，一斗，公鸡也败了。县令吩咐，专人送到巡抚衙门。巡抚大为高兴，打了一只金笼子，又命师爷连夜写了一通奏折，详详细细表叙了黑蛐蛐的能耐，把蛐蛐献进宫中。宫里的有名有姓的蛐蛐多了，都是各省进贡来的。什么"蝴蝶""螳螂""油利挞""青丝额"……黑蛐蛐跟这些"名将"斗了一圈，没有一只，能经得三个回合，全都不死带伤望风而逃。皇上龙颜大悦，下御诏，赐给巡抚名马衣缎。巡抚饮水思源，到了考核的时候，给华阴县评了一个"卓异"，就是说该县令的政绩非比寻常。县令也是个有良心的，想起他的前程都是打成名那儿来的，于是免了成名里正的差役；又嘱咐县学的教谕，让成名进了学，成了秀才，有了功名，不再是童生了；还赏了成名几十两银子，让他把赔累进去的薄产赎回来。成名夫妻，说不尽的欢喜。

只是他们的儿子一直是昏昏沉沉地躺着，不言不语，不吃不喝，不死不活，这可怎么了呢？

树叶黄了，树叶落了，秋深了。

一天夜里，成名夫妻做了一个同样的梦，梦见了他们的儿子黑子。黑子说：

"我是黑子。就是那只黑蛐蛐。蛐蛐是我。我变的。

"我拍死了'青麻头'，闯了祸。我就想：不如我变一只蛐蛐吧。我就变成了一只蛐蛐。

"我爱打架。

"我打架总要打赢。谁我也不怕。

"我一定要打赢。打赢了，爹就可以不当里正，不挨板子。我九岁了，懂事了。

"我跟别的蛐蛐打，我想：我一定要打赢，为了我爹，我妈。我拼命。蛐蛐也怕蛐蛐拼命。它们就都怕。

"我打败了所有的蛐蛐！我很厉害！

"我想变回来。变不回来了。

"那也好。我活了一秋。我赢了。

"明天就是霜降，我的时候到了。

"我走了。你们不要想我。——没用。"

第二天一早，黑子死了。

一个消息从宫里传到省里，省里传到县里：那只黑蛐蛐死了。

老虎吃错人

山西赵城有一位老奶奶,穷得什么都没有。同族本家,都很富足,但从来不给她一点周济,只靠一个独养儿子到山里打点柴,换点盐米,勉强度日。一天,老奶奶的独儿子到山里打柴,被老虎吃了。老奶奶进山哭了三天,哭得非常凄惨。

老虎在洞里听见老奶奶哭,知道这是它吃的那人的老母亲,老虎非常后悔。老虎心想:老虎吃人,本来不错。老虎嘛,天生是要吃人的。如果吃的是坏人——强人,恶人,专门整人的人,那就更好。可是这回吃的是一个穷老奶奶的儿子,真是不应该。我吃了她儿子,她还怎么活呀?老奶奶哭得呼天抢地,老虎听得也直掉泪。

老奶奶哭了三天,愣了一会儿,说:"不行!我得告它去!"

老奶奶到了县大堂,高喊:"冤枉!"

县官升堂,问老奶奶:"告什么人?"

"告老虎!"

"告老虎?"

老奶奶把老虎怎么吃了她的独儿子,哭诉了一遍。这位县官脾气倒挺好,笑笑地对老奶奶说:"我是县官,治理一方,我可管不了老虎呀!"

"你不管老虎,只管黄鼠狼?"

衙役们一齐吼叫:

"喊!不要胡说!"

衙役们要把老奶奶轰下堂,老奶奶死活不走,拍着县大堂的方砖地,又哭又闹。县官叫她闹得没有办法,只好说:"好好好,我答应你,去捉这只老虎。"这老奶奶还挺懂衙门里的规矩,非要老爷发下火签拘票不可。县官只好填了拘票,掣出一支火签。可是,叫谁去呀?衙役们你看看我，我看看你，并无一人应声。有一个衙役外号二百五，做事缺心眼，还爱喝酒，这天喝得半醉了，站出来说："我去！"二百五当堂接了火签拘票，老奶奶才走。县官退堂，不提。

二百五回家睡了一觉，酒醒了，一摸枕头旁边的火签拘票："嗯？我又干了什么缺心眼的事了？"二百五的心思，原想做一出假戏，把老奶奶糊弄走，好给老爷解围，没想到这火签拘票是动真格的官法，开不得玩笑的。拘票上批明了比限日期，过期拘不到案犯，是要挨板子的。无奈，只好求老爷派几名猎户陪他一块进山，日夜在山谷里猫着，希望随便捕捉一只老虎，就可以搪塞过去。不想过了一个月，也没捉到一根老虎毛。二百五不知挨了多少板子，屁股都打烂了，只好到东门外岳庙去给东岳大帝烧香跪拜，求东岳大帝庇佑，一边说，一边哭。哭拜完了，转过身，看见一只老虎从外面走了进来。二百五怕老虎吃他，直往后退。喀，老虎进来，往门当中一蹲，一动不动，不像要吃人的样子。二百五参着胆子，问："是……是……是你吃了老奶奶……奶奶的儿……儿……儿子吗？"老虎点点头。"是你吃了老奶奶的儿子，你就低下脑袋，让我套上铁链，跟我一起去见官。"老虎果然把脑袋低了下来。二百五抖出铁链，给老虎套上，牵着老虎到了县衙。

县官对老虎说:"杀人偿命,律有明文。你是老虎,我不能判你个斩立决、绞监候。不过,你吃了老奶奶的独儿子,叫她怎么生活呢?这么着吧,你如果能当老奶奶的儿子,负责赡养老人,我就判你个无罪释放。"老虎点点头。县官叫二百五给它松了铁链,老虎举起前爪冲县官拜了一拜,走了。

老奶奶听说县官把老虎放了,气得一夜睡不着。天亮开门,看见门外躺着一头死鹿。老奶奶把鹿皮鹿肉鹿角卖了,得了不少钱。从此,隔个三五天,老虎就给老奶奶送来一头狍子、一头獐子、一头麂子。老奶奶知道老虎都是天不亮送野物来,就开门等着它。日子长了,就熟了。有时老虎来了,老奶奶就对老虎说:"儿你累了,躺下歇会儿吧。"老虎就在房檐下躺下。人在屋里躺着,虎在屋外躺着,相安无事。

街坊邻居知道老奶奶家躺着老虎,都不敢进来,只有二百五敢来。他和老虎混得很熟,二百五跟它说点什么,老虎能懂。老虎心里想什么,动动爪子,摇摇尾巴,二百五也能明白。

老奶奶攒了不少钱,都放在一口白木箱子里。老奶奶对老虎说:"这钱是你挣的!"老虎笑了,点点头。

老奶奶死了。

二百五来了，老虎也来了。

老虎指指那口白木箱，示意二百五抱着。二百五不知道要他去干什么。老虎咬着他的衣角，走到一家棺材铺，指指。二百五明白了，它要给老娘买口棺材。二百五照办了。老虎又咬着二百五的衣角，二百五跟着它走。走到一家泥瓦匠门前，老虎又指指。二百五明白了，它要给老娘修一座坟。二百五也照办了。

老虎对二百五拱拱前爪，进山了。

箱子里还剩不少钱，二百五不知道怎么处置，除了给自己买一瓶汾酒，喝了，其余的就原数封存在老奶奶的屋里。

老奶奶安葬时倒很风光，同族本家：小叔子、大伯子、八侄儿、九外甥披麻戴孝，到坟墓前致礼尽哀。致礼尽哀之后，就乱打了起来。原来他们之来，是知道老奶奶留下不少钱，来议论如何瓜分的。瓜分不均，于是动武。

正在打得难解难分，听得"呜——"一声，全都吓得四散奔逃：老虎来了。老虎对这些小叔子、大伯子、八侄儿、九外甥，每一个都尽到了礼数，平均对待，在每个人小腿上咬了一口。

剩下的钱做什么用处呢？二百五问老虎。老虎咬着他的衣角，到了一家银匠铺，指指柜橱里挂着的长命锁。

"你，要，打，一，副，长，命，锁？"

老虎点点头。

"锁上錾什么字？——'长命百岁'？"

老虎摇摇头。

"那么，'永锡遐昌'？"

老虎摇摇头。

"那錾什么字？"

老虎比画了半天，二百五可作了难，左思右想，豁然明白了，问老虎：

"给你錾四个字：'专吃坏人'？"

老虎连连点头。

银匠照式做好。二百五给老虎戴上。

呜喝一声，老虎回山了。

从此，凡是自己觉得是坏人的人，都不敢进这座山。

牛　飞

彭二挣买了一头黄牛。牛挺健壮,彭二挣越看越喜欢。夜里,彭二挣做了个梦,梦见牛长翅膀飞了。他觉得这梦不好,要找人详这个梦。

村里有仨老头,有学问,有经验,凡事无所不知,人称"三老"。彭二挣找到三老,三老正在丝瓜架底下抽烟说古。三老是:甲、乙、丙。

彭二挣说了他做了这样一个梦。

甲说:"牛怎么会飞呢?这是不可能的事!"

乙说:"这也难说。比如说,你那牛要是得了瘟,死了,或者它跑了,被人偷了,你那买牛的钱不是白扔了?这不就是飞了?"

丙是思想最深刻的半大老头,他没十分注意听彭二挣说他的梦,只是慢悠悠地说:"啊,你有一头牛?……"

彭二挣越想越嘀咕,决定把牛卖了。他把牛牵到牛市上,豁着赔了本,贱价卖了。卖牛得的钱,包在手巾里,怕丢了,把手巾缠在胳臂上,往回走。

走到半路,看见路旁豆棵里有一只鹰,正在吃一只兔子,已经吃了一半,剩下半只,这鹰正在用钩子嘴叼兔子内脏吃,吃得津津有味。彭二挣轻手轻脚走过去,一伸手,把鹰抓住了。这鹰很乖驯,瞪着两只黄眼珠子,看着彭二挣,既不鸹人,也没有怎么挣蹦。彭二挣心想:这鹰要是卖了,能得不少钱,这可是飞来的外财。他把胳臂上的手巾解下来,用手巾一头把鹰腿拴紧,架在左胳臂上,手巾、钱,还在胳臂上缠着。怕鹰挣开手巾扣,便老是用右手把着鹰。没想到,飞来一只牛虻,在二挣颈子后面猛叮了一口,彭二挣伸右手拍牛虻,拍了一手血。就在这工夫,鹰带着手巾飞了。

彭二挣夺拉着脑袋往回走,在丝瓜棚下又遇见了三老,他把事情的经过,前前后后,跟三老一说。

三老甲说:"谁让你相信梦!你要不信梦,就没事。"

乙说:"这是天意。不过,虽然这是注定了的,但也是咎由自取。你要是不贪图外财,不捉那只鹰,鹰怎么会飞了呢?牛不会飞,而鹰会飞。鹰之飞,即牛之飞也。"

半大老头丙曰:

"世上本无所谓牛不牛,自然也即无所谓飞不飞。无所谓,无所谓。"

公冶长

公冶长懂鸟语。

一天，几只乌鸦在树上对公冶长说：

"公冶长，公冶长，南山有只虎拖羊。你吃肉，我吃肠。"

公冶长到南山一看，果然有只虎拖羊，他把羊装在筐筐里拖了回去，给乌鸦什么也没有留下。

过了几天，乌鸦又对公冶长说：

"公冶长，公冶长，南山又有虎拖羊。你吃肉，我吃肠。"

公冶长赶到南山，什么也没有，树下躺着一具死尸。公冶长抽身想走，走出几个差人，把公冶长打了一顿。

公冶长无法分辩，也说不清楚，只好咬着牙挨打。这是一桩无头官司，既无"苦主"，也无见证。民不告，官不理，过了一阵，也就算过去了。公冶长白白挨了一顿打。从此公冶长再也不提他懂鸟语，他说：

"人话我都听不懂，懂得什么鸟语！"

斑　鸠

我们都还小,我们在荒野上徜徉。我们从来没有过那样的精致的,深刻的秋的感觉。

秋天像一首歌,溶溶地把我们浸透。

我们享受着身体的优美的运动,用使自己永远记得的轻飘的姿势,跳过了小溪,听着风流过淡白的发光的柔软的草叶,平滑而丰盈,像一点帆影,航过了一大片平地。

我们到一个地方去,一个没有人去的秘密的地方——那个林子,我们急于投身到里面而消失了——我们的眼睛同时闪过一道深红,像听到一声出奇的高音的喊叫,一起切断了脚步。多猛厉的颜色—— 一个猎人!猎人缠了那么一道深红的绑腿,移动着脚步,在外面一片阳光,里面朦朦胧胧的树林里。我们不知道我们那里也有猎人——从来没有看见过,然而一看见我们就知道他是,非常确切地拍出了我们的梦想,即使他没有——他有一根枪。太意外又太真实,他像一个传说里的妖精出现在我们面前,我们怕。我忘不了我们的强烈的经验,忘不了——他为什么要缠那么一道深红色的绑腿呢?他一步一步地走,秋天的树林,苍苍莽莽,重叠阴影筛下,细碎的黄金的阳光的点子,斑斑斓斓,游动,幻变,他踏着,踏着微干的草,枯叶,酥酥地压出声音,走过来,走过去了。红绑腿,青布贴身衣裤。他长得瘦,全身收束得紧紧的。好骨干,瘦而有劲,腰股腿脚,处处结实利落,充满弹性。看他走路,不管什么时候有一根棍子剧速地扫过来,他一定能跳起来避过去的。小脑袋,骨角停匀而显露,高鼻梁,薄嘴唇,眼目深陷,炯炯有光,锐利且坚定。——动人的是他的忧郁,一个一天难得说几句话的孤独地生活着的人才可能有的那种阴暗,美丽的,不刺痛,不是病态的幽深。冷酷吗?——

是的。我们从来没有见过一个这样的不动声色的人,这样不动声色对付着一个东西。一看就看出来,他所有的眼睛都向外看,所有耳朵都听,所有的知觉都集中起来,所有的肌肉都警醒,然而并不太用力,从从容容的,一步一步地走。树不密,他的路径没有太多折曲歪斜。他走着,时而略微向上看一看,简直像没有什么目的。用不着看,他也确定地知道它在哪里。上头,一只斑鸠。我们毫不困难地就找到了那只斑鸠,他的身体给我们指了出来,这只鸟像有一根线接在他身上似的。是的,我们像猎人一样地在这整个林子里只看得见一只斑鸠了,除此之外一无所见了。斑鸠飞不高,在参差的树丛里找路,时而从枝叶的后面露出瓦青色的肚子,灰红的胸,浅白的翅肼,甚至颈上的锦带,片段的一瞥。但是不管它怎么想不暴露它自己,它在我们眼睛里还是一个全身,从任何一点颜色我们复现得出一只完整的斑鸠。它逃不出它的形体。它也不叫唤,不出一声,只轻轻地听到一点鼓翅声音,听得出也是尽量压低的。这只鸟,它已经很知道它在什么样的境遇里了。它在避免一个一个随时抽生出来的弹道,摆脱紧跟着它的危机,它摆脱,同时引导他走入歧途,想让他疲倦,让他废然离去。它在猎人的前面飞,又折转来,把前面变后面,叫刚才的险恶变为安全。过去,又过来,一个守着一个,谁也不放弃谁。这个林子充满一种紧张的,迫人的空气,我们都为这场无声的战斗吸住了,都屏着气,紧闭嘴唇,眼睛集中在最致命的一点上而随之转动。勇敢的鸟!它飞得镇定极了,严重,可是一点没有失了主意,它每一翅都飞得用心,有目的,有作用,扇动得匀净,调和,渐渐地,五六次来回之后,看出来飞得不大稳了,它有点慌乱,有点踉跄了。——啊呀,不行,它发抖,它怕得厉害,它的血流得失了常规,要糟!——好快!我们简直没有来得及看他怎么一抬枪,一声响,嗐极了,完了,整个林子一时非常地静,非常地空,完全松了下来。和平了,只有空气里微微有点火药气味——草里有什么小花开了?香得很。

　　猎人走过去,捡了死鸟,(握在手里一定还是热的)拈去沾在毛上的一小片草叶子。斑鸠的脖子挂了下来,在他手里微微晃动,肚皮上一小块毛倒流了过来,大概是着地时擦的。他理顺了那点毛,手指温柔抚摸过去,似乎软滑的羽毛给了他一种快感。枪弹从哪里进去的呢?看不出来。小小头,精致的脚,瓦灰肚皮,锈色的肩,正是那一只啊,什么地方都还完完整整的,好好的,"死"在什么地方呢?他不动声色地,然而忧郁地看了它一会儿,一回头把斑鸠放进胁下一个布袋子里——袋子里已经有了一只野鸡,毛色灿烂地一照。装了一粒新的子弹,背上枪,向北,他走出了这个林子,红色的绑腿到很远很远还看得见。秋天真是辽阔。

现在我们干什么呢,在这个寂寞的树林里?

卖蚯蚓的人

我每天到玉渊潭散步。

玉渊潭有很多钓鱼的人。他们坐在水边,瞅着水面上的漂子。难得看到有人钓到一条二三寸长的鲫瓜子。很多人一坐半天,一无所得。等人、钓鱼、坐牛车,这是世间"三大慢"。这些人真有耐性。各有一好。这也是一种生活。

在钓鱼的旺季,常常可以碰见一个卖蚯蚓的人。他慢

慢地蹬着一辆二六的旧自行车,有时扶着车慢慢地走着。走一截,扬声吆唤:

"蚯蚓——蚯蚓来——"

"蚯蚓——蚯蚓来——"

有的钓鱼的就从水边走上堤岸,向他买。

"怎么卖?"

"一毛钱三十条。"

来买的掏出一毛钱,他就从一个原来是装油漆的小铁桶里,用手抓出三十来条,放在一小块旧报纸上,交过去。钓鱼人有时带点解嘲意味,说:

"一毛钱,玩一上午!"

有些钓鱼的人只买五分钱的。

也有人要求再添几条。

"添几条就添几条,一个这东西!"

蚯蚓这东西,泥里咕叽,原也难一条一条地数得清,用北京话说,"大概其",就得了。

这人长得很敦实,五短身材,腹背都很宽厚。这人看起来是不会头疼脑热、感冒伤风的,而且不会有什么病能轻易地把他一下子打倒。他穿的衣服都是宽宽大大的,旧的,褪了色,而且带着泥渍,但都还整齐,并不褴褛,而且单夹皮棉,按季换衣。——皮,是说他入冬以后的早晨有时穿一件出锋毛的山羊皮背心。按照老北京人的习惯，也可能是为了便于骑车，他总是用带子扎着裤腿。脸上说不清是什么颜色，只看到风、太阳和尘土。只有有时他剃了头，刮了脸，才看到本来的肤色。新剃的头皮是雪白的，下边是一张红脸。看起来就像是一件旧铜器在盐酸水里刷洗了一通，刚刚拿出来一样。

因为天天见，面熟了，我们碰到了总要点点头，招呼招呼，寒暄两句。

"吃啦？"

"您遛弯儿！"

有时他在钓鱼人多的岸上把车子停下来，我们就说会子话。他说他自己："我这人——爱聊。"

我问他一天能卖多少钱。

"一毛钱三十条，能卖多少！块数来钱，两块，闹好了有时能卖四块钱。"

"不少！"

"凑合吧。"

我问他这蚯蚓是哪里来的："是挖的？"

旁边有一位钓鱼的行家说：

"是烹的。"

这个"烹"字我不知道该怎么写，只能记音。这位行家给我解释，是用蚯蚓的卵人工孵化的意思。

"蚯蚓还能'烹'？"

卖蚯蚓的人说：

"有'烹'的，我这不是，是挖的。'烹'的看得出来，身上有小毛，都是一般长。瞧我的：有长有短，有大有小，是挖的。"

我不知道蚯蚓还有这么大的学问。

"在哪儿挖的，就在这玉渊潭？"

"不！这儿没有。——不多。丰台。"

他还告诉我丰台附近的一个什么山，山根底下，那儿出蚯蚓，这座山名我没有记住。

"丰台？一趟不得三十里地？"

"我一早起蹬车去一趟，回来卖一上午。下午再去一趟。"

"那您一天得骑百十里地的车？"

"七十四了，不活动活动成吗！"

他都七十四了！真不像。不过他看起来像多少岁，我也说不上来。这人好像是没有岁数。

"您一直就是卖蚯蚓？"

"不是！我原来在建筑业，当壮工。退休了。退休金四十几块，不够花的。"

我算了算，连退休金加卖蚯蚓的钱，有百十块钱，断

定他一定爱喝两盅。我把手圈成一个酒杯形,问:

"喝两盅?"

"不喝。——烟酒不动!"

那他一个月的钱一个人花不完,大概还会贴补儿女一点。

"我原先也不是卖蚯蚓的。我是挖药材的。后来药材公司不收购,才改了干这个。"

他指给我看:

"这是益母草,这是车前草,这是红苋草,这是地黄,这是豨莶……这玉渊潭到处是钱!"

他说他能认识北京的七百多种药材。

"您怎么会认药材的?是家传?学的?"

"不是家传。有个街坊,他挖药材,我跟着他,用用心,就学会了。——这北京城,饿不死人,你只要肯动弹,肯学!你就拿晒槐米来说吧——"

"槐米?"我不知道槐米是什么,真是孤陋寡闻。

"就是没有开开的槐花骨朵,才米粒大。晒一季槐米能闹个百儿八十的。这东西外国要,不知道是干什么用,听说是酿酒。不过得会晒。晒好了,碧绿的!晒不好,只好倒进垃圾堆。——蚯蚓!——蚯蚓来!"

我在玉渊潭散步,经常遇见的还有两位,一位姓乌,一位姓莫。乌先生在大学当讲师,莫先生是一个研究所的助理研究员。我跟他们见面也点头寒暄。他们常常发一些很有学问的议论，很深奥，至少好像是很深奥，我听不大懂。他们都是好人，不是造反派，不打人，但是我觉得他们的议论有点不着边际。他们好像是为议论而议论，不是要解决什么问题，就像那些钓鱼的人，意不在鱼，而在钓。

乌先生听了我和卖蚯蚓人的闲谈，问我：

"你为什么对这样的人那样有兴趣？"

我有点奇怪了。

"为什么不能有兴趣？"

"从价值哲学的观点来看，这样的人属于低级价值。"

莫先生不同意乌先生的意见。

"不能这样说。他的存在就是他的价值。你不能否认他的存在。"

"他存在。但是充其量，他只是我们这个社会的填充物。"

"就算是填充物，填充物也是需要的。'填充'，就说明他的存在的意义。社会结构是很复杂的，你不能否认他也是社会结构的组成部分，哪怕是极不重要的一部分。就像自然界的需要维持生态平衡，我们这个社会也需要有生态平衡。从某种意义来说，这种人也是不可缺少的。"

"我们需要的是走在时代前面的人，呼啸着前进的，身上带电的人！而这样的人是历史的遗留物。这样的人生活在现在,和生活在汉代没有什么区别——他长得就像一个汉俑。"

我不得不承认,他对这个卖蚯蚓人的形象描绘是很准确且生动的。

乌先生接着说:

"他就像一具石磨。从出土的明器看,汉代的石磨和现在的没有什么不同。现在已经是原子时代——"

莫先生抢过话来,说:

"原子时代也还容许有汉代的石磨,石磨可以磨豆浆,你今天早上就喝了豆浆!"

他们争执不下,转过来问我对卖蚯蚓的人的"价值"、"存在"有什么看法。

我说:

"我只是想了解了解他。我对所有的人都有兴趣,包括站在时代的前列的人和这个汉俑一样的卖蚯蚓的人。这样的人在北京还不少。他们的成分大概可以说是城市贫民。糊火柴盒的、捡破烂的、捞鱼虫的、晒槐米的……我对他们都有兴趣,都想了解。我要了解他们吃什么和想什么。用你们的话说,是他们的物质生活和精神生活。吃什么,我知道一点。比如这个卖蚯蚓的老人,我知道他的胃口很好,吃什么都香。他一嘴牙只有一个活动的。他的牙很短、微黄,这种牙最结实,北方叫作'碎米牙',他说:'牙好是口里的福。'我知道他今天早上吃了四个炸油饼。他中午和晚上大概常吃炸酱面,一顿能吃半斤,就着一把小水萝卜。他大概不爱吃鱼。至于他想些什么,我就不知道了,或者知道得很少。我是个写小说的人,对于人,我只能想了解、欣赏,并对他进行描绘,我不想对任何人做出论断。像我的一位老师一样,对于这个世界,我所倾心的是现象。我不善于做抽象的思维。我对人,更多地注意的是他的审美意义。你们可以称我是一个生活现象的美食家。这个卖蚯蚓的粗壮的老人,骑着车,吆喝着'蚯蚓——蚯蚓来!'不是一个丑的形象。当然,我还觉得他是个善良的,有古风的自食其力的劳动者,他至少不是社会的蛀虫。"

这时忽然有一个也常在玉渊潭散步的学者模样的中年人插了进来,他自我介绍:

"我是一个生物学家。我听了你们的谈话。从生物学的角度,是不应鼓励挖蚯蚓的。蚯蚓对农业生产是有益的。"

我们全都傻了眼了。

草木虫鱼鸟兽

雁

"爬山调":"大雁南飞头朝西……"

诗人韩燕如告诉我,他曾经用心观察过,确实是这样。他惊叹草原人民对生活的观察的准确而细致。他说:"生活!生活!……"

为什么大雁南飞要头朝着西呢?草原上的人说这是依恋故土。"爬山调"是用这样的意思做比喻和起兴的。

"大雁南飞头朝西……"

河北民歌："八月十五雁门开，孤雁头上带霜来……"

"孤雁头上带霜来"，这写得多美呀！

琥　珀

我在祖母的首饰盒子里找到一个琥珀扇坠。一滴琥珀里有一只小黄蜂。琥珀是透明的，从外面可以清清楚楚地看到黄蜂。触须、翅膀、腿脚，清清楚楚，形态如生，好像它还活着。祖母说，黄蜂正在乱动，一滴松脂滴下来，恰巧把它裹住。松脂埋在地下好多年，就成了琥珀。祖母告诉我，这样的琥珀并非罕见，值不了多少钱。

后来我在一个宾馆的小卖部看到好些人造琥珀的首饰。各种形状的都有，都琢治得很规整，里面也都压着一个昆虫。有一个项链上的淡黄色的琥珀片里竟至压着一只蜻蜓。这些昆虫都很完整，不缺腿脚，不缺翅膀，但都是僵直的，缺少生气。显然这些昆虫是弄死了以后，精心地，端端正正地压在里面的。

我不喜欢这种里面压着昆虫的人造琥珀。

我的祖母的那个琥珀扇坠之所以美，是因为它是偶然形成的。

美，多少要包含一点偶然。

瓢　虫

瓢虫有好几种，外形上的区别是鞘翅上有多少星点。这种星点，昆虫学家谓之"星"。有七星瓢虫，十四星瓢虫，二十星瓢虫……有的瓢虫是益虫，它吃蚜虫，是蚜虫的天敌；有的瓢虫是害虫，吃马铃薯的嫩芽。

瓢虫的样子是差不多的。

中国画里很早就有画瓢虫的了。通红的一个圆点，在绿叶上，很显眼，使画面增加了生趣。

齐白石爱画瓢虫。他用藤黄涂成一个葫芦，上面栖息了一只瓢虫，对比非常鲜明。王雪涛、许麟庐都画过瓢虫。

谁也没有数过画里的瓢虫身上有几个黑点，指出这只瓢虫是害虫还是益虫。

科学和艺术有时是两回事。

瓢虫像一粒用朱漆制成的小玩意。

北京的孩子（包括大人）叫瓢虫为"花大姐"，这个名字很美。

螃　蟹

螃蟹的样子很怪。

《梦溪笔谈》载：关中人不识螃蟹。有人收得一只干蟹，人家病疟，就借去挂在门上——中国人过去相信生疟疾是由于疟鬼作祟。门上挂了一只螃蟹，疟鬼不知道这是什么玩意，就不敢进门了。沈括说："不但人不识，是鬼亦不识也。""不但人不识，是鬼亦不识也"，这说得很幽默！

在拉萨八角街一家卖藏药的铺子里看到一只小螃蟹，蟹身只有拇指大，金红色的，已经干透了，放在一只盘子里。大概西藏人也相信这只奇形怪状的虫子有某种魔力，是能治病的。

螃蟹为什么要横着走呢？

螃蟹的样子很凶恶，很奇怪，也很滑稽。

凶恶和滑稽往往近似。

豆　芽

朱小山去点豆子。地埂上都点了，还剩一把，他懒得带回去，就搬起一块石头，把剩下的豆子都塞到石头下面。过了些日子，朱小山发现：石头离开地面了。豆子发了芽，豆芽把石头顶起来了。朱小山非常惊奇。

朱小山为这件事惊奇了好多年。他跟好些人讲起过这件事。

有人问朱小山："你老说这件事是什么意思？是要说明一种什么哲学吗？"

朱小山说："不，我只是想说说我的惊奇。"

过了好些年，朱小山成了一个知名的学者，他回他的家乡去看看。他想找到那块石头。

他没有找到。

落　叶

漠漠春阴柳未青，

冻云欲湿上元灯。

行过玉渊潭畔路,

去年残叶太分明。

汽车开过湖边。

带起一群落叶。

落叶追着汽车,

一直追得很远。

终于没有力气了,

又纷纷地停下了。

"你神气什么?

还的的地叫!"

"甭理它。

咱们讲故事。"

"秋天,

早晨的露水……"

啄木鸟

啄木鸟追逐着雌鸟,

红胸脯发出无声的喊叫,

它们一翅飞出树林,
落在湖边的柳梢。
不知从哪里钻出一个孩子,
一声大叫。
啄木鸟吃了一惊,
它身边已经没有雌鸟。
不一会儿树林里传出啄木的声音,
它已经忘记了刚才的烦恼。

© 中南博集天卷文化传媒有限公司。本书版权受法律保护。未经权利人许可，任何人不得以任何方式使用本书包括正文、插图、封面、版式等任何部分内容，违者将受到法律制裁。

图书在版编目（CIP）数据

昆虫备忘录 / 汪曾祺著 . -- 长沙：湖南文艺出版社，2024.8
ISBN 978-7-5726-1589-4

Ⅰ.①昆… Ⅱ.①汪… Ⅲ.①散文集—中国—当代 Ⅳ.① I267

中国国家版本馆 CIP 数据核字（2024）第 017060 号

上架建议：畅销·文学经典

KUNCHONG BEIWANGLU
昆虫备忘录

著　　者：	汪曾祺
出 版 人：	陈新文
责任编辑：	张子霏
出 品 方：	好读文化
出 品 人：	姚常伟
监　　制：	毛闽峰
策划编辑：	罗　元　王　毉
特约策划：	张若琳
文案编辑：	高晓菲
营销编辑：	陈可心　刘　珣　焦亚楠
封面设计：	陈绮清
版式设计：	红杉林文化
出　　版：	湖南文艺出版社
	（长沙市雨花区东二环一段 508 号　邮编：410014）
网　　址：	www.hnwy.net
印　　刷：	北京美图印务有限公司
经　　销：	新华书店
开　　本：	775 mm × 1120 mm　1/32
字　　数：	154 千字
印　　张：	8.75
版　　次：	2024 年 8 月第 1 版
印　　次：	2024 年 8 月第 1 次印刷
书　　号：	ISBN 978-7-5726-1589-4
定　　价：	49.50 元

若有质量问题，请致电质量监督电话：010-59096394
团购电话：010-59320018

发展迟缓儿童与攻击性儿童的心理评估与矫正

鞠金城 张秋菊 胡娜 著

中国社会科学出版社

图书在版编目(CIP)数据

发展迟缓儿童与攻击性儿童的心理评估与矫正 / 鞠金城，张秋菊，胡娜著 . —北京：中国社会科学出版社，2019. 12

ISBN 978 – 7 – 5203 – 1945 – 4

Ⅰ. ①发… Ⅱ. ①鞠…②张…③胡… Ⅲ. ①儿童教育—特殊教育—研究 Ⅳ. ①G76

中国版本图书馆 CIP 数据核字（2017）第 329677 号

出 版 人	赵剑英
责任编辑	陈雅慧
责任校对	王 斐
责任印制	戴 宽

出　　版	中国社会科学出版社
社　　址	北京鼓楼西大街甲 158 号
邮　　编	100720
网　　址	http://www.csspw.cn
发 行 部	010 – 84083685
门 市 部	010 – 84029450
经　　销	新华书店及其他书店

印刷装订	三河弘翰印务有限公司
版　　次	2019 年 12 月第 1 版
印　　次	2019 年 12 月第 1 次印刷

开　　本	710×1000　1/16
印　　张	12.5
字　　数	201 千字
定　　价	66.00 元

凡购买中国社会科学出版社图书，如有质量问题请与本社营销中心联系调换
电话：010 – 84083683
版权所有　侵权必究

序

儿童是祖国的花朵，青少年是祖国的未来。儿童青少年健康和发展问题关乎国家大计和民族存亡。特别在人才竞争日趋激烈的今天，儿童青少年健康和发展问题显得更加重要。为加强儿童青少年心理健康工作，促进儿童青少年心理健康和全面素质发展，国家出台了一系列政策措施。2019年12月18日，国家卫生健康委员会发布了《健康中国行动——儿童青少年心理健康行动方案（2019—2022年）的通知》（以下简称《通知》），指出"儿童青少年心理健康工作是健康中国建设的重要内容，到2022年底，要基本建成有利于儿童青少年心理健康的社会环境，形成学校、社区、家庭、媒体、医疗卫生机构等联动的心理健康服务模式。"《通知》要求要全面落实心理健康宣教、心理健康环境营造、心理健康促进、心理健康关爱、心理健康服务能力提升和心理健康服务体系完善等六大行动，"切实落实儿童青少年心理行为问题和精神障碍的预防干预措施，加强重点人群心理疏导，为增进儿童青少年健康福祉、共建共享健康中国奠定重要基础"。其中，心理健康环境营造行动中明确指出要"共同营造心理健康从娃娃抓起的社会环境"，"开展0—6岁儿童心理行为发育问题预警征象筛查"。

发展迟缓儿童与攻击性儿童是既互相区别又相互联系的两类重要的特殊儿童群体。说其区别，在直观感受上，"发展迟缓"多半会被认为是身体上的发育迟缓，而"攻击性"行为则多半会被认为是因精神层面的阻滞而诱发的不合理宣泄行为。说其联系，在心理语言学研究上，发展迟缓与攻击性行为是儿童交际障碍研究的两个主要类型，儿童某些心理层面的发展迟缓或阻滞，往往成为儿童攻击性行为的重要内部原因。语言是心理的重要窗口，儿童言语发展迟缓和儿童攻击性言语行为研究是发展迟缓儿童研究和儿童攻击性行为研究的重要组成部分。本书是基于心理语言学的视角，从跨学科角度针对儿童言语发展迟缓和儿童攻击性言语行为进行的心理测量、评估和矫正研究，整理发展迟缓儿童研究、攻击性儿童研究、儿童交际障碍研究等既有研究成果和相关理论，综合运用语言学研究中的语料库技术、言语行为研究、语言习得等研究方法，归纳和分析儿童言语发展迟缓和攻击性言语行为的心理学动因，旨在提出有利于儿童健康发展的科学依据和切实可行的预防、矫正建议。

本书共分四个部分。第一章是概论，主要论述关于儿童发展迟缓、儿童攻击性行为、儿童交际障碍的研究现状和基本理论，并指出儿童言语发展迟缓与攻击性言语行为研究的价值和意义。第二章是儿童发展迟缓与攻击性行为的评估与矫正，主要针对儿童发展迟缓、儿童攻击性行为的心理评估与矫正问题展开，旨在为儿童言语发展迟缓和儿童言语攻击行为的研究提供研究经验和基本研究方法。第三章是儿童言语发展的一般规律研究，主要包括0—6岁儿童言语发展的句子、词汇、语音发展规律等内容，旨在为儿童言语发展迟缓和儿童言语攻击行为的研究提供研究基础和前提。第四章是儿童言语发展迟缓与攻击性言语行为的评估与矫正研究，是对两类言语交际障碍儿童的语言心理发展进行评估，并提出了预防和矫正策略及建议。

考虑三位作者的专业特长和擅长领域，张秋菊主要负责儿童发展迟缓理论研究和心理评估与分析相关章节，胡娜主要负责儿童攻击性行为理论研究和心理评估与分析相关章节，鞠金城主要负责儿童言语发展迟缓和攻击性言语行为的一般规律研究以及两类儿童交际障碍的评估与矫正研究。本书是对儿童的两类言语交际障碍的基础探索，因学识所限，谬误之处在所难免，有些遗留问题可能还需进一步研究和探索，有些观点可能还不够确切。恳请专家学者不吝赐教，以期日后进一步完善。

"纸上得来终觉浅，绝知此事要躬行。"不论是语言学研究也好，心理学研究也好，最终研究都要以解决实际问题为导向，最终研究成果也都要靠实践来检验。近年来，研究团队接触过多个存在不同程度交际障碍的儿童，很多就是本书作者的亲戚朋友的孩子，他们的父母含辛茹苦，不惜血汗钱带孩子求医问卜，他们的孩子默默忍受着心灵的折磨，在一次次复发和失望中与健康甚至是普通生活渐行渐远。我们很痛心，我们很自责。我们痛心的是本应天真烂漫、纯洁无瑕的幼小花朵的枯萎，我们自责的是我们现在的知识和智慧还不足以为这些花朵提供一叶心灵的扁舟，哪怕是临时的心灵港湾。愿以此著共勉。

写于鸢都潍坊

目 录

第一章 概论 …………………………………………………………… (1)
 第一节 儿童发展迟缓概论 ……………………………………… (1)
  一 儿童发展迟缓的概念与分类 ……………………………… (1)
  二 儿童发展迟缓的国内外研究 ……………………………… (3)
  三 儿童言语发展迟缓研究的现状与问题 …………………… (5)
 第二节 儿童攻击性行为概论 …………………………………… (17)
  一 儿童攻击性行为的概念与分类 …………………………… (17)
  二 儿童攻击性行为的国内外研究 …………………………… (19)
  三 儿童攻击性言语行为研究的现状与问题 ………………… (27)
 第三节 儿童言语研究与儿童心理研究的关系 ………………… (29)
  一 儿童言语与心理研究关系简史 …………………………… (29)
  二 言语交际对儿童的行为和心理发展的影响 ……………… (32)
  三 儿童言语发展迟缓与攻击性言语行为研究的关系 ……… (35)

第二章 儿童发展迟缓与攻击性行为的评估与矫正 ……………… (37)
 第一节 儿童发展迟缓的心理评估与矫正 ……………………… (37)
  一 发展迟缓儿童的筛查 ……………………………………… (37)
  二 儿童发展迟缓的影响因素分析 …………………………… (41)
  三 发展迟缓儿童的矫正策略 ………………………………… (47)
 第二节 儿童攻击性行为的心理评估与矫正 …………………… (55)
  一 攻击性儿童的筛查 ………………………………………… (55)
  二 儿童攻击性行为的影响因素分析 ………………………… (56)
  三 攻击性儿童的矫正策略 …………………………………… (60)

第三节　对两类儿童早期干预的建议与对策 ……………… (68)
 一　给家庭和父母的建议与对策 …………………………… (68)
 二　给学校和老师的建议与对策 …………………………… (70)
 三　给政府和社会的建议与对策 …………………………… (71)

第三章　儿童言语发展的一般规律研究 ……………… (73)
第一节　0—1岁儿童言语发展的一般规律 ……………… (76)
 一　0—1岁儿童的句子分析 ………………………………… (76)
 二　0—1岁儿童的词汇分析 ………………………………… (77)
 三　0—1岁儿童的语音分析 ………………………………… (78)
第二节　1—2岁儿童言语发展的一般规律 ……………… (81)
 一　1—2岁儿童的句子分析 ………………………………… (81)
 二　1—2岁儿童的词汇分析 ………………………………… (82)
 三　1—2岁儿童的语音分析 ………………………………… (84)
第三节　2—3岁儿童言语发展的一般规律 ……………… (86)
 一　2—3岁儿童的句子分析 ………………………………… (86)
 二　2—3岁儿童的词汇分析 ………………………………… (87)
 三　2—3岁儿童的语音分析 ………………………………… (90)
第四节　3—4岁儿童言语发展的一般规律 ……………… (92)
 一　3—4岁儿童的句子分析 ………………………………… (92)
 二　3—4岁儿童的词汇分析 ………………………………… (94)
 三　3—4岁儿童的语音分析 ………………………………… (97)
第五节　4—5岁儿童言语发展的一般规律 ……………… (99)
 一　4—5岁儿童的句子分析 ………………………………… (99)
 二　4—5岁儿童的词汇分析 ………………………………… (101)
 三　4—5岁儿童的语音分析 ………………………………… (103)
第六节　5—6岁儿童言语发展的一般规律 ……………… (105)
 一　5—6岁儿童的句子分析 ………………………………… (105)
 二　5—6岁儿童的词汇分析 ………………………………… (106)
 三　5—6岁儿童的语音分析 ………………………………… (109)

第四章 儿童言语发展迟缓与攻击性言语行为的评估与矫正 …… (111)

第一节 儿童言语发展迟缓与攻击性言语行为的评估 …… (111)
    一 0—6岁儿童言语的主要特点 …… (111)
    二 儿童言语发展迟缓的评估 …… (114)
    三 儿童攻击性言语行为的评估 …… (116)

第二节 儿童言语发展迟缓与攻击性言语行为的影响因素 …… (118)
    一 年龄因素 …… (118)
    二 性别因素 …… (119)
    三 言语环境因素 …… (121)

第三节 对儿童言语发展迟缓与攻击性言语行为矫正的建议 …… (124)
    一 创造积极健康的言语环境 …… (124)
    二 有针对性地开展言语训练 …… (125)
    三 加强游戏中的正向引导 …… (127)

附 录 …… (131)
附录1 0—1岁儿童词汇 …… (131)
附录2 0—1岁儿童语句 …… (131)
附录3 1—2岁儿童词汇 …… (132)
附录4 1—2岁儿童语句 …… (133)
附录5 2—3岁儿童词汇 …… (135)
附录6 2—3岁儿童语句 …… (140)
附录7 3—4岁儿童词汇 …… (144)
附录8 3—4岁儿童语句 …… (148)
附录9 4—5岁儿童词汇 …… (151)
附录10 4—5岁儿童语句 …… (154)
附录11 5—6岁儿童词汇 …… (155)
附录12 5—6岁儿童语句 …… (158)

参考文献 …… (160)

第一章 概论

第一节 儿童发展迟缓概论

一 儿童发展迟缓的概念与分类

（一）儿童发展迟缓的概念

发展迟缓（developmental delay）又称发展迟滞。当代西方心理学认为发展迟缓是由于严重的营养不良或是情绪上的原因导致的儿童身体发育滞后。我国《心理学大辞典》对发展迟缓的定义是儿童的发展进度或质量上较同龄儿童落后。我国法律意义上所称的发展迟缓是指在认知发展、生理发展、语言与沟通发展、心理社会发展或生活自理技能等方面，有疑似异常或可预期有发展异常，并经卫生部主管机关认可之医院评估确认，发给证明的情形。

黄荣真（1999）认为发展迟缓儿童被视为有特殊需求的儿童，兼具一般儿童的发展特点及特殊化的身心发展差异。儿童发展迟缓的表征一般不止一种，可能存在两种或多种障碍问题，即多方面发展迟缓，表现为儿童在多个方面的发展进度或质量上较同龄儿童落后，如既具有认知发展迟缓，又具有动作发展迟缓或语言发展迟缓的现象就属于这类情况。

本书认为儿童发展迟缓主要是指儿童在生理动作发展、生活自理能力发展、认知发展、语言和社会情绪发展等方面存在一种、几种或全面的发展滞后的情形，包括儿童某一方面明显的发展顺序异常和发展水平与一般儿童存在明显差异的问题。

（二）儿童发展迟缓的分类

目前学者对儿童发展迟缓的具体分类还持有不同看法，但总体来说，儿童发展迟缓按其主要特征不同可以分为生理动作发展迟缓、生活自理能力发展迟缓、认知能力发展迟缓、语言与社会情绪发展迟缓等类别。

1. 生理动作发展迟缓

儿童的生理动作发展一般可以分为粗大动作发展和精细动作发展。叶琼华（2001）、谢淑珍（2002）认为儿童在生理动作发展上常出现以下情形一般被视为生理动作发展迟缓：

（1）儿童的粗大动作常出现不正常动作反射及感官动作协调不佳的现象，具体表现为：

①视知觉失调：发展迟缓幼儿对高度无法正确预测而产生恐惧，如要扶着墙壁或扶手上下楼梯，平衡木上由于肌肉紧张而无法轻松走过等；

②身体动态平衡：立定跳远时躯干与四肢无法协调产生屈膝上跳的情形；

③身体静态平衡：无法单脚立正而跌倒；

④速度控制：跑步停止过程预测错误而冲过头；

⑤空间概念扭曲或有缺陷；

⑥四肢与肌肉张力不足而经常跌倒或打翻东西。

（2）儿童的精细动作发展迟缓常表现为手眼协调能力、抓握技能等较一般儿童差，具体表现为：

①双手协调能力差，无法双手有顺序地敲击物品，丢接物时常丢偏目标或接住物品时出现漏接次数很高的情形；

②手指灵巧度差而无法使用筷子，无法握笔绘画或打开纽扣、拉拉链等；

2. 生活自理能力发展迟缓

王淑娟（1999）、谢淑珍（2002）、蔡淑慧（2003）认为生活自理能力发展迟缓主要是指部分特殊儿童较一般儿童生活自理能力弱，具体表现为儿童在自我照顾、饮食、穿衣等生活自理方面发展上存在障碍，能力受到限制而表现较差。

3. 认知能力发展迟缓

认知能力发展迟缓即儿童在学习和认知发展上存在迟滞的情况，也就是儿童在认知方面处于皮亚杰提出的感觉运动阶段。傅秀媚（1998）指出认知能力发展迟缓具有以下特点：

（1）注意力不集中；

（2）学习迁移困难；

（3）学习策略不佳，短期记忆力较差；

（4）抽象思考能力及组织、归纳、概括能力较差；

（5）学习动机不足，学习速度缓慢。

4. 语言发展迟缓

儿童语言发展迟缓包括语言发展迟缓和言语发展迟缓两大类，早期儿童语言发展迟缓具有以下几种表征：

（1）说话发展迟缓；

（2）语音表达迟缓；

（3）语音接受迟缓；

（4）儿童同时具有语音理解和语音表达的障碍；

（5）声音异常、音调异常、语序异常，没有语意、语用及语法方面的障碍。

5. 社会情绪发展迟缓

社会情绪发展迟缓是指儿童在社会关系层面发展迟滞的现象。王淑娟（1999）、谢淑珍（2002）、蔡淑慧（2003）认为儿童社会情绪发展迟缓具体表现在：

（1）幼儿对行为目的不理解、结果无法预测、对自我影响没有意义；

（2）缺乏物权概念，分不清物的所有权，无法理解他人的意思，社会互动低容易表现出拒绝、退缩、固执，较难处理人际关系且较难建立起友谊关系；

（3）无法参加团体游戏；

（4）无法顺利表达情感及寻求资源。

二　儿童发展迟缓的国内外研究

（一）儿童发展迟缓的国外研究

国外对儿童发展迟缓的研究起步早且十分活跃。美国在 1965 年所实施的启蒙教育方案中就已经涉及儿童发展迟缓的早期评估、干预和治疗，1986年又对《所有残疾儿童教育法》进行了修订，真正建立起对发展迟缓儿童的早期疗育实施体系。1997年在《残疾人教育法》（IDEA）修正法案中对发展迟缓儿童进行了更为详细的界定，指出儿童发展迟缓的三种主要情形。蔡淑慧（2003）列举了这三种情形，它们分别是：

（1）在下列五个领域中，至少在一个领域中经诊断评价有发展迟缓的情形：

A. 认知发展；B. 生理发展，包括视力与听力；C. 沟通发展；

D. 社会情绪发展；E. 适应发展。

（2）经诊断，幼儿生理或心智上的问题很有可能导致日后的发展迟缓，如唐氏综合征、脑性麻痹等。

（3）如果没有提供早期疗育及服务，则可能会导致发展迟缓的高危险婴幼儿出现，如早产儿，母亲有酗酒习惯，体重过轻等。

孙泉（2010）指出，除去美国，西方发达国家大多从70年代开始就已经在幼儿园普及"儿童感觉统合智能训练馆"的模式，针对儿童的身体和大脑发展展开早期启蒙、开发和训练。由此甚至产生了一些颇具影响力的儿童启蒙和发展教育理念，其中影响力最大、代表性最强的教育理念当属1994年蒙台梭利提出的利用感官教育来促进儿童的心智发育的教育理念。此外还有许多学者的研究对儿童发展教育以及儿童发展迟缓的评估与矫正具有建设意义，如Thomas，John，Cynthia，Pamela（1987）；Herring，Gray，Taffe，Tonge，Sweeney，Einfeld（2006）等指出了儿童心智发展迟缓的主要影响因素包括母亲的健康程度、社会支持及父母对教养方式的认知等。Davis，Rushion（1991）研究了父母和家庭对儿童发展的重要意义，指出发展迟缓儿童的父母对其进行辅导和支持有利于儿童发展迟缓状况的改善。David，Dagmar，Lutz（2005）用音乐疗法对发展迟缓儿童进行干预和治疗取得很大的进展。此外还有对孤独症儿童和发展迟缓儿童的运动技能发展和感知觉类型等方面进行的对比研究，Grace，Brian，Michele，Fabian，Linda（2007）指出孤独症儿童与发展迟缓儿童在运动技能发展水平上并无显著差异，但指出孤独症儿童和发展迟缓儿童具有共同点，即都比普通儿童具有更多的感觉厌恶。

（二）儿童发展迟缓的国内研究

国内对儿童发展迟缓的研究大多从精神发展迟缓、语言发展迟缓等角度进行。姜秀芳、魏治文（1996）对接受康复训练的精神发展迟缓儿童进行研究，指出康复训练对精神发展迟缓儿童的精神改善并无显著效果，但对儿童社会适应能力的提高与改善有较为显著的作用。严亮珍（2000）用家庭治疗方式对精神发展迟缓的儿童进行训练，取得了不错的效果。陈礼华（2008）用言语疗法对发展迟缓儿童的智能发展进行干预，观察言语疗法对儿童认知发展的影响，指出约有半数受训儿童的言语智商能够达到正常水平。张婕、邵冬冬、左雪梅、陈艳妮、贺莉（2009）探讨了婴幼儿期儿童语言发展迟缓的主要病因并对其进行干预，结果发现早期预防、发现和干预对儿童语言发展迟缓具有重要意义。陆为之（2002）运用感觉统合训练方法对认知发展迟缓儿童进行干预，指出感觉统合训练对儿童认知发展迟缓康复具有显著作用。此外，还有许多学者运用感觉统合中的游戏方法对动作发展迟缓的儿童进行早期干预训练研究，如李国治（2008）用感觉统合训练中的运动游戏训练方法对发展迟缓儿童进行了探索。林锦鸿（2006）运用感觉统合训练中的游戏介入的方法对粗大动作发展迟缓儿童进行了个案研究，取得良好的效果。张玉巍（2006）采用感觉统合训练中的游戏介入方法对精细动作发展迟缓儿童进行干预，取得了不错的治疗效果。

三 儿童言语发展迟缓研究的现状与问题

（一）儿童言语发展迟缓的国外研究

Starte，G. D.（1975）对两组 2 岁儿童进行了研究，每一组由 21 名孩子组成，他们的年龄、性别和家庭社会阶层相当，但他们在理解和语言表达方面的能力却大不相同。那些有明显的社会心理或情感缺失的家庭被认为是儿童语言发展迟缓的高危家庭，儿童语言发育迟缓与其家庭的社会心理缺失之间有统计学上的显著相关性，证明社会和家庭环境对儿童语言发展具有重要作用。

Steven 和 Richard（1981）针对 34—72 月龄的发展迟缓儿童男女各 25 名展开研究，研究内容是儿童对不同句法复杂性的疑问句的反应模式和准确程度，研究结果显示语言发展迟缓儿童的反应句句法结构与正常发展儿童基本一致，只是在回答问题的类型和句法复杂性方面，正常组的表现明显好于迟缓组，说明语言发展迟缓儿童对语言句法结构的复杂程度比较敏感。

Tervo 和 Kinney（1981）指出语言障碍是最常见的学龄前儿童发育问题。语言发展迟缓的早期发现和纠正对于帮助儿童建立适当的社会行为十分重要，并且通过语言的使用儿童可以获得关于世界的额外信息，这也是很重要的。语言发展迟缓的主要原因是混合发育迟缓、听力丧失、心理社会因素、行为障碍、特殊语言障碍和主要身体障碍。

Blank（1989）从医学角度分析了两例语言发展迟缓儿童和行为障碍儿童的神经医学特点，认为对脆性 X 染色体综合征的诊断必须持怀疑态度。两类儿童的病因尽管不排除染色体异常的问题，但通过强化治疗方案可以明显改善症状。因此，认为脆弱的 X 染色体似乎更容易导致某些精神病理变化，但这些变化明显受到心理社会因素的强烈影响。可见后天矫正对儿童语言和行为发展具有极大影响。

Moore 和 Law（1990）以 100 名正常发展儿童为对照组，对 96 名语言发展迟缓的 2.5 岁儿童进行了 4 项复制能力测试，其中包括两项语言项目复制测试和两项非语言项目复制测试，结果显示测试组能力普遍低于对照组，研究者认为测试组在 4 项复制任务上的表现与其语言理解和表达能力受损有关。

Bradshaw，Hoffman，Norris（1998）采用交替治疗实验设计，比较分析了扩充和完形填空两种类型的故事书阅读对两名语言发展迟缓的学龄前儿童的语言解释力发展的积极影响，表明早期语言干预对儿童语言发展有促进作用。

Robertson，Weismer（1999）以 10 名正常发展儿童为对照组，对 11 名语言发展迟缓儿童进行了由临床医生实施的为期 12 周的语言干预，比对前测和后测测试组儿童的平均话语长度、词汇总数、不同词汇数、词汇库和可理解话语百分比，发现在每个变量上均体现出显著的组间差异，表明了治疗有积极作用。

Ward（1999）对 122 名 8—21 月龄的语言发展迟缓儿童进行分组跟踪调查，指出接受早期语言治疗的儿童在 3 岁时普遍收到较好的效果，未接受早期语言治疗的儿童中有85%的儿童在3岁时依旧表现出语言障碍倾向。研究认为早期语言治疗干预对于促进儿童语言发展和障碍儿童语言恢复具有重要作用。

Carson Cecyle Perry，Klee Thomas，Carson David K.，Hime Linda K.（2003）通过对2岁儿童语言发展迟缓的语音特征进行分析，得出语音发展的6个测量指标，包括不同辅音的数量、不同辅音在声母和声母位置的数量、不同辅音簇在声母和声母位置的数量、闭合音节形状的百分比数量等。初步研究结果表明，2岁的孩子语音发展越迟缓，他们在3岁时持续发展迟缓的风险就越大，研究者指出对语言发展迟缓儿童进行早期语言干预的必要性。

Topbaş，MavişI，Erbaş（2003）观察、描述和评估了8名15—36月龄的土耳其语语言障碍儿童的交际行为和交际意图，及其使用的交际方法，与8名正常儿童交际意图和交际方法进行比照，指出语言治疗师应该在制定治疗计划时着重加强培养儿童正确的交际意图和交际方法，以促进语言障碍儿童语言能力的恢复。

Peter Davies，Becky Shanks，Karen Davies（2004）通过对5—7岁言语发展迟缓儿童的叙述能力干扰因素展开的系列研究，认为语言发展迟缓的儿童通常理解和讲故事的能力有限，通过早期语言叙述能力训练干预可以发展这些儿童的口头叙述能力，可以显著提高他们理解和讲故事的能力。

Kobayashi Yoko，Hayakawa Kazuo，Hattori Rituko，Ito Mikiko，Kato Kenji，Hayashi Chisato，Mikami Hiroshi（2006）研究了日本的24对3—4岁的双胞胎的语言能力发展，研究结果显示研究对象整体语言能力并没有延迟，但在言语的听觉接收技能方面存在不同程度的困难。

Miniscalco，Westerlund，Lohmander，张振（2006）对2.5岁时语言能力发展迟缓的瑞典儿童在6岁时语言技能表现进行了回溯研究，指出2.5岁时发展迟缓儿童与正常儿童的语言差异在6岁时持续存在，比如从单字到多字的问题，似乎在不同语言水平和跨语言领域的发展中持续存在。研究表明，早期筛查发现的语言发展迟缓儿童在6岁时存在持续性语言障碍的风险依旧很高。

S. Majerus，B. Glaser，M. Van der Linden，S. Eliez（2006）通过对

8—12岁的8名严重特殊语言障碍儿童进行口头信息短时记忆测试,包括相似语音识别回忆测试、相近词汇识别回忆测试、数字序列回忆测试等,结果显示,口头项目信息的抽象程度越高,儿童短时记忆效果越差,研究者认为提供完整和有序的语音序列、词汇序列、数字序列等对儿童语言发展乃至特殊障碍语言儿童的语言矫正大有裨益。

Sealey Linda,Gilmore Susan(2008)通过对四种语言的语境抽样,研究了儿童限定动词的能产性问题,研究结果显示,特殊语言障碍儿童和正常儿童的限定动词的能产性评估,对上下文差异都很敏感,创造特殊语境对特殊语言障碍儿童进行早期干预具有积极治疗效果。

Hannus Sinikka,Kauppila Timo,Launonen Kaisa(2009)针对芬兰某城镇进行特殊语言障碍儿童普查,发现1989—1999年特殊语言障碍发病率不足1%,但近年来有明显增加趋势,相比于女童,男童发病率更高。研究结果表明,特殊语言障碍的患病率与DLD患病率呈上升趋势,患有特殊语言障碍的儿童似乎更容易出现接受性困难的困扰。

Ciccone Natalie,Hennessey Neville,Stokes Stephanie(2012)提出了基于社区的语言发展迟缓儿童的早期干预计划,对社区儿童进行语言干预后,研究人员收集了干预前后儿童词汇量和亲子互动的频率数据。结果显示干预后父母和孩子的交流互动显著增加,儿童表达的词汇量明显增多,语言能力显著提高。

기독교교육정보논집(2014)通过对24—60月龄的语言发展迟缓儿童进行韩国语句子跟读测试,利用4种不同的分数体系分别分析了分数体系与受用词能力的相关性。研究结果显示,儿童接受词汇能力评价是最难但行之有效的评分体系,对儿童词汇量进行分析有助于把握儿童语言发展速度和质量。

Rasha Safwat,Aya Sheikhany(2014)通过对100名言语发展迟缓儿童的父母进行访谈,探讨了亲子互动的数量和质量对语言发展的影响,并探讨在不同社会经济标准下影响亲子互动的因素,指出亲子互动是影响儿童语言发展的重要变量,加强亲子互动有助于儿童言语发展。

Eun Jeong Ji,Lee Hyung Jik,Kim Jin Kyung(2014)用贝利量表和韦氏量表重新测量和评估了2—3年以前被确诊为语言发展迟缓的70名儿童(62名男性,8名女性),对比分析现在和以前的数据,总结了学前儿童语言发展迟缓的概况,并指出应仔细区分语言发展障碍和认知发展障碍两类不同的发展迟缓儿童。

Kim Seong Woo,Jeon Ha Ra,Park Eun Ji,Chung Hee Jung,Song Jung Eun(2014)对1598名发展迟缓儿童进行问卷调查和访谈后,分析了特异性语言障碍(SLI)儿童与全面发展迟缓(GDD)儿童临床方面的差异,研究结果显示,GDD患儿较SLI患儿有更多的自主行走延迟和更多的脑电图异常。语言发展迟缓的阳性家族史在有特异性语言障碍的儿童中更为普遍。在语言能力方面,接受性语言和表达性语言的商数在两组之间没有显著的统计学差异,两组儿童接受语言商均高于表达语言商。在全面发展迟缓组中,Bayley婴儿发育量表Ⅱ(bsidi-Ⅱ)显示出明显的低智力和低运动智商,韦氏智力量表则显示出低语言和非语言智商。在特异性语言障碍组中,Bayley婴儿发育量表Ⅱ(bsidi-Ⅱ)和韦氏智力量表在智力区和语言智商上得分较低,但保留了运动智商和非语言智商。

Baixauli-Fortea Inmaculada,Roselló-Miranda Belén,Colomer-Diago Carla(2015)等研究表明,语言发展迟缓儿童学前教育阶段的语言障碍会阻碍儿童时期甚至是青少年时期社会交际能力的发展,甚至会助长社会不良情绪。

김지욱,김명찬(2015)以在语言发育上表现出迟缓的2—6岁幼儿为对象,观察母亲的养育态度类型,根据母亲的养育态度类型分析幼儿的社会性、情绪表现关系和相对影响力。使用问卷测定母亲的养育态度、幼儿的社会性、幼儿的情绪表现,幼儿的语言发育检查则使用了金英泰、成泰帝、李允京(2003)制作的标准化检查工具PRES。

Chuthapisith Jariya,Wantanakorn Pornchanok,Roongpraiwan Rawiwan(2015)新开发了检测18—30月龄儿童语言发展迟缓的筛查工具——RLD语言发展问卷[Ramathibodi Language Development(RLD)questionnaire],并对18—30月龄的40名发育正常的儿童和30名语言发展迟缓儿童进行了筛查和比较,结果显示语言发展迟缓儿童工作特征曲线最佳截值为8,敏感性和特异性分别为98%和72%,曲线下对应的面积为0.96(95% CI = 0.92 - 0.99)。语言发展迟缓儿童平均得分(6.7 ± 1.9)显著低于正常发育组(9.6 ± 0.7)。

Silvia Moncini, Maria Teresa Bonati, Ilaria Morella, Luca Ferrari, Riccardo Brambilla, Paola Riva（2015）认为，努南综合征（NS）是一种基因病，其特征是先天性心脏缺陷，身材矮小，有特殊的面部特征。一个女孩如果有中度学习障碍，语言能力延迟发展，颅面部特征和皮肤异常，通常会让人联想到努南综合征。

Takwa Adly Gabr, Mohamad Elsayed Darwish（2016）以20名正常儿童为对照组，对20名3—7岁语言障碍儿童进行了言语听觉脑干反应测试，研究采用了全病史调查、耳科检查、纯音测听、语音测听和导抗测量等。研究结果显示，语言障碍儿童听觉脑干反应有明显的时间延迟、声波振幅偏小。结论是，因为听觉障碍导致语言障碍儿童对语言进行了错误编码或扭曲编码。

Hesham Sheshtawy, Tarek Molokhia, Jaidaa Mekky, Heba El Wafa（2016）的研究对象是30名被DSM-IV诊断为躁郁症的儿童，研究目的是分析这类儿童的其他神经发育异常的概率。研究结果显示这类儿童有1.8%的概率运动发育迟缓，3.6%的概率语言发育迟缓，8.9%的概率出现夜遗尿症状。在智力方面，除了17.9%的儿童因年龄小于4岁没有参与评估外，76.8%的儿童是正常智力（90—110），只有5.4%的儿童是迟钝智力（80—89）。由此可见神经发育对儿童语言和行为发展的影响。

Gila Falkus, Ciara Tilley, Catherine Thomas（2016）指出，亲子互动疗法（PCIT）是语言发展迟缓儿童治疗的重要方法之一。通过对18名语言发展迟缓儿童进行亲子互动治疗，研究者指出，经过一定时长的互动，儿童的平均说话长度以及交流频率发生了显著的积极变化，以此认为这种亲子互动疗法在促进儿童语言发展和言语发展迟缓儿童的语言能力恢复层面具有积极作用。

Emiddia Longobardi, Pietro Spataro, Alessandra Frigerio, Leslie Rescorla（2016）以18—35月龄的268名意大利语儿童为对象展开语言发展调查（LDS）和社交能力评估［采用幼儿园同伴互动问卷（QPI）评估］，分析了儿童语言发展与儿童社会交际能力之间的关系，指出儿童语言技能在儿童社会交际适应中起关键作用。

Jordan, Menebröcker, Tüpker（2016）探讨了音乐治疗对小学儿童

语言发展的影响。研究以 43 名正常发展儿童作为对照组，对 35 名语言发展迟缓儿童进行为期 1 年的音乐治疗，结果显示音乐治疗对两组儿童的语言技能影响不大，但在社交情绪方面，音乐治疗组在"自我主张"量表上的表现明显优于对照组，研究认为音乐治疗可以为语言发展迟缓儿童的心理矫正提供支持。

　　Wendy Lee，Tim Pring（2016）通过对 18 所学校的 180 名语言障碍儿童分组进行早期语言干预实验，指出针对语言障碍儿童的早期语言促进干预（谈话促进）对儿童语言发展和其他学业能力的发展具有促进作用，同时指出儿童家庭的社会经济劣势一定程度上阻碍了儿童语言发展，缺乏早期谈话促进干预的儿童将面临许多学业问题。这些问题在孩子一开始上学时就已经显现出来，而且似乎会在整个学校教育过程中持续下去。对贫困地区儿童进行早期语言干预是可取的，可以减轻儿童将来在学校面临的学习困难，弥补儿童早期语言干预缺失带来的损失。贫困地区儿童家长似乎并没有充分认识到儿童早期的语言沟通需求，也没有意识到儿童将来可能因此无法接触学校教育课程的其他重要领域。于是，研究者强烈主张在贫困地区语言障碍儿童学校开展早期谈话干预。

　　김나연,소원섭,하지완,허승덕（2017）从听觉语言病理学的角度，分析了学龄前儿童轻度及中等高度对称性高音急促型感觉神经性耳聋的成因，指出学龄前儿童从婴儿期到 8 岁为止是学习母语音韵系统的关键时期，这个时期内的听觉损失将令儿童丧失接受外部声音刺激的功能，这不仅会延误儿童语言习得和发展，甚至可能造成儿童交际障碍。

　　Heikkilä Jenni，Lonka Eila，Ahola Sanna，Meronen Auli，Tiippana Kaisa（2017）通过对 42 名正常儿童和 20 名语言障碍儿童进行对比实验，研究者指出，口读能力的缺陷可能会影响到视觉语言的感知。语言障碍儿童的唇读能力与其他认知能力有密切关系，语言障碍儿童的唇动对语音加工有积极影响。

　　Kristelle Hudry，Stefanie Dimov（2017）指出自闭症是一种神经发育障碍，其核心表现是社会交际障碍和行为缺乏灵活性，通常还伴随有语言发展迟缓症状。多项研究证实，儿童言语能力的改善的确有助于儿童自闭症矫正，但是哪些言语层面的干预措施更为有效、对谁有效、有效到什么程度等问题还需进一步研究。

Eman Mostafa（2017）做了一项基于实例的对比实验，实验对象由 25 名语言发展迟缓的学龄前儿童（测试组）和 25 名正常发育儿童（对照组）组成，旨在探索语言发展迟缓儿童的知觉和视觉技能强弱问题。研究结果显示，阅读障碍儿童在阅读时可能出现的阅读障碍问题，更多地与语言有关，而不是与视觉技能有关。语言发展迟缓儿童具有较强的知觉感知能力和视觉技能，如视觉记忆。

Chin Iris，Goodwin Matthew，Vosoughi Soroush，Roy Deb，Naigles Letitia（2018）基于密集的家庭录音，对发展迟缓儿童语言的"时态"和"体"进行研究，指出发展迟缓儿童语言在一致性和不确定的将来式的产生上属于非典型的延迟发展。

Louisa Reeves，Mary Hartshorne，Rachael Black，Jill Atkinson，Amanda Baxter，Tim Pring（2018）提出了一项针对 3 岁语言发展迟缓儿童的早期谈话干预计划，并通过实验方法设置对照组进行检验，指出推进早期谈话可以有效提高社会弱势儿童的语言技能（平均提高 2.6 个月）。

Jaana M. Saranto，Helena Lapinleimu，Suvi Stolt，Satu Jaaskelainen（2018）运用临床神经生理学的研究方法，对新生儿听觉发展与言语发展之间的关系进行研究。研究表明，新生儿右耳在处理语言刺激方面具有优势，研究指出，与左耳相比，右耳延迟的听觉成熟似乎对语言发展有更大的影响。

Polišenská Kamila，Kapalková Svetlana，Novotková Monika（2018）运用对比实验方法比较分析了 14 名正常儿童和 14 名语言发展迟缓儿童对斯洛伐克语的习得接受能力，得出的结论是两组儿童表现出相似的语言习得顺序，两组儿童对单词的理解能力最强，其次是句子，对故事的理解能力最差。

김혜진,권순복（2018）以 5 名 3—4 岁语言发展迟缓儿童为研究对象展开实验研究，研究表明，以增强现实为基础的语言治疗项目对语言发展迟缓儿童的词汇量提升具有积极作用。

Mohamed Baraka，Hossam El-Dessouky，Eman Ezzat，Eman El-Domiaty（2019）通过分析 50 名言语发展迟缓儿童（5—8 岁）的语音意识，指出语音意识与儿童语言发展的正相关关系，强调早期语音意识培养有助于促进儿童语言发展。

Eman Mostafa（2019）通过实验得出，长时间看电视对学龄前儿童注意力和语言发展具有消极影响。

Grimminger Angela，Rohlfing Katharina，Lüke Carina，Liszkowski Ulf，Ritterfeld Ute（2020）研究了儿童看护者针对儿童的语境化和去语境化言语交流对儿童语言发展的影响，指出语境化的言语交流对儿童语言发展具有积极影响，但去语境化言语交流同样存在于针对低龄儿童的言语交流中。

（二）儿童言语发展迟缓的国内研究

陈祎（2020）分析了农村幼儿语言发展迟缓的原因及应对策略，指出新时期的教师要看到孩子们语言发展过程中存在的问题，并从幼儿语言发展迟缓的原因入手，给孩子们制定各种丰富多彩的教学活动。

纪永君（2020）分析了0—3岁婴幼儿语言发展迟缓的原因及教育策略特点，阐明了对0—3岁婴幼儿开展语言教育的重要意义。

罗明礼、李素芳、钟雪梅、王榕澜（2019）对中英智障儿童语言康复训练进行对比研究，指出智障儿童因其智力发展迟缓、大脑发育不全或器质性损伤等原因造成语言障碍，抑制着他们的语言发展，影响着他们的社会交往。研究认为鼓励、互动交流等在促进儿童语言发展方面具有重要意义。

王赛（2019）以一名3.5岁语言发育迟缓儿童为研究对象，依据《3—6岁儿童学习与发展指南》对幼儿的发展进行评估，并从幼儿园教师的角度进行了教育干预，提出有效的指导策略。

曾米岚、李启娟（2019）对一名4岁发展迟缓儿童在自然情境中的自发性语言使用情况进行研究，包括词类、语句类型、句子平均长度及相异词汇在语言内容、语音、语意、语法和语用等方面的特点，探讨影响个案语言能力发展的相关因素。研究结果显示，该儿童的平均语句长度为2.42，相异词汇比率为0.46，语言发展较正常儿童发展迟缓，研究者认为应该监控语言的输入与输出，提供良好的语言环境，加强亲子间的沟通互动，从而提高研究对象的语言能力。

张显达（2018）探讨了汉语特定型语言障碍儿童的语言发展历程，指出被试者出现相似语音障碍和词汇语法障碍较多，其中词汇语法障碍尤为突出。

刘玉娟（2018）以0—3岁儿童语言和言语障碍儿童为对象展开研究，指出语言发展迟缓儿童的早期诊断与干预的必要性。研究认为儿童早期意向交流的发展异常能够成为预测语言和言语障碍的依据，家长的语言输入和互动策略影响儿童语言能力的发展。我国应该在相关领域开展研究并建立以社区为基础的系统的诊断与干预体系。

刘介宇、童宝娟（2017）介绍了台湾地区常用的7个语言功能评估工具，为学术界及临床实务界提供参考。具体包括：（1）学前儿童语言障碍评量表；（2）小学儿童语言能力评量工具；（3）修订毕保德图画词汇测验；（4）幼儿语言发展评量表；（5）学前发展性课程评量：语言沟通领域；（6）中文色块测验（mandarin token test，MTT）；（7）汉语学龄儿童沟通及语言能力测验（test of communication and language ability for school-age children in Chinese，TCLA）。笔者同时提出研发我国不同地区语言评估工具面临的挑战。

宋珊珊、万国斌、金宇、静进（2015）以深圳市妇幼保健院儿童心理科就诊的31名语言发展迟缓儿童为对象，对其总词汇量、各类词汇量进行独立样本方差分析，将三组儿童总词汇量与适应性月龄进行相关分析，指出了发展迟缓儿童的词汇量发展特点。

郑蓉、徐亚琴、洪琴、池霞、童梅玲（2015）通过对一例发展迟缓儿童进行系统综合评估、语言前技能训练及家庭教育指导后观察疗效，探讨了发展迟缓儿童语言前技能训练及家庭教育的方法，并指出语言前技能是语言学习的基础，其中专注力是学习的基础，是模仿、认知和沟通的基本条件。

黄晓苑（2011）结合理论和个案研究，对双语是否会导致学习者语言发展迟缓这一热点问题进行了探讨。分析认为在双语儿童的语言发展过程中，只要有足够的语言输入量和亲子互动，双语教育不会导致语言发展迟缓，儿童越是朝着双语的方向发展，就越有可能享受认知方面的优势。

李晓庆（2011）采用实地访谈调查法、个别评量诊断法、统计分析法等，抽样调查了30个弱智儿童（男生22名，女生8名），利用台湾林宝贵教授修订的《语言障碍儿童诊断测验》，诊断了弱智儿童语言障碍的类型和程度。

赵静、钱文华（2006）采用访谈、跟踪观察的方式了解语言发育迟缓儿童语言发育现状，并对该病成因进行分析。研究认为复杂的语言环境、内心的自我封闭以及父母不合理的教养态度是导致儿童语言发展迟缓的主要原因。

章依文、金星明、沈晓明、张锦明（2003）以713名24—47月的儿童为研究对象，由父母报告小儿能自发表达的词汇、助词和表达结构量，按正常人群词汇和结构表达量的第5和第10百分位界定语言发育迟缓和语言发育迟缓可能。研究结果显示，24—25个月儿童词汇量的第5和第10百分位分别为30和50个词；30—35个月的男童结构表达量的第5和第10百分位分别为3.3和5.9个；女童分别为5.9和8.2个。研究认为2—3岁儿童语言发育迟缓的筛查标准为：24个月词汇量少于30个，30个月男童结构表达量少于3个，30个月女童结构表达量少于5个。2—3岁儿童语言发育迟缓可能的筛查标准为：24个月词汇量少于50个，30个月男童结构表达量少于5个，30个月女童结构表达量少于8个。

林旸（1999）认为语言发展迟缓儿童的一般特点是无明显的听觉智力障碍，但与同龄幼儿相比语言发展水平低下，表达能力差。究其原因是缺乏良好的语言环境和有效的教育训练，因为语言发展主要是后天获得的，是一个不断模仿、积累、丰富和完善的过程。因此通过合理的心理和语言训练完全有可能达到或接近正常同龄幼儿的语言发展水平。

（三）儿童言语发展迟缓研究的现存问题

综合以上国内外关于儿童发展迟缓以及儿童言语发展迟缓的相关研究，可以看出国内外研究的许多异同。

相同点是国内外儿童言语发展迟缓的研究一般都是从儿童发展迟缓的研究中分离出来的，即在研究内容划分上把儿童言语发展迟缓视为儿童发展迟缓的一个重要组成部分，研究方法也基本沿用儿童发展迟缓研究的一般理论和方法。这一点显然抹杀了儿童言语发展的特殊性，将儿童的智力、行为发展规律等与儿童言语发展等同，没有正视儿童言语发展的特点。

国内外研究的不同之处在于以下3个方面。

首先从量的层面来看，国外研究对儿童言语发展迟缓的关注远远多于国内研究，且国外研究开始较早，最早可追溯到20世纪70年代，而国内研究开始于20世纪末，且数量较少。这从侧面证明了国内研究的滞后性。

其次从质的层面来看，国外研究多注重理论建构，而国内研究更注重理论应用。国外研究中理论构建方式多采用从实践到理论的归纳方式，一般以量表和数据统计为基础展开；国内研究中理论应用方式多采用从理论到实践的演绎方式，一般在引进和修改国外量表和统计方式的基础上，针对本地儿童进行语言发展筛查和结果分析。因此在研究方法的创新上国内研究存在一定滞后性。

再次从研究目的和结果来看，国外研究问题导向性更加明确，根据研究目的的不同研究方法选择更加多元化。国内研究问题导向性不强，研究方法比较单一，且国内研究在言语发展迟缓儿童的检测和筛查过程中，大多依赖国外既有研究成果，从量表编制到使用缺乏原创性，且标准相对单一，在本地儿童筛查中缺乏灵活性和适用性，给研究结果的准确性造成一定影响。

令人欣慰的是，近年来，我国儿童言语发展迟缓的相关研究大幅增加，特别是2010年以后的不足十年时间里，该领域的研究十分活跃，涌现出不少优秀研究人才，研究成果越来越丰富，研究方法也得到一定程度的改善。研究人员的视角不断开阔，跨学科、跨领域、跨知识储备的研究开始出现。一般研究者都清楚与人相关的研究的复杂性和重要性，人的一切行为活动、思维活动的发生和发展都不是简单地能用因果关系解释的，人的言语问题更不是仅仅通过一种或几种研究方法就可以完美阐释和解决的。对于人类自己，我们现在了解的还远远不够，可能还只是冰山一角。

因此在儿童言语发展迟缓问题上，特别是在儿童言语发展迟缓的测试、筛查、评估、预防和矫正方面，我们主张将语言学和心理学的研究方法深度结合，充分发挥语言学描写的准确性和心理学解释的深刻性，更为准确地对发展迟缓儿童进行评估，更为客观地把握儿童言语发展的规律和可能出现的问题，更为切实地提出针对儿童言语发展迟缓的预防和矫正方法。

第二节 儿童攻击性行为概论

一 儿童攻击性行为的概念与分类

（一）儿童攻击性行为的概念

对于儿童"攻击性行为"（aggressive behavior）（抑或攻击行为）进行概念定义，首先是对"攻击"进行概念定义。陈秋燕（2005）指出，儿童的攻击性行为主要是以行为的解剖学性质、行为的前提条件、行为的后果和观察者对行为所作的社会判断这四个方面为基础进行评价的，因此对其进行概念定义时通常包括如下四类：

（1）解剖学定义：习性学家所持攻击的解剖学定义攻击界定为那些导致对方逃跑或给对方造成伤害的行为或行为模式。

（2）前提条件定义：前提条件定义方法强调攻击发生的前提条件之一即伤害意图或伤害的有意性，认为"攻击是以给行为所指向的人造成伤害为目标的行为"。

（3）行为后果定义：行为后果定义强调要以个体的行为所造成的伤害性结果作为攻击的界定标准。

（4）社会判断定义：社会判断定义认为，攻击是人们根据行为者和行为本身的特性而对某些伤害性行为所做出的一种判断，它是受社会阶层、个体的文化背景等影响的。

Parke，slaby（1983）；王益文（2002）把"攻击行为"定义为"有意伤害另一个人或另一些人（包括个体和群体）的行为"。Loeber（1993）从法律角度出发提出了相比攻击行为更为宽泛的"反社会行为"的概念，指出反社会行为是"使他人遭受身体或精神伤害，财产损失或毁坏，可能构成或并未构成违法的行为"。Bandura（1983）认为研究需要高度的具体化，"攻击"的操作化定义需要根据具体问题而定，综合的攻击活动虽然具有某些共同的成分，但仍不能认定是一种"相同的判断"。

综上所述，对儿童攻击性行为的定义需要依赖对攻击行为的判断和定义，同时还需要根据研究目的和研究问题的特殊性进行适当归纳，而攻击行为的界定需要考虑行为的起因、动机、意图、形式、过程、结果、情境以及行为者之间的关系等众多因素。鉴于此，本书更倾向于社会关系判断标准，将儿童的攻击性行为定义为儿童有意针对自身或他人所做的包括身体、精神以及言语伤害等方面的主动行为。这里所说的儿童有意针对自身所做的攻击性行为虽然包括儿童的自我伤害，但更多的应该是儿童的过度宣泄行为，这种行为经常表现为情绪不稳、脾气暴躁、易冲动、自控能力差、喜欢与人争执、自尊心过强、性格强硬、不听劝告、言语声音大、语词犀利等。

（二）攻击性行为的分类

由于对攻击性行为概念界定的不同，对于攻击行为的分类，学者之间差异也比较大。

张茜（2003）把攻击分为个人驱动的攻击和社会驱动的攻击等。

根据姚雅萍、朱宗顺（2010）的研究，儿童的攻击性行为通常表现在三个方面：

一是情绪不稳定、脾气暴躁，如喜欢生气，爱乱发脾气，稍有不如意就可能出现叫喊、哭闹、扔东西、起哄等强烈的情绪反应。

二是破坏物品，如故意抢走他人物品，抛掷玩具、书本、家庭物品等。

三是充满敌意的社会交往行为，如爱用言语攻击他人，在交往中显露出不满、藐视、不悦等情绪，经常向同伴发起打、推、踢、咬等身体攻击行为，或恐吓、欺负同龄乃至低龄同伴。

王益文（2002）总结了西方心理学中有代表性的几种分类方法，认为分类标准的不同可以导致儿童攻击行为划分的巨大差异，其中最具代表性的分类方法有以下几种：

根据行为动机进行分类的方法。Harpup（1974）根据行为动机把攻击分为敌意性攻击和工具性攻击。敌意性攻击是直接以人为指向的，以打击、伤害他人身心为根本目的的攻击行为，包含较多的情感伤害色彩。工具性攻击是个体为了获取物品、空间等而做出的抢夺、推拉等动作、行为。这类攻击本身不是为了给受攻击者造成身心伤害，而是达到获取物品、空间等目的的手段或工具。

根据行为起因进行分类的方法。Dodge & Coie（2006）根据行为的起因把攻击划分为反应性攻击和主动性攻击。反应性攻击是指行为者在受到他人攻击或激惹之后所做出的攻击反应，主要表现为愤怒、发脾气或失去控制等。主动性攻击是指行为者在未受激惹的情况下主动发起的攻击行为，主要表现为物品的获取、欺负和控制同伴等。

根据行为表现形式和类型进行分类的方法。Lagerspetz，Bjrkqvist（1988）根据行为表现形式和类型把攻击行为划分为身体攻击、间接攻击、言语攻击。身体攻击是指攻击者利用身体动作直接对受攻击者实施的行为，如打人、踢人和抢夺他人财物等。间接攻击又称关系攻击或心理攻击，它不是面对面的行为，而是攻击者一方通过操纵第三方间接对受攻击者实施的行为，其主要形式为造谣离间和社会排斥。言语攻击是指攻击者通过口头言语形式直接对受攻击者实施的行为，如骂人、羞辱、嘲笑等。

此外还有一些分类方法，如 Lorentz 和 Reise 把攻击分为情感性攻击和工具性攻击；Averile 把攻击分为可接受的攻击和不被接受的攻击等。

综合考虑儿童攻击性行为发生的外在表现形式和内在心理因素，本书更倾向于 Lagerspetz，Bjrkqvist（1988）的分类方法，将儿童攻击性行为划分为直接攻击行为和间接攻击行为。其中直接攻击行为包括身体攻击和言语攻击两类，间接攻击行为即关系攻击行为，表现为造谣离间和社会排斥等形式。

二 儿童攻击性行为的国内外研究

（一）儿童攻击性行为的国外研究

一直以来，众多心理学家均对攻击性行为问题进行了大量的理论探讨与实验研究，这些研究都极大地丰富和深化了人类对于攻击性行为及其发展问题的认识。在20世纪80年代前，心理学家对攻击性行为的研究主要集中在生物因素和社会因素方面，而在20世纪80年代之后，则更多地从认知发展的角度对导致儿童攻击性行为的内部因素进行深入探讨，强调了人的主体性。

攻击性行为是一种相当多元、复杂的行为表现，自有人类以来就有攻击性行为。由此引发了研究者的极大兴趣，但由于研究者方法和结果取向的差异，对攻击行为产生原因及解释观点不尽相同，在国外研究中形成了许多相近但又不同的理论流派，本书归纳了生物本能论、精神分析论、社会学习论、认知行为论、"挫折—攻击"理论的主要内容。

1. 生物本能论

生物本能论者认为攻击是一种人类与动物与生俱来的本能，为了生存及演化，会经由遗传机制传给后代，容许攻击这种进化的本能保护作用存在，并希望提供合理的发泄渠道，也就是说攻击是人和动物的本能，攻击性行为的存在是自然法则之一。而另一种理论则认为攻击是不正常的扭曲行为，其发生原因现代生理医学已有证实，Geen（1990）指出人类的神经系统、内分泌系统以及脑部机能出现障碍（脑伤、ADHD）与个体的攻击性行为有关。此外，从遗传学角度分析，荷尔蒙分泌失调（男性荷尔蒙较多）及遗传基因异常者（多一个Y染色体），较容易具有攻击倾向。可见，生物本能理论的两种观点其实指向了一个问题，即攻击性行为的存在是必然的还是偶然的问题。如果说攻击性行为是必然的，那么所有动物包括人类的攻击性行为的发生原因应该从人类和动物生存和进化的一般规律中找寻；如果说攻击性行为是偶然的，那么答案应该从存在这些攻击性行为的个体身上找寻。

2. 精神分析论

西方著名哲学家Freud也对攻击性行为的属性做过精神分析，认为人类有两种与生俱来的本能，其中"死之本能"会以攻击的形式，将个体内累积的能量释放出来。Freud认为这种攻击能量必须被释放，以免逐渐累积而生病，此观点被称为"水压理论"。也就是说，愤怒好比容器里的水压，如果不以社会可接受的方式逐渐释放出去会累积过多，最后导致以极端方式或社会不允许之方式爆发出来而一发不可收拾。当个人内心累积过多的压力时，会通过"宣泄"的方式释放能量，攻击即是一种常见的宣泄方式。因此人类可用宣泄方式，将情感强烈表露出来，如通过大哭、谈话、象征性的方式或其他直接行为来宣泄。可见，精神分析论认同并深化了生物本能理论，并将攻击性行为的发生归因为能量的释放和宣泄。

3. 社会学习论

社会学习论主要从社会学角度对攻击性行为展开分析。以班杜拉为代表的社会学习理论者认为，攻击性行为是模仿和学习而来的，儿童通过观察、模仿他人的攻击性行为逐步转化为自身行为。他还认为个体会通过观察模范人物的行为及其后果,来决定自己的行为表现。由此可见,社会学习论认为儿童攻击性行为并不是生物先天本能,而是后天在社会环境中习得的。攻击性行为的发生与个体的自我选择和来自社会环境的刺激有密切关系。

4. 认知行为论

认知行为论是从认知角度看待行为问题,其主要观点是"攻击性行为是在知觉愤怒与挫折的情境中,由于不当的认知过程而产生的一种反应"。而对攻击性行为发生的原因进行分析时则采取了"刺激—反应"的模式,认知行为论者指出,当个体认为对方是有意攻击自己时,就会做出攻击的反应;反之,若个体认为对方是无意的攻击动作,就不会产生攻击行为。可见,在此过程中辨别对方意图并整合外部环境因素是攻击性行为发生的重要前提,个体的认知和动机归因有误会导致攻击性行为的发生。

Crick,Dodge(1994)从认知信息论的角度提出社会信息处理模式,分析了行为产生的过程包括编码、解释、澄清目标、反应搜寻与反应决定等,认为在认知运作的过程中如果出现错误,就可能产生攻击性行为。认知行为论者强调认知因素在攻击行为中的重要作用,将敌意归因和认知扭曲视为个体攻击性行为出现的主要原因。

5. "挫折—攻击"理论

受"刺激—反应"理论影响,"挫折—攻击"理论认为,攻击是人体遭受挫折后所产生的应激行为反应。攻击性行为的发生是因为个体遭遇了外在挫折,挫折是攻击的原因,攻击是挫折的结果。挫折是个人的意愿和目标导向受到干扰或阻碍,攻击是对这些干扰的抗拒。虽然攻击可能会被掩饰或延宕,抑或转移至其他目标上,但是不会自动消失。"攻击是挫折的一种后果,攻击行为的产生,总是以挫折的存在为条件的。"通过勒温著名的玩具实验也可以看出,对儿童进行关于玩具的挫折实验,挫折组儿童比控制组儿童表现出更多的如摔、砸等破坏性损坏玩具的行为,即挫折引发了更多的破坏和攻击行为。由此可见,"挫折—攻击"理论认为,儿童的攻击性行为的产生是后天形成的,是儿童意愿得不到满足时出现的抗拒行为。

（二）儿童攻击性行为的国内研究

郭申阳、孙晓冬、彭瑾、方奕华（2019）通过随机抽样的方法对中国中西部某农村地区留守儿童的社会信息加工技能进行评估，发现没有明显证据表明儿童被留守与攻击性行为和犯罪存在因果关系。

刘玉敏（2019）从生态发展理论视角出发分析了留守儿童攻击性行为的影响因素，主要包括微观系统的个人气质、家庭教育、学校同伴关系，中间系统的家校间联系，外在系统的媒体网络环境以及宏观系统的传统文化意识等。认为可以从家庭教育主导、学校教育配合、完善社会系统等层面进行干预。

项小莉（2019）认为游戏活动在纠正幼儿攻击性行为中具有适切性。教师通过对模仿类游戏、象征性游戏、社会交往性游戏的有效运用，能够取得纠正幼儿攻击性行为的显著成效。

黄志强（2019）认为儿童攻击行为大体可归纳为四类，即娱乐型攻击行为、社交型攻击行为、防御型攻击行为和利己型攻击行为。攻击行为并非仅仅由某一独立因素所决定，而是个体人格特性、家庭、朋辈群体和山区特色文化等诸多因素交叉杂糅的结果。

王亚礼（2019）指出儿童"绘画治疗"能有效纠正儿童攻击性行为。他认为导致学前儿童攻击性行为发生的因素有很多，如自我保护的需要、压力的宣泄以及外界环境的影响等都可能成为儿童攻击性行为出现的原因。

武旭晌（2019）通过自然观察法、问卷调查法探讨幼儿攻击性行为在学期内的发展特点及与"隔代教养"的关系。研究认为，学期初期是幼儿攻击性行为的高发时期和不稳定时期，幼儿的各类型攻击不存在显著的年龄差异和性别差异。但祖辈教养对幼儿的攻击性行为有着重要的影响，祖辈参与教养下的幼儿攻击性行为显著少于父辈独立教养下的幼儿的攻击性行为。

刘培洁（2019）在家庭系统理论的基础上，探讨儿童攻击性行为的现状以及与父母攻击性倾向间的关系，解析家庭系统中儿童攻击性行为的影响因素，并根据萨提亚模式自编一套适合攻击性儿童的干预方案，验证萨提亚模式干预方案对儿童攻击性行为干预的有效性。

李艳芳（2019）借助视频反馈法对中度智障儿童开展攻击性行为

自我控制的个别训练，通过考察被试者在研究过程中攻击性行为的变化情况（发生频次、攻击程度），验证了基于视频反馈法的自我控制训练对于改善中度智障儿童攻击性行为表现的成效。

陈珂（2019）使用家庭教养方式、儿童青少年同伴关系与儿童攻击性三个量表进行心理测验，分析了家庭教养方式对儿童攻击性行为的影响。

陈秋珠、徐慧青（2019）以"幼儿攻击性行为干预""幼儿冲突行为干预""幼儿欺负行为干预"为检索策略，运用 Reva Man 5.3 软件对我国幼儿攻击性行为干预实验结果进行元分析，分析了干预方式、干预对象、干预时间、测量工具等调节因素对干预效果的影响。结果表明我国幼儿攻击性行为干预整体上达到中等强度效果量〔SMD = －0.77，95％ CI（－0.91，－0.62），P＜0.0001〕，行为干预比游戏干预更有效，干预时长与干预效果存在动态的关系，以家庭为对象的干预方式效果优于直接作用于幼儿的干预方式，测量工具的差异会对研究结果产生一定影响。

张琰、余一夫（2019）使用问卷法对随机抽取的西安市 90 名幼儿进行了调查研究。研究结果发现幼儿自尊水平普遍较高，与性别及年龄都显著相关。自尊水平能够预测攻击性行为，且较高的自尊水平有利于减少幼儿的攻击性行为。

马龙、于得澧、王哲、辛志宇、崔晶、王苗、王忆军（2018）选取哈尔滨市 12 所幼儿园 208 名 4—5 岁城市留守幼儿和 208 名城市非留守幼儿，对其监护人进行问卷调查，结果显示留守组和非留守组儿童行为问题检出率分别为 20.2％ 和 15.9％，其中女童行为问题检出率（26.7％）高于男童（13.6％）。家庭功能量表各维度与留守组幼儿思维问题和攻击性行为呈正相关，而非留守幼儿组仅家庭功能角色维度与幼儿攻击性行为呈正相关。研究认为留守组幼儿思维问题和攻击性行为问题比非留守组幼儿严重，留守和非留守幼儿行为问题的发生与家庭功能失调有关。

赵君星（2018）介绍了幼儿攻击性行为的内涵以及特点，从幼儿的自身方面、家庭方面、幼儿园方面以及社会条件等几大方面探讨了儿童攻击性行为的成因。并提出了相应改进策略和指导方法，以矫正幼儿的攻击性行为。

张丹（2018）认为班杜拉的观察学习理论包括模仿、榜样和观察学习过程三个方面且对研究幼儿行为产生有着重要意义。研究认为在对观察学习理论分析的基础上，可以通过为幼儿提供良好的榜样示范，进行合理强化、科学引导和监控幼儿观察学习过程，达到减少幼儿攻击性行为的目的。

邹巍、后慧宏（2018）通过分析案例特点，从学校因素、社会因素、家庭因素等几个方面总结归纳儿童出现攻击性行为的原因，从而提出相关策略。

任会芳（2018）以某培智学校一名自闭症儿童为研究对象，采用单一个案研究法的跨条件多基线设计，进行课堂情境和课外活动情境下的干预研究，探讨正向行为支持计划对攻击性行为的干预效果。

赵孜（2018）选取210名3—6岁幼儿作为研究对象，分别采用白天/黑夜任务、木头人任务、手游戏任务，测查幼儿在认知、注意、动作三个维度上抑制控制能力的发展，同时采用攻击性行为—教师核查量表，测查幼儿在攻击性行为上的表现。研究显示，随着幼儿年龄的增加攻击性行为逐渐减少，反应性攻击行为多于主动性攻击行为。控制了年龄和性别因素的影响后，研究显示幼儿抑制控制水平越高，其攻击性行为越少。

王晶晶（2018）采用抽样法选取河南省P市6所学校910名学龄期儿童为调查对象，应用一般人口学资料调查表、家庭关怀度指数问卷、Rosenberg自尊量表、Buss和Perry攻击问卷中文修订版（AQ-CV）进行问卷调查。统计分析结果显示学校、父母、家庭、老师、同学、朋友、游戏等因素对儿童攻击性行为的出现均有影响。

程艳（2018）指出攻击性行为儿童的家庭环境、父母的教育态度和行为等都可能存在一些问题，其中父母的信念和行为是儿童问题行为形成和发展的重要影响因素之一。研究者还认为对幼儿的不良行为进行早期干预对儿童攻击性行为改善有积极意义。

李月琦（2018）采用《儿童行为量表（家长版）》《儿童行为量表——教师核查表》《3—9岁儿童自尊教师评定问卷》和《父母教养方式问卷》等测量工具，从新疆石河子5所幼儿园28个班的917名幼儿中抽取 231 名具有攻击性行为的 4—6 岁的幼儿进行问卷调查，结果显示，幼儿攻击性行为与父母教养方式有关。

白丽（2018）以人类发展的生态学模型为理论基础，结合依恋转换模型和家庭与同伴关系的间接效应模型，考察了流动和城市儿童攻击性行为的发展特点，提出亲子依恋与同伴依恋是两个影响儿童攻击性行为发展的因素。

李宗迪（2018）从天津市某小学抽取 376 名学生进行问卷调查，研究了情绪调节能力对攻击性行为的影响。认为小学高年级儿童的攻击性行为较少。攻击性行为及其各维度在性别上存在显著差异。自我发泄维度在父母婚姻上有显著差异。小学高年级儿童的情绪调节能力和攻击性行为之间存在显著负相关关系。

黄唯（2018）将攻击行为分为关系攻击和外显攻击，采用问卷调查法、实验法研究了四川省某小学 586 名学童，研究认为儿童认知风格和攻击行为类型在人口学变量上存在显著差异。在社会排斥条件下，场独立型认知风格儿童外显攻击性显著高于场依存型认知风格儿童，而场依存型认知风格儿童关系攻击更多。

王瑶、储康康、徐斌、张久平、王晨阳、方慧、邹冰、焦公凯、刘青香、张敏、谷力、柯晓燕（2018）采用分层整群随机抽样方法从江苏省南京市抽取 4678 名小学生进行问卷和儿童行为量表（家长用表）调查，结果显示攻击性行为的检出率为 3.6%（167/4678），非民主型的家庭教养方式、未进行新生儿遗传学筛查的学龄儿童更易出现攻击性行为。

徐文、唐雪珍（2017）对 W 市某所公办幼儿园共 80 名中、大班幼儿攻击性行为进行观察，研究表明幼儿身体攻击最为普遍，且年龄和性格差异均较显著。其中"主动性攻击"和"同性别攻击"状况居多。

贾守梅、范娟、汪玲、施莹娟、李萍（2017）在上海市杨浦区两所公立幼儿园用儿童行为量表（CBCL）识别出具有攻击性行为的学龄前儿童 17 名，并对他们进行 5 个月的家庭干预，研究者指出家庭干预是学龄前儿童攻击性行为的一种有效可行的重要干预方式，家庭干预对于儿童早期的攻击性行为具有防治作用。

邵江洁、邱晓露、李维君（2016）研究了行为矫正对学龄前孤独症儿童攻击性行为问题干预的效果，指出对一般攻击性行为儿童进行干预训练两周后，儿童打人、咬人、扔东西、吐口水等攻击性行为明显改善，4周后打人、咬人、吐口水行为大多数已完全消失，通过行为矫正，学龄前孤独症儿童的攻击性行为大多数都能控制。

胡梦娟、马苗（2016）选取乌鲁木齐某康复中心就读的一名自闭症儿童，探讨了积极行为支持对改善自闭症儿童攻击性行为的成效，研究结果表明，研究对象在课堂情境中攻击性行为的功能确定为寻求刺激，积极行为支持对降低研究对象的攻击性行为有较大成效。

陈羿君（2016）通过阿德勒游戏治疗对儿童攻击性行为进行干预，探讨阿德勒游戏治疗对儿童攻击性行为的疗效。研究表明，经过19次干预治疗，儿童攻击性行为得到改善，可见阿德勒游戏治疗对儿童的攻击性行为具有良好的干预效果。

马丹（2015）运用Achenbach儿童行为量表—攻击性行为分量表调查幼儿攻击性行为的相关因素和基本现状，指出移情训练方案干预后，幼儿攻击性行为总得分有所下降，中、大班幼儿攻击性行为分别在攻击性行为得分、攻击性行为方式和攻击性行为目的上存在差异。

刘正芳（2015）对我国儿童攻击性行为的表现方式与影响因素进行了总结和深入分析，并以W儿童的个案为例，采用个案研究和参与观察相结合的方法，试图从微观层面探究心理社会治疗模式在矫正儿童攻击性行为问题中的运用。

贾守梅、汪玲、谭晖、王晓、施莹娟、李萍（2014）针对上海市杨浦区两所公立幼儿园展开儿童行为量表（CBCL）—攻击分量表测试筛查，对高于分界值的学龄前儿童进行5个月的家庭干预，家庭干预内容主要为家庭环境因素和家庭亲子互动，结果显示家庭干预显著地减少了儿童的攻击性行为，其中反应性攻击水平降低更为显著，显示家庭干预是学龄前儿童攻击性行为的一种有效可行的重要干预方式。

尽管近年来国内外对儿童的攻击性行为进行了不少研究，但目前的儿童攻击性行为研究还存在一些问题。首先，攻击性行为的研究仍缺乏一个相对完整的框架。近年来，仅在认知发展方面，就出现了各种各样的范型，其中不乏精妙之作，然而这些研究都只是对某一侧面的研究或都只停留在某一阶段，缺乏整合性。其次，缺乏可行且有效的干预措施体系，到目前为止，研究者发现已有文献提出的措施仍较少，多局限于宣泄、教给儿童减少冲突的策略、改善儿童所处的环境等较为笼统的方法，缺乏有针对性的干预措施体系（林彬，2001）。再次，对于一些问题的研究仍有待于进行深层的剖析，如不同类型特点的攻击性儿童可能具有不同的认知特点，对儿童攻击性行为认知机制的探讨不能一概而论，而应结合攻击性儿童的具体行为特点进行深入细致的分析。

三 儿童攻击性言语行为研究的现状与问题

（一）儿童攻击性言语行为的国外研究

相比儿童攻击性行为研究，儿童攻击性言语行为的国外研究比较少，国外主要是从精神和社会心理学角度开展儿童交际研究。

国外对儿童攻击性言语行为的研究还处于将儿童攻击性言语行为视为儿童攻击性行为的一个部分，研究内容上没有脱离儿童攻击性行为研究的藩篱，研究方法上也基本沿用儿童攻击性行为研究的一般理论与方法。

（二）儿童攻击性言语行为的国内研究

国内对儿童攻击性行为的关注比较多，但相比于儿童的攻击性行为研究，对儿童攻击性言语行为的研究还是比较少的。主要有以下一些研究。

李楠、国慧慧（2019）研究了动画片中的语言和行为对幼儿攻击性行为产生的影响。调查结果显示幼儿观看一些价值取向存疑的动画片后，破坏性行为和攻击性语言增多。

贾红霞（2018）采用测量法、实验法和个案分析法对某校儿童攻击性行为进行了探索。共发放问卷 300 份，有效回收 292 份，其中男生 142 份，女生 150 份，筛选出 3 名个案（分别为四年级、五年级和六年级）并进行了为期两个月的绘画干预。研究结果表明该校儿童具有较高攻击倾向且言语攻击是儿童最主要的攻击方式。行为攻击行为层面，男童的攻击行为多于女童；言语攻击行为层面，无明显性别差异。研究指出绘画疗法对儿童攻击性行为的干预具有一定效果。

陶春囡（2017）使用 Buss-Perry 攻击性量表从南京市 Y 小学 5 年级 1 班 48 名儿童中检测出 5 名具有攻击性行为的儿童，体现在身体攻击及言语攻击两个方面。身体攻击具体表现为用肢体打、踢别人等；言语攻击具体表现为使用不文明用语骂人、给别人起外号等。通过深入分析调查资料，剖析其行为原因发现，儿童产生攻击性行为的主要原因有不合理的认知方式、缺少人际冲突处理技巧、缺乏同辈群体的支持、父母不合理的教养方式和学校教育缺位等。

（三）儿童攻击性言语行为研究的现存问题

综合以上国内外关于儿童攻击性行为以及儿童攻击性言语行为的相关研究，可以看出国内外研究的许多异同。

相同点是国内外儿童攻击性言语行为的研究一般都是从儿童攻击性行为的研究中分离出来的，即在研究内容划分上把儿童攻击性言语行为视为儿童攻击性行为的一个重要组成部分，研究方法也基本沿用儿童攻击性行为研究的一般理论和方法。这一点显然也忽视了儿童攻击性言语行为的特殊性，将儿童的攻击性行为及其发展规律等与儿童攻击性言语行为等同，没有正视儿童攻击性言语行为发展的特点。

国内外研究的不同之处在于以下几个方面。

首先从量的层面来看，国外研究对儿童攻击性言语行为的关注远远少于国内研究，且国外研究开始较晚，儿童攻击性言语行为的研究至今没有脱离儿童攻击性行为研究的藩篱，对儿童攻击性言语行为研究的重要性没有深刻的认知。而国内研究数量相对多一些，虽然目前重视程度还远远不足，但相比国外研究具有一定先见性。

其次从质的层面来看，国外研究多注重行为研究，不重视言语攻击的研究，而国内研究双管齐下，认为儿童攻击性言语行为也是重要的研究对象。国外研究中儿童攻击性行为研究方式主要是从精神和社会心理学角度开展儿童交际研究。虽然相比儿童的攻击性行为研究，国内研究对儿童攻击性言语行为的研究还是比较少，但在研究范围上已经有所扩大，研究方法也开始多元化，跨学科研究成果相继出现。

再次从研究目的和结果来看，国外研究主要为解决行为攻击问题，研究结果阐释多从个体精神发育和社会环境影响两个方面进行归因。国内研究除了要解决行为攻击问题，还力争解决儿童的攻击性言语行为问题，研究结果的阐释更加丰富，除了从个体精神发育和社会环境影响两个方面进行归因外，还从语言学和交际学等领域出发进行分析，矫正建议和策略也比较多元。且国内研究在有攻击性言语行为儿童的检测和筛查过程中，大多采用自制量表，虽然针对不同地域不同年龄和不同社会背景的检测和筛查量表在普适性上略显不足，但能够维持原创性、反映儿童攻击性言语行为的地域特色，为深入和全面开展儿童攻击性言语行为研究提供一手资料和证据。

国内外关于儿童攻击性言语行为研究差异的原因，我们认为主要有以下几点。

一是，我国历来十分重视青少年儿童的教育，近年来我国更加大对基础教育和学前教育的关注和投入，对该领域的研究也持续升温，涌现出不少优秀研究成果。

二是，我国的文化历来强调"礼"的重要性，言语礼貌与行为规范一样被认为是"礼"的题中之义。儿童之礼的关注和培养早就不只是学校和社会的责任，更是家庭美德和良好家风的体现，因此不管是研究者还是儿童家长都十分关注这一问题。

三是，近年来我国经济社会快速发展，人民的物质生活水平显著提高，相比之下人民的精神生活水平提升速度相对较慢，为适应经济社会高质量发展的需要，必须加强教育，其中，儿童教育是关键。对儿童攻击性言语行为开展预见性的研究也是十分必要的。

因此在儿童攻击性行为研究问题上，特别是在儿童攻击性言语行为的早期发现、测试、筛查、评估和预防方面，我们主张将语言学和心理学的研究方法深度结合，特别是充分发挥儿童攻击性言语行为的语言学研究，及时发现，精准评估，提前预防，及早干预，更为客观地把握儿童攻击性言语行为发生和发展的规律性，更为切实地提出针对儿童攻击性言语行为的预防和矫正方法。

第三节 儿童言语研究与儿童心理研究的关系

一 儿童言语与心理研究关系简史

关于人类言语（语言）与心理的关系，国内外许多学者都有各自的见解，但是从来没有人否认过两者之间千丝万缕的联系及其交叉研究的重要性。正如英国儿童语言学家帕西（Peceei, J. S., 2000）在《儿童语言》（*Child Language*）一书中总结的那样，"语言既是心理活动所凭借的一种工具，又是心理活动的一种重要体现。因此，语言（包括文字）和各种语言活动，既是心理学的研究对象之一，又是心理学的重要研究工具之一。儿童语言的发展，反映着儿童认知的发展和心理的发展，所以从来就是发展心理学的重要研究课题之一。可以毫不夸张地说，许多重大的心理学问题的解决，都需要儿童语言学的参与或验证"。[①]

追溯西方早期的心理学研究，大多都与语言存在交集。1840 年，达尔文（C. Darwin）为寻找进化论的证据，对自己的儿子的成长历程进行了仔细观察和记录，1877 年出版的书中更是囊括了许多儿童语言发展的详细记录和资料。法国学者席格门（B. Sigismund）在 1856 年出版的《儿童与世界》中更是详尽地描述了其儿子语言、行为发展的许多场景和相关问题。

如果说以上两位学者还仅仅是从儿童语言发展研究中寻找相关佐证的话，那么 1882 年心理学的创始人普莱尔（W. Preyer）的《儿童心理》，这部被誉为儿童心理学研究的经典著作，无疑将儿童言语和心理研究的关系阐述得淋漓尽致，自此引起了学者们对儿童语言研究的广泛关注。他在著作中系统描述了自己的儿子四岁以前的语言发展过程和心理成长历程，认为儿童语言习得并非仅用"学习"二字就能概括的，需要结合其他学科相关研究进行系统阐释。1907 年德国心理学大师斯泰因（L. W. Stern）出版了《儿童语言》和《六岁以前早期儿童心理学》两部巨著，观察、记录和分析了自己三个子女的语言和心理发展历程，再次将儿童言语研究与心理学研究推向了新的高度。

此外，法国心理学家比那（A. Binet）和西蒙（T. Simom）、美国发展心理学家霍尔（G. S. Hall）、法国儿童心理学家瓦龙（H. P. H. Wallon）等用问卷、量表、访谈、实验等方法对儿童语言和心理的研究，对阐释儿童言语和心理的相关关系也具有重要的里程碑意义。

[①] 转引自 [英] 帕西（Peceei, J. S.）著、李宇明导读的《儿童语言》（*Child Language*）一书，该书在第二部分着重论述了儿童语言学的研究价值，包括语言学价值、心理学价值、人类学价值、教育学价值、神经病理学价值等五个方面，系统阐述了儿童语言研究的重要性。

行为主义框架下的语言研究同样与心理学的发展密切相关。1913年以华生（J. B. Watson）为主要代表的美国行为主义心理学风靡一时，同时为儿童语言学和普通语言学研究提供了新的视角。美国心理学家奥尔波特（F. H. Allport）在1924年出版的《社会心理学》就是从行为主义的立场出发对儿童语言习得进行阐述的经典著作之一。行为主义研究的集大成者斯金纳（B. Skinner）在1957年出版的《言语行为》一书中更是用模仿、强化等概念进一步解释了儿童语言的发展。

如果说以上研究是儿童言语研究与心理研究有实无名的结合的话，那么1952年美国成立的"全国语言学和心理学委员会"可以说是实至名归。1953年，美国心理学家卡罗尔（J. B. Carroll）率先使用的"心理语言学"（Psycholinguistics）这一术语将两者的关系拉得更近。

综合以上研究可以发现这一时期主要是心理学框架下的儿童语言研究，语言学框架下的儿童心理研究的开端可能要数美国语言心理学家、"转换—生成语法"的创始人诺姆·乔姆斯基（Noam Chomsky），他1957年出版的《句法结构》一书不仅为语言学研究开启了新的篇章，同时摧毁了行为主义研究的理论体系，将心理学研究带入了语言能力获得研究的新时代。在此框架下，布雷恩（M. Braine）、米勒（W. Miller）、欧文（S. Ervin）、布鲁姆（L. Bloom）、布朗（R. Brown）、克拉克夫妇（H. H. Clark & E. V. Clark）等大批语言与心理学者对儿童语言展开广泛研究，对儿童语言的语法、语义、语用进行了跨语言、跨学科的横向对比和纵向研究。

1923年瑞士著名心理语言学家让·皮亚杰（Jean Piaget）出版了《儿童的语言与思维》，代表认知语言学和认知心理学发展的正式开端。此后吸引了大批语言和心理学研究者如斯洛宾（D. Slobin）、布鲁纳（J. B. Bruner）、辛克莱（H. Sinclair）、福多尔（S. Fodor）等广泛加入日内瓦认知学派的强大阵营，在语言学和心理学领域均产生了深刻而又重要的影响。

在儿童言语与心理研究关系史上，不可忽视的还有苏联生理学家巴普洛夫（I. P. Pavlov）提出的条件反射理论和两种信号系统学说、伊万诺夫·斯莫林斯基提出的条件反射四阶段模式以及维果斯基

（L. Vygotsky）关于语言与思维关系的论述。尤其是维列卢学派[①]的重要代表人物之一卢利亚（A. P. Luria）关于儿童语言在儿童心理形成中的重要作用的论述，不仅将维列卢学派的声誉远播海外，其观点更是将儿童语言研究对儿童心理的重要性阐释得淋漓尽致。

二 言语交际对儿童的行为和心理发展的影响

言语交际对儿童的行为和心理发展能够产生影响的问题，几乎没有争议，然而言语交际如何对儿童的行为和心理发展产生影响的问题，似乎还需要进一步研究和深化。这一点苏联的研究已经走在了前列。苏联心理学家维果斯基（L. Vygotsky）1962 年提出了儿童言语发展的三个阶段，即外部言语（external speeeh）、自我中心言语（egocentric speech）和内部言语（Inner Speech）三个阶段，从儿童言语交际到儿童思维发展和大脑发育做出了许多经典论述。其弟子卢利亚（A. P. Luria）充分重视语言在儿童心理形成中的重要作用，指出词（言语）能改变刺激物的强度，词（言语）的参与使（大脑中）新的联系的形成过程和改造过程发生质的变化，同时指出言语交际在儿童语言发展中的重要作用。卢利亚 1975 年出版的《神经语言学》一书可谓将言语交际与儿童行为和心理研究进行紧密结合的典范，这里我们着重来看其语言—心理观。

（一）语音的心理选择性

卢利亚指出音位对立特征与心理过程的选择性相关联。如果需要的发音与次要的或不需要的发音由于具有某种共同特征，且以同样概率出现的话，就会破坏明确的聚合性的发音对立系统。换言之，语音的对立音位如果具有同样的聚合关系和联结概率，就不能构成语音音位之间的对立关系。他举例指出，语音障碍儿童往往把需要的音替换成某一特征上相似的音，这其实是语音的心理选择过程出了问题。

（二）词汇的心理选择性

在词汇问题上，卢利亚认为词既属于语言学范畴，也属于心理学范

[①] 维列卢学派是苏联最有影响的心理与语言研究学派，因其主要代表人物而得名，维列卢分别是指维果斯基、列昂节夫和卢利亚。转引自［英］帕西（Peceei, J. S.）著、李宇明导读《儿童语言》（*Child Language*），外语教学与研究出版社 2000 年版，第 16 页。

畴。卢利亚的导师维果斯基把词看作意识的基本功能单位，词是意识的直接反映。卢利亚则认为词是思维的基本单位，是思维的外在表现形式。词在不同的场合具有不同的性质，这种性质的差异不仅来源于词的语言学方面（如语言结构），也来源于词的心理学方面（如使用方式）。他将语言学家索绪尔提出的组合关系和聚合关系的思想运用于失语症儿童的研究，指出表达性失语症可视为组合结构障碍，表现为缺失述谓形式（动词）和用静词（如名词）替代述谓形式。他还指出感觉性失语症可视为聚合结构障碍，表现为扩展的、有组织的言语相对保留，但病人不能理解单词的直接意义。这种组合结构与聚合结构之间的分裂现象以及由此产生的言语障碍，对语言学有着重要的意义。

（三）语义的心理选择性

卢利亚继承和发展了维果斯基关于词义是发展变化的观点，强调词的语义关系选择性，认为义素分析是十分重要的语义和心理分析手段，指出词义的理解是从多种可能的词义中选取所需意义的过程。词义选择困难必然带来话语理解障碍。因此，弄清楚词所处的语境是理解话语的首要条件。

（四）话语和句子的心理选择性

卢利亚认为研究词和词义最终是为研究句子、话语乃至言语交际的整个过程服务的。卢利亚批判地接受了乔姆斯基的语言观，认为语言直觉是观察语言现象的重要方面，从思维到言语的过程是从语义表象层到深层句法结构再到表层句法结构的渐进过程。卢利亚在分析失语症时指出病人在理解复杂关系结构的句子时感到困难的原因是缺失或忽视了理解这些结构所需要的辅助性中间转换，例如可逆性结构、时空关系结构、双重否定结构、比较结构等。

（五）言语交际过程的心理选择性

卢利亚把言语理解归纳为词汇单位的理解、句法结构的理解、语篇的理解三大基本部分，其中语篇的理解不能局限于对连续的句子的形式分析，语篇不是各组成部分意义的简单组合，需要评价整个语篇隐含的动机和预设。卢利亚指出语篇的理解与心理操作上的选择性相关联，还认为语篇处理过程中次要联系的干扰和选择性错误会导致语篇理解的失误。

可见苏联儿童语言研究历来比较重视作为第二信号系统的语言的形成和发展的过程，比较强调语言发展的社会性和语言的心理机能，比较重视环境和后天教育在儿童语言发展中的重要作用。

此外英国语言心理学家福斯特－科恩（Foster-Cohen）在其《儿童语言发展引论》中也指出，"人类的言语行为是以大脑语言系统为基础的。然而语言的使用，除了涉及符号运算外，还必须依靠语言系统之外的认知能力加以辅助。人们用语言来沟通表达、指称事物，描述客观外在世界，同时又用它来表达主观的内在心灵。语言学理论的核心任务是描述、归纳和解释大脑语言系统的内部规律"。[①]

如果说以上研究偏重于理论构建的话，那么李苏、李文馥、周小彬、陈茜、孔瑞芬于2002年展开的一项针对120名3—6岁儿童的言语表达能力发展特点的研究，用数据明确指出了儿童口语表述与动作表述的相关性。研究人员将研究结果中口语表述和动作表达两部分的总得分转换成Z分数后求相关，指出口语表述与动作表达存在显著相关性（$r=0.72$，$P<.01$），尤其是4岁和5岁时期是口语表述与动作表述相关性最密切的时期（$r_{4岁}=0.55$，$r_{5岁}=0.54$；$P<.001$）。

朱明泉、张智君（2007）研究了伴随言语发生的手势运动和抓握运动两类手部运动与言语之间关系，发现手势可促进言语加工，特别是词汇的提取过程；词语感知影响抓握运动的早期计划阶段；言语产生可增加大脑运动皮层的兴奋性。

受苏联生理学家巴甫洛夫提出的两种反射、两种信号系统理论的影响，李宇明（2017）在《语言学习与教育》中也论述了儿童第二信号系统建立的判定标准问题，指出儿童语言学习对心理发展的重要作用，同时通过个案研究指出，儿童在八个月已经建立第二信号系统，同时表示了对两个信号系统的学说确立标准的质疑。

由此可见，言语交际会对儿童的行为和心理发展产生影响，且会产生积极影响，这两个基本问题无论在国内外研究、无论在理论上还是实践上都已经不是想当然了，只是对于言语交际如何对儿童的行为和心理

[①] 转引自［英］福斯特－科恩（Foster-Cohen）著、李行德导读《儿童语言发展引论》，外语教学与研究出版社2002年版。

发展产生影响问题，尽管国外已有不少研究指出了言语交际发挥作用的一些方式，但似乎还只是冰山一角。如何充分发挥言语交际对儿童行为和心理发展的积极作用，也需要进一步研究。

三 儿童言语发展迟缓与攻击性言语行为研究的关系

如果我们将儿童言语发展迟缓纳入儿童动作或智力发展迟缓的范畴，并且将攻击性言语行为看作动作性攻击行为的一个小小的分支，分别用"儿童发展迟缓"和"儿童攻击性"两个术语来代替，很难看出儿童言语发展迟缓与攻击性言语行为之间的直接联系。但是如果我们从儿童语言发展和儿童言语交际层面来看，两者的关系就不言而喻了。儿童言语发展迟缓与攻击性言语行为是儿童语言发展过程中非常可能出现的两种语言表现形式，可以统一纳入儿童言语交际障碍的研究之中。我们在上文已经充分论述了言语交际对儿童的行为和心理发展的影响，这里我们仅就儿童言语发展迟缓与攻击性言语行为之间的关系进行简要论述。

首先，儿童言语发展迟缓可能成为儿童攻击性言语行为的重要原因之一。据现有研究可知，儿童言语发展迟缓的原因有很多，归纳起来主要有两大类，一是身体障碍因素导致的言语发展迟缓，二是发展环境因素导致的言语发展迟缓。一般说来，身体障碍因素导致的言语发展迟缓与儿童攻击性言语行为之间没有直接的联系，但是因身体障碍造成的心理障碍也会增加儿童攻击性言语行为甚至是其他心理问题出现的概率。已有许多研究表明肢体障碍与精神障碍之间的关联性，如果从发生概率来看，先天或后天肢体障碍儿童在精神和心理层面发生问题的概率相比于无肢体障碍人群要高。而后天发展环境因素导致的言语发展迟缓一般首先会使儿童的心理扭曲或损伤，因而发生攻击性言语行为乃至行为攻击的可能性也会大幅提升。因此，儿童言语发展迟缓可能成为儿童攻击性言语行为的重要原因之一。

其次，攻击性言语行为的错误干预可能是儿童言语发展迟缓的重要诱因。对攻击性儿童的既有研究表明，儿童的攻击性行为可以分为肢体动作攻击和言语攻击两大类。虽然已有研究指出了两类攻击行为产生的部分原因，如家庭暴力、社会不良现象的影响、儿童自我保护等，但是不论是什么原因导致的攻击行为，都需要通过及早发现和干预，研究和把握儿童攻击行为的产生原因，其最终目的正是对症施治、合理干预。然而由于儿童攻击性行为产生原因的复杂性，其发生和发展规律迄今还未被完全阐释，这增加了儿童攻击性言语行为被过度干预或错误干预的可能性，这种干预不仅不能改善儿童的攻击性言语行为，更为可怕的是可能会对儿童言语行为发展和心理健康造成影响甚至损伤，导致儿童自闭、自卑，成为儿童言语发展迟缓的重要诱因。

再次，儿童言语发展迟缓与攻击性言语行为共同构成了儿童言语交际障碍的两大主要类型。既有研究大多从心理学角度分析儿童交际障碍产生的原因，将儿童交际障碍归因于儿童自闭或家庭、社会环境，指出儿童交际障碍是儿童无法正确面对同伴交往中的外部刺激，从而采取的自我保护行为。儿童自闭、环境刺激等的确可能导致儿童寡言少语、不善交际，但这可能还不足以解释儿童自闭从何而来，环境刺激为何不能被儿童接受等问题。从语言学角度看，儿童交际障碍主要来源于早期言语交际缺失或交际受挫，前者更容易导致儿童言语发展迟缓问题的产生，后者更容易导致儿童攻击性言语行为的产生。如何引导儿童树立正确的同伴意识，采取社会交际的正确方式，克服言语交际障碍中的不良情绪，不只是心理学研究的题中之义，同时也是语言学研究的重要课题。

最后，我们用"四个度"来概括儿童言语发展迟缓与攻击性言语行为研究的终极目的。第一，体会语音的温度，让言语交流流畅起来；第二，把握词汇的态度，让内心世界丰富起来；第三，挖掘句子的深度，让思维方式活跃起来；第四，领悟语篇的高度，让精神动力强大起来。

限于研究资料以及研究者自身研究水平和专长，本书仅就0—6岁儿童言语的语音、词汇和句子进行研究。

第二章 儿童发展迟缓与攻击性行为的评估与矫正

第一节 儿童发展迟缓的心理评估与矫正

一 发展迟缓儿童的筛查

张秋菊（2012）自编《发展迟缓儿童筛选量表》，在江苏省昆山市各幼儿园进行初测，经有效性和可靠性测试、分层抽样分析后，对发展迟缓儿童及其主要表现进行了问卷筛查。

《发展迟缓儿童筛选量表》包括初测量表和正式施测量表两部分，根据林崇德《发展心理学》儿童发展特点及发展迟缓儿童的相关界定将发展迟缓筛选量表的内容，分为生理动作发展、语言与社交情绪发展、生活自理能力发展以及认知能力发展4个方面共计49题。

初测项目的选定和量表编制参照了现有的较为成熟的量表的编制方法，如《贝莱婴儿发展量表》《学龄前儿童行为发展量表》等，主要从生理动作发展、语言与社交情绪发展、生活自理能力发展及认知能力发展四个方面进行项目编制和调查，采用五点计分方式，即从非常不同意到非常同意划分为五个等级，计分方式为1—5分，反向题目，则计分相应为5—1分。

量表是家长和儿童合并量表，量表的实施需要家长和儿童共同完成，其主要内容除了基本资料信息外，主要包含以下49个测试项目：

1. 会单脚连续往前跳
2. 会接住远距离丢来的球
3. 能脚尖对着脚跟向后走2米
4. 孩子能说出同一类物品中的至少3种物品（如说一些水果的名

称，孩子能说出苹果、香蕉、梨子等）

5. 会画三角形（可以先示范，然后让他画，但不能描您画的线）

6. 能画出人体 6 个或更多的部位（如眼睛、耳朵、鼻子、嘴巴等）

7. 能安全地用剪刀（可以不必把纸剪开，但必须是一只手拿着剪刀并让刀口张开及闭合，另一只手拿着纸）

8. 能将分开的圆珠笔和圆珠笔笔帽合在一起

9. 能使用铅笔或画笔进行简单的画画

10. 会玩溜滑梯

11. 能用表示过去或现在的词造句（例如：表达"我吃过饭了""我正在玩球"等）

12. 能用表示将来的词造句（如"我要吃饭""我们明天去公园"等）

13. 能正确使用"这个""那个""这些""那些"说完整的句子（这个是我的糖，这个是我的球等）

14. 能使用 4—5 个单词的句子

15. 喜欢和别的小朋友一起玩耍

16. 常常害怕噪音、黑暗、动物和一些人

17. 一般情况下，孩子能和其他小朋友一起依次从事某个活动或分享某件事物

18. 经常掉食物或摔碎东西

19. 在没有帮助的情况下，孩子会将牙膏挤到牙刷上，然后自己刷牙

20. 不扶任何东西，双脚可以独立上下楼梯

21. 正确说出一些颜色的名字

22. 孩子会用勺自己吃饭并几乎不把饭撒出来

23. 不扶任何东西，孩子能单脚站立至少 5 秒以上（可试 2—3 次）

24. 能够脚尖对脚跟向前走 2 米

25. 能仿画十字和方形（可以先示范，然后让他画，但不能描您画的线）

26. 书写困难或书写歪歪扭扭、连贯性差

27. 在没有任何帮助的情况下，孩子会用肥皂洗手和脸，然后用毛

巾擦干

28. 会自己系鞋带或者扣纽扣

29. 把水从一个高而瘦的杯子倒进一个矮而胖的杯子中,知道水没有变多也没有变少

30. 数字能数到20

31. 可以阅读简单的画册书

32. 知道把一根长长的绳子缠成一团但是绳子没有变短

33. 孩子会自己上厕所(包括自己走进厕所、坐在便器上、擦屁股,然后冲厕所)

34. 知道早上、中午、晚上的时间顺序

35. 儿童能在没有障碍物的平地上平稳地行走

36. 孩子在看图画书时,能告诉你书中发生的故事或正在进行的动作

37. 会哼哼啊啊唱简单的歌

38. 在没有您用手去指或重复指令来予以协助的情况下,孩子能完成3个互不相干的指令(如:把书给我,拍拍手,坐下。需要同时将3条指令下达完毕)

39. 能自己用笔在纸上乱画

40. 能模仿在水平方向上画一条单线(可以先示范,然后让他画,但不能描您画的线)

41. 能模仿画垂直方向的单线(可以先示范,然后让他画,但不能描您画的线)

42. 能模仿画圆圈(可以先示范,然后要他画,但不能描您画的线)

43. 在做游戏时,喜欢模仿和自己同性别的家长(如玩过家家时,女孩喜欢扮演妈妈,男孩喜欢扮演爸爸)

44. 喜欢聆听和模仿各种声音(如喵喵、咩咩)

45. 能熟练地用筷子吃饭、夹菜

46. 能学到一些新词并理解较长的句子(如把地上的球和球拍拿给妈妈)

47. 能知道5以内的量是多少

48. 孩子会自己穿或脱衣服（包括扣按扣、扣纽扣和拉前面的拉链）

49. 会依据外显的特征，如发型或服装，来认定性别

正式施测量表则是根据初测结果分析，在初测量表的基础上进行了调整和改善，其主要内容除了基本资料信息外，主要包含以下 22 条测试项目：

1. 会单脚连续往前跳
2. 会接住远距离丢来的球
3. 能脚尖对着脚跟向后走 2 米
4. 会画三角形（可以先示范，然后让他画，但不能描您画的线。）
5. 能画出人体 6 个或更多的部位（如眼睛、耳朵、鼻子、嘴巴等）
6. 能安全地用剪刀（可以不必把纸剪开，但必须是一只手拿着剪刀并让刀口张开及闭合，另一只手拿着纸）
7. 能使用铅笔或画笔进行简单的画画
8. 喜欢和别的小朋友一起玩耍
9. 经常掉食物或摔碎东西
10. 能正确说出一些颜色的名字
11. 孩子会用勺自己吃饭并几乎不把饭撒出来
12. 能仿画十字和方形（可以先示范，然后让他画，但不能描您画的线）
13. 会自己系鞋带或者扣纽扣
14. 把水从一个高而瘦的杯子倒进一个矮而胖的杯子中，知道水没有变多也没有变少
15. 数字能数到 20
16. 可以阅读简单的画册书
17. 孩子会自己上厕所（包括自己走进厕所、坐在便器上、擦屁股，然后冲厕所）
18. 儿童能在没有障碍物的平地上平稳地行走
19. 在没有您用手去指或重复指令来予以协助的情况下，孩子能完成 3 个互不相干的指令（如：把书给我，拍拍手，坐下。需要同时将 3 条指令下达完毕）

20. 在做游戏时，喜欢模仿和自己同性别的家长（如玩过家家时，女孩喜欢扮演妈妈，男孩喜欢扮演爸爸）

21. 喜欢聆听和模仿各种声音（如喵喵、咩咩）

22. 能学到一些新词并理解较长的句子（如把地上的球和球拍拿给妈妈）

使用 SPSS 对量表结果进行统计分析，得出表 2-1 的描述性统计。

表 2-1　　　　　　儿童发展状况的描述性统计表

	平均数	标准差
总量表	3.733	0.622
生理动作发展	3.504	1.150
语言与社交情绪发展	4.539	0.476
生活自理能力发展	2.423	0.961
认知能力发展	4.081	0.675

由表 2-1 可以看出，除了生活自理能力维度外，儿童在其他各个维度上的得分均高于平均水平（平均水平为 2.5），其中语言与社交情绪方面发展最好（平均数为 4.536），其次是认知能力的发展（平均数为 4.081）和生理动作发展（平均数为 3.504），而生活自理能力发展最差（平均数为 2.423），略低于儿童发展平均水平。这种现象出现的原因可能是被试者年龄普遍偏小，且独生子女家庭较多。具体影响因素还需进一步进行影响因素分析加以确定。

二　儿童发展迟缓的影响因素分析

张秋菊（2012）利用感觉统合评定量表对儿童发展迟缓的影响因素进行了问卷调查，调查内容主要包括如下五部分 58 项内容：

（一）

1. 特别爱玩旋转的圆凳，而不觉晕
2. 喜欢旋转或绕圈子跑，而不晕不累
3. 虽看到了仍常碰桌椅、旁人、柱子、门墙

4. 行动、吃饭、敲鼓、画画时双手不协调，常忘了另一边
5. 手脚笨拙，容易跌倒，拉他时仍显得笨重
6. 仰卧在地板、床上时，头、颈、胸无法抬高
7. 爬上爬下、跑进跑出，不听劝阻
8. 不安地乱动，东摸西扯，不听劝阻，处罚无效
9. 喜欢惹人、捣蛋、恶作剧
10. 经常自言自语，重复别人的话，并且喜欢背诵广告语言
11. 表面左撇子，其实左右手都用，而且不固定使用某只手
12. 分不清左右方向，鞋子衣服常常穿反
13. 对陌生地方的电梯或楼梯，不敢坐或动作缓慢
14. 组织能力不佳，经常弄乱东西，不喜欢整理自己的环境

（二）

15. 对亲人特别暴躁，强词夺理，到陌生环境则害怕
16. 害怕到新的场合，常常不久便要求离开
17. 偏食、挑食，不吃青菜或软皮食物
18. 害羞、不安，喜欢孤独，不爱和别人玩
19. 容易黏住妈妈或固定某个人，不喜欢陌生环境，喜欢被搂抱
20. 看电视或听故事，容易大受感动，大叫或大笑，害怕恐怖镜头
21. 严重怕黑，不喜欢在空屋，到处要人陪
22. 早上赖床，晚上睡不着，上学前常拒绝到学校，放学后又不想回家
23. 容易生小病，生病后便不想上学，常常没有原因拒绝上学
24. 常吮吸手指或咬指甲，不喜欢别人帮忙剪指甲
25. 换床睡不着，不能换被或睡衣，外出常担心睡眠问题
26. 独占性强，别人碰他的东西，常会无缘无故发脾气
27. 不喜欢和别人谈天，不喜欢和别人玩碰触游戏，视洗脸和洗澡为痛苦
28. 过分保护自己的东西，尤其讨厌别人由后面接近他
29. 怕玩沙土，有洁癖倾向
30. 不喜欢直接视觉接触，常必须用手来表达其需要
31. 对危险和疼痛反应迟钝或反应过于激烈

32. 听而不见，过分安静，表情冷漠或无故嬉笑

33. 过度安静或坚持奇怪的玩法

34. 喜欢咬人，并且常咬固定的友伴，并无故碰坏东西

35. 内向，软弱，爱哭又常会碰触生殖器官

（三）

36. 穿脱衣裤、扣纽扣、拉拉链、系鞋带动作缓慢，笨拙

37. 顽固，偏执，不合群，孤僻

38. 吃饭时常掉饭粒，口水控制不住

39. 语言不清，发音不佳，语言能力发展迟缓

40. 懒惰，行动慢，做事没有效率

41. 不喜欢翻跟头、打滚、爬高

42. 上幼儿园，仍不会洗手、擦脸、剪纸及自己擦屁股

43. 上幼儿园（大、中班）仍无法用筷子，不会拿笔、攀爬或荡秋千

44. 对小伤特别敏感，依赖他人过度照料

45. 不善于玩积木、组合东西、排队、投球

46. 怕爬高，拒走平衡木

47. 到新的陌生环境很容易迷失方向

（四）

48. 看来有正常智慧，但学习阅读或作算数特别困难

49. 阅读常跳字，抄写常漏字、漏行，写字笔画常颠倒

50. 不专心，坐不住，上课常左右看

51. 用蜡笔着色或用笔写字也写不好，写字慢而且常超出格子外

52. 看书容易眼酸，特别害怕数学

53. 认字能力虽好，却不知字的意义，而且无法组成较长的语句

54. 混淆背景中的特殊圆形，不易看出或认出

55. 对老师要求的作业无法有效完成，常有严重挫折感

（五）

56. 使用工具能力差，劳作或家事均做不好

57. 自己的桌子或周围无法保持干净，收拾很困难

58. 对事情反应过强，无法控制情绪，容易消极

张秋菊（2012）通过 SPSS 描述性统计分析，结合 Pearson 相关理论指出，母亲受教育程度、家庭所在地、儿童的性别等因素与儿童的生理动作发展、语言及社交情绪发展、生活自理能力发展、认知能力发展呈显著相关性。相关度最大的是父母受教育程度，这一因素与儿童的生活自理能力、语言及社交情绪发展、认知能力显著相关。家庭所在地、独生子女与否、父母月收入高低等因素也与儿童的认知能力发展、语言及社交情绪发展显著相关。同时生理动作发展与生活自理能力发展、语言及社交情绪发展、认知发展之间也存在显著相关性。可见，家庭因素对儿童身心发展速度快慢，甚至发展水平正常与否具有较大影响。具体统计结果见表 2-2。

模型修正后，我们通过分析儿童基本背景资料对儿童发展迟缓的影响路径得出结论：对儿童生理动作发展影响最大的是年龄因素，性别因素在儿童生活自理能力发展中起到部分中介作用。家庭所在地因素在儿童的生活自理能力发展中起部分中介作用。综上，儿童的性别、家庭所在地等因素在儿童生活自理能力发展维度上起部分中介作用。而语言与情绪发展在儿童背景变量和生活自理能力与认知发展维度之间并无中介作用。儿童生理动作发展对儿童语言与社交情绪发展、生活自理能力发展以及认知能力发展等方面能够产生直接效应，且影响最大的是儿童的认知能力发展。儿童语言与社交情绪发展对儿童生活自理能力发展和儿童认知能力发展能够产生直接效应，且影响最大的是认知能力发展。

同时，研究结果显示性别因素对儿童发展水平的影响极为显著。在儿童精细动作发展方面，女生显著优于男生。对于这种现象的解释，方富熹、方格（2005）援引了 Lefrancois（2001）的相关论述，认为在粗大动作上，由于女孩的身体生理发育程度稍比男孩成熟，因此在大肌肉运动上也比同年龄阶段的男生优先发展。而在精细动作上，女孩则更多地从事手工、写、画等精细活动和有韵律性的活动，而男生通常情况下参与这些活动的机会少于女生。

在儿童语言与社交情绪发展方面，女生也普遍优于男生。语言方面女生发展快于男生的现象其实并不绝对，要参考儿童的年龄段进行分析和认识。夏瑞雪、周爱保（2008）研究指出，小学以前，女孩的语言

表2-2 儿童背景变量与发展迟缓量表各维度的相关分析

	1	2	3	4	5	6	7	8	9	10	11	12	13	14	15	16	17	18	19	20	21
1. 性别(男)	1																				
2. 父亲受教育(小学)	.04**	1																			
3. 父亲受教育(初中)	.02*	-.04**	1																		
4. 父亲受教育(高中)	.01	-.06**	-.24**	1																	
5. 父亲受教育(大学)	-.03*	-.10**	-.43**	-.69**	1																
6. 母亲受教育(小学)	.00	.33**	.21**	-.07**	-.15**	1															
7. 母亲受教育(初中)	.04**	.01	.55**	.05**	-.40**	-.60**	1														
8. 母亲受教育(高中)	-.02	-.01	-.05**	.41**	-.30**	-.09**	-.26**	1													
9. 母亲受教育(大学)	-.01	-.09**	-.39**	-.38**	.60**	-.16**	-.44**	-.68**	1												
10. 独生(是)	.00	-.02	-.25**	-.07**	.21**	-.13**	-.28**	-.02*	.25**	1											
11. 年级(小班)	.05**	.05**	-.02**	-.04**	.05**	.02	-.05**	.00	.04**	.02*	1										

续表

	1	2	3	4	5	6	7	8	9	10	11	12	13	14	15	16	17	18	19	20	21
12. 年级（中班）	-.05**	-.03*	-.02	-.01	.03**	-.02	-.02*	-.02	.06*	-.02	-.51**	1									
13. 家庭所在地（城市）	-.02	-.07**	-.16**	-.10**	.19**	-.09**	-.12**	-.12**	.26**	.13**	-.06**	.02*	1								
14. 家庭所在地（城镇）	.02	.0**	.04**	.05**	-.07**	.02*	.09**	.07**	-.13**	-.05**	.06**	-.04**	-.79**	1							
15. 月收入（<2000）	-.01	.16**	.10**	.03**	-.13**	.21**	.06**	.01	-.12**	.03*	-.02	-.05**	-.03*	.02	1						
16. 月收入（2000—4000）	-.06**	.14**	.17**	.07**	-.19**	.08**	.16**	.06**	-.18**	-.11**	-.00	-.01	-.12**	.08**	-.06**	1					
17. 月收入（4000—6000）	.03**	-.04**	.04**	.07**	-.07**	-.03*	.06**	.04**	-.07**	.03*	-.03*	.04**	.01	-.02*	-.09**	-.24**	1				
18. D1	-.10**	-.01	.00	.00	-.01	-.02	.03*	-.02	-.01	-.02	-.89**	.46**	.07**	-.07**	.00	-.02*	.01	1			
19. D2	-.10**	-.09**	-.20**	-.11**	.24**	-.16**	-.23**	-.03*	.23**	.13**	-.13**	.05*	.19**	-.11**	-.11**	-.11**	-.07**	.24**	1		
20. D3	.08**	.02*	.04**	.02	-.06*	.05**	.07**	-.04**	-.03	.00	-.29**	-.39**	.03*	-.02	.10**	-.01	.02	.25**	-.13**	1	
21. D4	-.03*	-.05**	.08**	-.06**	.09**	-.10**	-.09**	-.03*	.12**	.09**	-.04**	-.53**	.13**	-.06**	-.01	-.04**	-.06**	.13**	.42**	.26**	1

注：* $p<0.05$，** $p<0.01$。

发展起步早，口语表达能力较强，进入小学后，性别差异现象就会减少，男、女孩的语言能力并无显著差别。对于在社交情绪发展方面女生优于男生的问题，有人认为跟儿童的语言发展速度有关，林崇德（1995）指出语言的发展会促进同伴间的交往，从而促使社交情绪的发展，因女孩的言语能力发展比男孩快，因此在社交情绪发展上也比男孩早。

此外，父母受教育程度、独生与否、年龄、家庭所在地、家庭经济收入等因素都不同程度地影响儿童发展状况。

三　发展迟缓儿童的矫正策略

心理学对发展迟缓儿童的干预策略一般是运用感觉统合训练的方式进行。这里有必要解释一下什么是感觉统合以及如何进行感觉统合训练。

（一）感觉统合的理论

Ayres A. J. 根据大脑功能相关研究理论以及相关治疗实验，于1972年提出了感觉统合的理论。Ayres认为大脑将人体器官各部分感觉信息输入组合起来，形成了身体内外知觉并据此作出反应，这个过程就是感觉统合。并指出只有经过大脑正确的感觉统合和整体协调，人体神经系统的不同部分才能协调工作，个体才能正确发挥作用，才能达到个体与环境的顺利接触。Anita，Shelly，Elizabeth（2002）总结认为感觉统合主要基于如下五个假设：

（1）神经的可塑性

大脑和神经系统具有可塑性，所谓的可塑性是指大脑和神经系统在结构和功能上能够发生改变和被改变的能力。脑部结构和功能会因刺激影响而发生改变，基于这个假设就可以合理地进行推测，通过对触觉、前庭觉和本体觉可控性输入可以改变神经系统的结构，增加或改变神经系统的功能。

（2）发展顺序的渐进性和规律性

感觉统合的过程应该在发展顺序的循环上出现，也就是说发展顺序具有渐进性和规律性。儿童各个发展阶段都有该阶段的相应的行为出现，复杂的行为的增进可以说是一个循环的过程。基于这一假设，能够在行为发展和神经发展之间建立有序连接。

（3）神经系统的层级性

大脑和神经系统是自下而上有组织串连起来的整体系统，高层次功能是低层次经验和功能整合而成的，神经系统的高层次中心功能主要负责处理抽象概念、知觉、推理、语言和学习等内容，并作出高层指令反应，而低层次神经系统是感觉输入的接口，负责将外部感觉整合为内部知觉。以此为基础可以合理推测，高层次神经系统发展水平高低取决于低层次神经系统的发展水平高低，低层次神经系统结构的完整性和功能的全面性以及组织方式的合理性等对高层次神经系统的发展具有决定性意义。

（4）可适性的行为

可适性行为是指个体能够适应的行为，包括行为方式和行为强度等。可适性行为的发展可以促进感觉统合和大脑及神经系统的高效发展。个体能够进行可适性行为表示该个体感觉可以统合。一般情况下人为设计的感觉统合训练中可适性行为是有目的的，有具体目标导向的，经过特定行为训练让个体能成功达到既定目标，获取新的技巧或能力。

（5）内驱力

如果说可适性行为是外部驱动的话，内驱力即是感觉统合的内部驱动。内驱力是指神经系统具有的先天内部整合能力，通过感觉动作的训练，内驱力可以发展出对感觉的统合能力，一般情况下感觉统合能力低下则内驱力也相对偏弱。

（二）感觉统合训练的原则

杨霞、叶蓉（2006）指出在进行感觉统合训练时，难度应该从简单到复杂，循序渐进，遵循感觉统合训练的基本原则，从现实的角度出发，不能高估也不要低估孩子现有的能力水平。难度过大容易使儿童产生较强的挫折感，使训练无法继续进行下去，训练效果过犹不及；难度过易则无法利用有限的时间达到应有的训练效果，徒劳无功。罗钧令（1998）指出感觉统合训练的原则主要包括以下8个方面：

（1）全面性：包括速度的快慢，头与地面的垂直与平行，坐、站、躺、卧等姿势，各个方位和旋转的刺激方向，及时间的长短，都可以做变化以增加多种感觉刺激的输入，动态与静态的活动搭配效果更加好；

（2）重复性：同样的活动重复操作让孩童获得充分的经验；

（3）多元性：一种项目可以变化一些方式或联合其他的器材使整个的感觉刺激输入管道增多；

（4）自然性：布置丰富的环境以帮助孩童自然而然地投入活动；

（5）差异性：在做感觉统合训练时要注意到孩童的个体差异性，因为不同的个体面对不同的刺激输入会有不同的感受；

（6）趣味性：感觉统合训练要有一定的趣味才能吸引儿童进行训练；

（7）自主性：在感觉统合训练时儿童要自主地完成训练；

（8）挑战性：随着儿童能力的慢慢增强要增加项目的难度。

（三）感觉统合训练的项目

廖惠贞（1993）、蔡良明（1995）、罗钧令（1998）指出感觉统合训练应该针对不同儿童的不同症状，采用不同的训练内容。一般情况下感觉统合训练活动包括前庭觉刺激训练，触觉刺激训练及本体觉刺激训练等。

前庭觉刺激训练能帮助儿童个体适应地心引力，强化儿童的空间位置感与距离感，增加身体平衡性和肌肉张弛力度，提升运动协调能力，促进神经系统的有序快速发展。

触觉刺激训练能促进个体的触觉辨识度，促进触觉反应的正常化，增强个体自我抑制情绪的能力，提高警觉度，以及强化其他感知觉的作用。

本体觉刺激训练与大脑活动有关，有助于刺激大脑双侧的分化，促进个体肢体动作的协调性和灵活性，促进个体形象的整体发展，维持神经的兴奋和稳定。

主要的感觉统合训练工具有滑板、滑梯、趴地推球、羊角球、平衡木、网栏插棍、串珠、88轨道、跳袋、蹦床、抛球、大小按摩球等。此外还包括进行注意力训练的生物反馈仪等。

1. 滑板（提供前庭觉、触觉和本体觉刺激）的主要活动方式：儿童俯卧在滑板上，以腹部为中心，身体紧靠滑板，头抬高，双腿并拢伸直，脚面绷紧，双手同时撑地向前滑行；

2. 滑梯（提供前庭觉与本体觉刺激）的主要活动方式：儿童俯卧在滑梯上，双手抓住滑梯两边，用力一拉俯冲下来，双腿并拢伸直，脚面绷紧，头抬高目视前方，双手尽量朝前伸展；

3. 趴地推球（提供前庭觉、触觉与本体觉刺激）的主要活动方式：儿童趴在地上，球摆放在面前，离墙壁30—50厘米，双脚并拢，手臂抬起，肘关节不撑地，双手对墙连续推球；

4. 羊角球（训练孩子的重力感，提供前庭觉与本体觉刺激）的主要活动方式：儿童坐在羊角球上，双手紧握手把，身体屈曲往前跳动；

5. 平衡木（提供前庭觉、触觉与本体觉刺激）的主要活动方式：儿童站在平衡木上，双手侧平举，抬头、挺胸、目视前方，双脚交替向前走；

6. 网栏插棍（提供前庭觉刺激、本体觉刺激，提高手眼协调能力及精细动作能力）的主要活动方式：将网缆固定，垂直下来离地20厘米。儿童俯卧在网缆中，头部抬高目视前方，指导者协助前后摆动，让儿童在摆动过程中双手按顺序插棍。插棍离网缆距离视儿童个体情况而定；

7. 串珠与88轨道（提高手眼协调能力及精细动作能力）均为精细动作和手眼协调训练，让儿童在规定时间内尽可能多地完成训练；

8. 跳袋（训练孩子的重力感，提供前庭觉与本体觉刺激）主要活动方式：孩子的双脚伸进跳袋里，然后双手提拉跳袋的边至腰部跳动；

9. 蹦床抛球（提供前庭觉与本体觉刺激）主要活动方式：儿童在蹦床上双脚并拢蹦跳，跳起时小腿后屈，脚后跟踢至臀部，同时训练师抛给儿童球，儿童接住后往远处抛球；

10. 大按摩球（提供触觉刺激）主要活动方式：孩子俯卧在垫子上，治疗师把球放在孩子的腰和臀的部位做轻轻的挤压，孩子向前看，这时大按摩球的力度可以很好地刺激孩子的表皮神经；孩子仰卧在垫子上，用大按摩球挤压孩子的身体，由轻到重做前后左右的滚动，或在正中间做轻轻压挤；

11. 小按摩球（提供触觉刺激）主要活动方式：把球放在手心上，让小球在手的四周充分旋转。在四周转过以后，可以经过身体（胳膊、脖子、脸、头、后脑、耳朵、肚子、腿、脚），使儿童感受球刺激的感觉；

12. 生物反馈仪3000A（注意力训练）测量 θ（Theta）波和 β

(Beta)波；

（1）θ（Theta）波特征：4—8赫兹，人在意识中断、身体深沉放松时表现为θ波为优势脑波。

（2）β（Beta）波特征：14赫兹以上（1秒内振动的次数）。人清醒时β波为优势脑波随着β波的增加，身体逐渐呈紧张状态，准备随时因应外在环境作反应。在此状态下人的身心能量耗费较剧，快速疲倦，若没有充分休息，非常容易堆积压力。然而，适量的β波，对积极的注意力提升，以及认知行为的发展有着关键性的助益。

（四）感觉统合训练的应用

张秋菊（2012）采用感觉统合训练的方法，制定了感觉统合训练课程，分三个阶段共前后20次对遴选出的10名发展迟缓儿童进行矫正，感觉统合训练方案如表2-3。

表2-3　　　　　　　　**本书的感觉统合训练方案**

活动名称	理论支持	阶段目标	训练方法	所用器材
前庭觉训练	Ayres感觉统合理论	强化身体在环境中的空间位置与距离的知觉判断，增加身体的平衡感与肌肉张力的适度性，提升运动机能	1 悬空摇晃 2 上下移动或跳动 3 速度刺激 4 俯动刺激 5 多面平衡刺激	跳床，滑板等
触觉训练	Ayres感觉统合理论	建立良好的触觉辨识，促进触觉防卫的正常化，强化其他感觉的知觉作用	1 多种触感刺激 2 按摩身体 3 痛觉刺激 4 触觉辨识训练	触觉球，滑板，平衡触觉板等
本体觉训练	Ayres感觉统合理论	促进身体动作的协调性及灵活度的发展，促进身体形象的形成	1 肌肉伸展与缩放 2 关节的活动 3 身体运动发展 4 左右知觉训练	跳袋，网栏插棍等
注意力训练	生物反馈理论	改善分心、注意力不集中和行为失控等（这些问题一方面与异常的脑功能调节的组织执行模式有关；另一方面也可能是大脑在另外方面的不精确短暂反应）	生物反馈进行脑波训练	生物反馈仪3000A

张秋菊（2012）根据感觉统合训练方案，进一步制定出针对发展迟缓儿童的感觉统合训练课程，具体安排如表2-4。

表 2-4　　　　　　　　发展迟缓儿童的感觉统合训练课程

器材	游戏	功能	要点	训练进度
大按摩球	滚雪球	触觉	1. 孩子俯卧在垫子上，治疗师把球放在孩子的腰和臀的部位做轻轻的挤压，孩子向前看，这时大按摩球的力度可以很好地刺激孩子的表皮神经。 2. 孩子仰卧在垫子上，将大按摩球挤压孩子的身体，由轻到重做前后左右的滚动，或在正中间做轻轻压挤。 3. 敏感度较强的孩子，压背部（俯卧）比压腹部（仰躺）容易接受些。	前期：仰卧 10 次，俯卧 10 次 中期：仰卧 20 次，俯卧 20 次 后期：仰卧 30 次，俯卧 30 次
大按摩球	趴地推球	前庭觉	球（可以篮球）离墙面 50 公分左右，孩子俯卧在垫子上，双脚并拢，手臂抬起，胳膊肘离开垫子，进行趴地连续推球，以加强颈部肌肉的张力，对孩子身体的协调能力、将来的专注力和综合的学习能力会有非常好的提高。	前期：100 次 中期：150 次 后期：200 次
小按摩球	手足按摩	刺激孩子的皮肤敏感度，提高孩子的触觉能力，增强孩子本体感及左右脑分化，不要用力过猛	1. 把球放在手心上，让小球在手的四周充分旋转。在四周转过以后，可以经过身体（胳膊、脖子、脸、头、后脑、耳朵、肚子、腿、脚），使孩子感受球刺激的感觉。 2. 让孩子用脚踩按摩球，加强脚的触觉敏感度。	全身各部位 20 次
滑板车	倒滑小乌龟	训练颈肌、背肌、臂肌，刺激孩子的前庭觉，加强平衡能力、颈部张力和视觉追踪能力	1. 孩子俯卧在滑板上，腿部向上弯曲呈 90 度，脚顶墙，双手平举，然后，脚蹬墙，向前滑行。 2. 在孩子第二粒纽扣的位置，让孩子俯卧在滑板上。初期，孩子的脚可碰地，以后阶段的脚翘起，脖子抬起，双手用力向前爬行。	前期：5 次 中期：8 次 后期：11 次
滑梯	开飞机	前庭觉	1. 孩子俯卧在滑梯上，将两只手打开，腿跷起，顺着滑梯的高度，自然地头朝下俯冲下去。若孩子头朝下俯冲有困难，可让孩子头朝上趴在滑梯上滑下去（反向俯冲）。很小的孩子做时，可在滑梯上加一块大垫子，这样空间大了，孩子可能做起来更容易。注意：指导孩子手腕、手指、脚尽量伸展，若有困难时可做多次示范指导。 2. 滑下的前方可以放置一个球筐，治疗师在孩子下滑时推给他一个球，要求孩子接住球后投掷到篮筐中。此游戏项目根据孩子不同年龄、不同能力来进行，能力强者，治疗师应推球快些，反之要慢，鼓励孩子增强信心。这样不仅增加了游戏的娱乐性和竞争性，还可以提高儿童的视觉跟踪能力和精细运动以及手眼协调能力。	前期：10 次 中期：20 次 后期：30 次

续表

器材	游戏	功能	要点	训练进度
跳袋	袋鼠跳	训练孩子的重力感，加强孩子的本体感	1. 孩子的双脚伸进跳袋里，然后双手提拉跳袋的边至腰部，往前跳动。由于训练相对比较累，比较枯燥，因此训练的量不宜太大。 2. 治疗师要从旁观察孩子的不同反应，体力不太好的，不太能坚持的，随时可以允许终止训练，也可以让孩子中途休息一两次，稍微休息一下再继续，并且积极鼓励和表扬孩子的努力行为。相反，对于那些特别好动和体力过剩的孩子则可以适当增加训练的量。	前期：5次 中期：8次 后期：11次
蹦床	跳跳乐弹跳	强化前庭刺激，抑制过敏的信息，矫治重力不安和运动企划不足的毛病，此游戏可以练习孩子手眼协调，对孩子自力运动和运动企划的成熟帮助甚大	1. 孩子在弹向空中时，可以鼓励他唱歌，或配合某种律动音乐，可以松弛他的紧张感。 2. 可以让孩子抱住球在蹦床上跳跃，或和治疗师做抛接球的游戏。 3. 可以让孩子在蹦床上跳跃时练习将球丢入预先设置的篮内。 4. 可以让儿童分别站在蹦床上面对面做抛球、推球游戏。	训练时间5分钟
S平衡台	翻山越岭	主要适用于身体协调不良的孩子，针对平衡感不足和本体感不足，对手、脚配合也有较大帮助	1. 行走的时候要求孩子伸开双臂，左右脚交替向前进行，脚跟和脚尖要碰在一起，走的过程中如果孩子可以正常进行，要求孩子以同样的方式双脚后退交替进行，刺激孩子的足底神经，注意控制平衡和中心的调整。 2. 孩子可以熟练进行后，要求孩子抱住羊角球，完全凭孩子的本体平衡感向前走，因为抱住羊角球的感觉会让孩子的平衡能力和控制能力进一步得到调整。	来回训练10次
平衡触觉板	石子路	平衡触觉板上有小小的颗粒，可以训练孩子的平衡感，让孩子踩在不同的平衡木上，让他的足底神经反射出不同的信息，传至大脑，身体也会做出不同的反应	1. 行走的时候要求孩子伸开双臂，左右脚交替向前进行，脚跟和脚尖要碰在一起，走的过程中如果孩子可以正常进行，要求孩子以同样的方式双脚后退交替进行，刺激孩子的足底神经，注意控制平衡和中心的调整。 2. 孩子可以熟练进行后，要求孩子抱住羊角球，完全凭孩子的本体平衡感向前走，因为抱住羊角球的感觉会让宝宝的平衡能力和控制能力会进一步得到调整。触觉平衡板可以排成不同的形状，不同形状对于孩子的刺激也有所不同。	来回训练10次

续表

器材	游戏	功能	要点	训练进度
平衡木马	晃动的木马	主要适用于身体协调不良的孩子，针对平衡感不足和本体感不足，对手、脚配合也有较大帮助。	行走的时候要求孩子抓住木马的两个栏杆，左右脚交替向前进行，脚跟和脚尖要碰在一起，走的过程中如果孩子可以正常进行，要求孩子以同样的方式双脚后退交替进行，注意控制平衡和中心的调整。	来回训练10次
吊栏	网栏插棍	提高手眼协调能力，训练前庭觉	将网缆固定，垂直下来离地20厘米。儿童俯卧在网缆中，头部抬高目视前方，指导者协助前后摆动，让儿童在摆动过程中双手按顺序插棍。插棍离网缆距离视儿童个体情况而定。	训练5分钟
串珠	七彩小珠	提高手眼协调能力	将彩色的珠子串成一串。	训练5分钟

感觉统合训练结束后进行结果分析发现，训练对发展迟缓儿童的感觉统合能力提升有很大帮助，对发展迟缓儿童的智力提升也有显著的影响。值得注意的是儿童学习能力不足问题的改善尤为突出。儿童的学习能力不足是指儿童掌握知识、言语学习等方面的能力欠缺。儿童学习能力不足有许多表现形式。Ayres（1972）和来松海（2005）曾指出感觉统合失调的儿童视觉发展不稳定，在阅读时容易跳字、跳行，严重者无法进行正常阅读，做功课眼睛也容易疲劳，表现为学习能力的不足。导致儿童学习能力不足的原因有很多，但一般认为跟智力有关。已有很多研究指出儿童学习能力不足与智力发展水平有关，Shaffe，Kipp（2009）曾指出智商能够预测学习能力；邹泓（2009）曾指出儿童掌握知识的能力和言语学习能力都是与智力有关的。

通过一定时期的感觉统合训练，发展迟缓儿童的学习能力不足问题有了明显改善。这说明儿童感知觉和动作行为的训练对儿童学习能力提升具有促进作用。崔向莉、许汝钗、哈建华（2005）对注意缺陷多动性障碍（ADHD）儿童的研究显示，通过一段时间的感觉统合训练可以有效改善ADHD儿童的学习能力。

在儿童学习能力提升方面感觉统合训练的工作原理是大脑通过对前庭觉的各种外部刺激进行整合，有效地促进内部神经系统的发展，改善个体的空间知觉能力和视知觉能力，从而促进儿童学习能力发展。也就是说，儿童学习能力的提升主要与前庭觉发展有关。因而，陈国庆（2008）曾指出儿童学习能力的发展是以前庭觉为基础的，再由大脑将前庭觉的视觉和听觉等知觉进行高级统合，刺激相关神经系统的发展，从而提高儿童的学习能力。

第二节　儿童攻击性行为的心理评估与矫正

一　攻击性儿童的筛查

胡娜（2012）利用《Achenbach 儿童行为量表（CBCL）家长版攻击性因子量表》针对苏州昆山市某小学儿童进行问卷筛查，主要筛查内容包括如下 23 项：

1. 喜欢争论
2. 喜欢吹牛或自夸
3. 常常哭叫
4. 虐待、欺侮别人或吝啬
5. 需要别人经常注意自己
6. 破坏家里或其他儿童的东西
7. 在家不听话
8. 在学校不听话
9. 不与其他儿童相处
10. 易嫉妒
11. 觉得或抱怨没有人喜欢自己
12. 经常打架
13. 冲动或行为粗鲁
14. 不被其他儿童喜欢
15. 经常尖叫
16. 夸耀自己或胡闹
17. 有怪异行为
18. 话太多
19. 常戏弄他人

20. 乱发脾气或脾气暴躁
21. 威胁他人
22. 说话声音特别大
23. 爱哭诉

问卷采用 0、1、2 三级积分制，0 代表从无表内所述状况，1 代表偶尔有表内所述状况，2 代表经常有表内所述状况，该表是合并版量表，需要儿童和家长共同参与完成。通过问卷调查，以得分高于 20 分为判断标准，筛选出攻击倾向儿童发生率占儿童总数的 4.7% 左右，共筛选出 20 名具有攻击倾向的儿童。

二　儿童攻击性行为的影响因素分析

胡娜（2012）为调查儿童攻击性行为的来源和影响因素，编制了《儿童社会技能量表》进行问卷调查，问卷设计了 12 项影响因子，主要包括：

1. 主要照顾者
2. 家庭类型
3. 家庭氛围
4. 身体状况
5. 婚姻关系
6. 亲子关系
7. 教育方式
8. 教育态度
9. 父母期望
10. 母亲文化程度
11. 父亲文化程度
12. 家庭月收入

胡娜（2012）编制的《儿童社会技能量表》除了基本资料信息外，主要包括如下五大类 30 项内容：

（一）情感感受性

1. 当别的孩子不开心时，他会主动表示关心和帮助。
2. 当别的朋友干得出色时，他会表现出赞美或欣赏别人。

3. 看电视时，他会因为主人公伤心而表现出难过。
4. 他能通过别人的言语表情来辨别这个人是否高兴或伤心。
5. 当您有事找他时，他会边听您说话，边注视您的动作和表情。
6. 当其他小朋友遇到不好的事情时，他会替他们感到难过。

（二）情感控制性

7. 当他心里感到紧张焦虑时，也能表现得比较平静淡定。
8. 当他心情不好时，往往能控制情绪或用其他方式发泄情绪。
9. 当他在学习和游戏中遇到挫折而感到沮丧时，仍能坚持学习或游戏。
10. 当遇到其他小朋友嘲笑或戏弄时，能做出正确的反应。
11. 有时即使不开心，他也会表现得若无其事或者假装开心。
12. 有时他不会理睬其他朋友的调皮捣蛋、哗众取宠。

（三）社会表达性

13. 游戏活动时，他会经常主动邀请别的朋友一块玩。
14. 和朋友一起聊天时，他能主动启发引导一个谈话主题。
15. 如果在游戏或学习中遇到困难，他往往会向他人请求帮助。
16. 在与朋友发生矛盾分歧时，他会勇敢地提出自己的意见。
17. 他有时会主动邀请朋友一块参加游戏或学习交流。
18. 他经常能出主意组织朋友一块游戏或学习。

（四）社会敏感性

19. 如果他做错事情，您的眼神或暗示信息他能意识到并改正。
20. 他可以不用打架或者争吵的方式来表达不同的意见。
21. 当向您提出请求或问题时，他往往能准确表达自己的意见。
22. 如果做错了事情，您或其他朋友的批评能使他马上意识到。
23. 在别人跟他说话时，他会认真听，并且能听取别人的意见。
24. 当您向他提出要求时，他能很快地理解您的意图。
25. 他能够心平气和地与其他小朋友讨论问题。

（五）社会控制性

26. 他非常喜欢参加诸如表演、演讲等集体活动。
27. 他比较在意身边的亲人朋友对他的评价。
28. 大多数小朋友都喜欢和他一起游戏或者学习。

29. 他能用比较恰当的方式获得同伴或您的注意。
30. 他比较喜欢做班级或者游戏活动的领导者。

问卷采用五级积分制,从非常不同意到非常同意,计分方式相应为1—5分,若为反向题,则计分相应为5—1分。该表为合并版量表,需要儿童和家长共同参与完成。

胡娜(2012)对问卷结果进行统计分析后,指出儿童攻击性行为的主要影响因素有儿童性别差异、不同教育方式、不同家庭背景类型、父母婚姻关系等。

1. 性别因素对儿童攻击性行为的影响

运用 SPSS 统计工具对儿童攻击性行为的性别因子进行分析,得出如表 2-5 的描述性统计。

表 2-5　　　　不同性别儿童攻击性行为差异分析

项目	男生	女生	T 值	P 值	平均差
攻击性行为	0.42 ± .24	0.37 ± .22	-4.51	0.000*	男 > 女

注:* $p < 0.001$,p 为机率值(Prob-value)。

从表 2-5 可以看出,儿童性别差异与攻击性行为发生多寡存在密切关系,男性儿童发生攻击性行为的比例显著高于女性儿童。

2. 教育方式因素对儿童攻击性行为的影响

运用 SPSS 统计工具对儿童攻击性行为的教育方式因子进行分析,得出如表 2-6 的描述性统计。

表 2-6　　　　不同教育方式下儿童攻击性行为差异分析

项目	专制型	忽视型	保护型	民主型	F 值	P 值	Scheffe
攻击性行为	0.42 ± 0.26	0.48 ± 0.22	0.44 ± 0.24	0.37 ± 0.27	9.30	0.000*	忽 > 专 保 > 专 忽 > 保

注:* $p < 0.001$,p 为机率值(Prob-value)。

胡娜(2012)参考前人研究将儿童教育方式分为专制型、忽视型、保护型、民主型等类型,以此作为儿童攻击性行为的影响因素进行分析。从表2-6可以看出，教育方式的不同对儿童攻击性行为的影响也很显著，忽视型、保护型教育方式下的儿童攻击性行为发生概率明显高于专制型教育方式下儿童攻击性行为发生的概率，其中，忽视型教育方式下儿童发生攻击性行为的概率又明显高于保护型教育方式下儿童发生攻击性行为的概率。

3. 家庭类型因素对儿童攻击性行为的影响

运用 SPSS 统计工具对儿童攻击性行为的家庭类型因子进行分析，得出如表2-7的描述性统计。

表2-7　　　　不同家庭类型儿童攻击性行为差异分析

项目	双亲家庭	单亲家庭	重组家庭	大家庭	F值	P值	Scheffe
攻击性行为	0.39 ± 0.23	0.47 ± 0.26	0.54 ± 0.32	0.39 ± 0.23	5.68	0.000*	单>双；重>双；大>双；重>单；单>大；重>大

注：*$p<0.001$，p为机率值（Prob-value）。

由表2-7可以看出，儿童所在家庭类型对儿童攻击性行为发生具有一定影响，重组家庭、单亲家庭背景下儿童发生攻击性行为的比例显著高于普通双亲家庭环境下成长的儿童。其中，重组家庭背景下儿童发生攻击性行为的概率高于单亲家庭背景下儿童发生攻击性行为的概率，单亲家庭与重组家庭背景下成长的儿童发生攻击性行为的比例也高于大家庭背景下成长的儿童。

4. 父母婚姻关系因素对儿童攻击性行为的影响

运用 SPSS 统计工具对儿童攻击性行为的父母婚姻关系因子进行分析，得出如表2-8的描述性统计。

表2-8　　　　不同婚姻关系对儿童攻击性行为现况

项目	很好	良好	一般	较差	F值	P值	Scheffe
攻击性行为	0.39 ± 0.23	0.43 ± 0.22	0.43 ± 0.24	0.47 ± 0.33	3.92	0.008*	良好>很好；一般>很好；较差>很好；较差>良好；较差>一般

注：*$p<0.01$，p为机率值（Prob-value）。

从表 2-8 可以看出，父母婚姻关系对儿童攻击性行为的发生具有较大影响，父母婚姻关系很好及良好的家庭中的儿童相比父母婚姻关系一般及较差的家庭环境中成长的儿童发生攻击性行为的概率显著较低。父母婚姻关系较差环境下成长的儿童发生攻击性行为的比例高于父母婚姻关系良好及一般家庭环境下成长的儿童。这说明父母的婚姻关系和家庭和谐状况对儿童心理和行为具有巨大影响力。

三 攻击性儿童的矫正策略

针对攻击性儿童的早期心理干预，主要采用阿德勒游戏治疗法进行。这里我们简单介绍阿德勒游戏治疗的相关理论及其主要干预内容。

（一）阿德勒游戏治疗理论

1978 年阿德勒提出了针对儿童攻击性行为进行早期游戏干预的阿德勒游戏治疗理论。阿德勒（1978a，1978b）认为解决儿童攻击性行为的策略在于给儿童提供一个充满自信、自尊的环境，给儿童持续不断的爱和鼓励，让儿童自我挑战和自我增强。阿德勒游戏治疗理论从更为人性化与整体化的视角，提供了一个观察和了解儿童行为的窗口，注重对儿童攻击性行为的目标辨识与洞察，并施以正向鼓励。在阿德勒游戏治疗中，治疗师与家长首先要相信儿童，接纳儿童的行为方式，不用成人的行为方式来约束儿童，用更为人性化的态度对待儿童的想法和举动，在游戏中找出儿童不恰当行为的根源和诱因，设立矫正目标和矫正策略，引导儿童更为正确的思维方式和行为方式，是矫正儿童攻击性行为比较可行的方法之一。

阿德勒游戏治疗的原则有如下几个：

（1）整体性原则。全盘考虑儿童发展规划，尊重儿童发展一般规律，制定游戏治疗方案时立足全局，而并非只关注儿童某一方面行为的改善。如想要提高儿童的情感表达能力、社交能力等不能仅就一两个问题制定规划和策略，而应该全盘制定规划，在全面提升儿童各方面能力的同时提高儿童的情感表达能力、社交能力。

（2）宽容、接纳原则。尊重儿童个体的特殊性。每个儿童个体有其自我发展的特殊之处，在阿德勒游戏治疗中，治疗师要接受儿童不同于其他个体的思想和行为表现，尊重儿童的各种自发行为，允许儿童自由表达自己的真实感情。治疗师需要做好记录和观察，在游戏中洞察问题并分析问题来源，以此制定矫正策略。

（3）引导性原则。在阿德勒游戏治疗中，儿童是主体，治疗师和家长等是主导，不能越俎代庖。应充分考虑儿童认知发展的阶段性，尽量减少干涉，而在必要时加以引导，这样能充分发挥儿童的主观能动性，提升儿童自我认识和独立解决问题的能力。同时，尽量引导儿童全身心投入游戏活动，尽情抒发自己的想象力和情感、激发自己的潜能。

（4）循序渐进原则。儿童的发展不可能是一蹴而就的，阿德勒游戏治疗也是一个循序渐进的过程。在儿童攻击性行为的治疗上不能一刀切也不能心急，需要在一个整体目标下，根据儿童的特殊性，由易到难分层级分阶段，有计划地使儿童逐步发展到更高一级的水平。

（5）灵活性原则。在阿德勒游戏治疗中，应该本着不断地发现问题和解决问题的态度，适时调整治疗计划和方案，有针对性地设计游戏活动内容和实施方案，不能墨守成规。在游戏治疗的过程中，治疗师只对儿童主要目标和大致路径设计方案，对于具体实施方法、活动内容、时间进度、具体步骤等不做具体规划，需要治疗师根据具体实施环境和儿童个性具体问题具体分析，并根据儿童在游戏过程中的表现适当调整甚至重新规划，目的是更为灵活高效地引导儿童朝正向发展。

（二）阿德勒游戏治疗的实践

胡娜（2012）采用阿德勒游戏治疗法，根据阿德勒游戏治疗的相关理论，自主设计了两套游戏干预方案，针对两名攻击性儿童个案进行游戏干预。下面我们简单介绍其游戏治疗方案。

1. 个案 A 游戏治疗目标及游戏治疗方案

（1）个案 A 游戏治疗的目标

基于个案 A 父母反应情况和量表评估分析结果，设计游戏治疗方案，游戏治疗目标为：

② 社会行为的培养（合作、友善、乐于助人等），减少攻击性行为

表现。

②社会交往技能的培养，学会表达与控制情感，以更好地与他人交流沟通。

③培养个案 A 移情能力，关心家人与朋友。

④提升个案 A 自信心，相信自己的潜力。

（2）个案 A 阿德勒游戏治疗方案

根据治疗目标制订治疗计划，确定每周两次、每次 45—60 分钟、为期 10 周的个案治疗计划。在治疗过程中，治疗方案根据实际情况修正，对游戏治疗方法进行改进以便更好地帮助个案获得改善。具体方案如表 2-9。

表 2-9　　　　　　　个案 A 阿德勒游戏治疗方案表

阶段	单元主题	单元目标	活动材料
第一阶段，建立关系阶段：目的是建立治疗者与个案的信任感，并使游戏得以顺利进行。	1. 动力小火车	1. 建立良好关系。 2. 熟悉游戏室环境。	玩具火车轨道
	2. 沙盘小世界	1. 进一步建立良好关系。 2. 了解游戏室规则。 3. 强调保密原则。	沙盘
	3. 随意涂鸦	1. 治疗者进一步接纳游戏室环境。 2. 自由表达与宣泄内心感受。	纸、彩色铅笔、橡皮擦
第二阶段，心理探索阶段：目的在于使治疗师了解儿童的生活型态，以发现与儿童问题相关的潜在议题。	4. 心情感觉树	1. 学习情绪的表达与接纳。	纸、彩色橡皮泥、游戏材料
	5. 身体感觉图	1. 了解自身身体感受。	纸、彩色铅笔、橡皮擦
	6. 家庭动力画	1. 讨论家庭气氛。 2. 家庭动力画省思及分享。	纸、彩色铅笔、橡皮擦
	7. 学校面面观	1. 了解学校与他人的互动情况。 2. 了解学校上课学习的情况。找出其偏差行为目标，给予合理的纠正。	试卷、书本、课桌等各种游戏材料
	8. 童年的记忆	1. 了解与回忆自己的成长过程。收集早期回忆。	纸、彩色铅笔、橡皮擦
	9. 学校心情感受	1. 了解儿童在学校的心情感受。	纸、彩色铅笔、橡皮擦

第二章 儿童发展迟缓与攻击性行为的评估与矫正

续表

阶段	单元主题	单元目标	活动材料
第三阶段，解释与洞察阶段：目的在于儿童需要在认知上理解其个人的生活形态，并决定在情绪、态度和行为上做必要的改变。	10. 家庭个案感受	1. 了解儿童对家庭个案的看法。	感受贴纸、纸、彩色铅笔、橡皮擦
	11. 自卑与超越	1. 对自己错误的行为目标，自行决定是否改变，订下改变计划。 2. 形成对自己的生活形态的洞察。	纸、彩色铅笔、橡皮擦
	12. 生气控制训练	1. 学会面对生气时的愤怒情绪。 2. 生气控制训练，培养挫折容忍力。 3. 寻找合理的宣泄不快的方法。	故事绘本、纸、彩色铅笔、橡皮擦
	13. 敌人个个击破	1. 找出自己的缺点，发现意识到这些敌人，然后努力去改变它们。	个案A计划表、纸、彩色铅笔、橡皮擦
	14. 优点大爆炸	1. 提升自信心，相信自己。 2. 愿意承担责任，愿意长大。	纸、彩色铅笔、橡皮擦
第四阶段，重新定向与再教育阶段：目的是教导个案新的技巧和态度，提供新经验、信息和技巧，帮助儿童产生选择性的行为，学习与他人互动的新方法，并协助他们练习应用在游戏室以外的关系和情境中。	15. 圣诞交友乐	1. 社交技能训练，学会分享、合作、鼓励与支持等亲社会行为。 2. 学习接纳与欣赏别人。	
	16. 受欢迎的孩子	1. 学习他人的优点与品质，让自己也成为大家喜欢的孩子。	事先准备好的性格特质纸、彩色铅笔
	17. 朋友"多多多"	1. 社交技能训练。 2. 学会用替代性的方法解决问题。	交友策略材料
	18. 我觉得自己很棒	1. 巩固和分享自己的成长过程。	纸、彩色铅笔、橡皮擦
	19. 世界真美好	1. 互相鼓励与祝福，处理好离别情绪，在温馨的气氛下结束。	礼物分享

备注：个案A因为临近学期末需要准备考试请假一次。

2. 个案B游戏治疗目标及游戏治疗方案

（1）个案B游戏治疗目标

基于个案B父母反应情况和量表评估分析结果，设计游戏治疗方案，游戏治疗目标为：

① 通过游戏治疗课程减少儿童攻击性行为，培养他合作、友善、乐于助人等各种亲社会行为。

② 学习适当的人际交往策略，懂得关心帮助他人。

③ 移情能力培养，懂得站在别人的角度体验别人的情感。

④ 学会情绪的表达与接纳，学会控制自己的情绪。

⑤ 提升自信心，减少对母亲的依赖，更加勇敢地面对生活。

（2）个案 B 阿德勒游戏治疗方案

根据治疗目标制订治疗计划，确定每周两次、每次 45—60 分钟、为期 10 周的个案治疗计划。在治疗过程中，治疗方案根据实际情况修正，对游戏治疗方法进行改进以便更好地帮助个案获得改善。具体方案如表 2 - 10。

表 2 - 10　　　　　　　　个案 B 阿德勒游戏治疗方案

游戏治疗阶段	单元主题	单元目标	游戏材料
第一阶段，建立关系阶段：目的是建立治疗者与个案的信任感，并使游戏得以顺利进行。	1. 沙盘小世界	1. 建立良好关系。 2. 熟悉游戏室环境。	沙盘
	2. 我爱涂鸦	1. 进一步建立良好关系。 2. 了解游戏室的规则。 3. 强调保密原则。	纸、彩色铅笔、橡皮擦
第二阶段，心理探索阶段：目的在于使治疗师了解儿童的生活形态，以发现与儿童问题相关的潜在议题。	3. 心情感觉树	1. 学习情绪的表达与接纳。	画好的感觉树、彩色橡皮泥
	4. 家庭动力画	1. 讨论家庭气氛。 2. 家庭动力画省思及分享。	纸、彩色铅笔、橡皮擦
	5. 对家庭个案的感受	1. 了解儿童对家庭个案的看法，进一步探索家庭气氛。	感觉贴纸、纸、笔
	6. 身体感觉图	1. 了解自身对身体的感受。	纸、彩色铅笔、橡皮擦
	7. 学校的故事	1. 了解学校与他人的互动情况。 2. 了解学校上课学习的情况。	角色扮演、课桌、书本及考卷
	8. 父亲母亲的爱	1. 了解家庭互动及教育关怀。	抱枕

续表

游戏治疗阶段	单元主题	单元目标	游戏材料
第三阶段，解释与洞察阶段：目的在于儿童需要在认知上理解其个人的生活形态，并决定在情绪、态度和行为上做必要的改变。	9. 情绪大识别	1. 学习情绪的辨识与了解。 2. 学习情绪的表达与接纳。	各种情绪图片、彩色黏土
	10. 情绪痛快表达	1. 学会表达内心不痛快情绪。	纸、彩色铅笔、橡皮擦
	11. 情绪大发泄	1. 适当宣泄内心压抑情绪。	充气海豚、抱枕
	12. 天使的翅膀	1. 移情能力培养，学会设身处地地站在别人的立场思考问题。	故事绘本
	13. 情绪低落时	1. 适当地宣泄内心不愉快。	电脑小游戏
	14. 自卑与超越	1. 对自己错误的行为目标，自行决定是否改变，订下改变计划。 2. 形成对自己的生活形态的洞察。	个案B计划表
第四阶段，重新定向与再教育阶段：目的是教导个案新的技巧和态度，提供新经验、信息和技巧，帮助儿童产生选择性的行为，学习与他人互动的新方法，并协助他们练习应用在游戏室以外的关系和情境中。	15. 生气控制	1. 学会面对生气时的愤怒情绪。 2. 生气控制训练，培养挫折容忍力。 3. 寻找合理的宣泄不快的方法。	
	16. 生活大冒险	1. 面对生活中害怕的事物。 2. 提高勇气与敢于承担责任。	菜市场、鱼
	17. 圣诞交友乐	1. 社交技能训练，学会分享、合作、鼓励与支持等亲社会行为。 2. 学习接纳与欣赏别人。	多媒体、故事绘本
	18. 优点大爆炸	1. 提升自信心。 2. 相信自己，愿意承担责任，愿意长大。	事先画好的优点图、彩色铅笔、橡皮擦
	19. 世界真美好	1. 鼓励与祝福，处理好离别情绪，在温馨的气氛下结束。	礼物分享

备注：个案B中间因为家庭成员要去旅游而请假一次。

游戏治疗后，胡娜（2012）对两名个案的攻击性行为改善情况进行了评价，对游戏治疗结果进行讨论，评价包括量表评价、家长评价、教师评价和治疗者评价四个部分。

1. 游戏治疗后个案A的评定结果

针对个案A的游戏治疗，每周两次，共连续19次。经过干预，个案 A 已经表现出较大进步，通过对个案 A 在游戏治疗中的行为观察以及对其父母和老师的访谈，个案 A 的评定结果如下：

（1）量表评分

干预前，个案 A 的 CBCL（攻击性因子）量表得分为 29 分，干预后，个案 A 的 CBCL 量表得分为 22 分，与干预前相比明显下降；干预前，社交技能量表得分为 62 分，干预后，社交技能量表得分为 73 分，得分有大幅上升。可见经过一段时间的游戏治疗，个案 A 攻击性行为减少，社会技能得到较大发展。

（2）家长评定

据个案 A 的家长反馈，个案 A 自接受游戏治疗以来，各方面表现均有不同程度的进步，自我情绪控制方面变化较大，表现为游戏治疗后情绪更为稳定、发脾气的频率大幅降低。另外，个案 A 开始与母亲主动沟通，虽然还是以简单交流为主，但相比以前从不主动交流，对家长的一切事情不闻不问，现在各方面均已得到明显改善。此外，个案 A 自我意识表达进步较大，会主动向家人表达诉求并懂得一定程度的感恩。这在治疗前是不可想象的，治疗前个案 A 经常面无表情，防御心重，时常表现出焦虑和恐惧，与治疗师初次接触的一段时间内都不能敞开心扉畅所欲言。

（3）教师评定

据个案 A 的老师反映，治疗后个案 A 在学校各方面表现都有所进步，几乎不再与其他儿童发生尖锐的矛盾，也乐意主动帮助其他同学。治疗前个案 A 上课经常蹲在书桌下或者突然站起，有时随便拿走其他同学的东西，注意力不集中，治疗后以上状况明显改善，注意力较以前集中，也未再出现随便拿同学东西的现象。

（4）治疗者评定

根据治疗者的反馈，在社会交往方面，治疗前个案 A 不敢与人目光直视、肢体接触反应敏感，治疗后个案 A 慢慢与治疗者建立起良好的信任依赖关系，能够主动打招呼问好，能够将游戏治疗中学到的交往技能较好地运用到与家长、老师、同伴的交往中去。治疗后几乎未出现与他人的生硬交流，能够听懂、接受、理解、执行家长和老师的忠告，学会了如何表达自己的情感和需求。治疗过程中紧张程度下降，能够放松心情愉快玩耍，敢于自己挑战一些难度不大的新目标。

2. 游戏治疗后个案 B 的评定结果

针对个案 B 的游戏治疗，每周两次，共连续 19 次。经过干预，个案 B 已经表现出较大进步，通过对个案 B 在游戏治疗中的行为观察以及对其父母和老师的访谈，个案 B 的评定结果如下：

（1）量表评分

干预前，个案 B 的 CBCL 量表得分为 27 分，干预后，个案 B 的 CBCL 量表得分为 21 分，与干预前相比明显下降；干预前，社交技能量表得分为 53 分，干预后，社交技能量表得分为 67 分，得分有大幅上升。可见经过一段时间的游戏治疗后，个案 B 攻击性行为减少，社会技能得到较大发展。

（2）家长评定

据个案 B 的家长反映，个案 B 在家里各方面进步较大，主动提出要自己单独睡，单独上厕所也不再害怕。开始关心爷爷奶奶，并能照顾妹妹，在母亲的陪伴下能够独立认真完成作业。对家长发脾气的次数减少，与家长语言交流增多，会主动表达自己的想法和诉求，并在征得同意后再去行动，感恩之心明显增强。

（3）教师评定

据个案 B 的老师反映，个案 B 之前上课注意力不集中，有时离开座位随意走动，经常与某同学发生矛盾，干预后上课注意力更加集中，不会在上课时离开座位随意走动，与其他同学发生矛盾的次数减少，开始懂得尊敬师长，积极参加学校副课，还担任了音乐小组长和体育小组长。但同时老师还提出一个问题，个案 B 的异性交往还存在问题，特别与男同学的交往还需要继续努力。

（4）治疗者评定

根据个案 B 的游戏治疗师反映，治疗前个案 B 将衣服随意乱扔或交给别人代为整理，治疗后能够做到主动把衣服整理好放在指定位置，并主动跟治疗师问好，在治疗过程中不再随意走动，敢于独立接受训练活动的一些挑战，陪伴焦虑明显下降，发脾气次数减少，秩序感明显增强。

以上两个个案的游戏治疗结果，说明阿德勒游戏治疗对有攻击倾向的儿童具有积极作用，儿童在游戏中更容易放飞自我表达真实的情感，并能通过游戏学习新技能、探索新事物、完成新挑战。对于儿童来说，游戏的世界即是真实的空间，故事仿佛就是现实，因此阿德勒游戏治疗借助游戏的世界和一些虚构的故事来发泄、补偿和改善儿童对现实世界的扭曲认知，即通过游戏的同化作用来改变儿童的心理世界，让儿童的心灵得到满足，让儿童的情绪得到释放。

第三节　对两类儿童早期干预的建议与对策

我们把发展迟缓儿童和有攻击性行为的儿童的早期干预建议与对策放在一起论述，有两方面考虑：一是两类特殊儿童本身具有相似性，儿童发展迟缓和儿童有攻击性行为是构成儿童交际障碍的两大主要因素。二是针对两类特殊儿童的干预方法存在相似性，从家庭、学校和社会三个方面均给出了较为详细可行的操作方法。下面我们从家庭、学校和社会三个方面分别来看针对两类儿童的矫正策略和建议。

一　给家庭和父母的建议与对策

（一）加强家庭教育与感觉统合训练的融合度

儿童生活的第一场所是家庭，儿童教育的第一任老师是父母。家庭教育水平的高低直接决定了儿童早期各项技能的发展水平，对于儿童粗大动作、精细动作等的发展尤为如此，因此，加强家庭教育与感觉统合训练的融合度，在家庭中开展感觉统合训练尤为重要。其实在家庭内部开展感觉统合训练比在治疗室开展此类训练更容易实施，父母主导开展感觉统合训练比作为陌生人的治疗师作为主导开展此类训练更容易着手。因为对于儿童来说，没有比家庭更熟悉的场合，没有比父母更熟悉的人了。张秋菊（2012）认为对于发展迟缓儿童的家庭来说，家长可以自行购买触觉球、触觉刷等进行感觉统合训练，也可以运用现有的器材进行感觉统合训练。感觉统合训练并不是高科技，关键要掌握感觉统合训练的方法和要领，建议家长增强感觉统合训练相关知识的了解和学习，或参加家庭教育方法的培训，增加儿童教育知识储备，提高家庭教育质量，提高家庭教育与感觉统合训练的融合度，同时也提高家庭教育与学校教育的融合度,双管齐下,收效更好。

(二) 为儿童创造自由活动的机会和空间

张秋菊(2012)指出儿童是具有自主性和巨大潜能的,适当为儿童创造自由活动的机会和空间有助于儿童发挥自主性和释放潜能。心理社会发展学说的代表人物 Erikson 认为,学龄前儿童能够主动探索,具有强烈的好奇心和探索欲望,有着强大潜能,儿童希望自己动手去探索和完成新的任务。试想在儿童已经具备基本生活技能的时候,很多家长仍然坚持给儿童喂水喂饭,给儿童穿衣穿鞋,替儿童做一些本应儿童自己完成的事情,这样做其实是打击了儿童的自主性,剥夺了儿童大小肌肉训练的机会,儿童的粗大动作发展、精细动作发展、生活自理能力发展均得不到应有的训练,阻碍了儿童潜能的发挥。家长担心儿童难以独立完成某些任务,害怕儿童受到不必要的伤害,为了尽量将儿童面临的风险降到最低,他们不惜自己亲力亲为、越俎代庖。这种想法在情理之中,这种做法却不能被心理学研究所支持。因为这样做违反了儿童发展的一般规律,割裂了儿童主动体验、探索、挫折与儿童自我成长、成熟之间的有机关系,家长们所谓的"为了你好"反而成了对儿童的不信任,家长们的顾虑、担心和经验往往成为儿童自我发展的包袱,致使儿童缺乏自信和勇气,遇事畏首畏尾,甚至连基本生活自理能力都不具备。其实家长应该相信孩子,在保证安全的前提下尽量给孩子一个开放的自由活动的空间,不要过多干涉儿童的行为,让儿童尽情去体验、探索、发挥想象和潜能,这样既给予儿童自我成长的空间,也给家长更多见证儿童成长的空间。

(三) 引导儿童的亲善行为

儿童是具有高超模仿能力的,家长是儿童第一任老师,因此家长的行为举止和生活习惯往往伴随儿童的一生。培养儿童的亲善行为,如礼貌、分享、合作、帮助等,既是教会儿童和睦相处,消除儿童攻击性行为的一种好办法,也是综合培养儿童情商的好办法。要想儿童情商高,社会融入度高,家长首先应该做出表率,并适时予以引导和正面强化,使儿童强化对亲社会行为的认知。家长可以适当地运用非物质奖励的方式,促进儿童亲社会行为的发展。对于儿童的攻击性行为等不友好行为,家长要引导而不能简单制止,要讲明阻止儿童该类行为的原因,在不失信任的基础上让儿童自觉向善,这样方能从根本上教育儿童,感化儿童。

对于攻击性儿童的行为矫正,胡娜(2012)指出,在儿童教育中要培养儿童的移情能力,强化儿童情感宣泄教育。通过讲故事、角色扮演等方式,有意识地安排儿童设身处地、将心比心地体会他人的感觉和感情,引发攻击性行为施加儿童对被攻击儿童的痛苦共情,这样也可以一定程度上阻止儿童的攻击性行为的发生。而所谓情感宣泄,其实是以情感聚集为前提的,负面情感聚集越多其表现攻击性行为的可能性越大。因而,教育那些情感受到挫折、发展受到干扰的儿童以正确的情感宣泄的方法,就可以减少攻击性行为的发生。情感宣泄可以是话语倾诉,也可以是恰当的行为发泄,关键要为情感找好正确的出口而不能堵塞。

综上可见,科学合理的家庭教育对于儿童的身心发展是何其重要。心理学研究结果表明,和谐、民主、宽松的家庭教育环境能够给家庭成员带来快乐、舒适、温暖,以正确的方式增加对儿童的关心、爱护、尊重、鼓励,以恰当的方式进行拒绝、干涉、惩罚,营造良好的家庭氛围,树立正确的价值观念,其实是一门很大的学问。儿童的父母每天都在用自己的行为教育自己的孩子,只是很多家长自己还没意识到,古人讲"修身齐家治国平天下",首先父母要做好自己的事情,要严于修身方能善于齐家。可以说,创造科学合理的家庭教育环境,关键是父母的教育理念和教育方式的转变和提高。

二 给学校和老师的建议与对策

(一)开设儿童心理健康教育课程,促进儿童身心全方位发展

胡娜(2012)认为学校应该有针对性地开设儿童心理健康教育课程,根据各年龄段儿童身心发展的特点进行心理疏导,引导儿童正确认识自我和社会,引导儿童形成良好的行为习惯,教会儿童如何控制情绪,恰当释放不良情绪。因此,学校应配备专业的心理健康教育老师和专业器材,随时观察儿童的心理动态变化,针对儿童不良情绪和认知产生的根源和解决方法进行研究,积极开展团体心理辅导活动,重视个体心理咨询。同时在校园活动中融入感觉统合训练项目,增加学校教育与感觉统合训练的融合度。多项心理学研究表明感觉统合训练对发展迟缓儿童的感觉统合功能是有效的。感觉统合训练的工作原理是,个体将不同神经

系统传来的感觉如前庭觉、触觉、本体觉、听觉、视觉等输入大脑,在脑干中加以组织整合,协调中枢神经系统各部分整体协作,从而使个体顺利地与环境接触,并获得各项满足。张秋菊(2012)认为感觉统合训练对儿童发展迟缓具有很重要的改善作用,建议幼儿园设立感觉统合训练课程,给予儿童大量的感觉统合刺激以提升他们的感觉统合能力。

(二) 营造良好的校园和班级氛围

校园和班级是儿童的第二个家,教师和同伴是儿童的第二任家长。胡娜(2012)指出良好的校园和班级环境应能给儿童带来快乐的体验和安全感,满足儿童交往的需要,使儿童获得归属感。儿童在学校和班级中与老师和同学积极交往,形成较好的师生关系和同伴关系,是学龄儿童身心健康发展的重要条件。良好的校园和班级环境,既包括良好的教学设施、训练器材和整洁安全的校舍,也包括教师与儿童共同营造的和谐温馨的人文环境,其中后者占据更重要的位置。创造和谐温馨的人文环境,关键在高素质的幼儿教师,以人为本的科学的管理制度是保障。因此培养高素质的幼儿教师是重中之重。教师的基本素养和科学知识自不必说,对教师的教育理念和教学方式的科学性要求更高。目前基于西方心理学理论的幼儿托管机构的许多做法其实很值得借鉴,幼儿教师是师更是友,校园是校更是游乐场,儿童之间是同学更是玩伴,上课内容是知识更是游戏,实现了教、学、玩、乐四位一体,让儿童在玩中学,在游戏中探索和释放,这一点其实抓住了良好校园人文环境创设的核心要义。

三 给政府和社会的建议与对策

(一) 重视城镇和农村儿童的发展,加大对弱势群体的儿童的帮扶力度

从张秋菊(2012)的调查结果来看,城镇和农村儿童的发展情况普遍低于城市儿童的发展情况。一方面,城镇特别是农村的家庭经济收入低,对儿童的教育投入严重不足,这是主要原因。另一方面,城镇和农村对儿童教育的重视程度普遍低于城市,这存在着教育观念的差别问题。因此,当农村和城镇儿童出现心理问题时不能得到及时的发现、纠正和解决,最终错过了最佳干预时期,影响儿童的全面发展。例如,对

于儿童说话晚（言语发展迟缓）的问题，我国农村许多地方都有"金口难开""贵人语迟"的说法，有人甚至认为说话晚的孩子更聪明。可见在儿童教育观念上农村和城市差别之大。然而，改变农村和城镇的儿童教育理念需要巨大的经济和社会投入，且非一日之功。近年来我国城镇化速度明显加快，农村人口大量涌入城镇，城镇的教育、医疗、卫生等领域面临巨大压力，城镇教育水平的发展速度远远跟不上城镇化人口的规模壮大速度，因此造就了城镇教育良莠不齐，农村教育节节退步的情况，这些问题需要政府合理规划和投入，更需要社会各界共同努力并假以时日方能有效解决。

（二）加大幼儿保健投入和支持度

随着我国二孩政策的放开，许多双职工家庭都选择了生育第二个子女。幼儿看护和教育成为突出问题。目前很多有条件的家庭选择雇佣保姆看护，更多的家庭选择由爷爷奶奶代为看护，且不说保姆与祖辈看护人的儿童教育理念问题，仅就看护人的改变这一点，对幼儿本身就是一种巨大考验。心理学研究阐明，儿童在1岁左右就能产生分离焦虑，也就是说对母亲有天然心理依赖，而此时，母亲面临经济问题和工作压力迫不得已要将子女交给别人看管，儿童的安全感被剥夺，如果长期恶性发展很容易出现心理问题。除此之外，二孩家庭面临更多的家庭问题，除了经济问题，还有一孩和二孩之间的矛盾问题，一孩因得不到原有的关注心理问题开始凸显，稍有不慎满盘皆输。因此我们主张加大幼儿保健投入和支持度，所谓投入，是指政府和社会应该增加更多的福利性婴幼儿看护教育机构，让二孩家庭能够托管得起、放心得下；所谓加大婴幼儿保健的支持度是指社会组织和工作单位应该给二孩家庭特别是母亲提供更多的便利，特别是更多的时间和经济补偿，能够让婴幼儿顺利度过分离焦虑期，以避免更多的心理问题。

此外，胡娜（2012）指出社会媒体、网络、电视等要为儿童创造良好的文化环境与成长环境。儿童的模仿和学习能力十分强大，不仅可以模仿现实生活中的人和事，也会模仿电视和网络上的语言和行为。因此媒体要保护好我们的下一代，杜绝儿童影视中的暴力镜头，引导儿童积极向上，传播正能量。

第三章　儿童言语发展的一般规律研究

儿童言语发展迟缓与攻击性言语行为的心理语言学评估需要基于对一般儿童的言语发展规律进行研究和归纳，按照儿童年龄段的差异又分为0—1岁、1—2岁、2—3岁、3—4岁、4—5岁、5—6岁六个年龄段分别展开，主要包括各年龄段儿童言语的句子、词汇、语音分析。

为了更好更全面地反映0—6岁儿童言语发展的全貌，为了更客观地评价各年龄段言语发展迟缓儿童和儿童的攻击性言语行为，本书采用国际儿童语言研究语料库CHILDES中的汉语儿童录音转写语料作为基础材料，综合运用CLAN分析系统和Antconc语料分析软件以及Matlab（R2018a）人工神经网络分析方法展开分析。

具体来说，通过CHILDES国际儿童语言研究语料库共获取中国儿童文本语料12个文件夹，采用该语料库自带CLAN分析系统，结合人工分类，按年龄分别将中国儿童文本语料分为0—1岁、1—2岁、2—3岁、3—4岁、4—5岁、5—6岁六个文件夹，每个年龄段儿童文本语料按照性别进一步分为男、女两个子文件夹，其中男性儿童语料合计533个文件，[①] 女性儿童语料合计670个文件，按平均每个文件包含语料1000句、3个字（词）计算，男孩语料合计约50万句、150万字（词），女孩语料合计约60万句、180万字（词）。语料文件分布具体如表3-1。

[①] 通过对CHILDES国际儿童语言研究语料库中0—1岁年龄段的中国儿童语料进行分类处理发现，该语料库只收录了0—1岁中国女孩的语料，并未收录0—1岁中国男孩的语料，且其他每个年龄段内的女性儿童语料也均多于男性儿童语料。

表3-1　　　　　　　汉语儿童言语发展研究语料构成

年龄段（岁）	女孩会话语料文件数（个）	男孩会话语料文件数（个）
0—1	6	0
1—2	54	51
2—3	107	100
3—4	130	120
4—5	147	93
5—6	226	169
总计	670	533

基于分类后的汉语儿童语料，使用 Matlab（R2018a）中基于 ANN（Artificial Neural Networks）开发的文本分析工具箱，分别对各年龄段内汉语儿童语料进行 ANN 训练，[①] 取最低频率为 2 次以上的句子和字（词）进行计量分析。

经过统计，0—6 岁汉语儿童语句和字词总数统计结果如表 3-2。

表3-2　　　　　　　0—6 岁汉语儿童语句和字词发展水平

年龄段（岁）	性别	语句数量（个）	字词数量（个）	词句比例（%）	平均句长
0—1	女	1117	2668	2.39	1.20
	男	0	0	0.00	
1—2	女	10186	19091	1.87	1.68
	男	8246	12291	1.49	
2—3	女	24126	64242	2.66	2.63
	男	23098	59884	2.59	
3—4	女	20694	65008	3.14	3.08
	男	19541	58904	3.01	

---

① ANN 训练的主要原理是以每个词为人工神经网络的节点，将词转换为向量在语料库中做节点权重调整，其优点是突破了句法限制和语用偏好，能够更好地反映语义关系和语料库整体特征。

第三章　儿童言语发展的一般规律研究　75

续表

年龄段（岁）	性别	语句数量（个）	字词数量（个）	词句比例（%）	平均句长
4—5	女	8784	38801	4.42	4.02
	男	6064	21916	3.61	
5—6	女	9058	44801	4.95	4.72
	男	8685	38958	4.49	
平均		12310	55617	4.17	3.15

我们利用 ANN 模型对 0—6 岁汉语儿童语句和字词总数统计结果进行去噪处理后，得出结果如表 3-3。

表 3-3　基于 ANN 统计模型的 0—6 岁汉语儿童语句和字词发展水平

年龄段（岁）	性别	语句数量（个）	字词数量（个）	词句比例（%）	平均句长
0—1	女	60	220	3.67	1.84
	男	0	0	0.00	
1—2	女	404	978	2.42	2.22
	男	349	708	2.03	
2—3	女	710	2009	2.83	2.86
	男	649	1873	2.89	
3—4	女	549	1953	3.56	3.54
	男	523	1847	3.53	
4—5	女	218	1265	5.80	5.45
	男	180	916	5.09	
5—6	女	229	1309	5.72	5.39
	男	238	1207	5.07	
平均		223	1402	5.68	3.87

利用 0—6 岁汉语儿童语句和字词总数统计结果，我们画出了 0—6 岁汉语儿童语句、字词发展折线图（见图 3-1）。

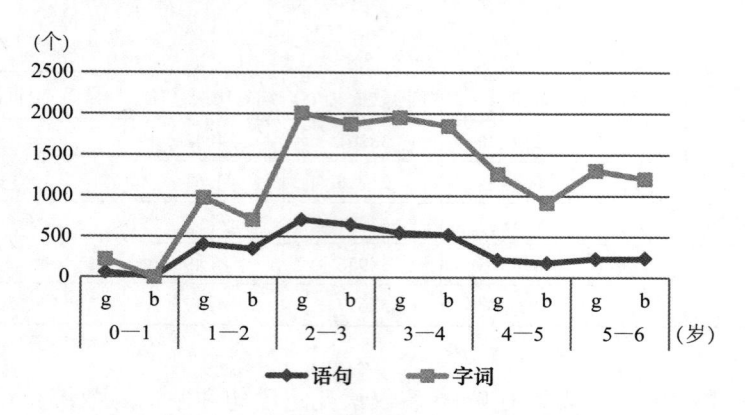

图 3-1　0—6 岁汉语儿童语句、字词发展折线图

鉴于 CHILDES 语料库中 0—1 岁男性汉语儿童语料缺失、各年龄段语料分布不均等问题，我们认为这里的统计数据只能大致反映 0—6 岁汉语儿童语句和字词发展水平，但这些已经足够我们从中发现 0—6 岁儿童言语发展的一般规律。下面我们将分 0—1 岁、1—2 岁、2—3 岁、3—4 岁、4—5 岁、5—6 岁六个年龄段分别论述儿童言语发展的一般规律。

第一节　0—1 岁儿童言语发展的一般规律

一　0—1 岁儿童的句子分析

（一）0—1 岁儿童的句子数量分析

我们对 CHILDES 儿童语料库中 0—1 岁汉语儿童句子数量的统计结果显示，女孩语料中共出现 1117 个句子，其中当然不乏语音转写者根据自己对儿童发音的了解进行猜测所获得的近似的句子，考虑到语音转写可能存在的错误，我们利用 ANN 人工神经网络模型对其进行去噪处理，选取最低频率为 2 次及其以上的句子进行分析，结果共取得 60 个句子。

需要注意，由于转写者对 0—1 岁儿童早期发音的把握可能存在误差，这个数字并不能完全准确反映 0—1 岁儿童的言语发展情况，且因男童语料缺失，也会对统计结果造成一定影响，而且这一时期儿童言语发展还不稳定,因此根据这一儿童语句特点,我们只能推断在儿童成长到 1 岁时所能获得的简单语句数量大约为 60 个。

(二) 0—1 岁儿童的句子发展水平分析

我们提取了 0—1 岁儿童语料中句子出现频率在 2 次以上的句子,具体如表 3-4。

表 3-4　　　　　　0—1 岁汉语儿童句子发展水平

序号	句子内容(按使用频率高低横向排列)								
1	嗯。	还有。	没有。	这是什么?	好。	嘿嘿。	呵呵。	这个。	
2	哎。	不知道。	不要。	看完了。	雪儿。	小燕子。	立正。	睡觉。	
3	谢谢。	哼。	还有还有。	我要吃这个。	这边。	笔。	没有了。	飞机。	
4	睡觉觉。	妈妈来。	黄颜色。	怕!	奶奶。	做运动。	鸭鸭。	不好。	
5	吃萝卜。	我要。	小山羊。	预备齐。	拔。	嗯嗯。	哎哟。	球。	
6	嘘。	打针。	玩。	小鱼。	白颜色。	有。	一二。	不要。	
7	红颜色。	拌不烫。	还要吃。	好了。	大瓜子。	飞机来了。	电脑。	哦。	
8	太阳。	看书。							

从表 3-4 可以看出,0—1 岁儿童的语句与儿童日常交际密切相关,交际内容主要限于儿童和监护人之间(以妈妈和奶奶为主),儿童表达自身意愿和情感的句子占很大比重,主要由语气词、独词充当,另外还有部分语句是儿童在游戏中常见事物,句子结构十分简单,大多只出现句子核心成分。这一时期儿童语句的获得主要依靠观察和模仿监护人的言行,我们称这一阶段为儿童早期语音启蒙阶段,抑或"咿呀学语阶段"。

二　0—1 岁儿童的词汇分析

(一) 0—1 岁儿童的词汇数量分析

我们对 CHILDES 儿童语料库中 0—1 岁汉语儿童词汇数量进行统计,结果显示,女孩语料中共出现 2668 个词,与其说是词,不如说大多是咿呀学语式的近似词的语音转写,其中当然不乏语音转写者根据自己对儿童发音的了解进行猜测所获得的词,考虑到语音转写可能存在的错误，我们利用 ANN 人工神经网络模型对其进行去噪处理，选取最低频率为 2 次及其以上的词进行分析，结果共取得 220 个词。因语料库中尚未收录 0—1 岁男孩汉语语料，统计结果为零。取男女儿童词汇总数的平均数约为 110 个。

（二）0—1 岁儿童的词汇发展水平分析

我们提取了 0—1 岁儿童词汇量统计数据中出现频率在 2 次以上的词，具体如表 3-5。

表 3-5　　　　　　　　0—1 岁汉语儿童词汇发展水平

序号	字词	频率	占比（总 110 个）	序号	字词	频率	占比（总 110 个）
1	鸭	3	2.73%	4	啦	2	1.82%
2	不	2	1.82%	5	拔	2	1.82%
				6	行	2	1.82%
3	要	2	1.82%	7	家	2	1.82%

从表 3-5 可以看出，虽然 0—1 岁儿童能够听到和辨别的词汇量已经很大，但是儿童能够表达的词汇相对较少，儿童在游戏中所经常接触的对象最先被词汇化，其次是自身情感和意愿的相关词语。虽然限于 0—1 岁儿童语料本身的局限性，表 3-5 还不能完全反映 0—1 岁儿童词汇的全貌，但是已经足够让我们发现 0—1 岁儿童词汇发展的规律，儿童对外界的认知范围和程度是儿童词汇发展的关键因素，特别是儿童能够直观感受到的事物最容易词汇化，例如儿童周边可见的、可触摸感知的、具体存在的事物。因此有观点认为"走出去、多接触"有利于儿童语言和身心发展，这其实是有一定道理的。

三　0—1 岁儿童的语音分析

首先，我们对上面词汇分析遴选出的 110 个 0—1 岁儿童的词进行拼音标注，为方便语音分析，我们采用数字标音调的方式，拼音标注采用"语料库在线"（www.cncorpus.org）进行。对 0—1 岁儿童的词汇进行拼音标注后，我们对其拼音进行了统计分析，取最低频率在 0.2 以上的结果进行分析，统计结果显示如表 3-6。

表 3-6　　　　　0—1 岁汉语儿童语音发展水平

序号	字词	出现次数（次）	出现频率
1	4	75	8.0994
2	1	61	6.5875
3	2	54	5.8315
4	3	51	5.5076
5	ba	6	0.6479
6	zi	6	0.6479
7	5	5	0.54
8	da	5	0.54
9	qi	5	0.54
10	xie	5	0.54
11	yi	5	0.54
12	you	5	0.54
13	dian	4	0.432
14	ji	4	0.432
15	lai	4	0.432
16	ma	4	0.432
17	mei	4	0.432
18	wan	4	0.432
19	che	3	0.324
20	dao	3	0.324
21	de	3	0.324
22	ge	3	0.324
23	hai	3	0.324
24	he	3	0.324
25	hua	3	0.324
26	nai	3	0.324
27	shui	3	0.324
28	xing	3	0.324
29	yan	3	0.324
30	yang	3	0.324

续表

序号	字词	出现次数（次）	出现频率
31	ye	3	0.324
32	zhe	3	0.324
33	a	2	0.216
34	ai	2	0.216
35	ban	2	0.216
36	bao	2	0.216
37	bian	2	0.216
38	bo	2	0.216
39	chang	2	0.216
40	dong	2	0.216
41	er	2	0.216
42	hao	2	0.216
43	hei	2	0.216
44	jiao	2	0.216
45	la	2	0.216
46	li	2	0.216
47	mai	2	0.216
48	men	2	0.216
49	mi	2	0.216
50	pi	2	0.216
51	qiu	2	0.216
52	qu	2	0.216
53	shang	2	0.216
54	shou	2	0.216
55	shu	2	0.216
56	tu	2	0.216
57	wo	2	0.216
58	xiang	2	0.216
59	xiao	2	0.216
60	ya	2	0.216

续表

序号	字词	出现次数（次）	出现频率
61	yao	2	0.216
62	yo	2	0.216
63	yu	2	0.216
64	zai	2	0.216
65	zhi	2	0.216
66	zuo	2	0.216

通过表3-6，我们需要阐明两方面的问题。一是0—1岁儿童语音的声调问题；二是0—1岁儿童的大致语音构成问题。

（一）0—1岁儿童语音的声调

表3-6"字词"列中数字1、2、3、4、5分别代表的是声调一声、二声、三声、四声、轻声。表3-6统计显示0—1岁儿童语音的声调顺序是4、1、2、3、5，即四声、一声、二声、三声、轻声。换句话说0—1岁儿童最先习得的声调是四声，其次是一声、二声、三声、轻声。

（二）0—1岁儿童语音的构成

0—1岁儿童声母构成大致顺序为"b, z, d, q, x, y, j, l, m, w……"，证明0—1岁儿童最先会发双唇声母，其次是摩擦音和塞擦音等；0—1岁儿童韵母构成大致顺序为"a, i, ie, ou, ian, ai, ei, an……"，证明0—1岁儿童最先从单韵母开始习得，其次是双韵母和复合韵母等。

第二节 1—2岁儿童言语发展的一般规律

一 1—2岁儿童的句子分析

（一）1—2岁儿童的句子数量分析

对1—2岁儿童句子数量进行统计，结果显示女孩语料中共出现10186个句子，男孩语料中共出现8246个句子，我们利用ANN人工神经网络模型对其进行去噪处理后共取得女孩句子404句，男孩句子349句，男女平均376.5句。证明在儿童成长到2岁时所能习得的语句总量大约为 377 句。

（二）1—2 岁儿童的句子发展水平分析

我们提取了 1—2 岁儿童语料中句子出现频率在 2 次以上的句子，具体如表 3-7。

表 3-7　　　　　　　　1—2 岁汉语儿童句子发展水平

序号	句子内容（按使用频率高低横向排列）							
1	嗯。	妈妈。	这个。	好。	不要。	没有。	阿姨。	
2	这个。	好吃。	啊。	嗯？	啊！	他是谁？	有。	谢谢。
3	爸爸。	这。	哼。	嗯！	咦？	要。	哼！	一个。
4	姐姐。	嘎。	球。	拿。	抱抱。	开。	自己。	哦。
5	噢。	啊？	斑比。	嗯嗯。	Nono。	对。	哇。	是。
6	No。	花。	笔。	Puppy。	走。	奶奶。	哎。	嗯！
7	还有。	阿拉丁。	呜！	Bubu。	见。	车车。	抱。	壮壮好。
8	果汁。	阿丁。	爬。	恩？	什么？	爷爷。	噢。	开呀。

从表 3-7 可以看出，1—2 岁儿童的语句中日常交际用语明显增多，交际内容和范围大幅扩大，已经不限于儿童和妈妈、奶奶之间，还涉及爸爸、阿姨、姐姐、爷爷等。儿童表达自身意愿和情感的句子依然占很大比重，肯定和否定应答句明显增多。话语内容除了儿童在游戏中常见的具体事物外，还增加了儿童通过电视看到的事物，以及部分具有一定抽象意义的事物。此时儿童的句子结构依旧十分简单，以独词句为主，大多只出现句子核心成分。这一时期儿童开始尝试用习得的独词句表达自己的想法和感受，我们称这一阶段为儿童早期词汇运用阶段，抑或"独词句阶段"。

二　1—2 岁儿童的词汇分析

（一）1—2 岁儿童的词汇数量分析

对 1—2 岁儿童的词汇数量进行统计，结果显示女孩语料中共出现 19091 个词，男孩语料中共出现 12291 个词，我们利用 ANN 人工神经网络模型对其进行去噪处理后共取得女孩词 978 个，男孩词 708 个，男女平均 843 个词。据此推断，儿童在成长到 2 岁时所能习得的词汇总量大约为 843 个。

（二）1—2 岁儿童的词汇发展水平分析

我们提取了 1—2 岁儿童词汇量统计数据中出现频率在 3 次以上的词，具体如表 3-8。

表 3-8　　　　　1—2 岁汉语儿童词汇发展水平

序号	字词	频率	占比（总843个）	序号	字词	频率	占比（总843个）
1	阿	6	0.71%	23	汽车	3	0.36%
2	啊	6	0.71%	24	大	3	0.36%
3	表	5	0.59%	25	叫	3	0.36%
4	拿	5	0.59%	26	球	3	0.36%
5	车	5	0.59%	27	同	3	0.36%
6	子	5	0.59%	28	笔	3	0.36%
7	岁	5	0.59%	29	开	3	0.36%
8	这	4	0.47%	30	菜	3	0.36%
9	是	4	0.47%	31	嘉	3	0.36%
10	开	4	0.47%	32	敲	3	0.36%
11	吧	4	0.47%	33	比	3	0.36%
12	狗	4	0.47%	34	摇	3	0.36%
13	见	4	0.47%	35	家	3	0.36%
14	不	3	0.36%	36	猪	3	0.36%
15	我	3	0.36%	37	鸭	3	0.36%
16	有	3	0.36%	38	牛	3	0.36%
17	了	3	0.36%	39	书	3	0.36%
18	好	3	0.36%	40	破	3	0.36%
19	的	3	0.36%	41	尿	3	0.36%
20	一	3	0.36%	42	鹿	3	0.36%
21	阿姨	3	0.36%	43	录音	3	0.36%
22	看	3	0.36%	44	亮	3	0.36%

从词汇分布上来看，1—2 岁儿童词汇中语气词和指示词所占比重

依旧很高，表明此时期儿童仍处于语言探索发展期。值得注意的是，此时期儿童词汇中动词和名词的比例大幅上升，特别是名词数量增长迅速，这些名词主要是表达儿童经常接触的客观事物的具体名词，包括玩具、食物和动物等，表明儿童对外界关注的增加。儿童的称谓词、系词和所属关系词的发展表明儿童自我意识的提高。从词汇构成和分布可以看出，这一时期儿童对外界认知范围明显扩大，对语言的认知程度逐渐加深，儿童正逐步迈入言语发展的快车道。

三 1—2 岁儿童的语音分析

我们对 1—2 岁儿童词汇分析遴选出的 843 个词进行了拼音标注和数字音调标注，并对标记后的拼音进行了统计分析，取最低频率在 0.2 以上的结果进行分析，统计结果显示如表 3-9。

表 3-9　　　　　　1—2 岁汉语儿童语音发展水平

序号	字词	出现次数（次）	出现频率
1	4	292	8.2673
2	1	287	8.1257
3	3	186	5.2661
4	2	153	4.3318
5	zi	26	0.7361
6	yi	16	0.453
7	ma	14	0.3964
8	qi	14	0.3964
9	ba	13	0.3681
10	ji	13	0.3681
11	you	13	0.3681
12	da	12	0.3398
13	li	12	0.3398
14	na	12	0.3398
15	zhe	12	0.3398
16	bao	11	0.3114

续表

序号	字词	出现次数（次）	出现频率
17	ge	11	0.3114
18	hua	10	0.2831
19	jiao	10	0.2831
20	la	10	0.2831
21	lai	10	0.2831
22	xia	10	0.2831
23	yang	10	0.2831
24	bian	9	0.2548
25	guo	9	0.2548
26	shu	9	0.2548
27	wu	9	0.2548
28	5	8	0.2265
29	bi	8	0.2265
30	che	8	0.2265
31	dong	8	0.2265
32	xi	8	0.2265
33	xie	8	0.2265
34	yao	8	0.2265
35	zhi	8	0.2265

表3-9统计结果反映出两方面的问题，一是1—2岁儿童语音的声调问题；二是1—2岁儿童的语音构成和发展顺序问题。

（一）1—2岁儿童语音的声调

表3-9统计显示1—2岁儿童语音的声调顺序是4、1、3、2、5，代表了1—2岁儿童语音声调发展顺序是四声、一声、三声、二声、轻声。与0—1岁儿童习得声调的顺序相比，1—2岁儿童首先习得的声调也是四声，其次是一声，但1—2岁儿童在继续强化四声、一声、二声等声调习得的同时，似乎逐渐开始关注三声声调的特点。

（二）1—2岁儿童语音的构成

1—2岁儿童声母构成大致顺序为"z, y, m, q, b, j, d, l,

n……",证明1—2岁儿童在强化唇音的同时开始增加对摩擦音和塞擦音等的练习;1—2岁儿童韵母构成大致顺序为"i, a, ou, e, ao, ua……",证明1—2岁儿童在强化舌面韵母"a"的同时,加大了对舌尖韵母"i"的关注和练习。

第三节 2—3岁儿童言语发展的一般规律

一 2—3岁儿童的句子分析

(一)2—3岁儿童的句子数量分析

对2—3岁儿童句子数量进行统计,结果显示女孩语料中共出现24126个句子,男孩语料中共出现23098个句子,我们利用ANN人工神经网络模型对其进行去噪处理后共取得女孩句子710句,男孩句子649句,男女平均679.5句。证明在儿童成长到3岁时所能习得的语句总量大约为680句。

(二)2—3岁儿童的句子发展水平分析

我们提取了2—3岁儿童语料中句子出现频率在2次以上的句子,具体如表3-10。

表3-10　　　　2—3岁汉语儿童句子发展水平

序号	句子内容(按使用频率高低横向排列)								
1	嗯。	好。	有。	对。	嗯?	没有。	不要。	妈妈。	
2	这个。	是。	对呀。	啊。	要。	妈。	会。	不是。	
3	哇!	他是谁?	有啊。	阿姨。	不会。	嘻嘻。	这里。	爸爸。	
4	这个。	不好。	啊!	喔。	不要!	不知道。	哦。	你看。	
5	在这里。	没有啊。	嗯!	为什么?	谢谢!	好了。	一。	好!	
6	好不好?	哎呀。	是呀。	是啊。	对啊。	可以。	啊?	丢。	
7	知道。	二。	三。	这什么?	这。	六。	球。	来。	
8	花。	这边。	咦。	飞机。	八。	车。	在哪里?	大象。	

从表3-10可以看出,2—3岁儿童的语句中疑问句明显增多,包括问人、问物、问原因、问对方意愿,能够正确回答是非问句、选择问

句、因果问句等。儿童表达自身意愿和情感的句子依然占很大比重。话语内容除了交际称谓语以及儿童在游戏中常见的具体事物名称外，还增加了数量关系，数字语句的增加十分明显。此时儿童的句子结构慢慢开始复杂化，虽然句子不长，有些也不太完整，但已经开始具备汉语的基本句子结构，以类似电报的语句为主，语气词的使用比较熟练。这一时期儿童语句中最突出的特点是疑问句和数量关系的发展，这一阶段为儿童语句数量的快速增长阶段，我们称之为"外延式语句发展阶段"，抑或"电报句阶段"。

二 2—3 岁儿童的词汇分析

（一）2—3 岁儿童的词汇数量分析

对 2—3 岁儿童的词汇数量进行统计，结果显示女孩语料中共出现 64242 个词，男孩语料中共出现 59884 个词，我们利用 ANN 人工神经网络模型对其进行去噪处理后共取得女孩词 2009 个，男孩词 1873 个，男女平均 1941 个词。据此推断，儿童在成长到 3 岁时所能习得的词汇总量大约为 1941 个。

（二）2—3 岁儿童的词汇发展水平分析

我们提取了 2—3 岁儿童词汇量统计数据中出现频率在 3 次以上的词，具体如表 3-11。

表 3-11　　　　　　2—3 岁汉语儿童词汇发展水平

序号	字词	频率	占比（总1941个）	序号	字词	频率	占比（总1941个）
1	车	13	0.67%	10	阿	8	0.41%
2	好	11	0.57%	11	开	7	0.36%
3	一	11	0.57%	12	的	6	0.31%
4	车子	10	0.52%	13	阿姨	6	0.31%
5	子	10	0.52%	14	狗	6	0.31%
6	女	10	0.52%	15	动	6	0.31%
7	男	9	0.46%	16	羊	6	0.31%
8	啊	8	0.41%	17	咻	6	0.31%
9	大	8	0.41%	18	要	5	0.26%

续表

序号	字词	频率	占比（总1941个）	序号	字词	频率	占比（总1941个）
19	是	5	0.26%	49	五	4	0.21%
20	这	5	0.26%	50	家	4	0.21%
21	看	5	0.26%	51	七	4	0.21%
22	吧	5	0.26%	52	煮	4	0.21%
23	画	5	0.26%	53	菜	4	0.21%
24	汽车	5	0.26%	54	脚	4	0.21%
25	六	5	0.26%	55	里	4	0.21%
26	水	5	0.26%	56	兔	4	0.21%
27	哎	5	0.26%	57	蛋	4	0.21%
28	八	5	0.26%	58	哟	4	0.21%
29	糖	5	0.26%	59	帽	4	0.21%
30	姐姐	5	0.26%	60	唉	4	0.21%
31	哈	5	0.26%	61	捏	4	0.21%
32	鞋	5	0.26%	62	元	4	0.21%
33	呦	5	0.26%	63	珍	4	0.21%
34	喂	5	0.26%	64	我	3	0.15%
35	不	4	0.21%	65	有	3	0.15%
36	你	4	0.21%	66	了	3	0.15%
37	去	4	0.21%	67	那	3	0.15%
38	妈妈	4	0.21%	68	爸爸	3	0.15%
39	吃	4	0.21%	69	啦	3	0.15%
40	来	4	0.21%	70	就	3	0.15%
41	到	4	0.21%	71	坐	3	0.15%
42	乖乖	4	0.21%	72	把	3	0.15%
43	拿	4	0.21%	73	开	3	0.15%
44	还	4	0.21%	74	再	3	0.15%
45	给	4	0.21%	75	上	3	0.15%
46	放	4	0.21%	76	这里	3	0.15%
47	走	4	0.21%	77	它	3	0.15%
48	会	4	0.21%	78	找	3	0.15%

续表

序号	字词	频率	占比（总1941个）	序号	字词	频率	占比（总1941个）
79	下	3	0.15%	109	鸭	3	0.15%
80	手	3	0.15%	110	尿	3	0.15%
81	倒	3	0.15%	111	猫	3	0.15%
82	画	3	0.15%	112	哈哈	3	0.15%
83	笑	3	0.15%	113	冬	3	0.15%
84	嗯	3	0.15%	114	一二三	3	0.15%
85	高	3	0.15%	115	弯	3	0.15%
86	这样	3	0.15%	116	钱	3	0.15%
87	人	3	0.15%	117	药	3	0.15%
88	行	3	0.15%	118	叔叔	3	0.15%
89	球	3	0.15%	119	秀	3	0.15%
90	飞机	3	0.15%	120	杯	3	0.15%
91	呃	3	0.15%	121	中心	3	0.15%
92	坏	3	0.15%	122	刀	3	0.15%
93	死	3	0.15%	123	汽车	3	0.15%
94	哼	3	0.15%	124	床	3	0.15%
95	蛇	3	0.15%	125	面	3	0.15%
96	完	3	0.15%	126	梳	3	0.15%
97	只	3	0.15%	127	儿	3	0.15%
98	摆	3	0.15%	128	修	3	0.15%
99	回	3	0.15%	129	喵	3	0.15%
100	天	3	0.15%	130	滑	3	0.15%
101	笔	3	0.15%	131	方	3	0.15%
102	虫	3	0.15%	132	公共	3	0.15%
103	猪	3	0.15%	133	亮	3	0.15%
104	饭	3	0.15%	134	房	3	0.15%
105	被	3	0.15%	135	工	3	0.15%
106	书	3	0.15%	136	灯	3	0.15%
107	楼	3	0.15%	137	饼	3	0.15%
108	圈	3	0.15%	138	网	3	0.15%

续表

序号	字词	频率	占比（总1941个）	序号	字词	频率	占比（总1941个）
139	后	3	0.15%	142	交	3	0.15%
140	巴士	3	0.15%	143	斜	3	0.15%
141	翘	3	0.15%	144	鹿	3	0.15%

从词汇分布上来看，2—3岁儿童词汇中动词和名词所占的比例相比于1—2岁时期又有大幅上升，表达客观事物名称的词依旧保持较高比例，特别是动词数量增长迅速，这些动词主要与儿童自身肢体动作有关，说明伴随儿童肢体动作发展，语言发展也突飞猛进。除了儿童的称谓词、语气词的高位保持外，这一时期儿童词汇中开始出现少量形容词。数量关系进一步发展，数量级从1—2岁时的"四"左右提升至"八"左右。从词汇构成和分布可以看出，这一时期儿童对外界认知范围进一步扩大，对肢体动作相关词汇的认知增多，儿童进入动作和言语的高速发展时期。

三 2—3岁儿童的语音分析

我们对2—3岁儿童词汇分析遴选出的1941个词进行了拼音标注和数字音调标注，并对标记后的拼音进行了统计分析，取最低频率在0.2以上的结果进行分析，统计结果显示如表3-12。

表3-12　　　　　2—3岁汉语儿童语音发展水平

序号	字词	出现次数（次）	出现频率
1	1	155	9.6035
2	4	109	6.7534
3	3	83	5.1425
4	2	66	4.0892
5	ba	9	0.5576
6	che	8	0.4957
7	gong	7	0.4337

续表

序号	字词	出现次数（次）	出现频率
8	zi	7	0.4337
9	da	6	0.3717
10	li	6	0.3717
11	ma	6	0.3717
12	shi	6	0.3717
13	a	5	0.3098
14	dao	5	0.3098
15	dong	5	0.3098
16	ge	5	0.3098
17	gu	5	0.3098
18	jiao	5	0.3098
19	mi	5	0.3098
20	xie	5	0.3098
21	yi	5	0.3098
22	zhi	5	0.3098
23	5	4	0.2478
24	ai	4	0.2478
25	bao	4	0.2478
26	du	4	0.2478
27	er	4	0.2478
28	fang	4	0.2478
29	guai	4	0.2478
30	hua	4	0.2478
31	ji	4	0.2478
32	jia	4	0.2478
33	mao	4	0.2478
34	peng	4	0.2478
35	qi	4	0.2478
36	shu	4	0.2478
37	xi	4	0.2478

续表

序号	字词	出现次数（次）	出现频率
38	yang	4	0.2478
39	yo	4	0.2478
40	you	4	0.2478
41	zhe	4	0.2478

表3-12统计结果反映出两方面的问题，一是2—3岁儿童语音的声调问题；二是2—3岁儿童的语音构成和发展顺序问题。

（一）2—3岁儿童语音的声调

表3-12统计显示2—3岁儿童语音的声调顺序是1、4、3、2、5，代表了2—3岁儿童语音声调发展顺序是一声、四声、三声、二声、轻声。与0—1岁和1—2岁儿童习得声调的顺序相比，2—3岁儿童首先习得的声调不再是四声，而是一声，虽然2—3岁儿童继续强化了对四声、三声、二声等声调习得，但这一时期儿童已经开始着重关注一声声调的习得。

（二）2—3岁儿童语音的构成

2—3岁儿童声母构成大致顺序为"b，ch，g，z，d，l，m，s……"，证明2—3岁儿童在强化唇音习得的同时继续增加对摩擦音和塞擦音等的练习；2—3岁儿童韵母构成大致顺序为"a，e，ong，i，ao，u……"，证明2—3岁儿童在强化舌面韵母"a"的同时，加大了对"e，i，u"等单韵母的关注和练习，同时开始关注和习得复合韵母"ong，ao"等。

第四节 3—4岁儿童言语发展的一般规律

一 3—4岁儿童的句子分析

（一）3—4岁儿童的句子数量分析

对3—4岁儿童句子数量进行统计，结果显示女孩语料中共出现20694个句子，男孩语料中共出现19541个句子，我们利用ANN人工神经网络模型对其进行去噪处理后共取得女孩句子549句，男孩句子523

句，男女平均 536 句。证明在儿童成长到 4 岁时所能习得的语句总量大约为 536 句。这个数字乍一看有些匪夷所思，因为通过前面的统计结果我们知道，儿童在 0—1 岁时习得的句子总量约为 60 句，在 1—2 岁时习得的句子总量约为 377 句，在 2—3 岁时习得的句子总量约为 680 句，随着儿童年龄的增长习得语句数量表现出持续增多的趋势，而 3—4 岁儿童的语句总量居然下降至 536 句，这一点似乎有违常理。其实，如果我们观察 3—4 岁儿童的语句长度就可以发现问题所在。这一时期儿童的语句数量虽然没有增加，甚至有所减少，伴随发生的现象是儿童的语句长度相应地增加，句子长度约为 3.54（0—1 岁儿童句子长度为 1.84，1—2 岁儿童句子长度为 2.22，2—3 岁儿童句子长度为 2.86），也就是说 3—4 岁儿童一个语句中平均含有大约 4 个词。这从侧面反映出 3—4 岁儿童的语句发展已经开始由外延式发展转为内涵式发展，句子复杂化程度加深。

（二）3—4 岁儿童的句子发展水平分析

我们提取了 3—4 岁儿童语料中句子出现频率在 2 次以上的句子，具体如表 3-13。

表 3-13　　　　　　3—4 岁汉语儿童句子发展水平

序号	句子内容（按使用频率高低横向排列）							
1	嗯。	好。	对。	对呀。	没有。	有。	嗯！	不要。
2	有啊。	不知道。	这个。	你看。	啊！	对啊！	嗯。	为什么？
3	妈妈。	不会。	啊？	不是。	是。	要。	嗯？	这个。
4	没有啊。	哎哟。	会。	好了。	笑。	好！	什么？	我不要。
5	好啊。	喔。	我不知道。	哈？	有啊！	哇。	我。	这什么？
6	什么啊？	喂。	那这个呢？	嘻！	这里。	好不好？	嘿嘿。	没有了。
7	不好。	爸爸。	可以。	他。	这样。	这是什么？	在这里。	圣战士。
8	耶。	对不对？	我的。	那个。	蓝色。	像。	哪一个？	不好意思。

从表 3-13 可以看出，3—4 岁儿童的语句中陈述句、疑问句、命令句、感叹句等的发展趋于均衡，其中疑问句和对疑问句的回答句所占比重较大。证明言语交际，特别是问答式的言语交际对儿童言语发展的促

进作用。话语内容除了儿童表达自身意愿的肯定回答和否定回答外,值得注意的是这一时期儿童指称关系语句的发展。"这、那、这个、那个、这里、哪里、他、我"等大量出现,证明此时儿童对指称关系的认知逐步加深,自我意识和方位顺序意识等有所增强。这一时期儿童语句的最突出的特点是句子长度增加和指称关系的发展,儿童语句逐步转入内涵式发展轨道,这一阶段为儿童语言结构的深化发展阶段,我们称之为"内涵式语句发展阶段"。

二 3—4岁儿童的词汇分析

(一) 3—4岁儿童的词汇数量分析

对3—4岁儿童的词汇数量进行统计,结果显示女孩语料中共出现65008个词,男孩语料中共出现58904个词,我们利用ANN人工神经网络模型对其进行去噪处理后共取得女孩词1953个,男孩词1847个,男女平均1900个词。据此推断,儿童在成长到4岁时所能习得的词汇总量大约为1900个,这个数据与儿童在3岁时的词汇量相差不大,词汇总量似乎略有回落,与儿童的语句数量发展相似,这证明儿童在3—4岁时词汇发展也由量的发展逐渐转为质的发展,词汇发展方式也开始步入内涵式发展轨道。

(二) 3—4岁儿童的词汇发展水平分析

我们提取了3—4岁儿童词汇量统计数据中出现频率在3次以上的词,具体如表3-14。

表3-14　　　　　3—4岁汉语儿童词汇发展水平

序号	字词	频率	占比(总1900个)	序号	字词	频率	占比(总1900个)
1	小	18	0.95%	7	车子	10	0.53%
2	车	17	0.89%	8	子	10	0.53%
3	大	12	0.63%	9	就	9	0.47%
4	的	11	0.58%	10	一	8	0.42%
5	好	11	0.58%	11	狗	8	0.42%
6	阿	11	0.58%	12	里	8	0.42%

续表

序号	字词	频率	占比（总1900个）	序号	字词	频率	占比（总1900个）
13	啊	7	0.37%	43	不	4	0.21%
14	看	7	0.37%	44	是	4	0.21%
15	会	7	0.37%	45	个	4	0.21%
16	阿姨	7	0.37%	46	这	4	0.21%
17	女	7	0.37%	47	那	4	0.21%
18	了	6	0.32%	48	去	4	0.21%
19	他	6	0.32%	49	到	4	0.21%
20	呀	6	0.32%	50	把	4	0.21%
21	人	6	0.32%	51	妈妈	4	0.21%
22	糖	6	0.32%	52	它	4	0.21%
23	儿	6	0.32%	53	对	4	0.21%
24	方	6	0.32%	54	吧	4	0.21%
25	男	6	0.32%	55	画	4	0.21%
26	你	5	0.26%	56	欸	4	0.21%
27	要	5	0.26%	57	只	4	0.21%
28	嗯	5	0.26%	58	坏	4	0.21%
29	在	5	0.26%	59	吗	4	0.21%
30	然后	5	0.26%	60	完	4	0.21%
31	上	5	0.26%	61	里	4	0.21%
32	家	5	0.26%	62	唉	4	0.21%
33	球	5	0.26%	63	圆	4	0.21%
34	它	5	0.26%	64	猪	4	0.21%
35	修	5	0.26%	65	侠	4	0.21%
36	马	5	0.26%	66	布	4	0.21%
37	拉	5	0.26%	67	机	4	0.21%
38	黄	5	0.26%	68	蛋	4	0.21%
39	尖	5	0.26%	69	有	3	0.16%
40	太空	5	0.26%	70	也	3	0.16%
41	翘	5	0.26%	71	吃	3	0.16%
42	我	4	0.21%	72	来	3	0.16%

续表

序号	字词	频率	占比（总1900个）	序号	字词	频率	占比（总1900个）
73	玩	3	0.16%	103	住	3	0.16%
74	呢	3	0.16%	104	被	3	0.16%
75	还	3	0.16%	105	头	3	0.16%
76	给	3	0.16%	106	熊	3	0.16%
77	打	3	0.16%	107	动	3	0.16%
78	耶	3	0.16%	108	哟	3	0.16%
79	又	3	0.16%	109	拼	3	0.16%
80	走	3	0.16%	110	洞	3	0.16%
81	做	3	0.16%	111	哥哥	3	0.16%
82	哪	3	0.16%	112	边	3	0.16%
83	二	3	0.16%	113	园	3	0.16%
84	笑	3	0.16%	114	黄色	3	0.16%
85	四	3	0.16%	115	鸭	3	0.16%
86	两	3	0.16%	116	们	3	0.16%
87	怎么	3	0.16%	117	卡	3	0.16%
88	哎	3	0.16%	118	菜	3	0.16%
89	找	3	0.16%	119	哈哈	3	0.16%
90	爬	3	0.16%	120	肉	3	0.16%
91	五	3	0.16%	121	毛毛	3	0.16%
92	高	3	0.16%	122	虫	3	0.16%
93	战士	3	0.16%	123	西瓜	3	0.16%
94	喂	3	0.16%	124	干	3	0.16%
95	死	3	0.16%	125	照	3	0.16%
96	坏	3	0.16%	126	饭	3	0.16%
97	飞机	3	0.16%	127	店	3	0.16%
98	骑	3	0.16%	128	尿	3	0.16%
99	飞	3	0.16%	129	呦	3	0.16%
100	等	3	0.16%	130	喵	3	0.16%
101	哈	3	0.16%	131	尼	3	0.16%
102	重	3	0.16%	132	圈圈	3	0.16%

续表

序号	字词	频率	占比（总1900个）	序号	字词	频率	占比（总1900个）
133	咳嗽	3	0.16%	141	喀	3	0.16%
134	虫	3	0.16%	142	急	3	0.16%
135	卡车	3	0.16%	143	闻	3	0.16%
136	强	3	0.16%	144	同	3	0.16%
137	摇	3	0.16%	145	颗	3	0.16%
138	喷	3	0.16%	146	梯	3	0.16%
139	屁	3	0.16%	147	错	3	0.16%
140	二三四	3	0.16%	148	拇	3	0.16%

从词汇分布上来看，除了"车、狗、糖、球"等名词性词持续发展外，3—4岁儿童词汇中动词和名词所占的比例相比于2—3岁时期又有大幅上升，人称代词和指示代词大幅增加，例如"我、他、它"和"这、那、哪"所占位次都比较高，特别是形容词数量增长迅速，这些形容词主要与事物的性状有关，例如"小、大"等形容事物性状的词分别占据了该时期儿童词汇的第一位和第三位，发展速度不可谓不迅速。此外，表达语法关系的虚词增长也很明显，例如表达所属关系的"的"占据第四位，表达复句关系的"就"占据第九位，表达语气的"啊、呀、嗯、唉、呢"等都占据较高比例。从词汇构成和分布可以看出，这一时期儿童的词汇总量虽然没有显著增长，但在词汇认知深度和运用能力上有较大幅度提升，儿童进入内涵式言语发展时期。

三 3—4岁儿童的语音分析

我们对3—4岁儿童词汇分析遴选出的1900个词进行了拼音标注和数字音调标注，并对标记后的拼音进行了统计分析，取最低频率在0.2以上的结果进行分析，统计结果显示如表3-15。

表3-15　　　　3—4岁汉语儿童语音发展水平

序号	字词	出现次数（次）	出现频率
1	4	809	8.1356

续表

序号	字词	出现次数（次）	出现频率
2	1	750	7.5422
3	2	560	5.6315
4	3	514	5.1689
5	zi	62	0.6235
6	shi	48	0.4827
7	yi	40	0.4023
8	ji	36	0.362
9	li	35	0.352
10	qi	31	0.3117
11	xiao	31	0.3117
12	da	29	0.2916
13	ma	29	0.2916
14	you	29	0.2916
15	5	28	0.2816
16	dao	26	0.2615
17	che	25	0.2514
18	lai	25	0.2514
19	bian	24	0.2414
20	shang	24	0.2414
21	hao	23	0.2313
22	hua	23	0.2313
23	sheng	23	0.2313
24	dong	22	0.2212
25	xiang	22	0.2212
26	guo	21	0.2112
27	ke	21	0.2112
28	di	20	0.2011
29	dian	20	0.2011
30	jian	20	0.2011
31	xi	20	0.2011

表 3 – 15 统计结果反映出两方面的问题，一是 3—4 岁儿童语音的声调问题；二是 3—4 岁儿童的语音构成和发展顺序问题。

（一）3—4 岁儿童语音的声调

表 3 – 15 统计显示 3—4 岁儿童语音的声调顺序是 4、1、2、3、5，代表了 3—4 岁儿童语音声调发展顺序是四声、一声、二声、三声、轻声，这个顺序与 0—1 岁儿童习得声调的顺序完全相同，证明儿童的声调习得并不完全表现为直线上升趋势，而是一个螺旋式发展过程，儿童在 3—4 岁时又重新回顾和发展了 0—1 岁时习得的语音语调，只是此时儿童的语调习得相比于两年之前，无论在数量上还是质量上都有大幅提升，这一点从统计数量上很容易看出，相同语调下 3—4 岁儿童的统计数量约为 0—1 岁儿童的 4 倍，但出现频率却变化不大，而此时儿童词汇量已经是 0—1 岁时的 17 倍还多，证明从掌握语调的质量上增速也很明显。

（二）3—4 岁儿童语音的构成

3—4 岁儿童声母构成大致顺序为"z，sh，y，j，l，q，x，d，ch……"，证明 3—4 岁儿童声母习得已经不再限于区别特征较大的唇音和塞音，对于区别特征较小的塞擦音和擦音也开始逐渐习得，特别是通常被认为难度较大的"j，q，x"的习得在这一时期尤为突出；3—4 岁儿童韵母构成大致顺序为"i，iao，a，ou……"，其中最为突出的特点是对"i"韵母的习得明显处于高位发展时期，我们认为这不是孤立的，而是伴随着儿童声母习得逐步发展起来的。

第五节 4—5 岁儿童言语发展的一般规律

一 4—5 岁儿童的句子分析

（一）4—5 岁儿童的句子数量分析

对 4—5 岁儿童句子数量进行统计，结果显示女孩语料中共出现 8784 个句子，男孩语料中共出现 6764 个句子，我们利用 ANN 人工神经网络模型对其进行去噪处理后共取得女孩句子 218 句，男孩句子 180 句，男女平均 199 句。由于语料库中 4—5 岁儿童语料偏少，这个数字并不能说明儿童成长到 5 岁时所能习得的语句总量是 199 句。根据我们所取得的语料统计资料，4—5岁儿童中女孩语料文件总数为147个，而男孩语料文件总数为93个，从文件数量来看的确不少，然而每个文件夹下儿童语句数量则相对较少，这一点从语料的句子总数统计中即可看出，在2—3岁和3—4岁儿童语料中所获得的男女儿童句子总数均在20000句左右，而4—5岁儿童语料中所获得的男女儿童句子总数却均低于10000句，这表明3—4岁儿童语料本身存在量的差异，需要分析时加以注意。但是值得注意的现象是儿童的语句长度较以往又有所增加，句子长度平均约为5.45，也就是说4—5岁儿童一个语句中平均含有5—6个词。虽然这些句子大部分只出现了一次，但能从侧面反映出4—5岁儿童语句内涵式发展程度加深和儿童言语能力的提高。

（二）4—5岁儿童的句子发展水平分析

我们提取了4—5岁儿童语料中句子出现频率在2次以上的句子，具体如表3-16。

表3-16　　　　　　　　4—5岁汉语儿童句子发展水平

序号	句子内容（按使用频率高低横向排列）							
1	嗯。	妈妈。	好。	对。	这个。	不。	不知道。	啊！
2	是。	不要！	哈？	哈哈哈！	这是什么？	没有。	你看。	对啊！
3	好了。	不会。	三个强盗。	机器人。	坏人。	嘿嘿。	在这里。	好吧。
4	强盗。	不行！	好啦！	喔！	嗯？	呜呜。	为什么啊？	三角形。
5	我不知道。	球。	为什么？	好吃！	我不要！	是的。	喂。	不对。
6	对不对？	这个？	行。	好嘞。	还有。	这个是什么？	走。	哎。
7	来呀！	讲完了。	呃！	这一页。	哈哈哈。	妈妈啊。	这样。	有！
8	爸爸。	不好。	这个啊？	好的。	唉哟。	没有了。	不是。	不告诉你。

从表3-16可以看出，4—5岁儿童的语句中除了日常交际用语、问答式语句之外，肯定和否定言语行为语句所占比重较大，其中否定言语行为语句增长明显，例如"不、不知道、不要、没有、不会、不行、不对、不好、不是、不告诉你"等占据了高频语句的很大比重。当然语句中也有类似"好、对、是、对啊、好吧、好嘞、好的"等肯定言语行为语句，且占据相当比重。这些用言语来表达自身意愿的肯定和否定言语行为反映出儿童习得语言的初衷，交际需要和自身需求的满足是促使

儿童努力快速掌握母语并使之尽快应用于实践的直接和最大动力。这一时期儿童否定言语行为语句的增长同时反映出儿童自身对外界事物控制欲望的增强和自我实现欲望的发展。这一阶段儿童语句的显著特点是儿童开始注重以言行事，开始用言语表达来实现自身意图，因此我们称这一阶段儿童言语发展为初级言语行为阶段。

二　4—5岁儿童的词汇分析

（一）4—5岁儿童的词汇数量分析

对4—5岁儿童的词汇数量进行统计，结果显示女孩语料中共出现38801个词，男孩语料中共出现21916个词，我们利用ANN人工神经网络模型对其进行去噪处理后共取得女孩词1265个，男孩词916个，男女平均1090.5个词。由于语料库中4—5岁儿童语料偏少，这个数字并不能说明儿童成长到5岁时所能习得的词汇总量是1090.5个词，只能从侧面反映儿童词汇量的增加，只是词汇增长速度放慢。

（二）4—5岁儿童的词汇发展水平分析

我们提取了4—5岁儿童词汇量统计数据中出现频率在3次以上的词，具体如表3-17。

表3-17　　　　　　4—5岁汉语儿童词汇发展水平

序号	字词	频率	占比（总1090个）	序号	字词	频率	占比（总1090个）
1	的	12	1.10%	12	它们	5	0.46%
2	了	9	0.83%	13	虫	5	0.46%
3	小	7	0.64%	14	是	4	0.37%
4	圆	7	0.64%	15	它	4	0.37%
5	我	6	0.55%	16	那	4	0.37%
6	个	6	0.55%	17	画	4	0.37%
7	嗯	6	0.55%	18	呀	4	0.37%
8	对	6	0.55%	19	吧	4	0.37%
9	子	6	0.55%	20	哦	4	0.37%
10	吃	5	0.46%	21	点	4	0.37%
11	吗	5	0.46%	22	汤	4	0.37%

续表

序号	字词	频率	占比（总1090个）	序号	字词	频率	占比（总1090个）
23	哎	4	0.37%	44	大	3	0.28%
24	草莓	4	0.37%	45	上	3	0.28%
25	不	3	0.28%	46	多	3	0.28%
26	这	3	0.28%	47	家	3	0.28%
27	啊	3	0.28%	48	一样	3	0.28%
28	你	3	0.28%	49	树	3	0.28%
29	要	3	0.28%	50	毛毛	3	0.28%
30	有	3	0.28%	51	嘛	3	0.28%
31	好	3	0.28%	52	长	3	0.28%
32	看	3	0.28%	53	一点	3	0.28%
33	人	3	0.28%	54	蝴蝶	3	0.28%
34	妈妈	3	0.28%	55	块	3	0.28%
35	恩	3	0.28%	56	边	3	0.28%
36	还有	3	0.28%	57	干	3	0.28%
37	还	3	0.28%	58	金刚	3	0.28%
38	这个	3	0.28%	59	纸	3	0.28%
39	来	3	0.28%	60	圣诞	3	0.28%
40	会	3	0.28%	61	哟	3	0.28%
41	怎么	3	0.28%	62	鸡	3	0.28%
42	知道	3	0.28%	63	宝	3	0.28%
43	呢	3	0.28%	64	儿	3	0.28%
				65	数	3	0.28%

从词汇分布上来看，除了形容词和代词等数量增长迅速外，表达语法关系的虚词的增长很明显，例如表达所属关系的"的"的增长已经位居第一位，表达完成体的"了"占据第二位，此外表达语气的"吗、啊、呀、吧"等都占据较高比例。动词的增加并不明显，表达客观事物的具体名词略有增加。形容词所占比例上升，例如"小、圆、大"等出现频率较高。人称代词的增长快于指示代词，其中"我"居首位，

证明儿童自我意识的进一步发展。从词汇构成和分布可以看出,这一时期儿童的词汇总量虽然没有显著增长,但在词汇运用能力和表达能力上有较大幅度提升,儿童开始尝试通过言语满足自己的意图,儿童进入初级言语行为阶段。

三 4—5岁儿童的语音分析

我们对4—5岁儿童词汇分析遴选出的1090个词进行了拼音标注和数字音调标注,并对标记后的拼音进行了统计分析,取最低频率在0.2以上的结果进行分析,统计结果显示如表3-18。

表3-18　　　　　　4—5岁汉语儿童语音发展水平

序号	字词	出现次数（次）	出现频率
1	4	456	8.5154
2	1	376	7.0215
3	2	324	6.0504
4	3	300	5.6022
5	zi	42	0.7843
6	shi	30	0.5602
7	yi	27	0.5042
8	wu	21	0.3922
9	qi	19	0.3548
10	xing	19	0.3548
11	li	16	0.2988
12	5	15	0.2801
13	bao	15	0.2801
14	dao	15	0.2801
15	xiang	15	0.2801
16	jian	14	0.2614
17	jiao	14	0.2614
18	tou	14	0.2614
19	xiao	14	0.2614

续表

序号	字词	出现次数（次）	出现频率
20	ba	13	0.2428
21	da	13	0.2428
22	hai	13	0.2428
23	lai	13	0.2428
24	ma	13	0.2428
25	you	13	0.2428
26	zhe	13	0.2428
27	bian	12	0.2241
28	di	12	0.2241
29	hao	12	0.2241
30	ji	12	0.2241
31	mei	12	0.2241
32	shu	12	0.2241
33	dong	11	0.2054
34	fang	11	0.2054
35	guo	11	0.2054
36	sheng	11	0.2054
37	zhi	11	0.2054

表3-18统计结果反映出两方面的问题，一是4—5岁儿童语音的声调问题；二是4—5岁儿童的语音构成和发展顺序问题。

（一）4—5岁儿童语音的声调

表3-18统计显示4—5岁儿童语音的声调顺序是4、1、2、3、5，代表了4—5岁儿童语音声调发展顺序是四声、一声、二声、三声、轻声，这个顺序与0—1岁儿童和3—4岁儿童习得声调的顺序完全相同，证明儿童的声调习得并不完全表现为直线上升趋势，而是一个螺旋式发展过程，儿童在3—4岁和4—5岁时又重新回顾和发展了0—1岁时习得的语音语调，4—5岁儿童各语调出现频率与0—1岁和3—4岁儿童各语调出现频率基本一致，但在出现次数上略有回落，这一点前面我们解

释过原因，是语料库中4—5岁儿童语料偏少导致的。但是我们依旧可以从频率上判断4—5岁儿童的语调发展顺序问题。

（二）4—5岁儿童语音的构成

4—5岁儿童声母构成大致顺序为"z, sh, y, w, q, x, l……"，其构成和发展顺序与3—4岁儿童大体一致。总体来看是对3—4岁时期习得的声母进行巩固和加深。4—5岁儿童韵母构成大致顺序为"i, u, ing, ao……"，与3—4岁儿童大体一致，最为突出的特点是"i"韵母的习得明显仍处于高位发展时期，充分体现出儿童声韵母发展的整体性和协调性，也证明4—5岁儿童语音发展与词汇和句子发展一样，是在3—4岁习得内容的基础上的巩固和发展，数量和顺序上的变化不大，却在言语行为层面上体现出更大关注。

第六节　5—6岁儿童言语发展的一般规律

一　5—6岁儿童的句子分析

（一）5—6岁儿童的句子数量分析

对5—6岁儿童句子数量进行统计，结果显示女孩语料中共出现9058个句子，男孩语料中共出现8685个句子，我们利用ANN人工神经网络模型对其进行去噪处理后共取得女孩句子229句，男孩句子238句，男女平均233.5句。与4—5岁儿童语句统计结果相似，由于语料库中5—6岁儿童语料偏少，这个数字并不能说明儿童成长到6岁时所能习得的语句总量是233.5句。根据我们所取得的语料统计，5—6岁儿童中女孩语料文件总数为226个，而男孩语料文件总数为169个，文件数量不少，但每个文件夹下儿童语句数量则相对较少。5—6岁儿童的语句长度已经趋于稳定，句子长度平均约为5.39，也就是说5—6岁儿童一个语句中平均含有5—6个词。

（二）5—6岁儿童的句子发展水平分析

我们提取了5—6岁儿童语料中句子出现频率在2次以上的句子，具体如表3-19。

表 3–19　　　　　　　5—6 岁汉语儿童句子发展水平

序号	句子内容（按使用频率高低横向排列）							
1	嗯。	对。	妈妈。	这个。	没有。	好。	不知道。	苹果。
2	皮球。	啊？	没有了。	不对。	这是什么？	不。	哎。	嘿嘿
3	你看。	红色。	不要。	哈哈哈！	哦！	卡布达。	球。	不知道
4	是的。	好了。	圆形的。	这个呢？	哎呀。	好嘞。	是。	呵呵
5	好的。	医院	不行。	为什么？	这个是什么？	一个。	不要了。	看。
6	不是。	四个。	喜欢。	红色的。	买过。	甜甜的。	没了。	好吧！
7	什么？	没	好吃！	滑滑的。	圆圆的。	对呀。	可以。	没了。
8	三个。	好吧。	机器人。	这是什么啊？	呵呵！	这是苹果	这个啊？	狮子。

从表 3–19 可以看出，5—6 岁儿童的语句中除了日常交际用语、问答式语句之外，肯定和否定言语行为语句所占比重依旧较大，其中肯定言语行为语句增长明显，例如"嗯、对、好、是的、好了、是、好的、好吧、对呀、可以"等占据了高频语句的很大比重。当然语句中也有类似"没有、不知道、不对、不、不要、不行"等否定言语行为语句，且占据相当比重。除此之外值得注意的是表达事物性状的陈述句明显增多，"红色、圆形的、甜甜的、滑滑的、圆圆的"等形容事物颜色、形状、味道等的句子明显增多。这一时期儿童的肯定和否定言语行为继续发展，且对外界事物的描述性语句明显增多，能够在脱离具体语境下回忆和描述所经历的事情，因此我们称这一阶段儿童言语发展为高级言语行为阶段。

二　5—6 岁儿童的词汇分析

（一）5—6 岁儿童的词汇数量分析

对 5—6 岁儿童的词汇数量进行统计，结果显示女孩语料中共出现 44801 个词，男孩语料中共出现 38958 个词，我们利用 ANN 人工神经网络模型对其进行去噪处理后共取得女孩词 1309 个，男孩词 1207 个，男女平均 1258 个词。由于语料库中 5—6 岁儿童语料偏少，这个数字并不能说明儿童成长到 6 岁时所能习得的词汇总量是 1258 个词，只能从侧面反映儿童词汇量的增加，只是词汇增长速度放慢。

（二）5—6 岁儿童的词汇发展水平分析

我们提取了 5—6 岁儿童词汇量统计数据中出现频率在 3 次以上的词，具体如表 3-20。

表 3-20　　　　　5—6 岁汉语儿童词汇发展水平

序号	字词	频率	占比（总 1258 个）	序号	字词	频率	占比（总 1258 个）
1	子	8	0.64%	26	圆	4	0.32%
2	有	6	0.48%	27	哇	4	0.32%
3	啊	6	0.48%	28	卡	4	0.32%
4	会	6	0.48%	29	滑	4	0.32%
5	一	5	0.40%	30	儿	4	0.32%
6	是	5	0.40%	31	我	3	0.24%
7	就	5	0.40%	32	这	3	0.24%
8	好	5	0.40%	33	不	3	0.24%
9	它	5	0.40%	34	它	3	0.24%
10	个	4	0.32%	35	然后	3	0.24%
11	的	4	0.32%	36	要	3	0.24%
12	了	4	0.32%	37	你	3	0.24%
13	吃	4	0.32%	38	三	3	0.24%
14	在	4	0.32%	39	还	3	0.24%
15	小	4	0.32%	40	妈妈	3	0.24%
16	嗯	4	0.32%	41	恩	3	0.24%
17	人	4	0.32%	42	又	3	0.24%
18	对	4	0.32%	43	画	3	0.24%
19	怎么	4	0.32%	44	大	3	0.24%
20	虫	4	0.32%	45	吗	3	0.24%
21	哎	4	0.32%	46	红	3	0.24%
22	球	4	0.32%	47	点	3	0.24%
23	龙	4	0.32%	48	这样	3	0.24%
24	们	4	0.32%	49	饭	3	0.24%
25	蛋	4	0.32%	50	开	3	0.24%

续表

序号	字词	频率	占比（总1258个）	序号	字词	频率	占比（总1258个）
51	肉	3	0.24%	60	样	3	0.24%
52	跳	3	0.24%	61	圣诞	3	0.24%
53	钻	3	0.24%	62	奥	3	0.24%
54	哈	3	0.24%	63	试	3	0.24%
55	鱼	3	0.24%	64	尖	3	0.24%
56	听	3	0.24%	65	饺	3	0.24%
57	百	3	0.24%	66	衣	3	0.24%
58	干	3	0.24%	67	脆	3	0.24%
59	黄	3	0.24%	68	方	3	0.24%

从词汇分布上来看，5—6岁儿童词汇的最显著特点是词缀的发展，特别是后缀"子"的发展尤为突出，占据词汇总量的第一位。此外"们"占据第二十四位、"儿"占第三十位。此外，"有"和"是"分别占据第二位和第六位，证明"有"字句和"是"字句等惯用语句发展迅速。综合第五位的"一"和第七位的"就"，从侧面反映出"一……就……"复句关系在5—6岁儿童语言中的发展。另外值得注意的是"会"字的高频出现，尽管这里的"会"字部分意义可能是"懂得、知道"义，但是综合"一……就……""然后、怎么"等的出现，我们推测儿童可能已经开始用"会"字表达将来时意义了。我们观察发现5—6岁儿童的词汇中出现了大量兼类词，例如"画、点、卡"等，还有少量介词和数量级较大的数词。形容词也得到了比较全面的发展。这些都反映出5—6岁儿童词汇的多样化和复杂化特点，从词汇构成和分布可以看出，这一时期儿童的词汇经过不断积累和发展，虽然在量上尚不如成人全面，但在词汇扩展能力、运用能力和表达能力上已经接近成人的词汇能力，儿童不仅能通过言语满足自己的基本需求，也能通过言语进行交际、传递信息，甚至进行逻辑思考，儿童进入了高级言语行为阶段。

三 5—6 岁儿童的语音分析

我们对 5—6 岁儿童词汇分析遴选出的 1258 个词进行了拼音标注和数字音调标注,并对标记后的拼音进行了统计分析,取最低频率在 0.2 以上的结果进行分析,统计结果显示如表 3 – 21。

表 3 – 21　　　　　5—6 岁汉语儿童语音发展水平

序号	字词	出现次数（次）	出现频率
1	4	524	8.6099
2	1	431	7.0818
3	2	376	6.1781
4	3	351	5.7673
5	zi	51	0.838
6	shi	32	0.5258
7	yi	31	0.5094
8	qi	27	0.4436
9	xing	22	0.3615
10	bian	21	0.3451
11	li	21	0.3451
12	wu	21	0.3451
13	xiang	19	0.3122
14	ji	18	0.2958
15	jiao	17	0.2793
16	da	16	0.2629
17	sheng	16	0.2629
18	tou	16	0.2629
19	ba	15	0.2465
20	cai	15	0.2465
21	lai	15	0.2465
22	se	15	0.2465
23	zhi	15	0.2465

续表

序号	字词	出现次数（次）	出现频率
24	bao	14	0.23
25	guo	14	0.23
26	hao	14	0.23
27	jian	14	0.23
28	tian	14	0.23
29	you	14	0.23
30	hai	13	0.2136

通过以上统计结果，我们依旧关注以下两方面的问题，一是5—6岁儿童语音的声调问题；二是5—6岁儿童的语音构成和发展顺序问题。

（一）5—6岁儿童语音的声调

表3-21统计显示5—6岁儿童语音的声调顺序是4、1、2、3，代表了5—6岁儿童语音声调发展顺序是四声、一声、二声、三声，这个顺序与0—1岁、3—4岁儿童、4—5岁儿童习得声调的顺序完全相同，只有1—2岁和2—3岁儿童的语调习得顺序略有不同，证明儿童在以上两个时期语调发展尚不稳定。儿童语调发展并不是直线上升的，而是一个螺旋式发展过程。从5—6岁儿童各声调出现频率看，基本与0—1岁、3—4岁和4—5岁时一致，虽然在出现次数上略有回落，但这一点前面我们解释过原因，是语料库中5—6岁儿童语料偏少导致的。

（二）5—6岁儿童语音的构成

5—6岁儿童声母构成大致顺序为"z，sh，y，q，x，b，l……"，其构成和发展顺序与3—4岁和4—5岁儿童大体一致。总体来看是对3—5岁时期习得的声母进行巩固和加深。5—6岁儿童韵母构成大致顺序为"i，ing，ian，u，iang……"，与3—4岁和4—5岁儿童大体一致，最为突出的特点依旧是"i"韵母的习得明显处于高位发展时期，体现出5—6岁儿童声韵母发展的整体性和协调性，也证明该时期儿童语音发展与词汇和句子发展一样，是在3—4岁和4—5岁习得内容的基础上的巩固和发展，数量和顺序上的变化不大，却在言语行为运用层面上有更加深入的发展。

第四章　儿童言语发展迟缓与攻击性言语行为的评估与矫正

第一节　儿童言语发展迟缓与攻击性言语行为的评估

通过前面关于发展迟缓儿童和攻击性儿童的评估与矫正的相关论述，我们已经看到，言语发展迟缓和攻击性言语行为分别是儿童发展迟缓和攻击性行为研究的重要组成部分，不止如此，儿童言语发展迟缓和攻击性言语行为还是儿童言语交际障碍的两大主要类型。

一　0—6岁儿童言语的主要特点

在前面的章节中，我们已经运用数据针对每个年龄段儿童言语发展的一般规律进行了分类分析，这一节，我们将总结和归纳各年龄段汉语儿童言语的主要特点，这有助于我们把握各年龄段儿童言语发展规律和特殊性，针对各年龄段儿童言语交际特点提出正确的评价方式。

（一）0—1岁儿童言语的主要特点

0—1岁儿童尚处于母语的启蒙阶段，因为该时期儿童辨音、发音等都处于不稳定时期，我们只能根据现有语料分析和既有研究进行归纳。

首先，语音方面，具备基本的辨音能力，能够正确区分男性发音和女性发音，尤其对母亲的发音敏感。发音处于"咿呀学语"阶段，能够较为清晰地发出"ma""ba""pa"等音，但对"b/p"等语音对立对的理解还处于萌芽阶段。语调发展尚不稳定，能够辨别并发出高音和低音，但不能清晰地发出汉语的五个音调。儿童此时正处于口唇发展期，可适当强化唇音发音。

其次，词汇方面，儿童此时发出的能够被听得懂的词汇量还比较少，除了少量唇音词，如"妈""爸""怕"等，利用高低音的区别进行交流是其主要特点。

再次，句法方面，儿童开始尝试运用叠词练习口语交流，特别是双声叠韵词开始出现，例如"mapa""maba""bapa"等，但数量很有限。

（二）1—2岁儿童言语的主要特点

1—2岁儿童处于词汇快速发展阶段，又叫独词句阶段。

首先，语音方面，辨音能力明显增强。对常见语音的发音已经比较清晰，能够区别"b/p""t/d""c/z"等语音对立对，韵母掌握了舌面音"a"、齿音"i"等的发音。语调发展很快，虽然不能清晰完整地发出汉语的五个音调，但对四声、一声发音已经比较熟练。儿童此时正处于舌齿发展期，可适当强化舌齿音的发音。

其次，词汇方面，儿童此时发出的能够被听得懂的词汇量大幅增加，例如"啊、拿、吧、车、狗、这、不、有"等，特别是表达那些儿童所经常接触的客观事物具体名称的词，主要包括玩具、食物和动物等的名称。

再次，句法方面，儿童口语交际语明显增多，特别是称呼语大量出现，如妈妈、奶奶、爸爸、阿姨、妹妹、爷爷等，但独词句较多。

（三）2—3岁儿童言语的主要特点

2—3岁儿童处于外延式语句发展阶段，又叫电报句阶段。

首先，语音方面，几乎能辨别所有语音，除了"b/p""t/d""c/z"等语音对立对外，开始习得其他难度较大的声母，韵母除了"a""i"等单韵母外，复合韵母习得也很迅速。语调方面，四声和一声的发音已经很熟练，三声和二声的发音比较熟练，儿童此时正处于舌尖音发展期，可适当强化舌尖音的发音。

其次，词汇方面，名词持续增加，动词数量增长迅速，这些动词主要与儿童自身肢体动作有关，这一时期儿童词汇中开始出现少量形容词。主要词代表为"车、好、一、啊、大、开、的、阿姨、狗、动、羊"等。

再次，句法方面，疑问句明显增多，包括问人、问物、问原因、问对方意愿,能够正确回答是非问句、选择问句、因果问句等。数量关系句长足发展。但电报句较多,语法结构不健全。

(四) 3—4 岁儿童言语的主要特点

3—4 岁儿童处于内涵式语句发展阶段。

首先,语音方面,语音辨别已经不成问题,掌握"j, q, x"等声母,韵母习得了"iao"等复合韵母。语调方面,四声、一声、二声、三声的习得基本完成,轻声习得进一步发展。

其次,词汇方面,名词持续增加,动词数量增长迅速,人称代词和指示代词大幅增长,例如"我、他、它"和"这、那、哪"等。"小、大"等形容词增长迅速。

再次,句法方面,儿童的语句中陈述句、疑问句、命令句、感叹句等的发展趋于均衡,其中疑问句和对疑问句的回答句所占比重较大。

(五) 4—5 岁儿童言语的主要特点

4—5 岁儿童处于初级言语行为发展阶段。

首先,语音方面,声母发音进一步得到巩固,韵母习得范围扩大。语调得到进一步巩固,轻声习得进一步发展。

其次,词汇方面,形容词和代词进一步发展,表达语法关系的虚词的增长很明显,例如"的,了"。表达语气的"吗、啊、呀、吧"等增长迅速。

再次,句法方面,除了日常交际用语、问答式语句之外,肯定和否定言语行为语句所占比重较大,其中否定言语行为语句增长明显,例如"不、不知道、不要、没有、不会、不行、不对、不好、不是、不告诉你"等占据了高频语句的很大比重。

(六) 5—6 岁儿童言语的主要特点

5—6 岁儿童处于高级言语行为发展阶段。

首先,语音方面,基本掌握所有声母和韵母,汉语五个音调基本掌握并得到巩固。

其次,词汇方面,儿童词汇扩展能力增强,连词发展较快。词缀的发展明显,例如"子、们"等。儿童的词汇中出现了大量兼类词,例如"画、点、卡"等,还有少量介词和数量级较大的数词。

再次,句法方面,肯定和否定言语行为语句所占比重依旧较大,其中肯定言语行为语句增长明显,例如"嗯、对、好、是的、好了、是、好的、好吧、对呀、可以"等占据了高频语句的很大比重。

二 儿童言语发展迟缓的评估

对儿童言语发展进行评估并不是一件简单的事情,因为儿童年龄较小,很多在成人身上容易实现的手段在儿童身上变成了难题。另外,儿童的言语发展是伴随着身体和心理发展慢慢积累和增长的过程,现在的科技手段对结果的评价可以说已经比较准确,但是对过程评价却显得力不从心。即便如此,从切入手段来看,儿童言语发展迟缓的评估可以分为两种方式,一是心理学量表评价,二是语言学描述性评估。

(一) 基于心理学量表的评价

基于心理学量表的评价主要基于西方心理学理论,利用问卷等方式将儿童监护人对儿童的评价转换成数值,然后进行统计分析。这种方式的优点是计量分析比较容易,用数据描述显得更为客观。主要依靠的量表有如下几个:

1. 0—6岁小儿神经发育检查表

目前对发展迟缓儿童进行评估的工具主要是0—6岁小儿神经发育检查表。该量表是1984年中国科学院心理研究所负责设计,首都儿科研究所和中国科学心理研究所协作制定的,包括211个测试项目。

2. Denver 发展筛选量表

该量表为1989年出版,适用于0—6岁的儿童,主要针对粗大动作、精细动作—适应性、语言、人际—社会行为四大领域,采用二分变项计分,以通过与不通过计分。

3. 贝莱婴幼儿发展量表第二版、第三版

该量表第二版为1993年出版,适用于出生至42个月的婴幼儿,分为心理、动作与行为评量表;贝莱婴幼儿发展量表第三版为2006年出版,适用于0—3岁的婴幼儿,针对语言、认知、社会情绪、运动及适应行为五大领域。

4. 学龄前儿童行为发展量表

该量表适用于6个月—6岁的儿童,针对粗大动作、精细动作、沟通表达、概念理解、环境理解、身边处理、人际社会及一般发展八个领域，该量表仅是将国外的量表中文化（朱倍毅，2007）。

此外还有很多其他评估量表。虽然评估量表很多，但是这些评估量表的针对性不足，大多是从儿童的身体发育和心理发展角度进行考量，专门针对儿童言语发展的量表还不成熟。鉴于此，我们考虑从语言学角度对儿童言语发展过程进行描述性分析。上一节我们已经对儿童言语发展的一般规律进行描述性分析，这里我们对儿童言语发展迟缓的一般表现进行论述。

从儿童言语发展迟缓的成因来看，一般有两大主要原因，一是先天性身体缺陷或发育迟滞；二是后天习得环境导致的言语发展迟缓。情况严重者可以考虑是两种原因的交叠作用。其中前者一般认为是可以通过医学手段进行治疗的，而后者则需要心理干预和语言训练加以矫正。当然，前者导致的言语发展迟缓问题经医学治疗后，也需要进行必要的心理干预和语言训练。

（二）基于语言的描述性分析评估

从儿童言语发展迟缓的一般表现来看，主要有如下几个突出表现：

1. 语音方面，与同龄儿童相比，辨音能力不足，对语音不敏感，对语音的高低长短没有反应，发音数量少，发音不清晰，发音缓慢迟钝，语调习得滞后等都可以视为儿童语音发展迟缓。

2. 词汇方面，与同龄儿童相比，词汇总量偏少，词汇种类单一，词汇内容简单，具体名词多，抽象名词少，肢体动作动词缺失或偏少，形容词使用单一，词汇扩展能力贫乏，词汇自我创造力不足等现象都可以视为儿童词汇发展迟缓。

3. 句子方面，与同龄儿童相比，句子总数偏少，句子必要成分不完整（省略除外），句法结构或语序错误，惯用表达句式使用明显低于同龄儿童，句式迁移不足，句子复杂程度偏低等现象均可以视为儿童句子发展迟缓。

综上，我们认为，对儿童言语发展迟缓的评估应该采取两个兼顾的原则，一是兼顾医学诊断和心理学量表测试结果。以往研究指出，儿童言语发展过程中大脑主管语言发展的大脑皮层的发育受阻会阻碍言语发展，这可以说是一种内部检测，而心理学量表可以从外部对儿童的心理发展进行评价，正好可以互相印证。二是兼顾心理诊断与言语测试。心理诊断和言语测试都是从儿童外部进行评价的方式,心理诊断重数据和实验,言语测试重直觉和实践,可以说言语测试是观察儿童言语发展的更为直接有效的手段,综合运用这两种方式可以优势互补,取长补短。

三 儿童攻击性言语行为的评估

对儿童攻击性言语行为进行评估,虽然直觉上我们觉得很容易,好像只要存在说脏话、说狠话的现象都可以直接归为攻击性言语行为。实则不然。成人和儿童都有情绪失控的时候,有的成年人醉酒后骂人,酒醒后却很和善。这里我们要分清两点,一是什么是攻击性言语行为,二是什么情况下的言语攻击算是攻击性言语行为。要弄清第一个问题,我们需要先分清言语行为与攻击性言语行为的区别与联系。

首先,言语行为是 Austin(1962)首先提出的,他认为人类言语行为同时伴随着三种行为,即话语行为(locutionary act)、话语施事行为(illocutionary act)和话语施效行为(perlocutionary act)。Searle(1979)则区分了显性施为句和隐性施为句,即直接言语行为和间接言语行为。因此,从广义上讲,攻击性言语行为是通过言语给对方造成心理或精神上损伤的行为,即话语施效行为是攻击性的行为,包括直接言语攻击和间接言语攻击两种。从狭义上讲,则多半指直接言语攻击,即骂人、说脏话、说狠话等言语行为。鉴于间接攻击性言语行为甄别的复杂性,这里我们仅就直接攻击性言语行为的评估进行论述。关于儿童攻击性言语行为的评估方式基本有两种,一种是基于心理学量表的评估方式,另一种是基于语言描述性分析的评估方式。

(一)基于心理学量表的评估方式

基于心理学量表的评估方式主要是依靠如下几个量表:

1. Achenbach 儿童行为量表(家长版)(CBCL)

CBCL 是目前世界上应用最为广泛的评价儿童行为问题的综合式大型量表,由美国学者 Achenbach 在 1983 年正式提出,有父母评分表(CBCL)和教师评分表(TRF)两种,适用于 4—16 岁儿童。忻仁娥等人(1992)修订该量表并编制了分性别和年龄段的我国常模。其中父母评分表(CBCL)攻击性因子部分常模超过 20 分即可判定为攻击倾向较强的儿童,该量表的内部一致性信度为 0.96,分半信度为 0.93,其攻击性因子测量儿童的外显和内隐攻击行为,家长版由儿童的主要日常监护人填写。

2. 小学儿童社会技能量表

该量表由胡娜(2012)改编自孟红等人(2008)编制的小学社会技能量表,量表分为两个层次,五个因素,分别为情感感受性、情感控制性、社会表达性、社会敏感性、社会控制性。在效度方面,因素与量表总分具有显著相关性,相关系数为 0.773—0.856($p<0.01$),有较好的效标效度。在信度方面,社会技能量表 5 个构面的信度为 0.733—0.835。分半信度为 0.873—0.915。

此外还有很多其他评估量表。这些评估量表主要是从儿童的身体发育和心理发展角度进行考量,针对儿童攻击性言语行为进行评估的研究还不成熟。鉴于此,我们考虑从语言学角度对儿童攻击性言语行为进行描述性分析。

(二)基于语言描述性分析的评估方式

从儿童攻击性言语行为的一般表现来看,主要有如下几个突出表现:

1. 语音方面,与同龄儿童相比,发音尖锐刺耳,经常情绪失控并发出噪音,且具有持续性,语调以短平调为主,命令和强调口气较多等现象可以视为儿童语音具有攻击性。

2. 词汇方面,与同龄儿童相比,词汇使用以行为动词为主,贬义词和否定词居多,词汇使用具有明显侵犯性等现象都可以视为儿童词汇具有攻击性。

3. 句子方面,与同龄儿童相比,命令句较多,脏话、狠话、威胁等口头禅明显,语气简单生硬等现象可以视为儿童句子具有攻击性。

当然,以上判别标准还是描述性的,还需要综合考虑儿童情绪发展因素,即如果在儿童情绪失控的情况下发生以上情形,我们认为还不能断定儿童言语行为是攻击性的,毕竟这不是儿童平时的正常表现。此外,我们认为还需要观察儿童的行为举止,因为一般发生攻击性言语行为都会伴随有攻击性动作行为,例如推人、咬人、打架等,因此应当结合言语和动作进行综合评价。还有需要注意的就是发生频率的问题,如果这种行为不是经常发生,也不能仅凭儿童的几句过激的话或一时情绪失控就断定儿童是攻击性儿童。

第二节 儿童言语发展迟缓与攻击性言语行为的影响因素

儿童言语发展迟缓与攻击性言语行为的影响因素是比较复杂的，从成因上看，儿童攻击性言语行为的发生一般都是后天形成的，即后天语言环境和生活环境让儿童耳濡目染，形成了这种意识。从发生心理学角度看，有的是利己主义使然，有的则是自我保护意识过激所致。我们无法直接分析出儿童言语发展迟缓和攻击性言语行为的影响因素，但是可以通过首先找出儿童言语发展的一般影响因素，以此作为对儿童言语发展迟缓与攻击性言语行为影响因素分析的基本框架。

一 年龄因素

一般情况下，儿童心理发展与身体发展是正相关的，儿童之所以成为"儿童"，也是与其年龄小、身心发展还不健全有关。因此年龄因素不仅是儿童身体和心理发展的重要参考因素，也是影响儿童言语发展的重要因素之一。

我们基于 CHILDES 语料库中 0—6 岁汉语儿童语料进行统计分析，得出 0—6 岁儿童语句和字词发展折线图（见图 3-1）。

从图 3-1 可以看出，0—6 岁汉语儿童言语发展总体是曲折上升的，语句发展与字词发展保持基本同步，但字词发展速度远远高于语句发展速度。随着儿童年龄的增长，儿童字词总量大幅上升，语句数量也相应增加。其中 0—3 岁是儿童言语快速增长时期，3—5 岁是言语的巩固发展时期，到 6 岁时儿童言语发展已经基本趋于稳定。这也是为什么很多研究将 3 岁和 6 岁定为儿童心理和语言发展的临界点的原因之一。也许有人会对 3—6 岁期间的儿童言语发展趋势表示怀疑，认为应该表现为直线上升趋势才对，我们也注意到了这个问题。究其原因是这里的数值是受语料采样大小影响的，鉴于此，我们可以从儿童语句的平均句长发展再次分析年龄对儿童言语发展的影响。

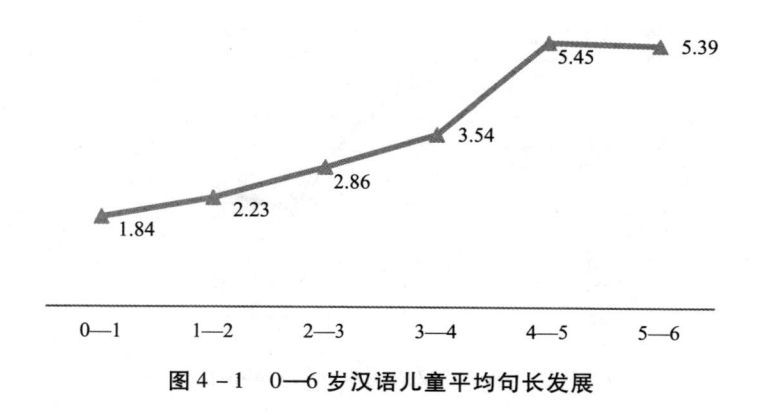

第四章　儿童言语发展迟缓与攻击性言语行为的评估与矫正　119

图 4-1　0—6 岁汉语儿童平均句长发展

从图 4-1 可以看出，0—6 岁汉语儿童平均句长发展的趋势几乎是持续走高的。0—1 岁儿童平均句长为 1.84，1—2 岁儿童平均句长为 2.23，2—3 岁儿童平均句长为 2.86，3—4 岁儿童平均句长为 3.54，4—5 岁儿童平均句长为 5.45，5—6 岁儿童平均句长为 5.39。其中 0—3 岁期间儿童句长只增加了一个单位（1 个字词），而 3—6 岁期间儿童句长增长加快，增加了近三个单位，5—6 岁期间儿童句长基本趋于稳定发展。这也解释了为什么 3—6 岁汉语儿童词汇语句量远远低于 2—3 岁时期，这是因为随着儿童年龄增长和儿童语句长度增加，词汇增长速度无法跟上句长增加速度。可见，年龄在儿童言语发展中作用之大。

二　性别因素

我们知道性别因素是人类学和社会学研究中的重要因子，也是心理学和语言学研究中的重要因子。这里，我们从语句和词汇发展两个维度来考察性别差异在儿童言语发展中的重要作用。

根据我们对 0—6 岁男孩和女孩语句发展的统计，男女儿童在各年龄段上的表现基本相当，但显而易见的是女孩的平均语句发展水平在每个年龄段上几乎总是高于男孩，其中在 0—3 岁期间一直保持在 50 句差距左右，在 2—3 岁时差别最大，约为 70 句，在 3—5 岁时趋于一致，到 6 岁时男孩语句发展与女孩持平。

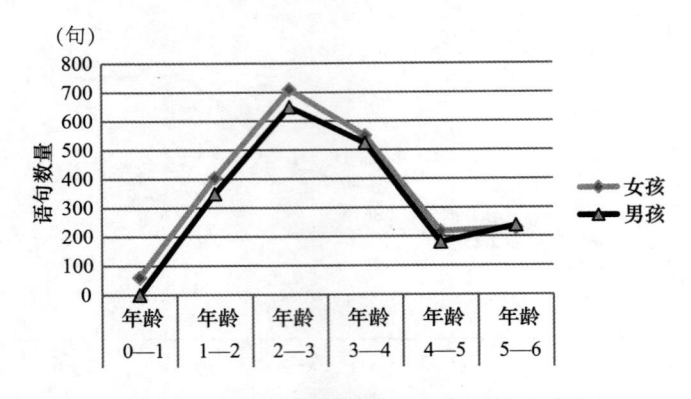

图 4-2　0—6 岁汉语儿童语句发展性别对照

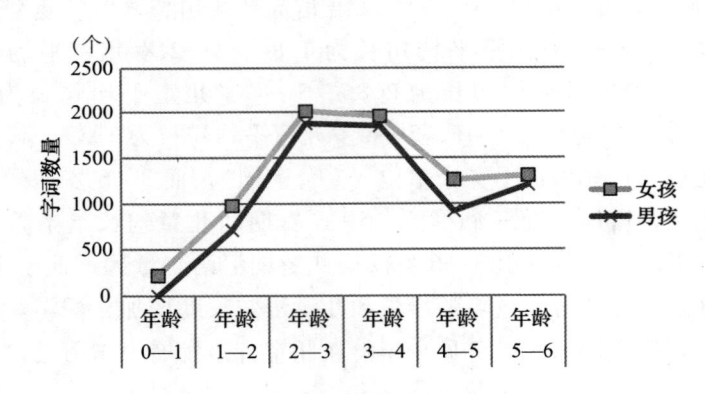

图 4-3　0—6 岁汉语儿童字词发展性别对照

从 0—6 岁汉语儿童字词发展性别对照图（见图 4-3）可以看出，男孩字词发展在各年龄段上几乎一直低于女孩，其中 0—3 岁期间一直保持在 200—300 个字词的差距，2—4 岁期间男孩和女孩的字词发展趋缓，在 4—5 岁期间男孩字词发展与女孩的差距拉大，差距约为 350—400 字词，到 6 岁时男孩和女孩字词发展持平。

以上两组数据反映出性别在儿童言语发展中的重要作用，无论在语句发展层面还是字词发展层面，女孩的发展速度几乎总是略高于男孩，这也是为什么很多家长觉得在语言方面女孩较男孩更具有天赋的原因，可见性别因素影响之大。

三 言语环境因素

影响儿童言语发展的外部环境因素有很多，但是从其影响大小来判断，作为儿童日常生活的主要监护人——母亲的作用最为突出。因此，这里所谓的言语环境因素主要是指作为儿童言语输入端的母亲的语句和字词输入对儿童言语发展的影响。根据我们对儿童语料库中 0—6 岁汉语儿童及其母亲的语句和字词数量的统计，我们进一步做出了 0—6 岁女孩与母亲语句数量对照图（图 4-4）、0—6 岁男孩与母亲语句数量对照图（图 4-5）、0—6 岁女孩与母亲字词数量对照图（图 4-6）、0—6 岁男孩与母亲字词数量对照图（图 4-7）。

从 0—6 岁女孩与母亲语句数量对照图和 0—6 岁男孩与母亲语句数量对照图两幅图可以看出，不论是男孩还是女孩语句发展随着母亲语句输入多少会相应浮动，且除了 4—5 岁时期外，母亲的语句数量几乎总是低于儿童的语句数量。这其实不奇怪，因为儿童的语句数量虽多，在平均句长层面却远远低于母亲的语句长度，换句话说，母亲的语句长，儿童的语句短，儿童是将母亲的长句进行了多次切分后慢慢模仿习得的。还有一个原因那就是母亲的语句输入重复率较低，在数据统计和语句遴选过程中被刨除了。通过比较图 4-4 和图 4-5 还可以发现，男孩和女孩对母亲语句输入都是敏感的，我们看到在儿童 2—3 岁时期，母

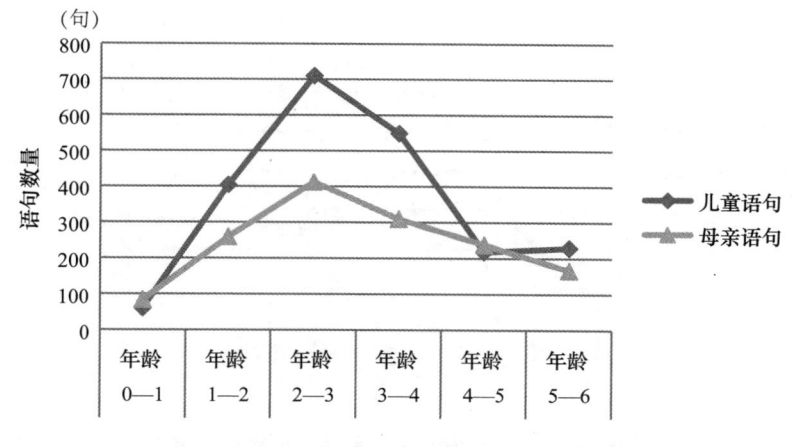

图 4-4 0—6 岁女孩与母亲语句数量对照

亲对女孩的语句输入为 400 句左右（语句数量经过 ANN 人工神经网络模型遴选，原始数据远远高于该数据），女孩相应的输出语句约为 700 句；而同一时期，母亲对男孩的语句输入为 320 句左右，男孩相应的输出语句约为 650 句。简言之，母亲语句输入量增大，则儿童相应输出语句量增大，反之，则减少。需要说明的是两图中 4—5 岁期间儿童语句数量骤减，甚至低于母亲语句输入，我们认为这是情理之中的现象，原因是 4—5 岁时儿童基本都已经入学，儿童语句输入端切换为学校的老师，因此，母亲话语输入在统计中显得微不足道，这其实反而证明了我们语料统计的客观性。

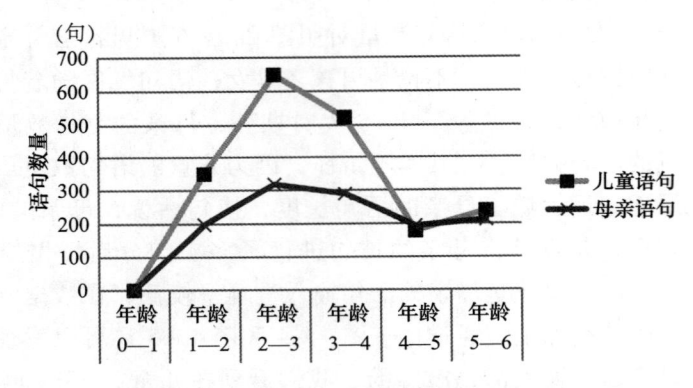

图 4-5　0—6 岁男孩与母亲语句数量对照

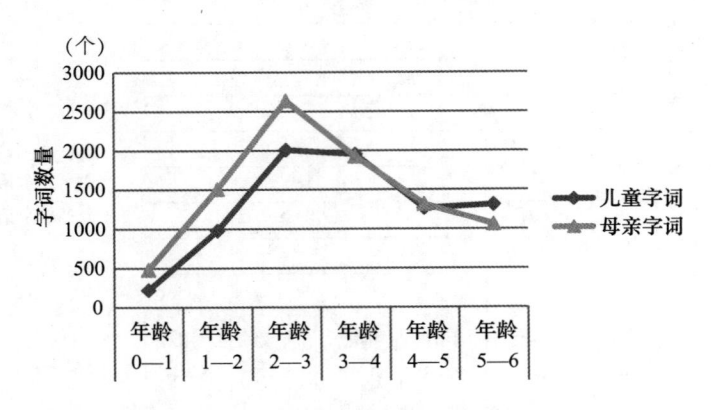

图 4-6　0—6 岁女孩与母亲字词数量对照

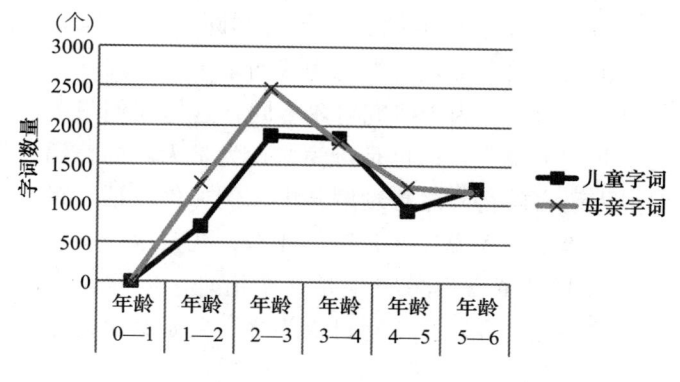

图4-7　0—6岁男孩与母亲字词数量对照

我们再来对比分析0—6岁女孩与母亲字词数量对照图（图4-6）和0—6岁男孩与母亲字词数量对照图（图4-7）所反映的现象。相比0—6岁女孩与母亲语句数量对照图（图4-4）和0—6岁男孩与母亲语句数量对照图（图4-5），图4-6和图4-7与之最大的区别是母亲的字词数量几乎总是多于儿童的字词数量，这一点我们已经解释过原因，就是母亲语句中含有的字词数量要远远多于儿童，因此儿童语句多于母亲，而字词数量却远远低于母亲。对比图4-6和图4-7可以发现，儿童字词数量与母亲字词数量保持正相关，母亲字词输入越多，儿童字词量也越大，反之，则越少。两幅图反映出儿童性别差异对母亲字词输入的接受程度上的不同。在0—4岁期间，男孩和女孩对于母亲字词输入的接受程度基本相当，然而在4—6岁期间，在母亲几乎同等强度的字词输入环境下，男孩字词发展明显低于女孩，直到6岁时男孩才与母亲字词输入速度持平，而女孩则在6岁时超越了母亲字词输入速度，证明5岁左右无论对男孩还是女孩都是一个词汇发展的转折点。当然，4—6岁时儿童已经入学，这也在客观上加大了外部语言输入，促进了儿童言语成长。由此可见，母亲言语输入和学校教育等外部言语环境因素对儿童言语发展的巨大影响。

年龄、性别、外部言语环境等对儿童言语发展的影响是显而易见的，我们相信这些因素对儿童言语发展迟缓和攻击性言语行为的判别以及干预同样具有参考价值，年龄对儿童言语发展迟缓的判别肯定是重要依据，而性别差异在儿童攻击性言语行为判断中同样具有较高参考价值，多项研究指出，男孩的攻击性行为普遍多于女孩。

对于外部环境因素，因为研究对象不同，这里我们只关注了言语环境因素，对于儿童来说，言语也是行为，行为是无声的言语，特别是低龄儿童，对成人语言的言外之意理解甚少，例如俏皮话、谎言、生气时略带威胁的语言等，成人说什么儿童信什么，儿童说什么也基本能代表儿童想什么，所谓"童言无忌"也是这个道理。因此，我们通过言语行为窥探儿童的心理世界既是不得已而为之，又是必由之路。

第三节 对儿童言语发展迟缓与攻击性言语行为矫正的建议

基于对儿童言语发展规律和儿童言语发展影响因素的分析，对儿童言语发展迟缓和攻击性言语行为早期干预和矫正，我们认为应该在以下三个方面着手。

一 创造积极健康的言语环境

外部言语环境的质量对儿童言语发展的影响是巨大的，好的言语环境下不仅儿童的言语流利、大方、得体，行为举止也不凡；坏的言语环境下不仅儿童言语尖刻、犀利、带有攻击性，行为举止也会受到极大影响。如何创造积极健康的言语环境是一项十分有意义的课题。我们认为，学龄前儿童的言语习得主要来自儿童日常生活监护人的言语输入，在0—3岁，作为儿童生活主要监护人的母亲的言语生活极为重要，而在4—6岁，幼儿园教师和同龄儿童的言语生活是至关重要的。

首先，在0—3岁儿童言语环境构建方面，应该加大母亲与儿童的言语交流和行为互动，在儿童尚未完全掌握言语运用之前，健康积极的言语输入不仅有助于儿童身心发展，也有助于母亲与儿童更好地进行情感沟通，母亲的感情投入、耐心投入、时间投入看似日常，实际上已经在儿童的潜意识中埋下了真善美的种子。有人反驳说，"儿童这么小懂什么呀，等长大以后再教育就行了"，其实是自欺欺人。先不说迄今为止心理学、社会学、人类学等众多研究成果已然明确了儿童时期儿童身心发展的重要作用，且说汉语文化中总结出的许多"老话"已经足够引起我们的重视。"儿时偷针、大了偷金""三岁看大、七岁看老"等耳熟能详的俗语即是佐证。孔子也曾说"少成若天性、习惯如自然"，《三字经》也说"性相近、习相远"，说的也是这个道理。我们如此强调在0—3岁时期创建良好的言语环境还有另外一个原因，那就是0—3岁时期也是儿童社会交际能力培养的第一个重要时期。如果一个0—3岁的儿童在家庭中出现了明显的交际问题，我们基本可以断定当儿童进入学校、迈向社会时这个问题并不会消失，甚至会随着年龄增长越来越严重。重视家庭教育的问题已经一而再再而三地呼吁了，翻看心理学研究史，其实西方发达国家早就开始系统研究和实施了。

其次，在4—6岁儿童言语环境构建方面，幼儿园教师的作用至关重要。教师用什么样的语言传递什么样的信息，教师如何处理幼儿间摩擦和矛盾都是极其有意义的研究课题。一方面我们国家和社会应该加大对幼儿教师的培养和尊重，提高幼儿教师的培养质量和待遇，加强幼儿园的管理和监督，减轻幼儿教师负担，实行小班制等；另一方面应该加大对幼儿园突出问题的研究，提出系统、可行的优化方案，像保护眼睛一样守护儿童身心健康。这其中儿童交际障碍研究就是一个很大的课题。关于提高幼儿教师质量，高校有一门课程叫做"教师语言"，其实这还不够，幼儿教师语言教育和研究还相对匮乏。习总书记说引导学生"扣好人生第一粒扣子"，应该"从娃娃抓起"。4—6岁儿童的言语环境构建还需要小区和邻里众多同龄儿童一起努力，此时期正是儿童同伴交往的发展时期，同伴的言语、行为、生活习惯都有可能影响儿童自身发展。古语有"孟母三迁"的故事，说的就是邻里生活习惯对儿童发展的影响。幼儿园放学后多数儿童会与同伴一起度过一段游戏时间，我们要相信同伴行为会"传染"，同伴的家庭生活习惯也会不知不觉蔓延到儿童自己的家庭，而且似乎那些不好的习惯更具有"传染性"。而且据观察，我们所说的儿童言语交际障碍一般总是发生在同伴交往之间，言语环境的重要性不言而喻。

二 有针对性地开展言语训练

鉴于儿童在0—3岁时期和4—6岁时期所处的言语环境差异，针对儿童开展言语训练也不能一概而论，而需要进一步把握规律性，提高针对性。

首先，针对0—3岁儿童开展言语训练要基于0—3岁儿童言语和心理发展规律，不能"拔苗助长"，更不能"顺其自然"，尤其对言语发展迟缓儿童的言语训练干预更要注意把握时机，以免遗憾终生。我们知道0—3岁是儿童言语输入的黄金阶段，是大脑发育、肢体动作发展、智力发育、情感发育、听觉和发音器官发展等很多重要的身体功能的黄金发展期，而且此时儿童还未进入校园，不会面临同伴交往的困扰，是开展言语训练的最佳时期。对于言语训练的内容，我们认为不必严格遵循但可以参考我们对0—3岁儿童语句和字词发展的统计结果，要根据儿童自身特点和所处的言语环境选择合适的内容，内容不宜过难过多，但要富有趣味性，母亲无法全程参与的情况下要注意保持频率，音视频言语训练课程可以作为辅助，但不能替代母亲的参与和引导。

其次，针对4—6岁儿童开展言语训练要基于4—6岁儿童言语和心理发展规律，注意干预方式的选择。尤其是对4—6岁儿童攻击性言语行为的言语训练干预，需要潜移默化、水滴石穿，而不能简单粗暴、急功近利。根据已有研究，4—6岁是儿童同伴交往的发展期，同时也是儿童攻击性言语行为的高发期，这一时期儿童性格和脾气秉性虽未固化但已经基本形成，儿童在各自家庭环境中养成了各自不同的兴趣爱好、行为习惯和说话方式。而以孩子为中心的家庭教育理念和愈加优越的物质生活条件更加助长了儿童交际障碍的发生，在这种状况下想要在短时间内改变儿童交际方式实非易事。我们认为首先要做的是儿童家庭环境的改变，包括父母教育方式和父母自身的言语行为方式，家长要引导儿童通过正确的方式发泄情绪，而不是训斥责备甚至拳脚相向；其次是言语行为训练，儿童此时大多已经进入幼儿园教育阶段，批评、惩罚不是解决具备较强自我意识的儿童攻击性言语行为的办法，说服教育可能也只是权宜之计，找准症结，根据儿童个体特点合理规划言语行为训练课程，结合心理疏导，从内部解决儿童攻击性言语行为才是正确的方式。

当然，开展言语训练不应该是儿童家长和幼儿园教师首先考虑的问题，更不是我们愿意看到的现象。与此相比，我们更希望听到的是不用开展言语训练就能健康发展的儿童语言。我们研究的目的是及时发现、早期预防，尽量减少人为干预和言语训练，因为稍有不慎可能会给儿童心理发展带来困扰，如何不让儿童感到自己是问题儿童，又能准确高效地解决儿童存在的问题依然是个难题。

三　加强游戏中的正向引导

前面我们提出了针对儿童言语发展迟缓和攻击性言语行为矫正的两大策略，一是创造健康积极的言语环境，二是开展言语训练。其中前者是较为宏观的建议，后者是较为微观的策略。然而，不论是前者还是后者，都必须有一个可供依靠的平台，这个平台就是游戏。这一部分我们将着重论述游戏治疗的相关理论，并通过实例指出如何在游戏中加强言语正向引导。

（一）关于游戏治疗

游戏治疗是用游戏的方式治疗儿童心理问题的方法。在游戏治疗中，游戏本身不是治疗的目的，而仅仅是儿童心理治疗的一种手段或方式。游戏治疗根据运用方式和目的的差别，可以分为儿童中心游戏治疗、儿童精神分析游戏治疗、结构式游戏治疗、格式塔游戏治疗、生态系统游戏治疗、认知—行为游戏治疗、阿德勒游戏治疗等不同流派。

1. 儿童中心游戏治疗

儿童中心游戏治疗又叫非指导性游戏治疗，是 20 世纪 40 年代以 Carl Rogers 的个人中心治疗的理论为基础发展而来的，集大成者是 Virginia Axline。儿童中心游戏治疗的开创者 Axline（1947）指出"游戏治疗是让儿童'演绎'（play-out）心中感情和困境的良机，就像成人在某种治疗中'倾诉'（talk-out）他内心的困境"。Axline 成功地将个人中心治疗理论运用到游戏治疗中，指出儿童家长、老师或治疗师以非指导的立场，提供儿童去体验成长的机会，但不干涉儿童自由成长的环境，以此促进儿童的自我成长。主张治疗师与儿童之间真诚、无条件地积极关注和共情，提供给儿童一种无条件接纳的成长环境，在这种环境中儿童会透过自身内在力量，改善和解决当时的困扰。Klein 也主张，游戏是儿童自由表达其愿望的主要方式，对于儿童来说游戏就是活动，是儿童表达潜意识和探索外部世界的重要途径。

2. 儿童精神分析游戏治疗

儿童精神分析游戏治疗起源于精神分析学派，他们认为游戏治疗是指以游戏为媒介和载体，让儿童在游戏中表达和揭示自己的情感和行为，从而获得成长的一种治疗方法。1908年弗洛伊德（Freud）开创了儿童精神分析游戏治疗的先河，20世纪20年代克莱因（Klein）和弗洛伊德分别系统地整理了游戏治疗的理论与技术，开始了儿童游戏治疗的系统化、理论化进程。儿童精神分析游戏治疗是对弗洛伊德的经典精神分析的进一步发展，是以儿童为分析对象的精神分析理论之一。儿童精神分析中游戏治疗的特色在于通过游戏观察、探索和分析儿童的潜意识，认为儿童的游戏以象征的方式表达了儿童自身的潜意识观念与欲望，是儿童心理世界的客观反映。这种理论重视儿童在游戏中表现出来的问题，以游戏为切入点和手段观察儿童的心理世界，重视原因挖掘和理论的解释作用。

3. 结构式游戏治疗

结构式游戏治疗的代表人物是David Levy。他认为治疗的目的不是解释儿童的潜意识，而是将儿童心里积聚的能量发泄出来。这种游戏治疗需要治疗师主动去设计游戏各个环节，以帮助儿童正确高效地释放愤怒和害怕等情绪。在结构式游戏治疗中儿童是游戏的核心参与者，治疗师的角色是"场景设计者"和"游戏主导者"。1955年，Harnbridge发展了结构式游戏治疗的理论，使得游戏主导者能够更为直接地进入游戏情境中，在与儿童建立信赖关系后再现引发儿童焦虑的情境，并通过游戏让儿童释放和宣泄，从而达到心理问题的治愈效果。

4. 格式塔游戏治疗

格式塔游戏治疗理论的奠基人Violet Oaklander认为格式塔游戏治疗是"人本的、过程导向的心理治疗，关注包括感觉、躯体、情绪、智力在内的整体的系统的健康、全面的功能"。Oaklander认为对于年幼的儿童来说，游戏本身是一种即兴的戏剧表演形式。格式塔游戏治疗的特色在于这种治疗方式并不是只关注儿童身心发展的某一方面问题，而是全面整体地把握儿童身心发展全过程，指出儿童身心发展问题矫正是一个渐进性的过程，遵循一定的规律，而非一朝一夕就能完全解决所有问题。Oaklander指出通过观察儿童的幻想性游戏、艺术作品或在游戏室内的其他活动中流露出的各类不同现象，去发现其间的关系并探索其中的规律，心理治疗师能够逐渐全面地了解儿童的身心情况、其经历的冲突和解决问题的个人能力等方面的问题。

5 生态系统游戏治疗

生态系统游戏治疗（EPT）的奠基人 kevin O'Connor 认为，生态系统游戏治疗是综合性的游戏治疗方式，其中混合了生物可行理论、儿童心理治疗的多模态发展理论等，使之融为一种较为全面的理论。这种理论不仅关注现在和当下儿童所面临的心理问题，还关注儿童过去所经历的情境和未来发展。生态系统游戏治疗认为，儿童问题的形成是不同时期个体内外多种因素综合作用的结果，儿童发展面临的心理问题是可以被一系列包括家庭、学校、同伴、文化、法律、医学以及其他系统所修正和改变的问题，所以对儿童问题的治疗也应该从儿童发展的生态系统出发对其内外因素进行综合干预。比起在游戏室对儿童进行封闭治疗，生态系统游戏治疗更注重在儿童的日常生活、学习中对儿童进行系统的游戏干预，否则治疗只能起到暂时的改善作用，一旦治疗结束，儿童心理问题可能又回到原来的状态。

6. 认知—行为游戏治疗

20 世纪 60 年代 A. T. Beck 提出了认知—行为游戏治疗（CBPT）理论，该理论是一种结构化、短程化、具有现在取向的心理治疗方法。Carmichael（2006）认为 CBPT 提供了一个以认知—行为为原理的理论框架。这种理论认为认知过程影响情感和行为，通过改变不良认知方式可以改变儿童的不良行为方式。受儿童需求发展理论的影响，认知—行为游戏治疗的特点是突出目标导向，在游戏中通过改变认知方式间接地将治疗目标传达给儿童，从而促使儿童产生正确的行为方式。在认知—行为游戏治疗中，主要使用苏格拉底式对话、榜样树立、泛化和角色扮演等作为干预手段，因此儿童一般能够做到积极主动地与治疗师共享他们的想法和感受，使得治疗师能够尽快与儿童建立心理连接和共情，还能将治疗目标快速有效地传达给儿童。

7. 阿德勒游戏治疗

阿德勒游戏治疗是以阿德勒学派个体心理学的理论为基础，结合现代游戏治疗的理念和技术发展融合而成的游戏治疗方法。这种治疗方式认为在治疗师引导并主动与儿童分享游戏的乐趣时，治疗师和儿童之间能架起一架沟通的桥梁，在这个过程中游戏治愈性的力量就会充分发挥作用。在该游戏治疗方法中治疗师一般运用玩具、艺术活动和游戏材料与儿童进行沟通和连接。陈丽娟（2002）、Carmichael（2006）指出阿德勒游戏治疗中儿童的游戏方式、工具、材料等反映了儿童的行为特点和生活方式，游戏活动、绘画、说故事等游戏治疗方式是行之有效的方法，这些活动能使游戏治疗师理解儿童并与儿童共情，并帮助儿童了解自己的感情、想法、知觉、态度、行为、关系和体现自我的重要性的方式是否恰当和被人认可，儿童和治疗师可据此做出自我改变和治疗方式的调整。

（二）儿童言语发展迟缓的游戏治疗

对于儿童言语发展迟缓的游戏治疗，我们认为阿德勒游戏治疗方案具有较大适切性。因为0—3岁儿童的游戏可以直接反映他们的行为特点和生活方式，而这种游戏治疗主要是运用玩具、艺术活动、游戏材料等与儿童架起沟通的桥梁，并帮助儿童选择表达自己的想法、感情、态度、知觉、关系等的正确方式。

（三）儿童攻击性言语行为的游戏治疗

对于儿童攻击性言语行为的游戏治疗，我们认为结构式游戏治疗的方案具有参考价值。儿童攻击性言语行为的产生，很大程度上来源于儿童早期情绪发泄受阻和言语环境的不良影响，且在4—6岁儿童身上较为多见，攻击性言语行为矫正时需要根据儿童个体差别系统规划训练内容和实施方案，而结构式游戏治疗恰好满足这些要求，治疗师需要根据儿童攻击性言语行为特点主动去设计游戏，以帮助儿童释放愤怒、害怕的情绪，在干预过程中，治疗师既是参与者、引导者，又是游戏设计者，通过游戏的方式，让儿童回到症结的起点，然后选择正确的方式释放情绪，旨在给儿童重塑正确的言语行为理念。

附　　录

附录1　0—1岁儿童词汇

鸭 不要 啦 拔 行 家 我 小 嗯 吃 来 还有 是 好 了 啊 这个 没有 睡觉 看 这 一 拿 还 玩 什么 爸爸 妈妈 雪 儿 这边 的 三 二 球 有 哎 嘿嘿 拍 你 个 在 睡 呵呵 颜色 手 给 飞机 它 知道 只 讲 阿姨 画 爷爷 圆 上 跳 搭 完了 谢谢 奶奶 鸡 报 四 卖 坐 呀 去 开饭 掉 五 笔 跟 玩具 抹 洗 书 哎哟 燕子 运动 把 海豹 大 六 打针 立正 萝卜 呢 电话 这儿 鱼 白 红 兔 脸 葡萄 扬 唱 吆 完 哦 做 米 兔子 猫 出来 狗 动 想 写 快 两 里面 哭 火车 烫 自己 脚 起 猪 汽车 八 觉 七 蓝 拌 到 瓜子 踢 地 哼 长 再 说 新年 捣 得 买 黄 扔 皮 太阳 打 跑 冰激凌 一起 字 收 大象 没 站 花 怕 叉 螃蟹 唱歌 妹妹 辣 门 放 边 也 好多 一点 鞋 下来 预备 齐 用 眼睛 老鼠 熊 哟 圈 我们 进去 奶 回来 皮球 拨 电 吧 河马 小朋友 蚊子 疼 虫 上班 迷 嘘 电脑 过 天 星星 轮 车 喊 衣服 孔雀 山羊 游 睡着

附录2　0—1岁儿童语句

"嗯。" "还有。" "没有。" "这_是_什么?" "好。" "嘿嘿。" "呵呵。" "这个。" "哎。" "不_知道。" "不_要。" "看_完了。" "雪儿。" "小_燕子。" "立正。" "睡觉。" "谢谢。" "哼。" "还有_还有。" "我_要_吃_这个。" "这边。" "笔。" "没有_了。" "飞机。" "睡觉_觉。" "妈妈_来。" "黄_颜色。" "怕!" "奶奶。" "做_运动。""鸭鸭。""不_好。""吃_萝卜。""我_要。""小_山羊。""预备_齐。""拔。""嗯_嗯。""哎哟。""球。""嘘。""打针。""玩。""小_鱼。""白_颜色。""有。""一_二。""不_要。""红_颜色。""拌_不_烫。""还_要_吃。""好_了。""大_瓜子。""飞机_来_了。""电脑。""哦。""太阳。""看_书。"

附录3　1—2岁儿童词汇

阿 啊 表 拿 车 子 岁 这 是 开 吧 狗 见 不 我 有 了 好 的
一 阿姨 看 汽车 大 叫 球 同 笔 开 菜 嘉 敲 比 摇 家 猪 鸭 牛
书 破 尿 鹿 录音 亮 要 妈妈 呀 爸爸 还 小 什么 没 哦 啦 来 个
钱 哎 下 放 姐姐 上 儿 鱼 再 笑 会 跑 睡觉 找 哟 壮 狼 把 跳
哭 雨 这样 猴子 转 汪汪 公共 汽车 这样 行 灰 圆形 糖 枪 鸭 音
乐 天 圈 干 咳嗽 叔叔 吗 声音 具 唽 惜 垃圾 着 肉 乌龟 粑 虾
风 多少 大家 飞机 汪 嘴 苹果 穿穿 嗯 妈妈 这 在 个 这个 没有
吃 你 去 哼 掉 也 咦 他 好吃 火车 这里 抱 奶奶 走 到 坐 呜 块
哇 猫 二 呢 嘎 谁 谢谢 打 玩 喝 书 这个 讲 一个 噢 就 坏 自己
搭 三 喔 耶 买 妈 雪 画 恩 花 巴 比 什么 百 那 它 给 没有 抱抱
颜色 这里 还有 玩具 对 穿 怎么 拍 倒 出 多 拉丁 一样 我们 呜
鞋 想 老鼠 宝宝 五 果汁 哪里 兔 捡 洗 哪 这边 八 汤 鱼 斑 两
七 动 她 哎哟 呷 大叫 爬 又 右边 手 飞机 哈哈 坏掉 哗 嘿 不要
丁 娃娃 水 鸡 积木 丢 小朋友 衣服 喽 爷爷 还 拔 六 回来 红 来
四 摔 马上 饭 十 问 脚 里面 妈 完 火车 好喝 等 擦 鸟 摆 喂 下
去 唱 睡 出来 名字 做 鞋子 会 马 过 人 哈 滑梯 泡沫 嘿嘿 嘟嘟
好笑 猪 按 知道 头 九 写 上学 宝宝 果冻 起 坐坐 脱 弄 乌 碗 一
下 报 那里 起床 饿 床 站 木瓜 起来 灯 勒 跟 片 高 唔 画 呕 嘟
嘻 红色 给 得 说 太阳 上班 这么 谁 带 看看 门 勺子 先 呆 白兔
上面 一样 茄子 看到 蜡烛 黑黑 圆 请 洗澡 回 滑 青蛙 苹果 转转
阿嬷 哎呀 猫 乌龟 买 满 红色 快 点 火 马 哥哥 半 好玩 能 进
眼睛 漂亮 这儿 早 零 胖 里面 听 大姐 交通 卖 姑姑 叽 困 坏 嗒
游 长颈鹿 嘛 裤子 两边 跳舞 姐 纸 吗 今天 二姐 鼻子 好多 猫咪

烫 和 烧 白 气球 头 炒 蚂蚁 鸟鸟 那里 拜拜 绿 蛤 咬 帽子 东西
肝油 拉 星星 用 那个 后面 觉 鸟 谢谢 那边 西瓜 都 卡车 像 插
羊 呐 吹 卜 兔子 里 这边 太 刷 散步 一起 电话 住 里边 勾 杨文
锋 电视 修理 对 马路 盖 喜欢 肥皂 学 拉拉 过 变成 本 摩托 饮料
被子 黑帮 熊 喵 蛋糕 乖 几 虫 张 幼儿园 左 妹妹 嘎嘎 公公 只
收 牙 叱 照 关 脏 蓝 笔 捡 香蕉 木偶 镜子 故事 牌 一边 摇摇 包
巴 积木 伤 受 袜子 琳 赛车 著 阿伯 奶 吸 玻璃 蝈蝈 纽扣 字
轨道 丢 踩 唉 唷 接 报纸 于 铅笔 慢慢 出来 开门 变 鲫鱼 你们
高兴 背 脏脏 回来 啰 没 口 飞 虫 尾巴 爸 份 铜板 伸 再见 照片
加 黄 姐姐 别 吵 香 照相 鼓 屁股 毛 油 层 燕子 饿 大雨 现在 宝
陈 应 之 吃饭 教书 跌倒 桶子 面 闭 葡萄 工具 臭 大众 尼 桑
秋天 糟糕 泡泡 饼干 翅膀 往 正方形 录音机 蘑菇 早安 换 常
录音带 大大 被 街 转 爷爷 门 眉毛 茶 卡片 回家 真正 下班 点钟
懂 脖子 唱歌 不是 扭 翻倒 河 喜欢 怎 气 七巧板 窗户 喔喔 抖 机
哇哇 拖鞋 页 蝌蚪 条 睡觉 只 滚 机器 盖 弄弄 痒痒 咿 洞 赵
晶晶 米老鼠 一起来 拉杂 呦 辣椒 起来 卡 片片 痒 安安 房子 痛
呃 山洞 桶 载 进去 噫 不愿意 云 装 热 嘘 搞 靠 大象 轮 楼房
喇叭 开始 拿走 新闻 死 声音 翻 下午 怕 飞 月亮 梳 菠萝 看一看
踢 划 脸 嘴巴 告诉 冬冬 出去 跌 轮子 碰 排 冷 小孩 老师 知 右
重 耳朵 萝卜 根 青菜 腿 多多 数 戴 脏 锅 班 关 筷子 画画 控
酒瓶 那个 北 热狗 棉被 哪里 话 走走 爱 怎么 好听 不客气 坐下
电 掉下 下来 村

附录4　1—2岁儿童语句

　　"嗯。""妈妈。""这_个。""好。""不_要。""没有。""阿姨。"
"妈妈。""这个。""好吃。""啊。""嗯？""啊！""他_是_谁？"
"有。""谢谢。""爸爸。""这。""哼。""嗯！""咦？""要。""哼_"
"一个。""姐姐。""嘎。""球。""拿。""抱抱。""开。""自己。"
"哦。""噢_""斑比。""嗯_嗯。""Nono。""对。""哇！""是。"
"No。""花。""笔。""Puppy。""走。""奶奶。""哎。""嗯_""还

"有。""阿拉丁。""呜_""Bubu。""见。""车车。""抱。""Bou。""恩。""壮壮_好。""果汁。""阿丁。""爬。""恩?""什么?""爷爷。""噢。""开_呀。""喔!""咦。""马。""Byebye。""去。""嘉嘉。""坐坐。""猫。""呜。""鸟。""这_个。""汽车。""哦_哦_哦。""Ei?""哦!""En。""鱼。""猪猪。""啊?""公共汽车。""开!""红色。""饿。""汪汪。""拔!""En!""哼_哼。""嘿嘿。""呀。""哇。""哟。""小_鸡。""不_是。""喝。""No?""呀!""丢。""坏掉_哇。""嘿。""这里。""不_要_不_要。""阿姨!""哈哈。""好_了。""爸爸,爸爸。""嘎_嘎。""苹果。""Banana。""哦_哦。""姑姑。""这_。""飞机。""呷!""洗澡。""好!""呜。""耶?""片。""鞋。""阿嬷。""好喝。""妈。""大姐。""吃。""玩具。""来。""玩_玩具。""不要。""哎!""看。""蛤?""耶。""鱼。""没有。""妈妈!""好玩。""娃娃。""交通音乐。""拜拜。""这个_什么?""一个。""上学。""哈!""谁?""Doudou。""马。""猫咪。""鸭鸭。""没有_啊。""Ha。""坏_掉。""Bu。""谢谢!""又_坏_掉_了。""坏掉_啊。""请。""啊_啊。""耶!""Ei掉。""二姐。""好笑。""Nana。""大_鱼。""好_的。""摩托车。""哎哟。""书。""这_是_什么?""Bibi。""跳舞。""我_不_要。""一。""火车。""Jiujiu。""牛。""猴子。""咦!""书。""不_好。""唉唷!""kian_kian。""没有_吗。""雨。""妈妈_抱_啊。""阿拉丁!""猫。""这个_什么_mei?""小木偶!""乌龟。""没有_了。""惜惜。""Banana!""Kitty。""灯。""还有。""睡觉。""呜_""阿伯。""具具。""脏脏。""气球。""我_不_玩_了。""敲_敲_敲!""嘎嘎。""脚。""车子。""回来_啰。""唔_""喝。""巴。""泡沫。""背。""呣呣。""鸟鸟。""这儿。""这样子。""Dada。""于。""纸。""呜_呜。""xxx_抱。""雪儿!""杨文锋。""谢谢。""阿姨_你_看。""菜。""打。""小_白兔。""来。""雪儿。""蝈蝈。""Yi_要。""宝宝。""Byebye!""不。""好吃!""Bubu_啊。""他_是_""He。""修理。""又_坏_掉。""要_咬_啊。""还_要!""盖。""这_坏_掉_耶!""没有_没有。""拿拿。""阿卜。""个。""葡萄。""四。""不_知道!""爸爸_""爷爷!""坏_掉

了。""Totoro!""没有_ 啦!""屁股。""叫。""喔?""嘉_ 早。""Nini_ 早。""黑黑_ 啊。""呜!""Dudu。""转转。""这个_ 转转。""哈哈_ 哈哈。""Jin_ 啊。""对!""kitty。""Yim_ a。""这个_ baba-da。""妈妈_ 妈妈。""这个_ xxx。""哇哇。""看书。""这个。""音乐。""这个_ Dudu。""拿!""一_ 二_ 三。""录音机。""Nainai。""姐姐!""没有_ 了。""嘻。""呷_ 呷。""头。""黑黑_ 的。""好_ 多_ 宝宝。""Y_ N_ 没有。""哈。""卡车。""哦_ 哦_ 哦_ 哦_"
"阿琳!""姐。""哦_ 哦_ 哦_""画。""噫。""咦_""咦_ 呀。""见见。""狗。""果汁!""好_ 多。""油。""脏。""公公。""小_ 鸭。""插_ 上_ 去_ 了。""翻倒。""七巧板。""摇摇。""飞机。""妈妈_ 玩_ 玩具。""擦_ 肥皂。""这个_ 鱼。""录音带。""猪。""笔!""在_ 这里。""写。""玩。""熊。""没_ 有。""大_ 蚂蚁。""一样。""鸭鸭。""学_ 照_ 像。""进_ 来。""不要_ 嘛。""还_ 要。""小_ 兔_ 兔。""阿姨_ 谢谢。""不_ 行。""红。""哥哥。""再见。""火车。""一_ 二_ 一。""一_ 二。""大_ 的。""好_ 啊。""要_ 布丁。""话。""好_ 多_ 喂!""宝宝_ 勒?""这个_ Dandan。""果冻。""车车_ 卡车。""Chuida。""鼻子。""这个_ dudu。""xxx_ 啊。""电话。""阿狗。""关_ 掉。""这_ 一_ 个。""嘉嘉!""这个_ 灯。""Kou。""阿开姐姐。""摇控。""这_ 个,_ 这_ 个!""看_ 鱼。""你_ 看。""高!""好_ 漂亮!""阿姨_ 看。""他!""然后_ 勒?""要_ 抱抱。""三!""这个_ 妈妈。"

附录5 2—3 岁儿童词汇

车 好 一 车子 女 男 啊 大 阿开 的 阿姨 狗 动 羊 咻 要 是 这 看 吧 画 汽车 六 水 哎 八 糖 姐姐 哈 鞋 呦 喂 不 你 去 妈妈 吃 来 到 乖乖 拿 还 给 放 走 会 五 家 七 煮 菜 脚 里 兔 蛋 哟 帽 唉 捏 元 珍 我 有 了 那 爸爸 啦 就 坐 把 开 再 上 这里 它 找 下 手 倒 画 笑 eh 高 这样 人 行 球 飞机 坏 死 哼 蛇 完 只 摆 回 天 笔 虫 猪 饭 被 书 楼 圈 鸭 尿 猫 哈哈 冬 一二三 弯 钱 药 叔叔 秀 杯 中心 刀 汽车 床 面 梳 儿 修 喵 滑 方 公共 亮 房

工 灯 饼 网 后 巴士 翘 交 斜 鹿 嗯 个 在 妈妈 呀 也 什么 没 掉
打 知道 妈 哇 弄 咪咪 给 怎么 熊 二 颜色 喝 叫 搭 多 洗 能
我们 阿公 擦 像 轩 说 写 鱼 乖 四 丢 这样 两 红 哥哥 火车 见
嘻嘻 爬 新娘 香 讲 让 脚 飞 切 火车 蜘蛛 过 娃娃 哎哟 老 嘴巴
接 故事 咬 好不好 一下 等 头 骑 换 起来 游 嘉 干 九 抓 嘿 变
长 破 果汁 嘟 背 嘿嘿 吗 面 路 写 门 老师 扔 哟 拉 头 肚子
葡萄 歌 嘻 宾 样 白兔 小姐 比 姨 红 矮人 事 剥 唱歌 馨 爷爷 挂
嘟嘟 兔 豹 圆 桌子 强 玻璃 老公公 轨道 阿婆 远 购物 嘀 嗯嗯 怪
压 刚刚 狼 叮当 砰 进 泡 咕咕 宝宝 准 可 美 锅 汤 冲 喇叭 咳嗽
扭扭 跌 巫婆 吸 照 百 理 大家 皮 雪 方向 镜子 骅 警察 屁 光光
骑车 楼梯 超市 颔 弹 冬冬 风 美丽 哼哼 油 澎 冰冰 电动 玉米 仔
蜜 唷 大巴 呼 织 灰 火腿 录音 表 巧 砰砰 姑姑 角 底 前 卡车 凤
凸 假 米 二三四 龙 纪 堂 同 扫 扫地 淋 努力 叮 达 母 猴 棒
毛毛 这 个 没有 对 他 会 这里 喔 还 玩 呢 什么 嘛 熊熊 三 来
为什么 都 哪里 用 可以 怎么 耶 做 想 这边 起来 还有 哦 这个 买
跟 妈 快 谁 奶奶 穿 得 又 花 唱 喜欢 里面 衣服 很 太 过 哭 吗
和 讲 色 自己 最 巴比 漂亮 上面 东西 哪 因为 出 然后 跑 两
睡觉 抱 玩具 可是 起 白 眼睛 这边 好吃 出来 痛 下去 东西 哎呀
哪里 猫 然后 真 次 戴 十 只 跌倒 我们 是不是 绿 说 听 站 本
一样 着 小朋友 收 柔 书 带 进去 现在 剪刀 才 兔子 河马 没 一样
桥 房子 咦 长 好多 停 这么 先 帮 老鼠 怕 地方 跳 她 谁 一起 对
小丑 带 蓝 好玩 救 那里 真的 第 红色 就是 飞机 呜 谢谢 大象 进
厉害 摔 边 从 点 房间 嘞 黄 涂 白雪公主 打开 插 睡 排 马 下来
臭 这 猴子 著 下雨 今天 不是 小小 躲 看看 喜欢 跳舞 好看
找到 回家 积木 往 咖啡 里面 关 张 转 他们 洗澡 马 还要 买 船
吃饭 们 那里 捡 剪 听 这儿 牛 里 转 出去 重 呕 烫 翻 送 噢
后面 妹妹 山 老师 游泳 那边 请 那边 上班 琴 婆婆 地铁 飞 出来
宝宝 拍 住 碰 煮饭 青蛙 米老鼠 坏 别 变 门 以前 勒 耳朵 没有
慢 看到 太阳 鞋子 开始 头发 绑 老虎 朋友 已经 装 妖怪 豆浆 节
牛奶 山洞 汤匙 马上 星星 蛋糕 鱼 汉堡 哔 地 人家 呃 教 灯 刚才
吹 前面 一点 办 学 张 旁边 痛痛 爸 从 洞 里边 黑 睡觉 呜 摸 口

蝴蝶 加油 字 动物园 生气 红红 让 摇 好喝 恐龙 过去 外面 碗 卖
后面 回来 盖 按 过来 录音带 边 还有 盖 挖 动 踢 下面 因为 作业
洗手 卡 绿 屁股 爆炸 唐老鸭 停车场 腐竹 贴 一点 帮 撞 太阳
尾巴 锌钙 企鹅 蚂蚁 放学 弟弟 苹果 声音 洗头 脚踏车 搞 咯 礼
饭 通通 推 陪 美女 打开 弹 好好 动物 车厢 小心 开车 拖 长颈鹿
包 圆形 忙 高铁 鸭子 汪 王后 走路 右 奶油 汽球 白色 雨 页 凳子
轮子 躺 阿妈 弹琴 国旗 看见 水果 报纸 新 粘 零 鸟 干净 意思
皮球 溜滑梯 成 鹦鹉 藏 公鸡 请 大大 鼻子 鸟 椅子 伞 乌龟 月亮
刀子 象 香蕉 桃太郎 累 感冒 脏 狐狸 凉 划 现在 它们 眼镜 拖鞋
拜拜 黏土 猫咪 马路 塞 顽皮 牌 干嘛 录音机 朵 啰 踩 奇怪 回来
支 早 流 怎 巧克力 排队 底下 冰 电话 那个 黏 医生 溜 冬瓜茶
圣诞 大便 追 课 鼻涕 上去 枪 拼 三角形 小飞侠 别人 挑 好像
以后 苹果 咧 妈咪 魔鬼 地上 笔 好吧 台 跑去 拔 但是 当 脸 绿色
疼 生 直 地板 叩 音乐 怕怕 晚上 弟 擦擦 问 亲 懂 企 九九 花猫
护士 打打 滴 炒 新郎 福利 轮 黄色 狗熊 件 念 起床 从前 停车
金箍棒 聪明 时候 羞羞脸 坡 夭 试 陈水扁 场 甜 喀 学校 麦当劳
变形 金刚 体操 片 二姐 左 时候 树 数 拐弯 差 呱呱 糖果 名字
姐姐 干 怪物 屋 嘴 准备 远 红色 回去 板凳 偷 错 上学 石头 加
不要 快要 书包 小鸟 烟火 好了 少 味道 搬 儿童 天地 木偶 脸
比较 洗好 子弹 圆圆 报纸 黄 蚊子 毛毛虫 硬 谢 一直 唐诗 校车
昏倒 换 紫 讲话 打架 草 种 脏脏 红绿灯 明明 电池 电视 舒服
舅舅 公主 计程车 奶 车库 枪 睡着 喜 礼貌 顶 豆豆 高高 挡 记得
茶杯 登 头发 你们 打死 纸 辣 萝卜 放屁 昨天 当 些 鸭子 乱 搅
汤姆 看一看 阿嬷 盖子 镜子 手表 呐 坏蛋 泳 集合 每 到了 夹
喝水 粉粉 马路 收拾 高兴 木头 害怕 汪汪 凳 扶 饼干 位子 电 墨
摆 橘红 下车 哎哟 为什么 红萝卜 一定 托儿所 条 毒 垃圾 昏 烧饼
游戏 生日 长颈鹿 爱 看完 杀 树 走走 公公 满 喳 幼儿园 荡 光阳
新生代 喂 叉子 他们 脖子 鹅 毛巾 毛 摇 牙 孩子 小偷 见 机器 盘
弗 猫头鹰 冒 敢 伯伯 摸摸 绿色 结婚 整理 家里 伸 狮子 预备 猪
年 吉普车 加速 溺水 凶 茶 待 美人鱼 哥 水蜜桃 奥 特曼 商场 鸡
腿 能干 修理 列车 喷 受伤 裤子 卷 台大 蜡笔 气球 阳台 图 热 痒

载 壁橱 西瓜 炸 凹 黑色 杯子 充 转转 颜色 馒头 教会 开始 软
象棋 黑黑 鸡蛋 哼歌 电梯 盒子 铲子 洗衣机 棵 好棒 盖子 瞎 凉快
吃完 面包 直直 脱 卖 ton 漆 脱 外公 电梯 队 阿里山 晾 睡醒 蓝
不然 斑马 全部 干干 快乐 手提包 深圳 哭哭 英文 丑 洗衣服 鲨鱼
酸 祷告 鱼丸 琳 麦克风 巧克力糖 半 摩托车 玛雅 孙悟空 爷爷
样子 篮球 贴 嬷 耳机 蛤 草莓 挺 排队 木 喽 安然 分钟 生病 棍子
熊猫 交换 照相 白白 久 条 鞭炮 警车 形 装 唐 被子 应该 秋千
起飞 哞 采 骑 风筝 跤 墙壁 会员 轮船 忘 堵车 肯 慢慢 旁边 堆
奶瓶 难 手机 袜子 笨蛋 借 电话 冰淇淋 帮助 桶 袜子 手表 国王
划船 亦 气球 帽子 对不起 磁铁 鹅 脏 弄坏 油漆 坏人 手枪 可爱
医院 好听 野狼 抬 蓝色 花花 带走 黏黏 闻 大哥大 锁 录音 遇
头头 敞篷 轻轻 别 机器 万金油 婆 绵羊 呱 流血 楼下 几 孔雀 燕
三轮车 电影 右脚 喝完 电视 救护车 一点点 接到 吊 不客气 须要
嘎 容易 折 吸管 兜风 呜呜 管子 德国 不错 粉红 岁 捡 继续 布丁
乱七八糟 养乐多 刚才 远东 青菜 赖皮 雨刷 剩下 注意 铃铛 刚 瓶
煎 眉毛 跑车 矮 祖 饼干 翻车 水中 行不行 籽 药 瞧 刷 手枪 粉红
嗳 揉 浇 声音 小孩 敌人 胖 过来 画画 蝌蚪 就要 种 号 吃吃 回答
哪儿 夏天 撕 鼠 娃 口水 几 蘑菇 橘 再见 关 样子 更 客人 已经
滚 吵 假装 高兴 丝 歪 谢谢 拐 铅笔 薯条 乌鸦 天龙 特攻队 主题
曲 师傅 流汗 梦 偷偷 嗨 来看 米饭 话 吃掉 捶 拿走 一边 衡阳 气
外婆 鞠躬 通知 赢 路灯 干吗 酸奶 树木 金鱼 手帕 课 鬼 胡子
上课 老婆 口袋 大姐 青青 惹 窗 铅笔盒 奇奇 跑步 咳 翻跟斗 运动
滚 链子 里头 告诉 碰碰 痒痒 蓝色 好听 左边 叽 灰狗 整齐 备 箱
口红 坐坐 楼 逛 对面 爹地 赶紧 蟑螂 听听 卫生纸 失望 眼 那样
晓得 牙齿 祥 擦药 付钱 接下来 掉掉 外 葡萄汁 你们 书房 雪人 知
转弯 手套 追上 重新 夫子 庙 越 骗 吃光 枕头 蒙 尝 熊猫 问题
咩咩 扶手 梯 牛顿 还是 正方体 连 带头 割 没关系 正 带子 电锅
长大 为 依 呀呀 叶子 晕 觉得 挂 毛衣 只是 黑板 钻 粉 打电话
内裤 布 钱 米色 海豹 天使 直升机 接住 公司 丢给 包子 晓得 医院
沙 安 泡泡 牙齿 陀螺 大陆 上来 缝 检查 闲人 蜡烛 针 鸡肉 开刀
非 鸣 跑车 颗 点 尿布 单位 吓一跳 大人 饮料 啾啾 齐 吐 宝剑 拿

附 录 139

到 觉 小狗 达 通 代 刷牙 扣 松鼠 力 关门 挂号 排排 闭 火 管
耳环 玄 美国 鲜奶 桃子 公 猩猩 进来 哈利 说话 撒 河 吸尘器 响
一会儿 学 问 虾子 空调 圣诞树 门口 蛮 套子 停车位 按钮 芒果 洒
嗳 多少 鞋架 梳子 票 菲 虎头山 山芋 喊 成都 扮 空 世界 吴 跳高
端 呗 葫芦 照片 圈圈 犬 送给 调 拎 拨 哇哇 厉害 呆 游乐 场
肥皂 光 干净 工具 滑梯 刮 散步 抱抱 本领 跳跳 猜 音乐 多多
掉下 一遍 叶子 瘦 前进 上学 话 愿 名 黄色 时间 过去 青 相机 星
本来 健康 地下 观 雀 其他 短 有点 山羊 线 往后 录影带 带带
呆子 卡片 飘来飘去 臭臭 干么 鹤 赚 香香 电风扇 录 一起来 头上
手把 垃圾桶 开门 咪 转弯 棉被 杀掉 这个 出动 这些 那么 洗脚
自来水 虾 砍 锣 尖叫 飞飞 擦掉 砍柴 吴 便秘 赶快 形状 叠好
可怕 看医生 锁 勾勾 天空 战斗机 绿灯 长方形 倒退 美少女 挖土机
发夹 阿兵哥 乌贼 金龟 洒 数 瓜 战斗 脏 兮兮 弄好 英语 痱子粉
超人 手上 放大镜 摩托 灯笼 烟 蜗牛 不好 受不了 当选 页 遍 押
还好 礼拜 弄弄 拖地 对面 池塘 随便 工人 抓痒 唱片 积木 声 坏掉
铁 走去 新衣 弯 紧 压 凉鞋 香港 吱吱 绳子 讨厌 裤 土豆 烫 聊天
上课 空空 幼稚园 人人 同事 班 牙缝 相片 蝴蝶结 抢 剑 刚好 袖子
吹风机 干干净净 插头 纸 线 电灯 顶 马车 轮胎 三九 王子 拿给
一半 戳 勇敢 亮晶晶 假装 焦 人行道 烘 难听 卡住 可怜 聪明 探
抽屉 躺下 比比 烟花 早上 但 靠 撞车 撕破 缺 抽 摇摇 干活
棒棒糖 爬山 雨衣 木瓜 牧场 原来 馒头 空间 辛苦 特点 趴 灰姑娘
大声 身体 洗洗 炸鸡 下班 肉 作 鸡 血 僵尸 可不可以 所以 幼儿
笨笨 修好 白旗 拍拍 挖土 西 兰花 骂 敲 够 茶壶 档 光头 速力 乱
尖 叽咕 野 那个 断 挤 小时候 念 翅膀 热 眉 最后 梅花鹿 紧急
骗人 体操 番茄 魔镜 轮船 除了 算了 拆 随便 字母 橡皮擦 叫做
房屋 螺旋 桨 结果 办法 披 宝贝 黑熊 影子 蛮 厨房 整 堵 柜子 咸
大洞 命 休息 欺负 车队 勾 泰山 大叫 样 盘 丢到 小鱼 煎蛋 相撞
赶 根 红包 高楼大厦 新年 而已 头痛 天桥 起重机 柴油 冷 医生
哪个 量 仙女 八德 乡 丰 水沟 磨 磨蹭 蹭 汽水 横 祝你 生日快乐
完了 开心 单车 环环 胖胖 签字笔 下次 浮 皮包 橘色 弄错 讨厌
送给 饱 眼镜 闻闻 电脑 一二 活 别人 办法 洗完 炒饭 简单 钢琴

豆沙 动物 丑小鸭 祝 咱们 杨桃 吃下 撞到 摁 各 几部 高速公路 司机 全国 机车 之后 螃蟹 游泳池 抢 看见 可乐 皱眉头 刷子 录音 女人 发 比赛 谢 千

附录6　2—3岁儿童语句

"嗯。""好。""有。""对。""嗯?""没有。""不_ 要。""妈妈。""这_ 个。""0。""Hum。""是。""0_ [=!_ 笑]。""对_ 呀。""啊。""要。""妈。""会。""不_ 是。""哇。""哇!""他_ 是_ 谁?""有_ 啊。""阿姨。""不_ 会。""嘻嘻。""这里。""爸爸。""这_ 个。""不_ 好。""啊!""喔。""不_ 要!""不_ 知道。""哦。""hann?""你_ 看。""在_ 这里。""没有_ 啊。""嗯!""为什么?""yyy。""谢谢。""好_ 了。""Han?""一。""好!""好_ 不_ 好?""哎呀。""是_ 呀。""是_ 啊。""对_ 啊。""可以。""啊?""妈妈。""丢。""知道。""二。""三。""这_ 什么?""这。""六。""球。""来。""花。""eh。""+^_ 0。""这边。""喔!""咦。""Hum?""飞机。""Tsi_ le。""八。""车。""在_ 哪里?""大象。""四。""五。""哈!""红色。""好吃。""咦?""这_ 是_ 什么?""对_ 不_ 对?""有!""xxx_ 。""哎。""嘿嘿。""在_ 这里!""乖乖。""嘻嘻嘻。""什么?""轩轩。""J_ C。""Ma。""咪咪。""找到_ 了。""漂亮。""喜欢。""猪。""不_ 行。""没有_ 了。""怎么_ 办?""ka_ ka!""跌倒。""没_ 有。""真的!""那_ 是_ 什么?""给_ 你。""蜘蛛。""Hia。""熊熊。""呕。""这_ 个_ 。""虫虫。""看。""对。""嘿。""我_ 不_ 知道。""我_ 要。""放。""0_ [=!_ 唱歌]。""eh?""妈妈!""这_ 是_ 什么?""七。""这_ 手。""河马。""0_ [=!_ 叫]。""小_ 熊。""狗狗。""喂。""牛。""哥哥。""Hen。""红_ 颜色。""苹果。""我_ 不_ 要。""九九九。""开。""不_ 要_ 啦。""哎哟。""Hann。""星星。""手_ 不_ 见_ 了!""蛇。""爸爸!""妈妈_ 开。""耶。""录音带。""馨馨姐姐。""小_ 猴子。""嗯_ 。""新娘子。""来。""喔_ 呜!""公鸡。""好_ 吧。""哼。""哈哈。""会_ 呀。""没有_ 啦。""唉哟。""0_ [=!_ 咳嗽]。""鸭子。"

"不_ 是_ 啦。""九。""跳舞。""还_ 没有。""对！""变形金刚。""收_ 起来。""不_ 见_ 了。""阿姨_ 去_ 捡。""看_ 这_ 个。""琴。""li_ kuan。""唐老鸭。""妈妈_ 。""J阿姨。""十。""白雪公主。""好_ 啊。""加油。""Bwai。""Hem。""这个。""哼_ 。""咻。""一二三。""不_ 可以。""马。""不_ 一样。""昏倒。""没有_ 啦！""粉粉。""嗯嗯。""老鼠。""魔鬼。""还_ 没。""这_ 个！""没_ 有_ 了。""你_ 看！""小鸟。""坏_ 掉。""礼宾车_ 在_ 哪里？""耶？""xxx_ xxx。""Han。""米老鼠。""书。""这样。""新娘。""这_ 本。""蓝_ 颜色。""不_ 会_ 啊。""到_ 那边。""咪咪小花猫。""Ah。""过_ 山洞。""还_ 要。""Henn。""还有_ 这_ 个。""还_ 有_ 一_ 个。""这_ 。""到！""这_ 个_ 擦_ 不_ 掉。""嘴巴。""嘻。""猫咪。""我_ 也_ 不_ 知道。""猫头鹰。""乌龟。""这_ 个_ 是_ 什么？""开。""兔子。""像。""狗。""鸭鸭_ 洗澡。""痛。""踩。""那边。""喂？""娃娃。""给_ 我_ 一_ 个。""好喝。""爷爷。""henn。""动物。""我_ 要_ 吃。""不_ 能。""汽球_ 滴。""还要_ 听。""耶！""房子。""妈妈_ xxx。""能。""嘟！""这_ 个_ J_ C_ 的。""好_ 漂亮。""要_ 去_ 找_ 妈妈。""绿_ 色。""不_ 要_ 嘛。""在_ 这里。""走。""在。""小丑_ 妈妈。""这_ 给_ 你。""一_ 二_ 三_ 四_ 五。""这_ 是_ 。""这么_ 多_ 玩具。""唉哟！""0_ ［=！_ 哼歌］。""会。""这_ 个_ xxx。""小_ 玻璃。""我_ 要_ 这_ 个。""黄_ 的。""妈妈_ 画。""这_ 是_ 。""妹妹。""蛤？""乖。""不_ 怕。""我_ 要_ 这_ 个。""汪！""呜。""这_ 个？""打开。""我_ 玩_ 这_ 个。""玩_ 这_ 个。""嘻！""好玩。""圣诞老公公。""对_ 啊！""绿_ 颜色。""放_ 这里。""Scamp。""掉_ 了。""嗯嗯嗯。""好了。""好_ 多。""那里。""我。""羊。""蝴蝶。""长颈鹿。""鱼。""一_ 二_ 三。""恐龙。""不_ 会。""大。""猫。""冬。""三_ 个。""眼睛。""画_ 个_ 。""这_ 是。""对不起。""香。""汽车。""笔。""噢_ 。""真的。""小_ 豹。""hou_ 子。""皮球。""是_ 的。""阿婆。""阿姨_ 吃！""好_ 痛。""不_ 会！""出来。""这_ 个_ 是_ 妈妈。""我_ 要_ 。""没有。""这里！""J_ C_ 的。""汽球。""我_ 都_ 。""警察。""跌倒_ 了。"

"葡萄。""奶瓶。""小美人鱼。""笨蛋!""那_ 个。""出来_ 快_ 一点。""tachi。""红绿灯。""谁?""来!""ah。""吃饭。""喔?""没有_ eh。""狮子。""百百果汁!""嗯_ 不_ 好。""还有_ 。""干_ 什么?""开_ 了。""摇_ 摇_ 摇。""唱。""白_ 颜色。""玉米汤。""玛雅。""太阳。""要!""兔_ 宝宝。""两_ 个。""哎呀_ 。""哔_ 哔_ 哔。""怪物。""臭_ 妈妈。""不_ 要_ 婆婆。""车子。""走!""脏脏。""我_ 要_ 打开。""眼镜。""手提包。""这_ 个_ 给_ 你。""不。""那_ 是_ 谁_ 的?""呀!""怕怕""毛毛虫。""小_ poo!""好_ 忙_ 的_ 蜘蛛。""巴比。""脚脚。""太_ 大。""还_ 要!""刀子。""这_ 个_ 是_ 什么?""然后_ 呢?""不_ 要_ 了。""干干_ 的_ 啦。""我_ 要_ 洗手。""唉_ 妈妈_ 咧?""冬!""一_ 二。""绿。""一_ 二_ 三_ 四。""哈哈哈。""萝卜。""这边。""老虎。""洗澡。""我_ 要_ xxx。""他_ 。""哎哟!""什么?""我_ 看。""看看。""天。""太_ 大_ 了。""吃_ 掉_ 了。""看到_ 了。""阿公_ 厉害_ 不_ 厉害?""有_ 啦。""Hian。""砰砰砰。""狐狸。""在_ 这。""虫虫_ 在_ 哪里?""是_ 我_ 的。""红红。""等一下_ 戴。""我_ 要_ 穿_ 新_ 拖鞋。""没有_ 啊!""好多_ 好多_ 喔!""衣服。""咻咻。""嘟。""Cinderella。""噢!""米色。""到_ 了。""ma!""不_ 见。""怕。""下去。""羊咩咩。""嗳。""为什么_ 在_ 这边_ 呢?""这_ 一_ 脚。""叫。""还_ 有_ +/。""不_ 对。""呜_ 。""你_ 捏到_ 不。""小_ 房子。""好嘞。""呕_ 呕_ 呕。""再_ 搭_ 一_ 个。""三角形。""我_ 不_ 会_ 画。""好啦。""下雨_ 了。""车车。""走走_ 走走。""有_ 车_ 来。""小_ 汽车。""这_ 个_ 有。""这_ 一_ 个。""不_ 要_ 爸爸_ 在_ 这里。""大_ 的。""须要_ 用_ 那_ 个_ 充_ 吗?""鱼_ 在_ 这里。""公共汽车。""小_ 皮球。""hann。""不_ 晓得。""画_ 不_ 出来。""咦!""绿_ 的。""拿_ 这_ 个。""电话。""小_ 鹦鹉。""洗头。""洗。""大_ 蛇。""是_ 。""就是_ 。""big_ apple。""哟?""有_ 呀。""J_ C_ e。""小_ 鸟。""不客气。""游泳。""patsa。""这_ 个_ 小丑_ 妈妈。""不_ 要_ 不_ 要。""还_ 有_ 这_ 个。""这_ 是_ 绿_ 颜色_ 的。""再_ 一_ 次。""放_ 这边。""他。""Miky。""xxx_ xxx_ xxx。""汉

附 录 143

堡。""咖啡_色。""叩。""阿姨_喝_一_口。""烟火。""我_是_。""蚂蚁_不_见。""唉呀。""姨嬷。""na_na_na_na。""Johnson。""再_一_次!""穿_鞋子。""黄_色。""皮妈!""好_嘛。""煮饭。""吃_烧饼。""哈。""这_个_是_。""这里_破_一_个_洞。""妈妈_去_买_菜。""要_去。""小_姐姐。""挂号。""咖啡。""倒_了。""seven。""我_也_找到_了。""J_C_画_tsi_le。""到。""顽皮豹。""走_吧。""橘_色。""这_个_是_手。""你_。""不_一样。""圆圆_的。""煮。""咻咻咻。""你_先_装_啊。""下雨。""停车场。""以前。""Tsile。""屁屁。""看!""这_个_最_慢。""要_圈。""没有_电池。""给_我。""倒_了_吧。""嘿!""xxx_在_这里。""嗯_xxx。""Mini。""二姐。""不_是_那样_转。""在_这儿。""这_大_本。""好_香。""唉。""一_朵_花。""嘉嘉。""什么。""糖。""姐姐。""小。""不_是!""房间。""Eh。""我_要_看_电视。""叽。""煮_面_的_呢?""不_好_嘛。""这_小丑_妈妈。""他_是_小_老鼠。""小_老鼠。""不_好看。""三轮车。""再见。""这_是_不是_你_的?""依比呀呀。""头发。""我_会。""妈妈_啊。""录音机。""停_着。""等一下。""洗手。""妈妈_买_的。""泡好_了。""一_鞠躬。""too!""小姐。""唉!""车车_不_见_了。""理_头发。""找到_不。""丢_掉。""妈妈_在_这里。""不_要_洗_脸。""这_一_个。""青蛙。""这_我_的。""我_要_吃_嘛。""小柔。""哇啊!""拖鞋。""汪汪。""Circus。""Elephant。""豆浆。""有_。""停车。""ma。""不_在。""拿。""要_啊。""你_的。""哼哼哼。""穿_不_进去。""德国。""手帕。""这_张。""哎哟。""排队。""从前_有_一_个_老公公。""擦_不_掉。""老婆。""waetaua。""我_。""然后。""吃完_了。""还有_。""tse。""翻车。""兔。""哇_啊!""乌鸦!""妈妈_咧?""接。""0_〔=!_哼天龙特攻队的…""糖糖。""是_啦。""尿尿。""Tsia。""换_这_个。""咪咪_。""因为。""好_大。""转转。""掉_下去_了。""厉害!""好_累。""羊羊。""山羊。""讲_这个。""不_对。""在_睡觉。""玉米。""你_教。""哟!""两_个。""碰!""一_二_

三_ 四_ 五_ 六。""绿色。""红。""是_ 我。""打。""玩具。""红_ 颜色_ 的。""在_ 上面。"

附录7　3—4岁儿童词汇

小 车 中 大 的 好 阿 车 子 就 一 狗 里 啊 看 会 阿姨 女 了 他 呀 人 糖 儿 方 男 你 要 嗯 在 然后 上 家 球 修 马 拉 黄 尖 太空 x 翘 我 不 是 个 这 那 去 到 把 妈妈 它 对 吧 画 欤 只 坏 吗 完 里 唉 圆 猪 侠 布 机 蛋 有 也 吃 来 玩 呢 还 给 打 耶 又 走 做 哪 二 笑 四 两 怎么 哎 找 爬 五 高 战士 喂 死 坏 飞 机 骑 飞 等 哈 重 住 被 头 熊 动 哟 拼 洞 哥哥 边 园 黄色 鸭 们 卡 菜 哈哈 肉 毛毛 虫 西瓜 干 照 饭 店 尿 呦 喵 尼 圈圈 咳嗽 虫 卡车 强 摇 喷 mother 屁 二三四 喀 m 急 闻 同 颗 梯 错 拇 这 啦 可以 知道 拿 妈妈 都 来 掉 这样 爸爸 再 什么 放 哦 三 嘛 想 弄 开 嘿 还有 这样 叫 手 J 倒 鱼 哎呀 老师 东西 说 哼 水 妈 房 子 大象 穿 拉丁 六 喜欢 变 咪咪 买 哭 一下 戴 花 脚 八 狮子 头 噢 小鸟 咦 书 讲 嘿嘿 带 嘞 老师 等于 擦 过 起来 天 点 警察 当 laughs 翻 白 狮子 煮 睡觉 黑 汽车 几 船 一点 当 老 种 草莓 苹果 白色 坏人 推 树 唱歌 钱 太阳 椅子 points 轩 兔 动物 lion 姐姐 嘟嘟 哼 王 见 火车 腿 sings 山 矮 咻 开 宝 臭 肚子 剪刀 别 笔 猴 娃娃 笨蛋 伯伯 冬 冬冬 石头 蛋糕 羊 冰淇淋 色 块 动物 包 桌子 朵 新娘 敲 蝴蝶 煮饭 B ei 果汁 毛 炒 爱 海 宝宝 变形 脸 象 维 纸 转 嘟 借 彬彬 Ha 美 贾 滑板 星星 脸 公公 后 交 可 子弹 棒棒糖 竿 塌 完了 机器 卖 声 样 石 book Bu 盘 香蕉 录 公 园 试 圆 笨 学 公主 武器 弟 红 爷爷 低 鸡蛋 喂喂 冬瓜 梨 点点 桔 树叶 道 图 桶 car 婆婆 二十 散 架 叽 咕 空间 驼 希 街 办 锅 巴 水桶 里 公 圈 嘴 帽 射击 佳 救火 河 紧 打鼓 脏脏 造 亲 米 棒球 吉普车 伦 兰 空 老爷 炕 轮船 溜 贝 桥 方向 凯 西 扁 CHI 个 xxx 对 没有 会 喔 Y 什么 还 没 我们 怎么 跟 这里 很 file 然 后 坐 用 像 为什么 多 两 还有 这边 给 颜色 起来 因为 说 一样 乖乖 这个 喜欢 能 喝 下 行 这里 搭 乖 哇 得 里面 这边 吗 先 快

他们 鱼 东西 没 只 我们 上面 才 讲 跑 和 熊熊 自己 跳 下去
怎么样 现在 bch 加 圣 出 咬 可是 为什么 洗 长 玩具 带 谁 比较
停 地方 太 看看 出来 怕 过 起 抓 奶奶 厉害 红 十 衣服 下面
眼睛 进去 红色 今天 bok 老鼠 YN 它们 台 真 帮 七 因为 漂亮
一起 写 啰 痛 回 最 她 han 打开 火车 药 帮 撞 小朋友 上去 里面
回家 听 弟弟 涂 本 故事 著 就是 嘴巴 画 进 耳朵 不是 睡觉 那边
碰 次 好玩 牛 别 奇怪 收 呃 蛤 头发 书 门 这么 那个 下来 妈 排
变 哪里 已经 买 找到 拍 送 着 机器 钓 写 eh 教 学校 剪 出去
打架 削 上学 后面 假装 好多 一样 2cha 妹妹 嘻 骑 长 干嘛 绿
叔叔 新 滚 远 哎哟 绿色 黏 冰块 蓝色 告诉 变成 杀 陪 外面 从
唱 尾巴 那么 睡 以前 老虎 看到 哎哟 白雪公主 皇后 还是 地 些
按 站 枪 让 溜滑梯 脚 结果 救 那边 出来 关 小偷 呗 门 一直
好看 青蛙 鼻子 蛇 躲 难 时候 hm 那里 勒 昨天 牛奶 恐龙 刚刚
盖 谁 小孩子 兔子 回去 吹 谢谢 长颈鹿 红色 九 一点 过去 回来
跌 听 蚂蚁 小孩 那里 棒 皮球 葡萄 本来 面 这儿 炸 喝完 请 钥匙
杀死 搞 进来 跌倒 背 比 香 名字 这么 现在 糖果 可怕 勾 烧 蜜蜂
每 刚才 打球 换 过来 装 咋 红灯 好吃 蹦 折 装 还要 乌龟 鸡
effects 人家 好像 游泳 动 拔 破 黑色 铅笔 假 饭 角 嗳 sound 月光
小姐 犀牛 跳舞 下来 从 胖 换 牙齿 字 颜色 让 没有 丢 太阳
好不好 草 屁股 另外 大大 好吧 床 岁 momo 后面 路 假装 过来 歌
铁 甲 刀 正方形 yyy 结果 样子 妈咪 苹果 猫咪 吃饭 猴子 摆 ah
久 魔鬼 事 他们 样子 babyseng 前面 敢 慢 踩 搬 插 笑声 没关系
保龄球 气球 成 短 奖 干 洗澡 里头 第 觉得 直 龙 累 后来 流
舅舅 摸 帽子 念 小小 王子 朝 国旗 乱七八糟 转 往 别 le 针 张
呣 幼儿 游戏 三角形 走路 挂 接 毛毛虫 问题 上班 受伤 生病 剥
气魄 更 你们 这些 刚才 面具 支 张 ne 办 油 冰 层 不好意思 滑
躺 daddy 但是 鞋子 请 叫声 拖 学 钢琴 下雨 绿灯 硬 laukhokho
里面 黄色 剑 后来 镜子 爷爷 JC 电 见 树 已经 鸟 绑 晚上 动物园
乱 一二三 3cha 项链 辆 沙子 飞机 巫婆 脏 口 少 课 打开 如果 盖
干净 本来 之 圆形 女生 回来 菱形 世界上 俺 魔镜 送给 大叫 开门
西药 花蜜 包包 扇 超级 旁边 bomn 块 房间 tsua 恐龙 看见 知 气

上学 旁边 车库 扭扭 扶 挖 乐 件 口香糖 歪歪 头上 压 sofa 运
声音 脚 踏车 贴 楼梯 差点 ama 牛油 果 眼镜 告诉 切 磨 白兔
裙子 拜拜 螃蟹 分 孩 抱 刷 条 牙齿 里边 str 哪里 形 靠 咬人 摆
再见 花生 云梯 条 美国 数 河马 轮胎 金刚 踢 牙 书包 跑车 比比
甩 脆 笛 酥 霹雳车 小鱼 警察局 飞 鼻 甜 害 辣 打死 形状 举 脏
根 呐 耳环 好了 吊 台北 水果 翅膀 楼 还是 垃圾 捞 月亮 唐老鸭
拐弯 灯 泡泡 亮 塞 够 页 挑 鞋 刺 baby 白白 半 马上 伸 算 全部
火箭 偷 录影带 kho 一点点 蜡笔 看完 天桥 艾 点心 杨 国 钦 以后
gon 跟头 功课 通通 错 打破 啥 蜗牛 问 野猪 发射 叶子 u 断 吐
扇子 修理 毅 床上 猪 减 从前 鼻涕 几 汽车 拆 慢慢 那么 裤子
4cha 医生 窗户 臭臭 紫 dan 长大 鸣 家里 赶快 肯定 生气 线 上来
听懂 大便 头脑 游戏 弹 戳 时候 toy 夹 汽球 变成 别人 队 粉 压
所以 发生 脖子 底下 汤 忘记 面包 肥皂 从前 满 只有 巧克力 爸
棍子 快要 蓝 关 碗 休息 积木 沙发 修好 多少 小丑 姨 矮人 咧 声
音乐 上课 录音带 留 压扁 s 贴纸 e 猫 tse 辆 森林 加油站 魔术
吃完 饼干 挤 记得 姐姐 昏倒 丝袜 第三 生气 弄坏 分钟 钓鱼 叩
牌 高铁 奖励 开车 lo 医院 发 房间 同事 烫 风 明天 up 刀子 橘黄
相撞 保护 司机 差一点 和平 星 紫色 摔 难 游 硬币 袜子 咬住 早
一半 麦当劳 米奇 背上 水彩笔 西门 办法 开始 乱讲 面 晓得
游览车 全 必 地下 出没 5cha 黏土 赢 作 小心 麻烦 关门 新民 永
旺 橘色 朋友 Snei 萝卜 长长 电 可爱 地球 随便 铅笔 小狗 灯 米
妮 有毒 录像 头发 录音 赛车 天上 拖车 扔 楼梯 真的 小人 盒子
医院 想要 代 片 哪儿 镜子 味道 洞洞 篮球 非常 流血 男生 钱 马
福鸟 南瓜 哟 饿 待 籽 剩下 大人 长颈鹿 冰箱 奶油 Simba 碰 丑
挤 讲话 磁铁 说话 撞到 diamonds 阿公 英文 卖 ke 春天 电池 前
天亮 泥鳅 热 茶 紧 车厢 灌篮 高手 回答 乱 鳄鱼 黄黄 袖子 轮
唔 袖 被子 拉尿 厨房 老太婆 铁马 油漆 害怕 kiou 尸 统统 吐气
音 摇 顶 鸵鸟 负 仇 记 陈 裴 娟 Ligo Fido 天天 喔喔 Bluton 消防
队员 笔 画画 捡 摸摸 念 绳子 应该 脚 丫 做好 舔 ma1 玻璃 有点
倒带 siou 脱 号 客厅 怎样 雨 首 不然 鲁 托 说话 线 讨厌 狐狸
吃吃 捏 撕 蜘蛛 刮 粉红色 童画 糊 冷冷 擦掉 钻 气球 幼稚园 城

堡 takes 送来 绿色 滴 第五 应该 凉快 杯子 擦擦 代替 垃圾桶 枕头
棉被 沙 汤 安慰 美丽 拿来 魔术 电视 卷 旧 出发 买菜 elephant
空气 yin1 比较 mommy 老板 融化 使 迪 达 发动 树叶 上次 痒
事儿 kou bpmf 阿嬷 two 咯 吸 掰 谢 呜 以为 gives 该 篮子 猜
忘记 高兴 系 Piu 话 琴 反 天空 看好 谢谢 查 断 手机 晓得
长方形 捉 蚊子 喊 摄像 爪子 孩子 为 阿里巴巴 石头 问 一边 正
超市 咖啡 弄好 生 丢 那些 下次 圣诞 学校 0c 山洞 瑞士 好好
李子 蓝色 调 轮子 身 种 进去 堆 汪 沾 星期 棵 受伤 中间 呵 赢
警车 木瓜 蚂蚁 电源 饼干 噫 干干 卡片 分钟 而已 夏天 磁铁 话
小学 拿给 窗户 耶和华 青 青草地 领 高兴 左 安歇 水边 虚心 小弟
外裤 香港 edge 王八蛋 song 乱七八糟 青年 纱巾 房屋 电话 米老鼠
毛巾 梯子 新鲜 梁 尚 赐 页 图片 嘎嘎 消灭 坏心 怪兽 太空梭
picks 阿拉 青菜 猫头鹰 福特 解决 刷牙 走走 战斗 尸体 管理 员
dang1 晒 引擎 神灯 作业 刚 唐 那样 嘀 风筝 位 看见 奥 特 曼
three 保罗 读书 绿豆 dudududu Woo 十四 号 凳子 孙悟空 源源
地下道 照顾 女儿 云 哼歌 对不对 带来 发现 超人 鸡 大力 隧道 年
纪 重新 缺 对不起 杯 礼拜 东园 算了 姨丈 kon ongong kitty 忘 bu-
bu t tsi hohoho 教室 字母 吞 没关系 si 扑克牌 拜 胖胖 用力 最后
汤匙 蜈蚣 宝贝 托马斯 强盗 结 芝麻 金银 财 零 风 清晨 鹰 云 糟
表演 茶杯 下水 叶子 uhuh 穿好 射 hei 吹风机 咕咕 木马 圣诞树
热 黑黑的 原来 白熊 摩托车 小弟弟 张开 不行 剩 dragon kwal 健康
坏蛋 ko coughs 吃饱 bo 马桶 bang 阿妈 小班 年 肯 拖车 打打 堵
撕破 水饺 6cha 当然 骨头 摩拖车 儿子 Buluton 有意思 亲 cries lau
你们 抓到 讲给 输 弹簧 香肠 咿 以后 挥 手指头 跳水 虾子 乌龟
大牛 箱子 鲨鱼 牛肉干 Sei 螺旋桨 nei 讨厌 倒车 喻 嗡嗡 一边
翻倒 钓竿 好朋友 同学 枪 饼干 放风筝 打喷嚏 叉子 老大 达 层
变幻 高尔夫球 峰 尾 保龄球 来看 说明 理 卡通 瞧 上课 骗 家里
咳 外婆 夹 清楚 声音 大家 只要 觉 新郎 马路 嗨 疼 歪 小雨 冷
木马 铺 朋 生日 出差 皮 赶快 叠 可能 她们 骂 饭店 跑跑 剪子 右
鸭子 远 身体 爱 堂 打翻 右边 www 练 公安局 其它 饮料 罗 想想
神 探 终于 变化 熊猫 记 砍 平 斜 开始 梨子 跳跳 烟 客厅 辛苦

电视 花花 滑溜 近 盖好 tiou 台湾 橡皮筋 十二 柱子 中兴 办公室 马上 东东 大笑 咬到 呵呵 lai hen 够 菜刀 写字 mopa 痛痛 猫头鹰 耳 没办法 everyday 壳 宝宝 烟 儿歌 奶瓶 pa 碰到 护士 d 取 water 失火 骨头 wall 小草 du 力气 池塘 嘻嘻 许 away lalu 拇指 袋子 身上 红红 烂 钻 邮差 挖土机 rolls down 水枪 轻轻 vocalizes 日本 抖 韩国 高高 hia 筒 活 公车 火锅 桥 呼呼 Smei 笛子 从来 忙 嘘 鬼 表 五楼 野狼 尿湿 gagagagaga 走动 siousiou 蜂蜜 啪 Eva 弄到 披萨 跳到 姑姑 失事 tonton 组合 决定 拆开 婆 跳高 好棒 shi4 聪明 粉红 恐怖 拿到 哪边 mau 发动 小飞侠 泳 啾 啾啾 确定 呼 认识 搬家 现 坐车 满满 药丸 累死 小时候 苦 车祸 挑水 药瓶 中国 功夫 橙 痰 胜利 太空船 屋顶 种田 撑 雨伞 娶 心肠 母鸡 人们 渴

附录8　3—4岁儿童的语句536句

"嗯。""0。""好。""对。""嗯。_ [+_ Y]""对_ 呀。""没有。""有。""嗯!""0_ [=!_ 笑]。""不_ 要。""有_ 啊。""不_ 知道。""对。""对_ [^c]。""这_ 个。""嗯_ [^c]。""你_ 看。""啊!""对_ 啊!""你_ 看!""嘿。""为什么?""妈妈。""不_ 会。""啊?""不_ 是。""是。""对_ 呀!""要。""嗯?""这_ 个。""没有_ 啊。""妈妈。""han?""啊。""唉哟。""会。""好_ 了。""笑。""好!""什么?""我_ 不_ 要。""好_ 啊。""哈!""喔。""我_ 不_ 知道。""对_ 啊。""蛤?""没_ 有。""有_ 啊!""哇。""我。""这_ 什么?""0_ [=!_ 唱歌]。""什么_ 啊?""喂。""那_ 这_ 个_ 呢?""好_ 啊!""嘻!""喔!""这里。""好_ 不_ 好。""嘿嘿。""嗯_ 。""没有_ 了。""不_ 好。""爸爸。""我_ 。""可以。""这_ 个_ 。""他_ 。""这样。""这_ 是_ 什么?""在_ 这里。""欸!""0_ [=!_ 笑声]。""圣战士。""对!""耶。""对_ 不_ 对?""我_ 的。""对_ 啊_ [^c]。""不_ 会。""嘿!""欸。""yyy。""J阿姨。""那_ 个。""蓝色。""hm。""像。""哦。""0_ [=!_ sound_ effec…""哪_ 一_ 个?""不好意思。""一样。""0_ [=!_ 叫声]。""这_ 是_ 什么?""阿拉丁。""绿色。""好_ 不_ 好?""对_ 呀_ [^

附 录   149

c]。""不_ 行。""球。""是_ 的。""阿姨。""喜欢。""一。""哇!""Y_ N_ 是。""0_ ［=!_ 大叫］。""为什么_ 啊?""红色。""三。""不是。""0_ ［=!_ laughs］。""对_ 呀。""然后_ 呢?""欸_ 。""我_ 要。""嗯?_ ［+_ Y］""好_ 吗。""喜欢。""怎么样?""然后_ 。""来。""这_ 。""你_ 看_ 喔!""你。""在_ 这里。""机器人。""还有_ 。""有_ ［^c］。""不_ 要_ 啦。""书。""红_ 颜色。""铁甲小宝。""再见。""喂!""那_ 。""耳朵。""这_ 个_ 啦!""没有_ 啊!""一_ 个。""你_ 看_ 这_ 个。""黄色。""他。""老鼠。""呀!""一二三。""哎。_ ［+_ Y］""0_ ［=!_ 咳嗽］。""好_ 了!""有_ 啦!""抓_ 小偷。""不_ 可以。""xxx_ 。""哎!_ ［+_ Y］""啊。_ ［+_ Y］""这边。""两_ 个。""这_ 是_ 。""一_ 二_ 三_ 四。""不_ 知道_ ［^c］。""变形金刚。""我_ 看。""哎呀。""嘿嘿!""嘿嘿。_ ［+_ Y］""我_ 看看。""这边。""我_ 来。""嗯_ 。_ ［+_ Y］""好_ 吧。""哪_ 是!""不_ 知道_ 啊。""鸭。""没关系。""好_ 吧!""不_ 会!""嘿_ 呀。""还_ 没有。""给_ 我。""这_ 个_ 啊?""这样。""不_ 要!""咻!""红灯。""那_ 个_ 。""太阳[^c]。""唉呀。""二。""阿拉丁!""不_ 是_ 啦。""杀!""哈哈!""0_ ［=!_ 咳嗽声］。""这样子。""不_ 对。""哪里?""小鸟。""这_ 个_ xxx。""这。""会_ 啊!""嗯[^c]。[+__ bch]""他_ 说。""警察。""好吃。""为什么_ 呢?""不_ 一样。""Y_ N_ 好。""黑色。""大象。""白色。""没有_ 耶。""我_ 的_ 啦。""不_ 知道!""三角形。""叩。""好_ 香_ 喔!""没有_ 啦!""妈妈_ 。""妈咪。""为什么_ 呢?""剪刀石头布!""耶!""好_ 了_ 没?""怕。""毛毛虫[^c]。""是_ 啊。""下面。""嗯!_ ［+_ Y］""想。""皮球。""妈妈!""是_ 呀。""八。""嘿!_ ［+_ Y］""吃_ 。""噢。_ ［+_ Y］""这_ 个?""这_ 个_ 是_ 什么?""苹果[^c]。""它_ 再_ 吃_ 这_ 个[^c]。""冬冬冬@o_ 冬冬冬@o。_ …""老师_ 。""鱼。""西药店。""会_ 呀。""推八车。""不_ 喜欢。""不_ 是_ 啦!""老师_ 你_ 看!""这里。""没有_ 。""我_ 要_ 看。""这_ 个_ 啊。""没。""关_ 起来。""是_ 。""gon。""乌龟。""老_ 。""好_ 啦!""咪咪。""我_ 不_ 要!""在_ 这。""狗

狗。""谢谢。""不＿是＿啊。""不＿要＿啊。""要＿啊！""这＿个＿啊！""是＿啦！""好＿的。""长颈鹿。""看。""一二三四五六。""还＿没。""呃。""唉唷。""Y＿N＿没有。""有＿。""四。""打＿你＿喔！""再＿加＿这＿个。""唱歌。""就＿。""用＿这＿个。""这样子＿啦。""新民。""哦！""找到＿不。""多。""然后。""这＿个＿是＿。""不＿要＿啦！""Ha？""哎哟。""等一下。""买。""哈。""我＿也＿不＿知道。""0＿［＝！＿哼音］。""把＿这＿个＿。""呃！""这＿个＿排＿这里＿耶！""我＿不＿会＿画。""哎哟。""再见。""我＿要＿穿。""咦？""对＿啦！""我＿不＿会。""十。""你＿画。""花。""六。""哎。""还有＿一＿个。""这个＿啊？""笨蛋。""来。""葡萄。""0［^c］。""卡儿＿［^c］。""蛋糕［^c］。""行。""三＿个。""知道。""那。""哎哟。＿［＋＿Y］""这＿个＿颜色。""掉＿了。""画画。""这＿是＿什么＿啊？""dudududu。""我们＿来＿打球。""冬冬！""会＿啦。""喂喂喂。""这＿个＿呢？""熊熊。""这＿个？""种花。""白雪公主。""七。""动动。""飞机。""大。""要！""五。""不＿怕＿啊。""咳嗽。""我们＿的＿啦！""碰！""an！""哪＿有！""妈。""牛奶。""Y＿N＿对。""我＿这样子＿啊。""马。""0＿［＝！＿哭］。""红灯＿了。""头脑。""这＿也＿有。""打！""喜欢＿啊。""跌倒。""我们＿两＿个＿人。""一＿块＿钱。""把＿他＿。""是＿谁＿啊？""你＿在＿做＿什么。""不＿要＿嘛。""没有＿呀！""那＿这＿个＿。""laukhokho。""第五＿个。""我＿不＿要＿啦！""好＿哇！""那＿我＿勒？""那＿你＿呢？""Y＿N＿不。""eh。""强强。""momo。""多少＿钱？""鱼＿耶。""因为＿他＿。""拿＿这＿个。""对＿啦。""耳朵＿三。""嘻。""0＿［＝！＿song］。""你＿收。""再＿一＿次！""不＿见＿了！""干嘛？""这样＿啊？""我＿是＿。""剥。""绿灯＿了。""来！""哎＿这＿是＿什么？""蛤！""唐老鸭。""我＿是＿一＿个＿果汁脸。""领＿我＿在＿可＿安歇＿的＿…""碰。""好＿可怕＿喔！""这＿个＿是＿什么？""吐气。""怎么＿办？""坏。""这＿是＿喔。""Buluton！""不＿会＿啊。""没有＿呀。""唉！""不＿知道＿耶。""拉尿。""哥哥侠。""做＿什么？""那＿是＿什么＿嘛？""我们＿。""橘色。"

"有!""不_ 会_ 呀。""没有!""0_ [=!_ 哼歌]。""给_ 你。""记得。""你_ 知道_ 这_ 个_ 是_ 什…""我_ 来_ 杀死_ 你!""喔喔!""这_ 个_ 是_ 小彬彬_ 啦!""0_ [=!_ 学引擎声]。""木瓜。""我_ 知道_ 了!""后面。""xxx_ 这_ 个。""谢谢_ 妈妈。""黄_ 颜色。""没有_ 啦。""圆形。""红色_ 的。""臭臭!""开门。""bubu。""妈。""没_ 有_ [^c]。""请_ 上车_ 噢!""好嘞。""一二三四五。""可以_ 啦!""咕咕咕。""&=laughs。""嗯 [^c]。""讲_ 完了 [^c]。[+_ _。""绿_ 颜色。""是_ 嘛。""妈妈_ 呢?""打架。""两_ 只。""有_ 画笔。""这_ 个_ 呢?""你_ 帮_ 我_ 弄好_ 不_ 好?""嘿嘿!_ [+_ Y]""这_ 个_ 啊?""我_ 不_ 给_ 你_ 看!""七_ 个。""头。""好看。""我_ 的!""呀。""我_ 要_ 这_ 个。""然后_ 再_ 吃_ 这_ 个 [^c]。""这_ 只 [^c]。""这_ 只_ 拿_ 掉 [^c]。""这样子。""这_ 是_ 什么 [^c]? [+_ …""吃。""哎哟!""太阳 [^c]。[+_ _ bok]""冬。""香蕉。""嗯_ 嗯。""四_ 个。""正方形。""两_ 个。""不。""是_ 啊!""溜滑梯。""那_ 个_ 是_ 什么?""哎呀!""为什么?""打。""画。""没有_ 了。""呦。_ [+_ Y]""这_ 是_。""<这_ 个> [/]_ 这_ 个。""和平星。""下雨_ 了。""不_ 像。""我_ 不_ 要_ 玩_ 了。""什么?""冬。_ [+_ Y]""那_ 是_ 什么?""你_ 看_ 你。""我_ 知道_ 了。""你_ 来。""哈哈。""不_ 要_ [^c]。""超级_ 变化_ 神探。""哇_ [^c]!""好_ [^c]。""你_ 说_ 啊_ [^c]。""草莓 [^c]。""上面。""嗯_ [^c]_。""葡萄_ [^c]。""哦。_ [+_ Y]""水彩笔。""那_ 是_ 什么?""看_。""太阳。""鱼_ 耶!""大_。""这_ 一_ 只。""不_ 是_ 耶。"

附录9 4—5岁儿童词汇

  的 了 小 圆 我 个 嗯 对 子 吃 吗 它 虫 是 它 那 画 呀 吧 哦 点 汤 哎 草莓 x 不 这 啊 你 要 有 好 看 人 妈妈 恩 还有 还 这个 来 会 怎么 知道 呢 大 上 多 家 一样 树 毛毛 嘛 长 一点 蝴蝶 块 边 干 金刚 纸 圣诞 哟 鸡 宝 儿 数 一 他 然后 什么 想

玩 去 三 掉 两 啦 说 颜色 东西 饭 四 爸爸 用 打 那个 不是 这样
下 五 起来 行 房子 谁 手 头 出来 好吃 快 车 死 苹果 哈 爬 太阳
等 呜呜 拼 好多 肉 口 时候 家里 洞 哪 老 嘞 下来 脚 故事 发生
飞 白 鱼 机器 哇 咦 黄 面 一下 糖 拉 月亮 呜 山 皮皮 爷爷 百
次 梨 一口 进去 龙 樱桃 半 名 园 laughs 螃蟹 奶奶 中间 特 哎呀
噢 狼 圆形 扇 蘑菇 饿 树叶 破 叶子 北极 熊 们 妈 蛋糕 西瓜 完
了 王 比赛 段 办 阿 笑 朵 师 变形 金刚 认识 断 呵 桔 爸 冰淇淋
到了 呃 兔 罗 样 手机 难吃 黄瓜 卡 点点 洗澡 接 形 粉红 色 乖
兔子 警察 葡萄 要不 贴 香肠 重 棒棒糖 喽 大便 oho 电脑 女 娘
输 猴 车 啪 战神 鸡 柴 图 糖果 火腿肠 CHI 在 Y 就 到 也 xxx
没 这里 都 把 他们 file 拿 给 很 坏 又 再 可以 着 放 这 个 因为
讲 搭 我们 拍 马 弄 能 只 二 走 完 为什么 就是 里 像 里面 太
过 强盗 做 和 喜欢 第 跟 几 bch 睡觉 sound 哈哈 effects 喝 对
上面 bok 先 后来 球 天 自己 红 来 十 没有 喔 今天 叫 水 书 她
看看 这些 得 抱 钱 跑 坐 老师 喂 怪 找 会 变成 还是 抓 小朋友
六 开 喇叭 从 眼睛 晚上 物 倒 样子 告诉 买 花 加 这边 翻 帮 七
变 这么 阿姨 碗 看见 没有 黑 怪物 让 宝宝 哪里 洗 这儿 已经 字
绿 最 老鼠 住 现在 被 耶 过来 咬 搞 别 回 种 偷 送 回家 皮球
好像 地 可是 蛤 嗳 狮子 学校 帽子 觉得 才 嘿嘿 门 蓝 妹妹 页
跳跳 真 我们 大象 给 女孩 地方 里边 菜 涂 衣服 下面 每天 鼠
肚子 应该 公 收 换 睡 冷 八 黄色 哎哟 虾 还 烫 踢 站 知 母
漂亮 明天 最后 听 朋友 lion 船 筷子 指 照 剥 夹 饺子 打开 红色
人家 带 孩 开始 是不是 写 动 妖 皮 电视 但是 以前 马车 吓 刚才
全 有点 蘸 后面 婆 蚂蚁 道 轮子 怕 以后 绿色 好吧 笔 羊 一起
过去 躲 说话 钟 它们 轮胎 九 床 录 猫头鹰 枪 猫 没 害怕 什么
脸 外面 金 少 关 很多 喷 看到 虫子 魔鬼 str 匹 玩具 嘴巴 成 排
医院 所以 煮 下去 臭 动物 刷子 出 孩子 跳 刷 装 当 热 许 本 比
幼儿 头发 一些 学 摔 礼物 等于 分 嘿 马上 草 币 拍照 河 煮菜
那么 积木 奥 曼 名字 可 晚 魔法 灰 孙悟空 尾巴 结束 葫芦 香蕉
狗 五角星 baby 本来 那边 好像 声音 你们 前面 小孩 蛋 背 牙
上去 穿痛 班 猜 娃 每 推 宠物 公主 高 条 游戏 钻 擦 三角形

附录 153

结果 辣 如果 吹 饼干 汤 封面 路 张 娃娃 摆 出去 教 线 汽车
舒服 懂 逃 鸟 进 姑娘 小孩子 许多 正方形 好玩 碰 问 2cha 座 累
起 哭 城堡 雷神 气球 感觉 包 就要 盛 同学 早上 光 砍 那里 尖
胖 排骨 哪个 粒 公公 长大 啄木鸟 针 老虎 碎 错 这样 按 里头
长颈鹿 后面 盒子 火车 当 贝 请 歪 滚 颗 吃掉 女巫 生 有些 好看
疼 爱 该 鼻子 紫色 好不好 哥哥 清楚 萝卜 事 楼梯 xxxc 蓝色
海盗 星星 气 当然 房 棒 回去 工具 篮球 赶快 黑色 刀 啰 这里 帮
时候 赢 屋 一次 哪儿 真的 戴 投 玉米 坏人 老爷 修 象 干嘛 零
同 时间 轮 往 出来 dragon 够 蜘蛛 其他 借 绿色 假 升 录像 发现
慢慢 乌龟 到底 别人 亮 见 谢谢 爆炸 关门 哼哼 放屁 录音 梯形
远 今 一半 木 心 黏土 姐姐 折 拆 底下 水果 耳朵 运 干么 而已
呵呵 别的 可能 哼 铁扇公主 凳子 卖 捣 昨天 台中 手枪 池塘 一点
一块 梯子 头 宝藏 喜欢 番茄 酱 打架 空心 乌龟 怎么 牛肉 多少
发 舌头 赚 么 事情 吗 舅舅 勒 刀子 杀 乱叫 鸡蛋 原来 方形 星期
五 猪 八戒 张 芋 芳 陌生人 桥 美丽 刚刚 起来 妈妈 停 米饭 偷偷
森林 水彩笔 味道 布达 菱形 小姑娘 白色 扔 水池 胡萝卜 星 差 压
闻 盖 根 保护 枝 梦 星期四 只是 忘 响 旁边 一直 daddy 流 片
忘记 厉害 骨头 一个 不过 宝贝 算 扇子 剩 话 记得 闭 起床 大大
三角 山洞 四边 那些 抢 小偷 反 念 诶 新 意思 棵 宝箱 屁股 问题
个人 翘 讲话 叉子 荧 声 这么 饱 篮球 火焰 以为 输 姐姐 挡住 陪
游 回来 丢 得到 飞机 明 旻 想要 辣椒 重新 敢 蔬菜 大蒜 mommy
鹰 其实 帮助 靠 比较 房间 躺 挖 咸 软 装 籽 蛋清 小时 你好 湿
越 裙子 脖子 王八蛋 插 身上 见 找到 咳嗽 火箭 刺 下雨 进去 弟
弟 吵 妮子 混沌 东西 腿 没关系 蟹 梨子 些 牛奶 啥 小弟弟 骑 结
塔 蒙 听话 投降 下午 项链 生姜 图画 劾 只能 kwal 白天 太空
玩笑 0c 扎 巨人 前 餐巾 甜 伐 柳 壳 拔 空 椰 白果 中午 嘴 举
豆腐 凉 箱子 中 宝石 于是 红烧肉 钳子 羊肉 颜料 减 好喝 药 调
羹 来看 猴子 面条 捡 礼 跳舞 题 送给 桌子 本领 elephant 角 待
摸 星期天 办法 窗户 天天 夜 上学 学习 石头 屋子 豆 短 而且
牙齿 星期三 转 纺锤 敲 肯定 成功 朝 烤 十分 刚 第二 草地 踩
足球 具 签 开心 于 房间 补 醒 从前 食物 撞 火柴 岁 身体 摘 噔

青 分钟 蜡笔 听见 小小 姑姑 星期二 wuo 才能 灯笼 蓝莓 菠萝 弹
财 emo 座位 帘子 终于 缺 喀 卖 东东 皮肤 凶 断 滴 果 滴答 留
鲜 孕妇 炒饭 嫩 笼 荷包蛋 牙签 太太 走路 咿 小心 锤子 勺子 璐
魔术 扶 抖 翅膀 趴 白开水 觉 辫子 抠 矮 早就 骨 外边 桶 吃上
楼 桌 紧 简单 慢 润 唇膏 雨 拖 楼房 关系 帮忙 淡 蜂蜜 冻 主人
万 鲨鱼 海豹 影 度 所有 兽 看出 值日生

附录10 4—5岁儿童语句

"恩。""嗯。_ [+_ Y]""xxx。""0。""0_ [=!_ sound_ effec…""妈妈。""好。""嗯。""对。""这_ 个。""& 嗯_ [^c]。"
"不。""0_ [^c]。""不_ 知道_ [^c]。""嗯_ [^c]。""啊!"
"好!""不_ 知道。""是。""不_ 要!""蛤?""好_ [^c]。""哈哈_ 哈!""这_ 是_ 什么?""没_ 有。""你_ 看!""不_ 要。""不_ 是。""这里_ [^c]。""嗯?_ [+_ Y]""不!""你_ 看。""对_ 啊!""妈妈!""好_ 了。""& = laughs。""xxx_ [^c]。""不_ 会。"
"三_ 个_ 强盗_ [^c]。""啊?""机器人。""恩?""坏_ 人_ [^c]。""嘿嘿。_ [+_ Y]""嗯 [^c]。[+_ bch]""是_ [^c]。"
"在_ 这里_ [^c]。""对_ [^c]。""好吧。""强盗_ [^c]。""恩!"
"不_ 行!""好_ 啦!""啊?_ [+_ Y]""哦!""嗯?""0_ [=!_ 笑]。""呜呜。""为什么_ 啊?""呜呜_ 呜!""不_ 行。""三角形。""我_ 不_ 知道。""球。""为什么?""恩。_ [+_ Y]""好吃!""0_ [^c]?""我_ 不_ 要!""是_ 的。""喂。""不_ 对。"
"对_ 不_ 对?""啊。""这_ 个?""行。""好嘞。""还有。""这_ 个_ 是_ 什么?""哦。_ [+_ Y]""走。""哎。_ [+_ Y]""对!"
"来_ 呀!""讲_ 完_ 了_ [^c]。""0_ [=!_ 乱叫]。""呃!""这_ 一_ 页_ [^c]。""哈哈_ 哈。""妈妈_ 啊。""这样。""有!""爸爸。""不_ 好。""讲_ 完了 [^c]。[+_ str]""0_ [=!_ 哈]。"
"哦。""这_ 个_ 啊?""好_ 的。""哎哟。_ [+_ Y]""没_ 有_ 了_ [^c]。""不_ 是。""呜呜_ 呜。""对_ 啊。""不_ 告诉_ 你。"
"哎。""睡觉。""耶!""没有_ 啊!""一_ 二_ 三_ 四。""我_ 来。"

"上。""掉_了。""没。""对_的。""嘿。_[+_Y]""&呃。_[+_Y]""画_画。""好_了!""皮球。""我_会。""妈。""爸爸!""什么?""嘿嘿。""医院。""书。""有。""毛毛虫[^c]。""哪_个?""不_知_道。""对呀。""什么?""不,_不_行!""三。""对吧?""九。""对_呀!""看。""没有。""汤圆!""对_啊。""这个_是_谁?""老鼠。""对_啦!""吃_完_了。""怎么_玩?""筷子!""梨[^c]。""这_是_什么_[^c]?""你_怎么_知道?""是_这样_的。""你_的!""哎哟。""这_个。""有_羊肉!""0[^c]。""这么_大!""大象_[^c]。""对_啊!""这_个_呢?""要。""我_知道。""好_啊。""我_不_知道_[^c]。""不_画_了。""西瓜[^c]。""噢。_[+_Y]""紫色_[^c]。""月亮[^c]。""嗯_。_[+_Y]""太阳。""像。""我_也_不_知道。""哎呀!_[+_Y]""红_颜色。""黄_颜色。""阿姨。""六。""上面。""看看。""哦!_[+_Y]""两_个。""蜡笔。""皮皮鼠_吃_跳跳糖。""跳跳糖。""一样。""圆形。""好_不_好?""面。""我_才_不_要_玩!""不_吃!""没_了_[^c]。""不,_不,_不。""太阳_[^c]。""干嘛_啊?""是_什么_呀?""谁_拍_的?"

附录11 5—6岁儿童词汇

子 有 啊 会 一 是 就 好 它 c 个 的 了 吃 在 小 嗯 人 对 怎么 虫 哎 球 龙 们 蛋 圆 哇 卡 滑 儿 我 这 不 它 然后 要 你 三 还 妈妈 恩 又 画 大 吗 红 点 这样 饭 开 肉 跳 钻 哈 鱼 听 百 干 黄 样 圣诞 奥 试 尖 饺 衣 脆 方 到 没 把 都 看 什么 那 他 很 也 去 来 呢 说 可以 只 用 再 天 毛毛 呀 吧 变 那个 讲 狮子 树 五 皮球 哦 饿 头 变成 先 车 时候 块 皮 让 很多 长 皮皮 大象 快 哎呀 跳跳 糖 哈哈 高 嘛 机器 口 effects 宝 圆形 一点 鸟 菜 回 片 桔 噢 嘞 腿 进 纸 金 半 孩 八 拉 园 刺 高兴 和平 星 变形 物 爷爷 面 照 棒 中 老 王 笔 laughs 乱 夹 事 圈 形 嘿 难 呃 巴 办 妮 特 节 火腿 喔 朵 lion 橙 蹦 双 虾 烂 辣椒 蟹 油 鸡

器 鲨鱼 额 彩 之 弯 蝙蝠 斗士 男 莱 儿童 语 料 赵 CHI Y 他们
上 file 着 想 给 苹果 东西 xxx 里 拿 知道 还有 起来 强盗 两 她
玩 颜色 二 拍 走 里面 出来 掉 第 放 四 爸爸 多 后来 下 能 这里
可是 十 像 不是 完 过 和 还是 打 马 跑 自己 找 我们 黑 搭 肚子
太阳 家 因为 啦 得 跟 几 喜欢 做 上面 为什么 马车 水 叫 过来
晚上 红色 抱 坏 弄 bch 喝 老师 洞 看看 拼 故事 小孩 房子 就是
bok 带 鼠 手 这些 喇叭 一样 现在 蝴蝶 看到 看见 今天 sound 地
这边 这么 死 睡觉 太 睡 穿 踢 花 住 2cha 女孩 好吃 从 买 爬 条
钱 六 星期 城堡 等 最 书 草莓 蛋糕 帽子 行 孩子 叶子 那些 哪
每 真 被 梨 但是 汤 飞 最后 谁 好多 篮球 种 觉得 脚 白 黄色
树叶 已经 发现 枪 床 后面 样子 咬 帮 次 碗 送 偷 眼睛 气 一下
所以 话 轮子 这儿 早上 斧头 才 下来 倒 洗 见 戴 甜甜 妈 医院
动物 好像 下面 三角形 搞 烫 蓝色 边 而且 外面 成 字 地方 全 坐
小朋友 布达 起 鬼 根 嘿嘿 分钟 涂 进去 山 认识 月亮 抢 宝宝 刷
出 从前 衣服 抓 以后 贵 甜 狗 回来 哎哟 一起 别 站 一些 奶奶
可 上去 有点 那里 斗篷 七 打开 喷 绿色 玩具 山洞 声音 草 筷子
财 香肠 生 指 牙 下去 座 哪里 断 投 吓 所有 咦 星星 破 个人
武器 动 饱 摔 宝藏 绿 西瓜 九 错 出去 张 怪 鸡蛋 你们 冷 娃娃
箱子 漂亮 脸 那么 星期天 超级 盖 颗 当 丑 坏蛋 家里 里边 蓝
足球 呵呵 问 只有 热 黑色 找到 盒子 突 之后 谢谢 砍 胖 害怕 箱
些 滚 躺 如果 金子 羊 光 包 水果 路 开始 摸 线 升 果 棒棒糖 够
其他 幼儿 摆 奶 酪 名字 冰淇淋 全部 肯定 好吧 朋友 它们 旁边
结果 桌子 门 一直 躲 醒 胡椒粉 火箭 为了 逃 刚才 呜 小小 白色
黄瓜 池塘 敲 感觉 恶魔 快乐 应该 积木 翼 外国 运 往 时间 美丽
紫色 哪儿 金刚 菱形 棵 连 别人 每天 换 str 告诉 宝石 越 哭 回去
嗳 奇怪 削 吹 蘑菇 形状 声 阿姨 金银财宝 学校 老鼠 小姑娘 村子
点点 刚刚 收 原来 班 随便 扔 鼻子 转 剥 舒服 身体 新 长大 姑妈
嘶 需要 豆腐 星期五 投降 回家 楼 石头 藏 高高 插 恐龙 层 硬
喂 本来 前面 身 好玩 毛 关 觉 男人 哼 礼拜 屋子 弟弟 那边 卵
以前 月光 啥 教 后 怕 梨子 匹 味道 少 装 四周 接 灯 刚 鸭 李子
鸡翅 夜 那儿 本 星期四 苦 蓝莓 数 南瓜 好看 编 里头 哥哥 茧 痛

嘴巴 姐姐 另外 巧克力 宝箱 辣 烧 币 彩色 辆 亮 可能 蜘蛛 樱桃
摇 骨头 号 撒 牙齿 明天 懂 响 黄金 酸酸 女人 白白 说话 早晨 丢
尾巴 许多 慢慢 闪 翻 过去 段 森林 鸽子 角 勇敢 星期六 反正
长颈鹿 轮胎 碰 吵 妹妹 肥 到底 更 月 搬 当然 乌龟 传 妖 魔 赶
塔 早 葡萄 耳朵 水彩笔 学 诶 年 背 疼 该 队长 碎 食物 忘记
蜻蜓 渴 造 呦 吃 耶 哟 堆 海 灰色 壳 飞机 营养 手表 脑 白金 时
晕 间 没关系 底下 只要 青菜 正 香 桃子 马桶 排 光滑 篮 气球
黑黑 沙拉 休息 加 左手 倒霉 组 软 生气 超 豆 图 完了 老虎 电
结 突然 手机 小时 于是 图画 sings 暖和 叫做 绳 坏人 城市 马上
一块 草地 切 凉 深 虫子 色 开心 雪 压 忘 拆 魔鬼 生活 头发
中午 但 刀 筒 派 擦 下午 人家 发 拔 吐 底 建 打败 猪 火 梯子
写 准备 以为 笑 白菜 尝 山药 砸 乱跳 桥 闻 五颜六色 后天 赶快
曼 风 穿着 Simba 攻击 炒 房间 心肠 籽 橙色 上边 公公 荤 面包
比 结婚 三角 dragon 鞋子 elephant 翅膀 爪子 跌 反 不然 针 蔬菜
店 厉害 正方形 越来越 出门 照片 晚 差 咸 呐 滴 温暖 老婆 杯
锤子 一边 偷偷 充 今年 蟑螂 想想 蛮 萝卜 眼 昨天 套 勺子 敢 龟
次郎 弹 办法 讨厌 推 比赛 女 铺 删 生长 盖子 剩 渐渐 宝物 剩下
金针 菇 粉 礼物 臭 馄饨 电池 硬币 上来 汤汤 蚂蚁 工具 鸭子 前
一下子 公主 橘色 养 巫婆 云 拍照 嘎 毒 宫 队 胡子 硬硬 赢 汽车
呗 乘客 脏 障碍 要是 好好 零 录像 打架 摔跤 塞 终于 土豆 计 母
简单 duo 生日 髻 逗 最大 有些 群 左边 布 差不多 粒 闪闪 啵 电
极 屁股 竖 兔子 凶 问题 3cha 醒来 重 脑子 楼梯 从来 挡住 冬天
电视 外 变化 运动 所 戒指 啄木鸟 到处 五彩 缤纷 向 守门员 为
短 门口 马路 嘴 陌生人 满 盒 离开 盘子 缩 翘 哈欠 肠 哼哼 假
一定 请 猎人 属 痒 欧 页 变幻 陈 大大 唉 daddy 喽 爱 久 夜晚
跳舞 中间 支 停 baby 冰 男孩 型 咋 好心 右手 世界 小孩子 菠菜
kwal 意大利 番茄 冬 天气 闸 慢 后边 真的 其实 配 玉米 件 铁
指甲 爸 舀 挡 香菇 算 裤子 反过来 围 木头 稍微 盛 骑 跑步 累
心 饺子 屋 骗 椅子 顶 芬 汁 毛虫 别 外边 人们 撑 位 分 花纹
只好 嫩 财物 意思 非常 寒冷 爪 外婆 理 每次 筋 按 银子 香香
经常 排骨 幅 mommy 比较 等待 打仗 平 发生 结结巴巴 猫 五角星

折 膀子 干么 脖子 蜜蜂 正好 导弹 劈 其中 投靠 村 对不起 珠宝
胡 读 pterodactyl 酱 滑梯 机关 然 记 花瓣 拦 蚕 矮 孤儿 晓得
纪念 卖 蛇 待 丝 香蕉 瘦 要不然 桶 神奇 力气 认 医生 横 饼干
Nana 花园 举 哇哇 格 巨大 拖 紫 胀 大家 等等 出现 黏 软软 挺
咖啡色 事情 雨 线条 可恶 壶 聪明 伤 预备 嘻嘻 条纹 超市 各种
选 可怕 巧 虎 羽毛 修 好处 游戏 统统 弹性 糖果 扁 辫子 猫头鹰
记得 从此 左 东 咳嗽 恶 霸 牌子 身子 地球 多少 伯伯 角落 车轮
嗨 甲 手臂 共 瘪 叠 衣柜 射 白天 丘 熟 通 合 不过 果子 宽 瞄
载 追 tCHI d 慢吞吞 刘 噎 一般 调羹 欺负 烟 胡萝卜 移 啪 寻找
茶 核 酸 噻 馒头 锤头 聊天 陪 输 牙签 跷 网 同 城 火锅 杀 除非
外公 管 下边 芹菜 是不是 扎 顶多

附录12 5—6岁儿童语句

"恩。""嗯。_ [+_ Y]" "0。" "xxx。" "对。" "& 嗯_ [^c]。" "妈妈。" "这_ 个。" "& 嗯。" "嗯_ [^c]。" "没_ 有。" "嗯。" "好。" "不_ 知道。" "苹果。" "嗯!_ [+_ Y]" "皮球。" "啊?" "没_ 有_ 了。" "好_ [^c]。" "嗯?_ [+_ Y]" "不_ 对。" "这_ 是_ 什么?" "不。" "哎。_ [+_ Y]" "对_ [^c]。" "嘿嘿。_ [+_ Y]" "你_ 看。" "红色。" "啊?_ [+_ Y]" "不_ 要。" "哈哈哈!" "哦!" "哦。_ [+_ Y]" "卡布达。" "哈哈。_ [+_ Y]" "球。" "不_ 知道_ [^c]。" "对!" "是_ 的。" "好_ 了。" "圆形_ 的。" "不_ 要!" "这_ 个_ 呢?" "哎呀。_ [+_ Y]" "好嘞。" "是。" "好!" "啊。_ [+_ Y]" "妈妈!" "呵呵。_ [+_ Y]" "噢。_ [+_ Y]" "好_ 的。" "恩?" "医院。" "哎呀!_ [+_ Y]" "哎!_ [+_ Y]" "不_ 行。" "为什么?" "这_ 个_ 是_ 什么?" "一_ 个。" "不_ 要_ 了。" "看。" "不是。" "啊!" "四_ 个。" "喜欢。" "红色_ 的。" "买_ 过。" "甜甜_ 的。" "哎_ 吆!_ [+_ Y]" "恩。_ [+_ Y]" "没_ 了。" "好_ 吧!" "什么?" "嘿。_ [+_ Y]" "没。" "好吃!" "滑滑_ 的。" "圆圆_ 的。" "对_ 呀。" "可以。" "哈哈哈。" "没_ 了_ [^c]。" "三_ 个。" "好吧。" "机器

人。""这_ 是_ 什么_ 啊?""哎哟。_ [+_ Y]""呵呵!_ [+_ Y]""嗯_ [^c]。_ [+_ _ bch]""这_ 是_ 苹果。""0_ [=!_ sings]。""这_ 个_ 啊?""嘿嘿!_ [+_ Y]""狮子_ [^c]。""等_ 一_ 下。""这样子。""怎么_ 玩?""三角形。""哎哟!_ [+_ Y]""三。""我_ 知道。""咦?_ [+_ Y]""篮球。""刷_ 牙。""大象_ [^c]。""嗯 [/]_ 嗯。_ [+_ Y]""0_ [^c]。""哼!""皮皮鼠。""跳跳糖。""妈。""不_ 贵。""啊!_ [+_ Y]""睡_ 着_ 了。""不_ 是。""来。""这样。""咦。_ [+_ Y]""三_ 个_ 强盗_ [^c]。""香肠_ [^c]。""不!""哦。""爸爸。""哪里?""不是_ 的。""不_ 好。""哇。_ [+_ Y]""两_ 个。""五_ 个。""一_ 二_ 三_ 四。""好嘞_ [^c]。""对_ 呀!""讲_ 完_ 了_ [^c]。_ [+_ …]""哎。""哈哈!_ [+_ Y]""圆_ 的。""有。""吃_ 跳跳糖。""贵。""妈_ 呀。""紫色_ [^c]。""哼哼。_ [+_ Y]""太阳。""要!""十_ 个。""给_ 我。""我_ 不_ 知道。""六_ 个。""这_ 是_ 什么_ 东西?""和平星。""水彩笔。""圆形。""黄色。""哇塞!_ [+_ Y]""四。""树。""这_ 个!""我_ 看看。""为什么_ 啊?""变形金刚。""讲_ 故事。""恩!""吃_ 了_ 四_ 个_ 草莓_ [^…]""一。""洗_ 脸。""烫_ 死_ 了!""我_ 也_ 不_ 知道。""哦_ [^c]。""红_ 颜色。""还有_ 几_ 分钟?""然后_ 呢?""这_ 是_ 皮球。""吃_ 起来_ 甜甜_ 的。""知道。""会。""上面。""怎么_ 搞_ 的?""五。""蛋糕_ [^c]。""好_ 烫。""啊_ [^c]。""小_ 花。""行_ 了。""书。""哎呦_ [+_ Y]""火箭。""西瓜_ [^c]。""白色。""好_ 啦!""哦!_ [+_ Y]""老师。""他们_ 还_ 买_ 了_ 一_ 座_ …""好吃。""知道_ 了。""哎呀。""皮。""没_ 有_ 了_ [^c]。""不_ 会。""看_ 书。""嗯。_ [+_ Y]""认识。""睡觉。""长_ 在_ 树_ 上。""喇叭_ 枪_ [^c]。""头。""可以_ 了。""菱形。""钻_ 了_ 一_ 个_ 洞_ [^c]。""我。""哈哈!""六。""这儿。""好_ 的_ [^c]。""七_ 个。""四_ 只。""蜻蜓_ 队长。""讲_ 完_ 了_ [^c]。""画画。""看_ 完了_ [^c]。""我_ 要_ 这_ 个。""树_ 上。""没_ 有_ 啦。""没_ 啦。""二。""这_ 个?""哎哟_ [^c]。""啊。""这_ 个_ 颜色。"

参考文献

鲍洁、冯锐：《学前儿童攻击性行为的成因及对策分析》，《大众文艺》2019年第21期。

查娜新：《谈幼儿常见不良行为的成因分析与矫正方法》，《学周刊》2016年第33期。

陈晨、郭黎岩、王冰：《儿童期受虐待与大学生攻击行为》，《中国儿童保健杂志》2015年第9期。

陈瀚凌：《自闭症儿童攻击性行为干预的个案研究》，《科教导刊（中旬刊）》2018年第8期。

陈剑云：《不是独会（故意）是错残（无意）》，《浙江教育科学》2014年第6期。

陈秋珠、徐慧青：《我国幼儿攻击性行为干预效果及调节因素的元分析》，《当代教育理论与实践》2019年第1期。

陈羿君：《阿德勒游戏治疗对儿童攻击性行为的干预成效》，《江苏幼儿教育》2016年第2期。

程雯：《蚌埠市学前儿童行为发展水平的现状调查和提升策略》，《教育现代化》2019年第31期。

崔海霞：《幼儿攻击性行为的干预策略》，《甘肃教育》2015年第2期。

邓杨：《儿童心理学攻击性儿童的行为特征》，《农家参谋》2019年第23期。

丁怡心：《幼儿攻击性行为现状及策略研究》，《才智》2020年第2期。

杜幼红、肖二平：《学前儿童在行为领域中的性别刻板印象研究》，《杭州师范大学学报》（自然科学版）2017年第6期。

段宝军、张学芳、李艳子：《父母教养方式与儿童攻击性行为的关系研究》，《卫生职业教育》2015年第22期。

葛鹏：《幼儿攻击性行为的成因剖析与矫正策略》，《宁波教育学院学报》2015年第2期。

顾淑芳：《教育方式偏差家庭幼儿自信心的培养》，《江苏教育研究》2015年第Z4期。

顾琰君：《儿童攻击性行为的成因及矫正策略》，《读与写》（教育教学刊）2019年第5期。

郭申阳、孙晓冬、彭瑾、方奕华：《留守儿童的社会心理健康——来自陕西省泾阳县一个随机大样本调查的发现》，《人口研究》2019年第6期。

韩静：《父母教养方式与共情影响儿童攻击性行为》，《中国社会科学报》2019年9月16日第6版。

何国强：《动画在幼儿攻击性行为中的影响及其对策》，《现代中小学教育》2015年第4期。

胡静：《读懂特殊儿童的语言——对语言发展迟缓幼儿的思考和研究》，《科学大众》（科学教育）2017年第1期。

胡美玲：《幼儿攻击性行为的形成与应对策略研究》，《成才之路》2017年第3期。

胡梦娟、马苗：《积极行为支持对自闭症儿童攻击性行为的干预研究》，《现代特殊教育》2016年第14期。

黄晓雪、张锦坤：《4岁幼儿攻击性行为的箱庭干预个案研究》，《牡丹江师范学院学报》（哲学社会科学版）2015年第4期。

黄晓苑：《双语儿童语言发展迟缓问题辨析》，《龙岩学院学报》2011年第3期。

纪永君：《0～3岁幼儿语言发展迟缓个案分析——以30个月的幼儿悠悠为例》，《求知导刊》2020年第10期。

贾守梅、范娟、汪玲、施莹娟、李萍：《家庭干预对学龄前儿童攻击性行为影响的试验性研究》，《中国儿童保健杂志》2017年第5期。

姜微微：《儿童攻击性行为规范信念及社会行为研究》，《长春教育学院学报》2014 年第 18 期。

焦夏飞：《对媒介暴力与儿童攻击性行为关系的探讨》，《新闻研究导刊》2016 年第 18 期。

李丹丹：《幼儿攻击性行为的成因及解决对策》，《学周刊》2015 年第 1 期。

李芳霞：《父母教养方式对幼儿攻击行为的影响》，《宁夏师范学院学报》2015 年第 2 期。

李华：《小学低年段儿童攻击性行为的转化策略》，《课程教育研究》2018 年第 4 期。

李楠、国慧慧：《动画片对幼儿攻击性行为的影响探析》，《科学大众》（科学教育）2019 年第 8 期。

李蓉蓉、李燕：《父母教养方式对幼儿攻击性行为的影响及对策研究》，《读与写》（教育教学刊）2019 年第 2 期。

李婷婷：《基于儿童引导决策的攻击性行为个案分析》，《文化创新比较研究》2018 年第 30 期。

李晓庆：《弱智儿童语言障碍的诊断研究》，《当代教育论坛》（综合研究）2011 年第 4 期。

梁晓刚、李经天：《儿童攻击性行为的诱因分析》，《中小学心理健康教育》2016 年第 4 期。

林秋英：《智障生攻击性行为矫正的个案研究》，《华夏教师》2019 年第 6 期。

林旸：《语言发展迟缓儿童的教育——张××个案分析》，《教育导刊》1999 年第 S3 期。

刘佳颖：《幼儿"攻击性行为"产生的原因分析及教育策略》，《农家参谋》2019 年第 23 期。

刘介宇、童宝娟：《语言功能评估工具简介：以台湾地区为例》，《中国听力语言康复科学杂志》2017 年第 5 期。

刘群：《关于小、中班儿童攻击性行为的思考》，《贵州教育》2017 年第 2 期。

刘瑞霞：《儿童攻击性行为矫正个案研究》，《现代特殊教育》2015 年第 Z1 期。

刘霞、张跃兵、张国华、王敏、解瑞宁、翟景花、宋颂：《济宁市留守初中生攻击行为的调查研究》，《中国农村卫生事业管理》2017 年第 11 期。

刘玉娟：《0—3 岁儿童语言和言语障碍的早期诊断与干预》，《中国特殊教育》2018 年第 9 期。

刘玉敏：《生态学视角下留守儿童攻击性行为的影响因素及干预策略》，《陕西学前师范学院学报》2019 年第 8 期。

罗明礼、李素芳、钟雪梅、王榕澜：《中英智障儿童语言康复训练对比研究》，《乐山师范学院学报》2019 年第 12 期。

马赫男：《智障儿童攻击性行为干预的个案研究》，《现代特殊教育》2016 年第 9 期。

马龙、于得澧、王哲、辛志宇、崔晶、王苗、王忆军：《哈尔滨城市留守与非留守幼儿行为问题及影响因素分析》，《中国学校卫生》2018 年第 7 期。

毛艳雯：《宽松教养方式对幼儿攻击性行为的影响及其对策》，《读与写》（教育教学刊）2019 年第 6 期。

缪津娴：《浅谈幼儿攻击性行为的成因及应对策略》，《赤子》（上中旬）2016 年第 18 期。

乔佳博、杨光艳、刘敏：《留守儿童攻击性行为干预策略研究》，《新西部》2017 年第 27 期。

桑胜余、戴丽岩：《智障儿童攻击性行为矫正的个案研究》，《基础教育参考》2018 年第 21 期。

邵江洁、邱晓露、李维君：《行为矫正对学龄前孤独症儿童的攻击性行为干预效果的观察》，《江西中医药》2016 年第 9 期。

邵鸣：《幼儿攻击性行为矫正策略探析》，《成才之路》2015 年第 7 期。

施莹娟、贾守梅、李萍、范娟：《学龄前儿童攻击性行为与气质特征的关系》,《中华行为医学与脑科学杂志》2015 年第 8 期。

石光翠:《树木人格画中的儿童心灵成长——基于树木人格画测验改善儿童的攻击性行为》,《江苏教育》2016 年第 40 期。

舒义平:《点亮孩子的心灯——沙盘游戏干预儿童攻击性行为的个案研究》,《教学月刊小学版》(综合) 2017 年第 3 期。

宋静燕:《儿童攻击性行为的对策研究》,《科学大众》(科学教育) 2018 年第 11 期。

宋珊珊、万国斌、金宇、静进:《孤独症谱系障碍儿童普通话词汇特点及发展》,《中山大学学报》(医学科学版) 2015 年第 4 期。

孙佳航:《幼儿攻击性行为对策研究》,《成才之路》2015 年第 29 期。

孙洁:《浅析幼儿攻击性行为产生的原因及对策》,《才智》2015 年第 22 期。

仝宇、林乐迎、罗正里:《3—12 岁儿童攻击性行为影响因素的研究》,《才智》2015 年第 35 期。

王碧涵、王碧霞:《自闭症儿童攻击性行为的功能性评估及干预个案研究》,《现代特殊教育》2015 年第 4 期。

王飞英、倪勇、倪钰飞、刘维韦、胡鹏:《南通市 427 例 1~3 岁幼儿情绪社会化发展现况研究》,《中国妇幼保健》2015 年第 33 期。

王金霞:《电视媒体暴力对儿童社会性发展的影响》,《中小学心理健康教育》2014 年第 20 期。

王敏:《浅析幼儿一种不良的社会性行为》,《才智》2015 年第 2 期。

王琦:《语言发展迟缓幼儿的个案研究》,《华夏教师》2018 年第 28 期。

王琦:《语言能力发展迟缓幼儿的个案研究》,《华夏教师》2018 年第 25 期。

王赛:《小班语言发育迟缓幼儿发展评估及教育干预的个案研究》,《课程教育研究》2019 年第 13 期。

王欣:《学前儿童攻击性行为的原因及对策分析》,《南昌教育学院学报》2015 年第 5 期。

王瑶、储康康、徐斌、张久平、王晨阳、方慧、邹冰、焦公凯、刘青香、张敏、谷力、柯晓燕：《南京城区学龄儿童攻击性行为相关因素的调查》，《中国心理卫生杂志》2018 年第 1 期。

王叶、张莉：《幼儿攻击性行为形成的理论解释与影响因素分析》，《儿童发展研究》2017 年第 3 期。

王雨薇：《如何应对幼儿的攻击性行为》，《读与写（教育教学刊）》2018 年第 3 期。

王越：《儿童攻击性行为的成因及预防矫正》，《亚太教育》2015 年第 9 期。

王芸芸：《幼儿攻击性行为解析》，《佳木斯职业学院学报》2017 年第 1 期。

尉瑞华：《论儿童家庭暴力对道德行为的影响》，《理论观察》2018 年第 1 期。

魏文君：《幼儿攻击性行为的特征及应对措施》，《甘肃教育》2015 年第 5 期。

吴迪茵：《儿童攻击性行为的原因探讨——案例分析报告》，《品牌》2014 年第 7 期。

吴宁：《幼儿攻击行为的矫治策略》，《成才之路》2015 年第 8 期。

项小莉：《游戏活动在纠正幼儿攻击性行为中的应用》，《教育观察》2019 年第 22 期。

徐东、张艳：《留守儿童攻击性行为及其干预策略的研究——基于家庭视角》，《吉林师范大学学报》（人文社会科学版）2016 年第 2 期。

徐文、唐雪珍：《中、大班幼儿攻击性行为特点的比较》，《萍乡学院学报》2017 年第 5 期。

许冬梅：《浅谈融合背景下语言发展迟缓幼儿有效学习的指导策略》，《才智》2018 年第 31 期。

许微：《对幼儿的攻击性行为的研究》，《赤子》（上中旬）2016 年第 21 期。

严紫娟：《浅谈动画片对幼儿的影响》，《读与写》（教育教学刊）2018 年第 1 期。

杨帆：《幼儿攻击性行为产生的原因及教育策略》，《长春教育学院学报》2016年第5期。

杨微、杨林：《浅谈幼儿行为的解读》，《当代教研论丛》2019年第1期。

银春铭：《国外儿童少年若干偏差行为的心理分析简述（上）》，《现代特殊教育》2017年第9期。

喻斌、朱柯、吴开腾、阿力玛斯·伊力夏提：《我国自闭症儿童的现状研究》，《科教导刊》（下旬）2019年第5期。

曾米岚、李启娟：《学前发展迟缓儿童语言能力分析研究》，《绥化学院学报》2019年第1期。

张爱华：《幼儿攻击性行为矫正及人际交往引导策略探析》，《西部素质教育》2015年第18期。

张丹：《班杜拉的观察学习理论及其对减少幼儿攻击性行为的启发》，《智库时代》2018年第25期。

张冬梅、贲雪婷：《4—5岁幼儿攻击性行为的研究分析》，《科教导刊》（下旬）2018年第11期。

张显达：《初探特定型语言障碍的分类与发展转变》，《南京师范大学文学院学报》2018年第3期。

张琰、余一夫：《3~6岁幼儿自尊水平与攻击性行为的关系研究》，《基础教育研究》2019年第1期。

张颖：《基于SIP模型儿童攻击性行为个案分析》，《课程教育研究》2015年第16期。

张永亭：《留守儿童社会问题解决能力提升策略》，《江苏教育》2017年第48期。

章依文、金星明、沈晓明、张锦明：《2~3岁儿童语言发育迟缓筛查标准的建立》，《中国儿童保健杂志》2003年第5期。

赵静、钱文华：《儿童语言发展迟缓成因的个案特征》，《中国临床康复》2006年第46期。

赵君星：《幼儿攻击性行为产生的原因分析及矫正策略研究》，《四川文理学院学报》2018 年第 4 期。

赵青：《浅谈幼儿的攻击性行为》，《科学大众》（科学教育）2017 年第 12 期。

郑蓉、徐亚琴、洪琴、池霞、童梅玲：《提升发展迟缓儿童语言前技能的个案报告》，《现代特殊教育》2015 年第 5 期。

郑玉珍：《儿童问题行为研究综述》，《山西青年报》2015 年 4 月 5 日第 5 版。

仲崇鑫：《对自闭症儿童攻击性行为的个案研究》，《吉林省教育学院学报》2016 年第 2 期。

周炜婷：《亲子关系对小学儿童暴力行为的影响因素》，《科学大众》（科学教育）2019 年第 1 期。

周正怀、李科生：《绘画心理辅导对流动儿童攻击性干预——基于积极心理学视野》，《湖南第一师范学院学报》2017 年第 4 期。

朱冬梅、朱慧峰、王晶：《儿童青少年攻击行为干预研究现状》，《中国学校卫生》2019 年第 2 期。

朱晓燕：《关于幼儿攻击性行为指导方式的调查研究》，《读与写》（教育教学刊）2018 年第 10 期。

邹巍、后慧宏：《儿童攻击性行为案例分析》，《课程教育研究》2018 年第 23 期。

白丽：《亲子依恋和同伴依恋对儿童攻击性行为发展的影响》，硕士学位论文，南京师范大学，2018 年。

陈珂：《家庭教养方式对儿童攻击性行为的影响：同伴关系的中介作用》，硕士学位论文，青海师范大学，2019 年。

程艳：《父母对幼儿攻击性行为的信念的研究》，硕士学位论文，上海师范大学，2018 年。

崔子祺：《对成人的性别刻板印象可延伸到 12 岁儿童》，硕士学位论文，西北师范大学，2019 年。

何侃：《"包办型"教育和"独立型"教育对幼儿能力发展影响的对比研究》，硕士学位论文，贵州师范大学，2015 年。

黄唯：《在社会排斥下儿童认知风格对攻击性行为的影响与作用机制研究》，硕士学位论文，四川师范大学，2018年。

黄志强：《山区儿童攻击行为及其矫正》，硕士学位论文，江西财经大学，2019年。

贾红霞：《绘画疗法对儿童攻击性行为的干预研究》，硕士学位论文，青海师范大学，2018年。

解男：《父母教养方式、自我控制与幼儿攻击性行为的关系研究》，硕士学位论文，鞍山师范学院，2015年。

李和孺：《儿童虐待与攻击性行为的关系：共情的中介作用》，硕士学位论文，中南民族大学，2016年。

李艳芳：《基于视频反馈法的中度智障儿童攻击性行为自我控制训练的个案研究》，硕士学位论文，华东师范大学，2019年。

李月琦：《4—6岁幼儿攻击性行为与父母教养方式的关系研究》，硕士学位论文，石河子大学，2018年。

李宗迪：《小学高年级儿童情绪调节能力对攻击性行为的影响》，硕士学位论文，天津师范大学，2018年。

刘培洁：《基于家庭系统理论——探究儿童攻击性行为的家庭影响因素及干预研究》，硕士学位论文，苏州大学，2019年。

刘正芳：《心理社会治疗模式在矫正儿童攻击性行为中的运用》，硕士学位论文，苏州大学，2015年。

马丹：《移情训练对幼儿攻击行为的干预研究》，硕士学位论文，河南大学，2015年。

马军伟：《理性情绪疗法介入流动儿童攻击性行为的实务研究——以某个案辅导为例》，硕士学位论文，华中科技大学，2017年。

曲亚：《沙盘游戏对幼儿攻击性行为的干预研究》，硕士学位论文，辽宁师范大学，2019年。

任会芳：《正向行为支持对自闭症儿童攻击性行为干预的个案研究》，硕士学位论文，广州大学，2018年。

谭蕾：《融合教育环境下正向行为支持对儿童攻击性行为干预的个案研

究》，硕士学位论文，四川师范大学，2017年。

陶春囡：《行为治疗模式在儿童攻击性行为矫正中的应用研究》，硕士学位论文，南京农业大学，2017年。

王晶晶：《家庭关怀度对学龄期儿童自尊及攻击性行为的影响研究》，硕士学位论文，吉林大学，2018年。

王亚礼：《中班幼儿攻击性行为早期干预的个案研究》，硕士学位论文，华中师范大学，2019年。

邬凡：《儿童攻击性行为小组工作介入实践》，硕士学位论文，长春工业大学，2017年。

武旭晌：《幼儿攻击性行为发展特点及其与隔代教养的关系研究》，硕士学位论文，吉林外国语大学，2019年。

杨斯童：《幼儿攻击性行为的现状、成因及辅导策略》，硕士学位论文，吉林师范大学，2018年。

赵孜：《3—6岁幼儿抑制控制与攻击性行为的关系的发展研究》，硕士学位论文，天津师范大学，2018年。

陈祎：《农村幼儿语言发展迟缓的原因及策略》，载于中国教育发展战略学会教育教学创新专业委员会《2020全国教育教学创新与发展高端论坛会议论文集（卷三）》，2020年。

贾守梅、汪玲、谭晖、王晓、施莹娟、李萍：《家庭干预对学龄前儿童攻击性行为的影响》，载于上海市护理学会《第二届上海国际护理大会论文摘要汇编》，2014年。

王宇、冉月：《正向行为支持配合音乐治疗矫正孤独症儿童攻击性行为的个案研究》，载于中国音乐治疗学会：《中国音乐治疗学会第十二届学术交流大会论文集》，2015年。

朱文凤、夏凌翔：《儿童虐待与攻击：敌意归因偏向和愤怒沉浸的中介作用》，载于中国心理学会《第二十二届全国心理学学术会议摘要集》，2019年。

Abigail, Fagan A., "Child Maltreatment and Aggressive Behaviors in Early Adolescence: Evidence of Moderation by Parent-Child Relationship Quality", *Child Maltreatment*, 2020, 25 (2).

Adams, J., "Delayed language development", *The Journal of speech and hearing disorders*, 1969, 34 (2).

Ahmed, E. and Azza, A. and Youssri, A. O. and Abdelrahim, S., "Effect of Bilateral Chronic Secretory Otitis media on Childhood Autistic Rating Score (CARS) Test", *Life Science Journal*, 2011, 8 (4).

Al Mosawi, A. J. and Fewin, L., "The first case of Niikawa-Kuroki syndrome in Kazakhstan associated with café au lait spots", *Giornale italiano di dermatologia e venereologia: organo ufficiale, Societa italiana di dermatologia e sifilografia*, 2009, 144 (5).

Al-Saif, Saud S. and Abdeltawwab, Mohamed M. and Khamis, Mahmoud, "Auditory middle latency responses in children with specific language impairment", *European Archives of Oto-Rhino-Laryngology*, 2012, 269 (6).

Amanda, K. and Tilot and Thomas, W. and Frazier and Eng, Charis, *Balancing Proliferation and Connectivity in PTEN -associated Autism Spectrum Disorder*, Neurotherapeutics, 2015, 12 (3).

Angela, Grimminger and Katharina, J. Rohlfing and Carina, Lüke and Ulf, Liszkowski and Ute, Ritterfeld, "Decontextualized talk in caregivers´ input to 12-month-old children during structured interaction", *Journal of child language*, 2020, 47 (2).

Aude, Charollais and Marie-Hélène, Stumpf and Ronan, De Quelen and Stephane, Rondeau and Frédéric, Pasquet and Stéphane, Marret, "Delayed language development at two years of age in very preterm infants in the Perinatal Network of Haute-Normandie", *Early human development*, 2014, 90 (12).

Aviva, Fattal-Valevski and Iris, Azouri-Fattal and Yoram, J. Greenstein and Michal, Guindy and Ayala, Blau and Nathanel, Zelnik, "Delayed language development due to infantile thiamine deficiency", *Developmental medicine and child neurology*, 2009, 51 (8).

Babu, Priya and Sharma, Rakesh and Jayaseelan, Elizabeth and Appachu, Divya, "Berardinelli-Seip syndrome in a 6-year-old boy", *Indian Journal of Dermatology, Venereology, and Leprology*, 2008, 74 (6).

Baraka, Mohamed and El-Dessouky, Hossam and Ezzat, Eman and El-Domiaty, Eman, "Assessment of phonological awareness in children with delayed language development", *Menoufia Medical Journal*, 2019, 32 (1).

Benaroya-Milshtein, Noa and Shmuel-Baruch, Sharona and Apter, Alan and Valevski, Avi and Fenig, Silvana and Steinberg, Tamar, "Aggressive symptoms in children with tic disorders", *European Child & Adolescent Psychiatry*, 2020, 29 (9).

Benjamas, Prathanee and Panida, Thanawirattananit and Sanguansak, Thanaviratananich, "Speech, language, voice, resonance and hearing disorders in patients with cleft lip and palate", *Journal of the Medical Association of Thailand = Chotmaihet thangphaet*, 2013, 96 (4).

Blank, R., "Principle symptoms of delayed language development and behavioral disorders. 2 case studies on the topic of fragile X syndrome", *Zeitschrift fur Kinder- und Jugendpsychiatrie*, 1989, 17 (2).

Bradshaw, Monica L. and Paul, Hoffman R. and Janet, Norris A., "Efficacy of Expansions and Cloze Procedures in the Development of Interpretations by Preschool Children Exhibiting Delayed Language Development", *Language, speech, and hearing services in schools*, 1998, 29 (2).

Brookhouser, P. E. and Hixson, P. K. and Matkin, N. D., "Early childhood language delay: the otolaryngologist's perspective", *The Laryngoscope*, 1979, 89 (12).

Butler, C. C. and Linden, M. K. and MacMillan, H. L. and Wouden, J. C., "Should children be screened to undergo early treatment for otitis media with effusion? A systematic review of randomized trials", *Child: care, health and development*, 2003, 29 (6).

Butler, C. C. and MacMillan, H., "Does early detection of otitis media with effusion prevent delayed language development?", *Archives of disease in childhood*, 2001, 85 (2).

Butler, C. C. and Van Der Linden M. K. and MacMillan, H. L. and Van Der Wouden, J. C., "Should children be screened to undergo early treatment for otitis media with effusion? A systematic review of randomized trials", *Child: Care, Health and Development*, 2003, 29 (6).

Carmen, Berenguer-Forner and Ana, Miranda-Casas and Gema, Pastor-Cerezuela and Rocío, Roselló-Miranda, "Comorbidity of autism spectrum disorder and attention deficit with hyperactivity. A review study", *Revista de neurologia*, 2015, 60 (1).

Charollais, Aude and Stumpf, Marie-Hélène and De Quelen, Ronan and Rondeau, Stephane and Pasquet, Frédéric and Marret, Stéphane, "Delayed language development at two years of age in very preterm infants in the Perinatal Network of Haute-Normandie", *Early Human Development*, 2014, 90 (12).

Chonchaiya, Weerasak and Pruksananonda, Chandhita, "Television viewing associates with delayed language development", *Acta Pædiatrica*, 2008, 97 (7).

Cooper, J. and Moodley, M. and Reynell, J., "Intervention programmes for preschool children with delayed language development: a preliminary report", *The British journal of disorders of communication*, 1974, 9 (2).

Davies, Peter and Shanks, Becky and Davies, Karen, "Improving narrative skills in young children with delayed language development", *Educational Review*, 2004, 56 (3).

DeLisi, L. E. and Boccio, A. M. and Riordan, H. and Hoff, A. L. and Dorfman, A. and McClelland, J. and Kushner, M. and Eyl Van, O. and Oden, N., "Familial thyroid disease and delayed language development in first admission patients with schizophrenia", *Psychiatry research*, 1991, 38 (1).

Deuster, C. V., "Delayed language development. Causes, diagnosis, and therapeutic possibilities", *Die Medizinische Welt*, 1977, 28 (44).

Dianne, Trumbull, "Shame: An Acute Stress Response to Interpersonal Traumatization", *Psychiatry*, 2020, 83 (1).

Emil, Coccaro F., "The Overt Aggression Scale Modified (OAS-M) for clinical trials targeting impulsive aggression and intermittent explosive disorder: Validity, reliability, and correlates", *Journal of psychiatric research*, 2020, 124.

Eminoglu, Tuba F., "3-Methylcrotonyl-CoA Carboxylase Deficiency: Phenotypic Variability in a Family", *Journal of Child Neurology*, 2009, 24 (4).

Erik, Borg and Arne, Risberg and Bob, McAllister and Marie, Undemar Britt and Gertrud, Edquist and Anna-Clara, Reinholdson and Anna, Wiking-Johnsson and Ursula, Willstedt-Svensson, "Language development in hearing-impaired children. Establishment of a reference material for a 'Language test for hearing-impaired children'", *International journal of pediatric otorhinolaryngology*, 2002, 65 (1).

Eun, Jeong Ji and Lee, Hyung Jik and Kim, Jin Kyung, "Developmental profiles of preschool children with delayed language development", *Korean journal of pediatrics*, 2014, 57 (8).

Falkus, Gila and Tilley, Ciara and Thomas, Catherine, "Assessing the effectiveness of parent – child interaction therapy with language delayed children: A clinical investigation", *Child Language Teaching and Therapy*, 2016, 32 (1).

Fattal-Valevskiand Aviva and Azouri-Fattal and Iris and Greenstein and Yoram J. and Guindy and Michal and Blau and Ayala and Zelnik and Nathanel, "Delayed language development due to infantile thiamine deficiency", *De-*

velopmental Medicine and Child Neurology, 2009, 51 (8).

Federica, Baldan and Chiara, Gnan and Alessandra, Franzoni and Lucia, Ferino and Lorenzo, Allegri and Nadia, Passon and Giuseppe, Damante, "Genomic Deletion Involving the IMMP2L Gene in Two Cases of Autism Spectrum Disorder", *Cytogenetic and genome research*, 2018.

Fortina, P. and Delgrosso, K. and Rappaport, E. and Poncz, M. and Ballas, S. K. and Schwartz, E. and Surrey, S., "A large deletion encompassing the entire alpha-like globin gene cluster in a family of northern European extraction", *Nucleic acids research*, 1988, 16 (23).

Foster-Cohen, Susan and Edgin, Jamie O. and Champion, Patricia R. and Woodward, Lianne J., "Early delayed language development in very preterm infants: Evidence from the MacArthur-Bates CDI", *Journal of Child Language*, 2007, 34 (3).

Gabr, Takwa Adly and Darwish, Mohamad Elsayed, "Speech auditory brainstem response audiometry in children with specific language impairment", *Hearing, Balance and Communication*, 2016, 14 (1).

Gilliam, Walter S. and De Mesquita, Paul B., "The Relationship Between Language and Cognitive Development and Emotional-Behavioral Problems in Financially-Disadvantaged Preschoolers: A Longitudinal Investigation", *Early Child Development and Care*, 2000, 162 (1).

Gink, Van and Domburgh, Van and Jansen and Goddard and Ottenbros and Stegen, Van Der and Popma and Vermeiren, "The Development and Implementation of Non-Violent Resistance in Child and Adolescent Residential Settings", *Residential Treatment for Children & Youth*, 2020, 37 (3).

Grace, Kelly and Seng, Thida and Eng, Sothy, "The Socialization of Gender-Based Aggression: A Case Study in Cambodian Primary Schools", *Sex Roles: A Journal of Research*, 2020, 83 (1).

Grace, M. Brennan and Arielle, R. Baskin-Sommers, "Aggressive Realism: More Efficient Processing of Anger in Physically Aggressive Individuals",

Psychological Science, 2020, 31 (5).

Gross-Tsur, V. and Shalev, R. S. and Amir, N., "Attention deficit disorder: association with familial-genetic factors", *Pediatric neurology*, 1991, 7 (4).

Hall, D. M. and ReWard, S., "An investigation into the effectiveness of an early intervention method for the delayed language development in young children", *International Journal of Language & Communication Disorder*, 1999, 34 (4).

Hansen, T. W. and Henrichsen, B. and Rasmussen, R. K. and Carling, A. and Andressen, A. B. and Skjeldal, O., "Neuropsychological and linguistic follow-up studies of children with galactosaemia from an unscreened population", *Acta paediatrica* (Oslo, Norway: 1992), 1996, 85 (10).

Hart, Emily J. and Ostrov, Jamie M., "Relations between forms and functions of aggression and moral judgments of aggressive transgressions", *Aggressive Behavior*, 2020, 46 (3).

Hathaway, Julie and Pye, Judith, "LEAs are failing childminders who care for children with", *Early Years Educator*, 2006, 7 (9).

Helgeland, Margareth I. and Torgersen, Svenn, "Stability and prediction of schizophrenia from adolescence to adulthood", *European child & adolescent psychiatry*, 2005, 14 (2).

Heikkilä, Jenni and Lonka, Eila and Ahola, Sanna and Meronen, Auli and Tiippana, Kaisa, "Lipreading Ability and Its Cognitive Correlates in Typically Developing Children and Children With Specific Language Impairment", *Journal of Speech, Language and Hearing Research* (Online), 2017, 60 (3).

Hetzel, D., "Symptoms and etiology of delayed language development", *Deutsche Krankenpflegezeitschrift*, 1973, 26 (10).

Hinton, Veronica J. and Winston, Tod D. and Nereo, Nancy E. and Castaneda, Caridad D., "Boys with Duchenne Muscular Dystrophy Have Delayed Language Development", *Neurology*, 1998, 50 (4).

Hixson, P. H., "Guidelines for recognizing delayed language development", *Ear, nose, & throat journal*, 1979, 58 (7).

Hixson, P. H., "Recognizing delayed language development in children with hidden hearing impairment", *Pediatric annals*, 1980, 9 (1).

Hong, Kyungwha, "Teacher-student Relationship and School Adjustment in Abused Children: A Moderated Mediation Model", 기독교교육정보논집, 2020, 37.

Hudry, Kristelle and Dimov, Stefanie, "Spoken language shows some improvement following intervention for children with autism: but for which children and why?", *Evidence Based Mental Health*, 2017, 20 (3).

Inmaculada, Baixauli-Fortea and Belén, Roselló-Miranda and Carla, Colomer-Diago, "Relationships betw9een language disorders and socio-emotional competence", *Revista de neurologia*, 2015, 60 (1).

Iris, Chin and Matthew, S. Goodwin and Soroush, Vosoughi and Deb, Roy and Letitia, R. Naigles, "Dense home-based recordings reveal typical and atypical development of tense/aspect in a child with delayed language development", *Journal of child language*, 2018, 45 (1).

Iverson, Jana M. and Wozniak, Robert H., "Variation in vocal-motor development in infant siblings of children with autism", *Journal of autism and developmental disorders*, 2007, 37 (1).

James, Law and Kirsty, McBean and Robert, Rush, "Communication skills in a population of primary school-aged children raised in an area of pronounced social disadvantage", *International journal of language & communication disorders*, 2011, 46 (6).

Jariya, Chuthapisith and Pornchanok, Wantanakorn and Rawiwan, Roongpraiwan, "Ramathibodi Language Development Questionnaire: A Newly Developed Screening Tool for Detection of Delayed Language Development in

Children Aged 18-30 Months", *Journal of the Medical Association of Thailand = Chotmaihet thangphaet*, 2015, 98 (8).

Jenni, Heikkilä and Eila, Lonka and Sanna, Ahola and Auli, Meronen and Kaisa, Tiippana, "Lipreading Ability and Its Cognitive Correlates in Typically Developing Children and Children With Specific Language Impairment", *Journal of speech, language, and hearing research: JSLHR*, 2017, 60 (3).

Jeong, Ji Eun and Lee, Hyung Jik and Kim, Jin Kyung, "Erratum: Developmental profiles of preschool children with delayed language development", *Korean journal of pediatrics*, 2016, 59 (9).

Jordanand Menebröcker and Tüpker, "Can music therapy support language development of primary school children?", *Nordic Journal of Music Therapy*, 2016, 25 (supl).

Kamila, Polišenskáand Svetlana, Kapalkováand Monika, Novotková, "Receptive Language Skills in Slovak-Speaking Children With Intellectual Disability: Understanding Words, Sentences, and Stories", *Journal of speech, language, and hearing research*, 2018, 61 (7).

Kanako, Okuma and Masako, Tanimura, "A preliminary study on the relationship between characteristics of TV content and delayed speech development in young children", *Infant behavior & development*, 2009, 32 (3).

Khodeir, Rizk and El-Hamady, Mohamed and El-Bakry, Shwikar and Mikhael, Michael, "Some neuropsychiatric comorbidities of attention deficit hyperactivity disorder", *Egyptian Journal of Psychiatry*, 2014, 35 (2).

Kimand Mengo and Small and Okumu, "Antisocial attitude and aggressive behavior among immigrant children: The moderating effects of parent-child relationships", *Journal of Ethnic & Cultural Diversity in Social Work*, 2020, 29 (1-3).

Kim, Seong Woo and Jeon, Ha Ra and Park, Eun Ji and Chung, Hee Jung and Song, Jung Eun, "The differences in clinical aspect between specific language impairment and global developmental delay", *Annals of rehabilitation medicine*, 2014, 38 (6).

Kind, Nina and Bürgin, David and Clemens, Vera and Jenkel, Nils and Schmid, Marc, "Disrupting the disruption cycle - A longitudinal analysis of aggression trajectories, quality of life, psychopathology and self-efficacy in closed youth residential care", *Children and Youth Services Review*, 2020, 113.

Kirkegaard, Kiaer Eva and Reinholdt, Møller Troels and Randi, Wetke, "Hunter's syndrome and hearing impairment", *Ugeskrift for laeger*, 2010, 172 (45).

Knourková, M., "Psychological aspects of delayed language development", *Ceskoslovenska pediatrie*, 1977, 32 (6).

Kobayashi, Yoko and Hayakawa, Kazuo and Hattori, Rituko and Ito, Mikiko and Kato, Kenji and Hayashi, Chisato and Mikami, Hiroshi, "Linguistic features of Japanese twins at 3 or 4 years of age evaluated by Illinois test of psycholinguistic abilities", *Twin research and human genetics: the official journal of the International Society for Twin Studies*, 2006, 9 (2).

Lammer, E. J. and Scholes, T. and Abrams, L., "Autosomal recessive tetralogy of Fallot, unusual facies, communicating hydrocephalus, and delayed language development: a new syndrome?", *Clinical dysmorphology*, 2001, 10 (1).

Law, James and McBean, Kirsty and Rush, Robert, "Communication skills in a population of primary school - aged children raised in an area of pronounced social disadvantage", *International Journal of Language & Communication Disorders*, 2011, 46 (6).

Leder, Steven B. and Egelston, Richard L., "Response Patterns of Children to Interrogatives with Differing Syntactical Complexities", *Psychological Reports*, 1981, 48 (2).

Lee, Wendy and Pring, Tim, "Supporting language in schools: Evaluating an intervention for children with delayed language in the early school years", *Child Language Teaching and Therapy*, 2016, 32 (2).

Leonardo, Zoccante and Anna, Viviani and Adele, Ferro and Roberto, Cerini and Stefania, Cerruti and Gianluca, Rambaldelli and Marcella, Bellani and Nicola, Dusi and Cinzia, Perlini and Flavio, Boscaini and Roberto, Pozzi Mucelli and Michele, Tansella and Bernardo, Dalla Bernardina and Paolo, Brambilla, "Increased left parietal volumes relate to delayed language development in autism: a structural mri study", *Functional neurology*, 2010, 25 (4).

Letts, C. and Edwards, S. and ReWard, S., "An investigation into the effectiveness of an early intervention method for delayed language development in young children", *International Journal of Language & Communication Disorder*, 1999, 34 (4).

Linstrom, C. J. and Aziz, M. H. and Romo, T., "Unilateral aural atresia in childhood: case selection and rehabilitation", *The Journal of otolaryngology*, 1995, 24 (3).

Longobardi, Emiddia and Spataro, Pietro and Frigerio, Alessandra and Rescorla, Leslie, "Language and social competence in typically developing children and late talkers between 18 and 35 months of age", *Early Child Development and Care*, 2016, 186 (3).

Lynn, E. DeLisi and Angela, M. Boccio and Henry, Riordan and Anne, L. Hoff and Arlene, Dorfman and Joyce, McClelland and Maureen, Kushner and Olga, Eyl Van and Neal, Oden, "Familial thyroid disease and delayed language development in first admission patients with schizophrenia", *Elsevier*, 1991, 38 (1).

Madole and Johnson and Carver, "A Model of Aggressive Behavior: Early Adversity, Impulsivity, and Response Inhibition", *Journal of Aggression, Maltreatment & Trauma*, 2020, 29 (5).

Magagna, Jeanne, "The development of language in the early months of life", *Infant Observation*, 2013, 16 (2).

Majerus, S. and Glaser, B. and Van der Linden, M. and Eliez, S., "A multiple case study of verbal short - term memory in velo - cardio - facial syndrome", *Journal of Intellectual Disability Research*, 2006, 50 (6).

Marianna, De Cinque and Orazio, Palumbo and Ermelinda, Mazzucco and Antonella, Simone and Pietro, Palumbo and Renata, Ciavatta and Giuliana, Maria and Rosangela, Ferese and Stefano, Gambardella and Antonella, Angiolillo and Massimo, Carella and Silvio, Garofalo, "Developmental Coordination Disorder in a Patient with Mental Disability and a Mild Phenotype Carrying Terminal 6q26-qter Deletion", *Frontiers in genetics*, 2017, 8.

Masland, M. W. and Case, L. W., "Limitation of auditory memory as a factor in delayed language development", *The British journal of disorders of communication*, 1968, 3 (2).

Miniscalco, C. and Westerlund, M. and Lohmander, A. and 张振, "对2.5岁时语言能力发展迟缓的瑞典儿童在6岁时语言技能的研究",《世界核心医学期刊文摘（儿科学分册）》, 2006 (Z1): 7。

Moncini, Silvia and Bonati, Maria Teresa and Morella, Ilaria and Ferrari, Luca and Brambilla, Riccardo and Riva, Paola, "Differential allelic expression of SOS1 and hyperexpression of the activating SOS1 c. 755C variant in a Noonan syndrome family", *European Journal of Human Genetics*, 2015, 23 (11).

Moore, V. and Law, J., "Copying ability of preschool children with delayed language development", *Developmental medicine and child neurology*, 1990, 32 (3).

Moré, Eduard Esteller and Mongil Mercé Barceló and Isern, Francesc Segarra and Aguín, Zenaida Piñeiro and Olmo, Albert Pujol and Soler, Eusebi Matiñó and Alcover, Joan Manel Ademà, "Neurocognitive and behavioural abnormalities in paediatric sleep-related breathing disorders", *Acta Otorrinolaringologica* (*English Edition*), 2009, 60 (5).

Mostafa, Eman and Ahmed, Mona, "Public awareness of delayed language development in Upper Egypt", *The Egyptian Journal of Otolaryngology*, 2018, 34 (1).

Mostafa, Eman, "Effect of Television Exposure on Attention and Language in Preschool Children", *The Egyptian Journal of Otolaryngology*, 2019, 35 (3).

Mostafa, Eman, "Perceptual Visual Skills in Delayed Language Developed Children", *Egyptian Journal of Ear, Nose, Throat and Allied Sciences*, 2017, 18 (2).

Mroz, Maria and Hall, Elaine, "Not Yet Identified: the knowledge, skills, and training needs of early years professionals in relation to children's speech and language development", *Early Years*, 2003, 23 (2).

Natalie, Ciccone and Neville, Hennessey and Stephanie, F. Stokes, "Community-based early intervention for language delay: a preliminary investigation", *International journal of language & communication disorders*, 2012, 47 (4).

Newra, Tellechea Rotta, "Autism spectrum disorder and specific language disorder: Are two different entities or a continuum of neuropsychological manifestations?", *Medicina*, 2013, 73 (1).

Nichara, Ruangdaraganon and Jariya, Chuthapisith and Ladda, Mo-suwan and Suntree, Kriweradechachai and Umaporn, Udomsubpayakul and Chanpen, Choprapawon, "Television viewing in Thai infants and toddlers: impacts to language development and parental perceptions", *BMC pediatrics*, 2009, 9.

Okuma, Kanako and Tanimura, Masako, "A preliminary study on the relationship between characteristics of TV content and delayed speech development in young children", *Infant Behavior and Development*, 2009, 32

(3).

Pascual-Castroviejo, I. and Gutierrez, M. and Morales, C. and Gonzalez-Mediero, I. and Martínez-Bermejo, A. and Pascual-Pascual, S. I., "Primary degeneration of the granular layer of the cerebellum: A study of 14 patients and review of the literature", *Neuropediatrics*, 1994, 25 (4).

Pat, Rojmahamongkol and Carol, Weitzman and Yasmin, Senturias and Marilyn, Augustyn, "Attention deficit hyperactivity, fetal alcohol spectrum disorder, or something else: the broad differential of kindergarten suspension", *Journal of developmental and behavioral pediatrics*, 2014, 35 (5).

Perry, Carson Cecyle and Thomas, Klee and Carson, David K. and Hime, Linda K., "Phonological profiles of 2-year-olds with delayed language development: predicting clinical outcomes at age 3", *American journal of speech-language pathology*, 2003, 12 (1).

Petersen, U. and Kopf-Mehnert, C., "Familial cerebellar dysarthria and delayed language development: Report of 5 cases in 2 families", *Folia phoniatrica*, 1974, 26 (2).

Polišenská, Kamila and Kapalková, Svetlana and Novotková, Monika, "Receptive Language Skills in Slovak-Speaking Children with Intellectual Disability: Understanding Words, Sentences, and Stories", *Journal of Speech, Language and Hearing Research (Online)*, 2018, 61 (7).

Priya, Babu and Rakesh, Sharma and Elizabeth, Jayaseelan and Divya, Appachu, "Berardinelli-Seip syndrome in a 6-year-old boy", *Indian journal of dermatology: venereology and leprology*, 2008, 74 (6).

Rasp, G. and Schilling, V., "Intraoperative BAEP and adenoidectomy in the young child with delayed language development", *Laryngo- rhino- otologie*, 1991, 70 (8).

Reeves, Louisa and Hartshorne, Mary and Black, Rachael and Atkinson, Jill and Baxter, Amanda and Pring, Tim, "Early talk boost: A targeted intervention for three year old children with delayed language development", *Child Language Teaching and Therapy*, 2018, 34 (1).

Reichmuth, K. and Nickisch, A. and Matulat, P. and Fiori, A. and Swart, J. and Elixmann-Mittler, K. and Voigtmann, V. and Döring, W. and Stollenwerk, A. and Lesinski-Schiedat, A. and Von der Haar-Heise, S. and Knief, A. and Am Zehnhoff-Dinnesen, A., "Deviant language development following cochlear implantation? Applicability of the parent questionnaire ELFRA-2", *HNO*, 2010, 58 (12).

Ribeiro-Bicudo, L. A. and De Campos Legnaro, C. and Gamba, B. F. and Candido Sandri, R. M. and Richieri-Costa, A., "Cognitive deficit, learning difficulties, severe behavioral abnormalities and healed cleft lip in a patient with a 1. 2-mb distal microduplication at 22q11. 2", *Molecular syndromology*, 2013, 4 (6).

Robertson, S. B. and Ellis, Weismer S., "Effects of treatment on linguistic and social skills in toddlers with delayed language development", *Journal of speech, language, and hearing research*, 1999, 42 (5).

Rojmahamongkol, Pat and Weitzman, Carol and Senturias, Yasmin and Augustyn, Marilyn, "Attention Deficit Hyperactivity, Fetal Alcohol Spectrum Disorder, or Something Else: The Broad Differential of Kindergarten Suspension", *Journal of Developmental & Behavioral Pediatrics*, 2014, 35 (5).

Rosanowski, F. and Eysholdt, U., "Angelman syndrome: genetic defect with delayed language development", *HNO*, 1997, 45 (9).

Safwat, Rasha and Sheikhany, Aya, "Effect of parent interaction on language development in children", *The Egyptian Journal of Otolaryngology*, 2014, 30 (3).

Samantha, Speirs and Greg, Yelland and Nicole, Rinehart and Bruce, Tonge, "Lexical processing in individuals with high-functioning autism and Asperger´s disorder", *Autism: the international journal of research and* practice, 2011, 15 (3).

Saranto, Jaana M. and Lapinleimu, Helena and Stolt, Suvi and Jaaskelainen, Satu, "Neonatal brainstem audiometry is associated with language development", *Clinical Neurophysiology*, 2018, 129 (1).

Saud, S. Al-Saif and Mohamed, M. Abdeltawwab and Mahmoud, Khamis, "Auditory middle latency responses in children with specific language impairment", *European archives of oto-rhino-laryngology: official journal of the European Federation of Oto-Rhino-Laryngological Societies (EUFOS): affiliated with the German Society for Oto-Rhino-Laryngology - Head and Neck Surgery*, 2012, 269 (6).

Sealey, Linda R. and Gilmore, Susan E., "Effects of sampling context on the finite verb production of children with and without delayed language development", *Journal of communication disorders*, 2008, 41 (3).

Sealey, Linda R. and Susan, Gilmore E., "Effects of sampling context on the finite verb production of children with and without delayed language development", *Journal of Communication Disorders*, 2007, 41 (3).

Sheshtawy, Hesham and Molokhia, Tarek and Mekky, Jaidaa and Wafa, Heba El, "The prevalence of neurodevelopmental abnormalities among children of bipolar patients", *Egyptian Journal of Psychiatry*, 2016, 37 (1).

Silver, A. A. and Pfeiffer, E. and Hagin, R. A., "The therapeutic nursery as an aid in diagnosis of delayed language development", *The American journal of orthopsychiatry*, 1967, 37 (5).

Silvia, Moncini and Teresa, Bonati Maria and Ilaria, Morella and Luca, Ferrari and Riccardo, Brambilla and Paola, Riva, "Differential allelic expression of SOS1 and hyperexpression of the activating SOS1 c. 755C variant in a Noonan syndrome family", *European journal of human genetics: EJHG*, 2015, 23 (11).

Sinikka, Hannus and Timo, Kauppila and Kaisa, Launonen, "Increasing prevalence of specific language impairment (SLI) in primary healthcare of a Finnish town (1989-1999)", *International journal of language & communication disorders*, 2009, 44 (1).

Smarius Laetitia, J. C. A. and Strieder Thea, G. A. and Doreleijers Theo, A. H. and Vrijkotte Tanja, G. M. and Hadi, Zafarmand M. and De Rooij Susanne, R., "Maternal verbal aggression in early infancy and child's internalizing symptoms: interaction by common oxytocin polymorphisms", *European archives of psychiatry and clinical neuroscience*, 2020, 270 (5).

Soni, Neetu and Phadke, Rajendra and Kumar, Sunil, "MRI with diffusion tensor imaging findings in bilateral perisylvian polymicrogyria", *J Pediatr Neurol*, 2012, 10 (3).

Sophie, Strauß and Rebecca, Bondü and Felix, Roth, "Justice Sensitivity in Middle Childhood: Measurement and Location in the Temperamental and Social Skills Space", *Journal of personality assessment*, 2020.

Speirs, Samantha, "Lexical processing in individuals with high-functioning autism and Asperger's disorder", *Autism*, 2011, 15 (3).

Starte, G. D., "The poor-communicating two-year-old and his family", *The Journal of the Royal College of General Practitioners*, 1975, 25 (161).

Steinberg, Sheila, "Sign language as the bridge across Deaf boundaries: a South African experience", *Communicatio*, 1998, 24 (1).

Steld, L. De Paula Van Der and Rocha, M. S., *Sudden cardiac death correlated to Wolff-Parkinson-White syndrome in association with hypertrophic cardiomyopathy*, Europace, 2008.

Stoppoloni, G. and Prisco, F. and Santinelli, R. and Tolone, C., "Hyperornithinemia and gyrate atrophy of choroid and retina: Report of a case", *Helvetica paediatrica acta*, 1978, 33 (4-5).

Susan, Foster-Cohen and Jamie, O. Edgin and Patricia, R. Champion and Lianne, J. Woodward, "Early delayed language development in very preterm infants: evidence from the MacArthur-Bates CDI", *Journal of child* language, 2007, 34 (3).

Swift, E. W. and Swift, W. J. and Camp, B. W. and Silvern, L. W., "Predictive value of early testing of auditory localization for language development", *Developmental medicine and child neurology*, 1981, 23 (3).

Synnve, Schjolberg and Patricia, Eadie and Daae, Zachrisson Henrik and Anne-Siri, Oyen and Margot, Prior, "Predicting language development at age 18 months: data from the Norwegian Mother and Child Cohort Study", *Journal of developmental and behavioral pediatrics*, 2011, 32 (5).

Takarae, Y. and Minshew, N. J. and Luna, B. and Sweeney, J. A., "Oculomotor abnormalities parallel cerebellar histopathology in autism", *Journal of neurology, neurosurgery, and psychiatry*, 2004, 75 (9).

Tervo, R. C. and Kinney, C. A., "The child with delayed language: assessment and management", *Canadian family physician Medecin de famille canadien*, 1981, 27.

Tilot, Amanda K. and Frazier, Thomas W. and Eng, Charis, "Balancing Proliferation and Connectivity in PTEN-associated Autism Spectrum Disorder", *Neurotherapeutics: the journal of the American Society for Experimental NeuroTherapeutics*, 2015, 12 (3).

Topbaş, S. and Maviş, I. and Erbaş, D., "Intentional communicative behaviours of Turkish-speaking children with normal and delayed language development", *Child: care, health and development*, 2003, 29 (5).

Tsai, L. and Jacoby, C. G. and Stewart, M. A. and Beisler, J. M., "Unfavourable left-right asymmetries of the brain and autism: a question of methodology", *The British journal of psychiatry: the journal of mental science*, 1982, 140.

Tuba, Eminoglu F. and Ozcelik, Aysima A. and Ilyas, Okur and Leyla, Tumer and Gursel, Biberoglu and Ercan, Demir and Alev, Hasanoglu and Baumgartner Matthias R., "3-Methylcrotonyl-CoA carboxylase deficiency: phenotypic variability in a family", *Journal of child neurology*, 2009, 24

(4).

Valentina, Candini and Marta, Ghisi and Giorgio, Bianconi and Viola, Bulgari and Antonino, Carcione and Cesare, Cavalera and Giovanni, Conte and Marta, Cricelli and Teresa, Ferla Maria and Clarissa, Ferrari and Laura, Iozzino and Ambra, Macis and Alberto, Nicolòand Giuseppe Stefana and Giovanni, de Girolamo, "Aggressive behavior and metacognitive functions: a longitudinal study on patients with mental disorders", *Annals of general psychiatry*, 2020, 19.

Van Adrichem Dide, S. and Huijbregts Stephan, C. J. and Van Der Heijden Kristiaan, B. and Van Goozen Stephanie, H. M. and Swaab, Hanna, "Aggressive behavior during toddlerhood: Interrelated effects of prenatal risk factors, negative affect, and cognition", *Child neuropsychology: a journal on normal and abnormal development in childhood and adolescence*, 2020.

Ward, S., "An investigation into the effectiveness of an early intervention method for delayed language development in young children", *International journal of language & communication disorders*, 1999, 34 (3).

Weerasak, Chonchaiya and Chandhita, Pruksananonda, "Television viewing associates with delayed language development", *Acta paediatrica (Oslo, Norway: 1992)*, 2008, 97 (7).

Wei, Gengze and Deng, Xinxian and S Agarwal, aurabh and Iwase, Shigeki and Disteche, Christine and Xu, Jun, "Patient Mutations of the Intellectual Disability Gene KDM5C Downregulate Netrin G2 and Suppress Neurite Growth in Neuro2a Cells", *Journal of Molecular Neuroscience*, 2016, 60 (1).

Weiner, Paul S. and Kennedy, Joseph P., "Mothers' Reactions to Delayed Language Development in Their Children", *Exceptional Children*, 1969, 36 (4).

Wright, P. F. and Sell, S. H. and McConnell, K. B. and Sitton, A. B. and

Thompson, J. and Vaughn, W. K. and Bess, F. H., "Impact of recurrent otitis media on middle ear function, hearing, and language", *The Journal of pediatrics*, 1988, 113 (3).

Wu, Meei-Lian and Tang, Jing-Shia, "The nursing process in helping a family with foreign mother and hearing impaired child", *Hu li za zhi The journal of nursing*, 2004, 51 (6).

Yoder, P. and ReWard, S., "An investigation into the effectiveness of an early intervention method for delayed language development in young children", *International Journal for Language & Communication Disorder*, 1999, 34 (4).

Yoko, Kobayashi and Kazuo, Hayakawa and Rituko, Hattori and Mikiko, Ito and Kenji, Kato and Chisato, Hayashi and Hiroshi, Mikami, "Linguistic Features of Japanese Twins at 3 or 4 Years of Age Evaluated by Illinois Test of Psycholinguistic Abilities", *Twin Research and Human Genetics*, 2006, 9 (2).

Zaleski, T. and Kielska, E., "Central transmission time in children with the delayed language development", *Otolaryngologia polska = The Polish otolaryngology*, 2000, 54 (1).

Zhou, Xiao and Wu, Xinchun, "Posttraumatic stress disorder and aggressive behavior in adolescents: A longitudinal and interpersonal functional approach", *Children and Youth Services Review*, 2020, 114.

김나연,소원섭,하지완,허승덕. 학령 전기 경도 및 중등고도 대칭성 고음급추형 감각신경성 난청의 청각학적 평가 해석 증례[J]. 재활복지공학회논문지,2017,11(1).

김지욱,김명찬. 언어발달지연 아동 어머니의 양육태도가 유아의 사회성과 정서표현에 미치는 영향[J]. 언어치료연구,2015,24(3).

김혜진,권순복. 증강현실 기반 언어치료 프로그램이 언어발달지체 아동의 어휘력 향상에 미치는 효과[J]. 언어치료연구,2018,27(3).